薬剤士見習の頃のトラークル

結婚の年のグレーテ　1912

Liebe Mama!

Herzliche Grüße. Es geht mir gut. Wir müssen [illegible] Krieg [illegible] ganz in Galizien haben bis jetzt noch nichts zu tun gehabt.

Meine Feldpost [illegible] ist [illegible] [illegible] an [illegible] alle

Dein Georg

P.S. Bitte vorläufig nichts zu schicken, da unsere Adresse sich [illegible] verändert [illegible]

トラークルから母へ宛てた葉書

自画像

弟フリッツ，ゲオルク(中央)，妹グレーテル　c. 1897

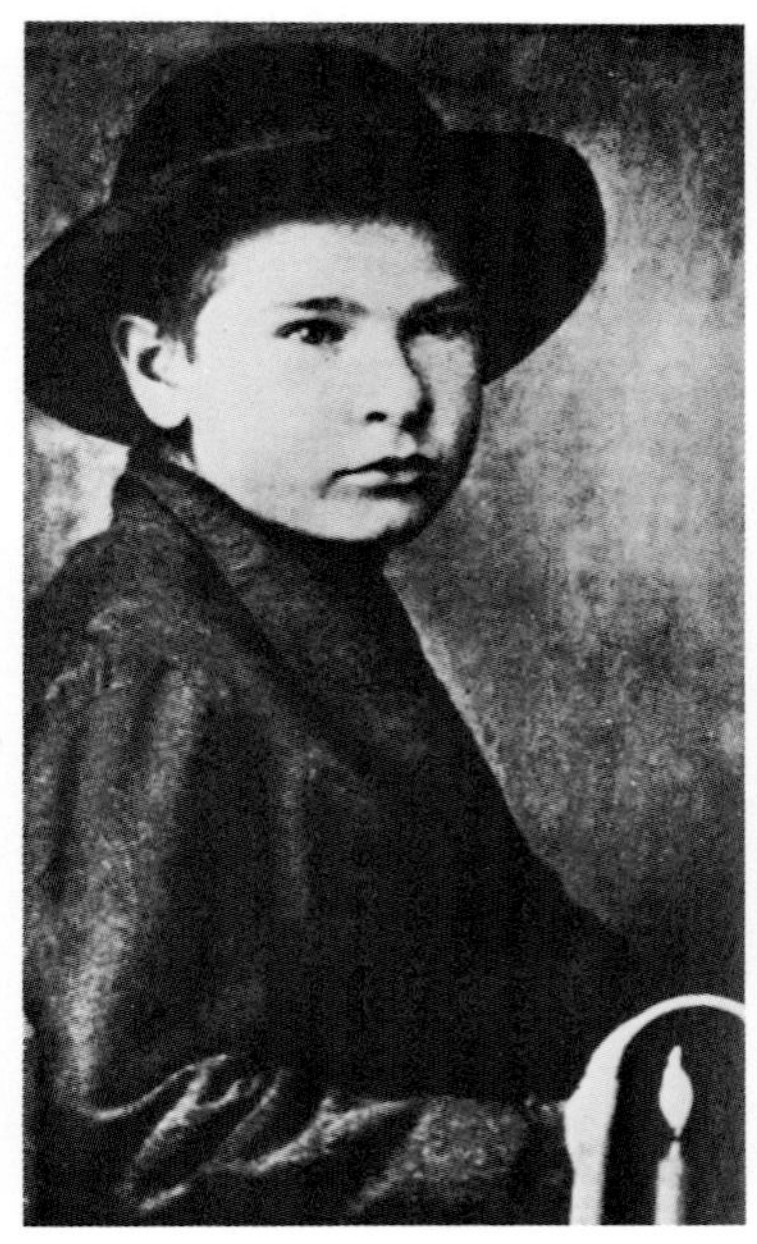

トラークル　1896

堅信式の時　1901

呪われた詩人トラークル　1908

GEORG TRAKL

トラークル全集

中村朝子❖訳

青土社

トラークル全集　目次

I　詩集 ―――― 13
鳥たち　14
若い女中　16
夜のロマンツェ　23
赤い葉叢に　ギターの音があふれ……　25
ミラベル庭園の音楽　第二稿　27
夕べのメランコリー　30
冬の夕暮れ　32
ロンデル　34
女の祝福　35
美しい町　37
人気のない部屋で　40
少年エーリスに　43
雷雨の夕べ　48
夕べのミューズ　50
悪の夢　第一稿　52
霊の歌　54
秋に　56
夕べ　ぼくの心は　58
農夫たち　59
万霊節　62
メランコリー　第三稿　64
生の魂　66
輝く秋　68
森の片隅　70
冬に　―　72
古い記念帳のなかに　74
変容　第二稿　76
小協奏曲　78
人類　81

散歩　83
デ・プロフンディス　II　87
トランペット　90
夕暮れ　II　91
晴れやかな春　第二稿　93
南風（フェーン）の吹いている郊外　97
鼠たち　100
憂鬱　第一稿　102
午後へ囁いて　104
詩篇　I　第二稿　106
ロザリオの歌　110
妹に　110
死の近さ　第二稿　111
アーメン　111
滅び　II(?)　113
故郷にて　115
秋の夕べ　117
人間の悲惨（人間の悲しみ　第二稿）　119
村の中　122
夕べの歌　126
オパールを　三度　のぞく　128
夜の歌　III　132
ヘーリアン　134

II　夢のなかのセバスチャン――145

夢のなかのセバスチャン　147
幼年時代　II　148
時禱歌　150
途上　152
風景　第二稿　155

少年エーリスに（前出） 156
エーリス 第三稿 157
ホーエンブルク 第二稿 161
夢のなかのセバスチャン 163
沼地で 第三稿 169
春に Ⅱ(?) 170
ランスの夕べ 第二稿 171
メンヒスベルクにて 第二稿 172
カスパー・ハウザーの歌 174
夜に 177
悪の変容 第二稿 178

孤独な者の秋 183

公園で 184
冬の夕べ 第二稿 185
呪われた者たち 187
ソーニャ 191
沿っていく 193
秋の魂 第二稿 195
アーフラ 第二稿 197
孤独な者の秋 199

死の七つの歌 201

安息と沈黙 202
アニフ 204
誕生 Ⅱ 207
没落 第五稿 209
夭逝した者に 211
霊気に満ちた夕刻 第二稿 214
夕暮れの国の歌 217
変容 221
南風（フェーン） 223
さすらう者 第二稿 225
カール・クラウス 227
黙している者たちに 228
受難 第三稿 229

死の七つの歌　233
冬の夜　236
訣別した者の歌　239
ヴェニスにて　240
煉獄　242
太陽　245
捕えられたくろうたどりの歌　247
夏　II(?)　249
夏の衰え　251
年　254
夕暮れの国　第四稿　256
魂の春　II　261
暗闇で　第二稿　265
訣別した者の歌　267
夢と錯乱　270

III　一九一四年から一九一五年に「ブレンナー」誌に発表された詩――279

ヘルブルンにて　280
心臓　281
眠り　第二稿　284
雷雨　286
夕暮れ　290
夜　292
憂愁　295
帰郷　第二稿　297
嘆き　I　299
夜の恭順　第五稿　301
東方で　303
嘆き　II　305

グロデーク　第二稿　306
啓示と没落　309

Ⅳ　その他の生前に発表された詩　315

朝の歌　316
夢にさ迷う者　318
ヘルブルンの三つの沼（ヘルブルンにおける三つの沼　第一稿）　320
ヘルブルンにおける三つの沼　第二稿　323
聖ペテロの墓　325
ある春の夕暮れ　Ⅱ　327
ある古い庭で　329
〈夕べの輪舞〉　第一稿　331
夕べの輪舞　第二稿　333
〈夜の魂〉　第一稿　335
夜の魂　第二稿　337
夜の魂　第三稿　339

Ⅴ　散文・評論　341

散文
夢の国（一つのエピソード）　344
黄金の杯（バラバス・ある幻想）　352
黄金の杯（マリア・マグダレナ・ある対話）　356
孤独　364

評論
主任演出家フリートハイム　372
グスタフ・シュトライヒャー　379
ヤコブとその妻たち　383

VI　遺稿　385

一九〇九年集　387
三つの夢　388
静かな日々　392
黄昏　395
秋（滅び）　396
恐怖　397
夕べの祈り　400
狂宴（サバート）　403
夜の歌　405
深い歌　414
バラード　I（?）　415
バラード　II（?）　417
バラード　III（?）　419
メルジーネ　I（?）　420
滅び　I（?）　422
詩　424
夜の歌　I（?）　426
窓べで　427
色づいた秋（ミラベル庭園の音楽　第一稿）　429
ヘルブルンにおける三つの沼　第一稿　431
ひとりの老女の臨終に　433
ジプシー　435
野外劇場　437

疲れ果てる　439
終音　441
調和　442
十字架像　444
我　告白す　446
沈黙　448
日の出前　449
血の罪　450
出会い　452
成就　453
メタモルフォーゼ　455
夕べの散歩　456
聖なる人　458
過ぎ去る女に　460
死んだ教会　462
詩　一九〇九年―一九一二年　465
メルジーネ　Ⅱ(?)　466
貧しい者たちの夜　468
夜の歌　Ⅱ(?)　469
デ・プロフンディス　470
墓地で　472
日の輝く午後　474
時代　476
影　478
素晴らしい春　479
午後の夢　481
夏のソナタ　483
輝く時間　485
幼年時代の思い出　487
ある夕べ　489
季節　491
葡萄の国で　493
暗い谷　495
夏のかわたれ　497
月明りの中で　499

おとぎ話　501
春の夕べ　503
嘆きの歌　505
魂の春　I　507
西方の黄昏　509
教会　512
アンジェラに　第一稿　514
アンジェラに　第二稿　517
（乳と寂寞の中に――暗い災い）　521
夕べの夢想　523
イ短調の冬の道　525
いよいよ暗く　527
途上に　I　第一稿　529
途上に　I　第二稿　533
十二月　I　（十二月のソネット
　第一稿）　536
十二月のソネット　第二稿　538

詩　一九一二年――一九一四年　541

（壁かけ、そこでは病んだ風景が色褪
　せる…）　542
（薔薇色の鏡、そこには醜い像）　544
（なんと暗いのだ、春の夜の雨の歌
　は）　546
（長い間　暗い石の冷さに宿っていた
　姿が）　547
〈錯乱〉　第二稿　549
錯乱　551
古い水の縁で
　（古い泉の縁で　第一稿）　552
古い泉の縁で　第二稿　553
塀に沿って　I　554
（蒼ざめたものがひとつ、朽ちた階段
　の影のなかで安らって――）　556
（死に絶えていく者たちの静寂が愛す

る、古い庭を）　558
（薔薇色を帯びて　その石は　沼の中に沈んでいく）　559
（青い夜は　ぼくたちの額の上に　優しく現われた）　561
（おお　暮れていく庭の静けさの中の住まい）　563
夕べに　I　565
審判　567
妹の庭　第一稿　569
妹の庭　第二稿　570
〈風、白い声、それらは　酔いしれた者のこめかみで囁き〉　第一稿　571
〈風、白い声、それらは酔いしれた者のこめかみで囁き〉　第二稿　573
（ほんのかすかに　夕暮れに）　574
（春の露が　暗い枝々から）　576
（おお　葉を落とした橅の木々と　黒ずんだ雪）　578
ノヴァーリスに　第一稿　579
〈ノヴァーリスに〉　第二稿(a)　581
ノヴァーリスに　第二稿(b)　582
悲嘆に満ちた時間　583
〈夜の嘆き〉　第一稿　585
夜の嘆き　第二稿　586
ヨハンナに　587
メランコリー　II　590
願い　（ルツィファーに　第一稿）　592
願い　（ルツィファーに　第二稿）　593
ルツィファーに　第三稿　594
（受けなさい　青い夕暮れよ、こめかみを）　595
〈夕べに〉　II　第一稿　596
夕べに　II　第二稿　598
新しい葡萄酒を飲みながら　第一稿　599

新しい葡萄酒を飲みながら　第二稿　601
（いくつもの赤い顔を　夜が飲み尽した）　603
帰郷　604
夢想　第一稿　606
夢想　第二稿　608
夢想　第三稿　610
詩篇　II　612
〈秋の帰郷〉　第一稿(b)　614
秋の帰郷　第二稿　615
秋の帰郷　第三稿　616
〈傾き〉　第一稿　617
傾き　第二稿　618
年齢　619
向日葵　620
（これほど厳かだ、おお　夏の夕暮れは）　621
*
『詩集』『夢のなかのセバスチャン』他異稿　623

VII　遺稿（戯曲ほか）――――　693

断片　695
戯曲　701
青髯（人形劇／断片）　702
ドン・ジュアンの死（悲劇・三幕／断片）　720
戯曲断片　730
アフォリズム　741

Ⅷ　書簡――――743
ゲオルク・トラークルの生涯　991
訳者あとがき　1007
書誌　i

トラークル全集

Ⅰ 詩集

鳥たち

黒い天の一隅を横切って
真昼　鳥たちは　無慈悲な叫び声を上げながら急ぐ。
その影は　雌鹿をかすめ過ぎ
時おり　不機嫌そうに　羽を休めるのが見える。

おお　何と　かれらはこの褐色の静寂を乱すことか、
その静寂のなかで　畑は恍惚としている、
重い予感に捉えられた女のように、
時おり　かれらが　ののしり合うのが聞こえる

何処かで　かぎつけた腐った肉のまわりで。
それから突然　北を指して飛んでいく

葬列のように　消えていく
快楽に身を震わせている空気のなかを。

若い女中

ルードヴィッヒ・フォン・フィッカーに捧ぐ*

I

よく　泉のほとりに　日暮れになると
女が　魔法にかけられたように佇んでいるのが
水を汲むのが見える、日暮れになると。
釣瓶が上ったり　下りたりする。

橅の木立の間で　こがらすが羽ばたきする
そして　女は　ひとつの影のようだ。
女の黄色い髪が　風になびく
そして　中庭では　鼠たちが叫んでいる。

そして　衰亡に媚びるように取り巻かれ
女は　ただれたまぶたを伏せる。
枯草が　衰亡のなかで
女の足もとに　低く　身をかがめる。

2

静かに　女は　部屋で働く
中庭は　とうに荒れ果てたままだ。
部屋の前のにわとこの木で
悲しげに　*くろうたどりが歌う。

銀色に、鏡に映る女の像が
女を　見知らぬもののように　薄明りのなかで見る
そして　鏡のなかは　色褪せて　暮れていく
そして女は　鏡の清澄さを恐れている。

夢のように　ひとりの従僕が　暗がりで歌う
すると　女は　痛みに震えながら　身を固くする。

赤が　暗がりをしたたる。
不意に　南風が　戸口をゆさぶる。

3

夜　草も枯れた牧場を
女は　熱にうかされ　夢のなかを歩き回る。
不機嫌そうに　風は牧場で　悲鳴を上げ
月が　木々の間で　聞き耳をたてている。

まもなく　あたりで　星たちは蒼ざめる。
そして　苦しみに疲れ果て
女の頬は　蠟のように蒼ざめる。
大地から腐敗の気配がする。

悲しげに　葦が沼でざわめく
そして　女は　凍えてうずくまる。
遠くで　雄鶏がときをつくる。沼のうえを
かたく　灰色に　朝が震えながらすすむ。

4

鍛冶場で　槌の音が響く
女は　戸口を通り過ぎる。
煌々と　赤く　下男は槌をふるう
すると　女は　麻痺したように　向こうを見る。

夢のなかのように　笑い声が　女をおそう、
すると　女は　鍛冶場の中へよろめいていき、
男の笑いに　おびえたように　身をすくめる、
槌のように　固く荒々しい笑い。

あかあかと　あたりに火花が飛び散る
すると　頼りなげに
女は　その荒々しい火花を捕えようとする
そして　気を失って　地面に倒れる。

5

やせ衰えて横たわった寝台で
女は　甘い不安に満ちて　目覚める
そして　見るのだ、自分の汚れた寝台が
金色の光ですっかりおおわれているのを、

木犀草*を　あそこの窓べに
そして　青みをおびた明るい空を。
時おり　風が　窓べに
鐘の臆したように鳴りつづける響きを運ぶ。

いくつもの影が　枕のうえをすべる
ゆっくりと　真昼の時が打つ。
女は　枕に　重く息をつき
その口は　傷口のようだ。

6

夕べ　血まみれの麻布が漂う、
雲が　物言わぬ森のうえに、
森は　黒い麻布におおわれている。
雀たちが　畑のうえで騒いでいる。

そして　女は　すっかり白くなって　暗がりに横たわっている。
屋根の下で　鳩の鳴き声も途絶えていく。
藪や　暗がりのなかの　腐った肉のような
女の口のまわりに　蝿たちがうなる。

夢のように　褐色の村に
ダンスとヴァイオリンの響きが残っている、
女の顔は　村のなかを漂い、
その髪は　裸の枝でなびいている。

〔訳註〕　*ルードヴィッヒ・フォン・フィッカー（Ludwig von Ficker）インスブルックの表現主義雑誌、"Der Brenner"（一九一〇〜一九五四）の創始者及び

編集者。一九一二年以来、トラークルの詩はすべて、まずこの雑誌で発表された。フィッカーは、トラークルにとって単なる編集者として以上に、常に忠実な友であり、聴罪師のような役割を果していた。

*くろうたどり　"Amsel"、つぐみ "Drossel" の一種。鳴禽。全身が黒く、くちばしが橙色。本来、森の鳥であるが、次第に人間の近くに住むようになる。その長く引っぱるような歌声は、メランコリックなフルートの音色を思わせる。その黒い姿や歌声のためか、トラークルの詩において、常に死や没落と結びついて描かれている。つぐみ "Drossel" も同様。

*木犀草　"Resede"、北アフリカ原産。黄白色の微小花は、よい香を放ち、ヨーロッパでは古来、香りの花として親しまれてきた。オドラータ種 "reseda odorata" が一般的。この学名は「癒やして下さい、病気を癒やして下さい。」という意味のラテン語 "reseda odorata morobos resada" の略であり、この言葉を唱えながら、炎症を直すための薬草として用いられた。

夜のロマンツェ*

孤独な者が　星の幕舎の下
静かな真夜中を行く。
少年が　夢から錯乱して　目覚め、
その顔は　灰色に　月明りのなかで衰えていく。

愚かな女が　髪を解いたまま　泣いている
格子がはめられ　こわばっている窓べで。
池では　甘美な船にのって
恋する者たちが　不可思議に　通り過ぎていく。

殺人者が　蒼ざめて　葡萄酒のなかで微笑む、
病んだ者たちを　死の恐怖が襲う。

尼僧が傷つき　衣服もまとわず　祈っている
キリストの十字架の苦しみの前で。

母が　眠りのなかで　小さな声で歌う。
とても安らかに　夜　子供が見つめている
真実そのものである目をして。
売春宿で　高笑いが響く。

下の地下の穴蔵では　獣脂の蠟燭のそばで
死者が　白い手で描く
うすら笑いを浮かべる沈黙を　その壁に。
眠っている者は　まだ　囁いている。

〔訳註〕　*ロマンツェ（Romanze）　バラッド（Ballade）に類する詩形。民謡風な、
物語的な詩で、英雄的行為や恋愛をうたうのが普通。

赤い葉叢に　ギターの音があふれ……

赤い葉叢に　ギターの音があふれ
少女たちの黄色い髪が　風になびく
向日葵の並んでいる　垣根に。
雲を抜けて　黄金*の車がいく。

褐色の影の安らぎのなかで　口を閉ざす
老人たちが、白痴のように抱き合う。
孤児たちが　夕べ*の祈りのために　甘く歌う。
黄色い靄のなかで　蝿たちがうなる。

小川のほとりでは　女たちが　まだ洗濯をつづけている。
掛けられた麻布がはためく。

ぼくがずっと好きだったあの少女が
再び　夕べの薄明りのなかをやって来る。

生温かな空から　雀たちが飛びこむ
腐敗に満ちた緑色の穴のなかへ。
飢えた者のひもじさも癒えたように思わせる
パンと苦い香料の香りは。

〔訳註〕　*黄金の車　太陽神ヘリオスの馬車。
*夕べの祈り（Vesper）　カトリック教会で、聖務日課中の定時課の一つ。晩課。日没時に当る。荘重に歌われ、信者もとくにこれに参加する。

*ミラベル庭園の音楽　第二稿

泉が歌う。雲が浮ぶ
澄んだ青のなか、白く　柔らかな雲が。
ゆったりと　静かに　人々は歩む
夕べ　この古い庭を。

先祖たちの大理石は　灰色に褪せている。
鳥の列が　彼方へと渡っていく。
*ファウンが　死んだ目をして　眺めている
暗がりにすべり込んでいく　いくつもの影を。

葉が赤く　古びた樹を離れ
開いた窓から　円を描きながら舞い込んでくる。

火の輝きが　部屋のなかで燃え立ち
暗い　不安の亡霊を描く。

ひとりの白い異郷者が　家のなかに入ってくる。
犬が　崩れた廊下を走ってくる。
女中が　ランプを消す、
耳は　夜　ソナタ*の響きを聞いている。

〔訳註〕　*第一稿六二四―五頁参照。

*ミラベル（Mirabell）　ザルツブルク市内にある宮殿。噴水やバラの花壇で飾られたその庭園は、バロック様式の華麗な面影を残しており、様々なギリシャ神話の神々の立像や彫刻が置かれている。

*ファウン（Faun）　ローマの古い森の神。森林に起る神秘的な音と結びついて考えられていたので、「語り手」を意味するファトゥトス（Fatutus）、ファトゥクルス（Fatuculus）とも呼ばれ、穀物、家畜の守護神イヌウス（Inuus）とも同一視された。一方かれは、夢魔（インクボー）あるいは埋もれた宝の神ともされることがある。又ギリシャのパーンと同一視されることもあり、ここからかれは、複数として、古典時代に山野に住む羊飼の友である一種の精、ギリシャのサティロス（Satyrn）たちと同様なものになった。かれは、上半身裸で、下半身は山羊で、角と蹄をもつ姿で考えられていた。

*ソナタの響き　トラークルの詩においては、しばしばソナタの響きが聞こ

えてくる。トラークルの両親は音楽教育に熱心であり、六人の子供たちのなかでも、彼ゲオルクとその最愛の妹グレーテには特に音楽的才能があったといわれている。詩人自身、特に好んでロマン主義の音楽家の曲をピアノで弾き、又後にベルリンでコンサートピアニストとなったグレーテも、兄と好みを同じくしていた。詩人は妹の才能をうらやむのではなく、常に讃美していたといわれており、ここにも自分とのつながりを強く感じていたのであろう。

夕べのメランコリー

――死に絶えた　茫漠たる森――
そして影たちが　そのまわりで　生垣のようだ。
あの獣が　震えながら　隠れ場からやって来る、
小川は　ひっそりとすべっていく

羊歯や古い石のあとを追い
銀色に、もつれ合った葉の間で　きらめいている。
まもなく　黒い谷に流れ込むのが　聞こえる――
もしかしたら　星たちももう　輝いているかもしれない。

暗い平地は　果てしないようだ、
散らばった村々、沼、池。

そして　何かが　お前には　炎のように見える。
冷い輝きが　道のうえを去っていく。

天では　動く気配がする、
*一群の野鳥が渡っていく
あの国々へ、美しい、よその国々へ。
葦が　身を起したり　沈めたりしている。

〔訳註〕 *一群の野鳥が渡っていく　ゴルトマン (H. Goldmann) によれば、このように遠ざかっていく鳥の列は、夢想の象徴であり、圧迫された心が解放されることを表わしている。(H. Goldmann: Katabasis. Eine tiefenpsychologische Studie zur Symbolik der Dichtungen G. Trakls, Salzburg 1957)

冬の夕暮れ

マックス・フォン・エステレに*

金属でできた黒い空。
赤い嵐のなかを　縦横に
夕べ　飢えに狂った烏たちが　吹き飛ばされている
公園のうえを　恨みがましく　色褪せて。

むらがる雲の間で　一条の光が凍りつく、
すると　悪魔の呪いの前で　烏たちが
輪を描き　そして降りてくるのだ
その数は七倍にもなって。

腐った肉を　甘いのも　味のないのも
音もなく　かれらの嘴が啄む。

家々は　物言わぬ近さから　脅やかす、
劇場の広間の明るさ。

教会、橋、救貧院が
恐ろしげに　黄昏のなかに立っている。
血の染みのある麻布が
帆となって　運河のうえで　ふくらんでいる。

〔訳註〕　*マックス・フォン・エステレ（Max von Esterle）“Brenner”誌の同人、画家。インスブルックにアトリエを構えていたが、ここで描いたトラークルのカリカチュアが残っている。トラークル自身も、このアトリエで自画像を描いている。

ロンデル*

流れ去った、昼の黄金が、
夕べの茶と青の色あい
羊飼たちの穏やかな笛の音も絶えた
夕べの青と茶の色あい
流れ去った、昼の黄金が。

〔訳註〕 *ロンデル　フランス起源の短詩形、ふつう十四行で二個の脚韻があり、最初の二行は七、八行、及び十三、十四行で繰り返される。トラークルの詩は、厳密にこの規則にしたがってはいない。

女の祝福*

仲間の女たちの間を　ゆっくりと歩み
そして　お前は　時おり　重苦しく微笑む、
こんなに不安な日々が　やって来たのだ。
白く　罌粟が　垣根で枯れている。

お前の身体のように　こんなに美しくふくらんで
金色に　葡萄が　丘で熟す。
遠くで　池の鏡が輝いている
大鎌が　畑で　音をたてている。

茂みでは　露がころがる、
赤く　葉が　舞い落ちる。

愛する女を迎えようと
褐色の逞ましいモール人が近づく。

〔訳註〕 *表題「女の祝福」とは原題 "Frauensegen" を直訳したものである。祝福 "Segen" は、俗語の "gesegneten Leib" という言い回しの場合、「妊娠している」という意味で用いられている。この詩に描かれているのも、妊婦の姿とよめる。しかし又、"Segen" という語は「祝別」「祝福」を意味するカトリック教会の用語であり、第三節の「愛する女」"liebe Frau" は同様に「聖母マリア」"unsere liebe Frau" を、「モール人」は、陽にやけた農夫の姿であると同時に、東方の三博士の一人を想起させる。この意味において解釈すれば、第一節は、聖母マリアの受胎告知を、第二節は、彼女の妊娠を、第三節はキリスト誕生を祝う三博士の礼拝を、つまり、聖母マリアの受胎を、この詩は描いているともよめる。

美しい町*

いくつもの古い広場は　陽を浴びて　黙している。
深々と　青や金色に紡ぎ込まれ
夢のように　優しい尼僧が　いそいでいく
橅の木の重苦しい沈黙の下を。

褐色に明るくなった教会から
見つめている、清らかな死の像たちが、
偉大な君主たちの美しい微章が。
王冠が　教会で鈍い光を放っている。

幾頭*もの馬が　泉水から浮かび上る。
木々の花爪が　脅かすように迫っている。

少年たちが　夢のために錯乱して遊んでいる
夕べ　声もなく　あそこの泉水のほとりで。

少女たちが　戸口でたたずみ、
はにかみながら　色とりどりの生命に見入る。
その濡れたくちびるは　震えている
少女たちは　戸口で待っている。

おののきながら　鐘の音が漂う、
行進の歩調が響く、衛兵の呼び声。
異郷者たちが　階段で耳をすます。
高々と　青の中にオルガンの音が響く。

明るい楽器が歌う。
木の葉で縁どられたいくつもの庭をぬけ
美しい婦人たちの笑いがさざめく。
小さな声で　若い母たちが歌う。

ひそやかに　花の咲き乱れた窓べに放たれる
*薫香、タール、リラの香。
疲れ果てた瞼が　銀色にきらめく
咲きほこる花ごしに　窓べの花ごしに。

〔訳註〕
*美しい町　トラークルの生れ育った町であり、華麗なバロック時代の面影を残している古都ザルツブルクをさす。
*幾頭もの馬が　泉から浮かび上る。　ザルツブルクの市の中心にあり、トラークルの生家の近くでもあったドーム広場の北側にある噴水 "Residenz-brunnen" には、鼻から水を吹き出しながら踊り出てくるような馬の彫刻が、水盤に置かれている。
*薫香　アラビア、東アフリカ、東インドの種々の香木の樹脂、及びそれを燃やして生じさせる香煙を指す。キリスト降誕のときの三博士の礼拝の供物のひとつでもあり、キリスト教会において、象徴的に、キリスト信者の熱誠、聖徳の芳香、神への祈り、善業の上昇を表わす。

人気のない部屋で

いくつもの窓、色とりどりの花壇、
オルガンの音が流れ込む。
いくつもの影が　壁掛けで踊る、
不思議な様で　狂った輪舞。

燃え上るように　茂みが風に吹きひるがえり
蚊柱がゆらめく。
遠くの畑で　大鎌が刈り取りをする
そして　古い水が　歌う。

誰の　息吹きがぼくを愛撫しにやって来るのだろう。
燕が　乱れた図形を描く。

静かに　果てしなく流れる
あそこで　金色の森林地帯が。

炎が　花壇でゆらめく。
もつれながら狂った輪舞が恍惚としている
あの黄ばんだ壁掛けで。
誰かが　戸口で　中をのぞいている。

薫香と梨が　甘く香り
グラスや櫃は暮れていく。[*]
ゆっくりと　熱い額が傾いていく
あの白い星たちの方へと。

〔訳註〕　*グラスや櫃　トラークルの父は、富裕な商人であり、その家には高価な家具調度が並べられており、特に母は、古美術品の収集家で、彼女の部屋には、バロック様式の家具や高価なガラス器、陶磁器があふれていた。彼女の関心はもっぱらそれらに向けられており、終日この自分の部屋に閉じこもっていたこともしばしばであったといわれている。トラークルが、この美しい調度品に感じていたものは、それ故、母から受け容れてもらえない疎外感であり、

あるいは、故郷ザルツブルクに対して感じていたのと同様に、過去の華麗さが今は滅んでいくそうした没落の匂いでもあっただろう。

少年エーリスに*

エーリス、くろうたどりが　黒い森で呼ぶとき、
それが　お前の没落だ。
お前のくちびるは　岩間の青い泉の冷さを飲む。

そっとしておくがよい、お前の額が　静かに血を流すとき
太古の伝説を
鳥の飛翔の暗い意味を。

けれど　お前は　柔らかな足どりで　夜の中へと入っていく、
そこには　たわわに　深紅の葡萄の房が垂れていて
お前は　両腕を　ますます美しく*　青のなかで　動かすのだ。

茨*の茂みが鳴っている、
そこに　お前の月のような両目がある。
おお、何とはるかな昔、エーリス、お前は死んでしまったのか。

お前の身体は　ひとつのヒヤシンス*だ、
ひとりの僧が　蠟のような指を　そのなかにひたす。
黒い洞穴だ、ぼくたち*の沈黙は、

そこから　時おり　一匹の優しい獣が歩み出て
ゆっくりと　重い瞼を伏せる。
お前のこめかみに　黒い露がしたたる、

衰えていった星たちの　最後の黄金。

〔訳註〕　*エーリス（Elis）　この少年の名の由来としては、いくつかの説があるが、ラッハマン（E. Lachmann）は、"Elis" という語を語源的にみて、ギリシャ語の「楽園」を意味する "Elysium" と関係づける。あるいは、ヘブライ語の神を表わす "el" と、人間、男を表わす "isch" の合成語として、つまり、"Elis" を "Gott-Mensch"（「神—人間」）として解釈する。（E. Lach-

mann: Kreuz und Abend, Salzburg 1954) こうした解釈には、トラークルの描いている「エーリス」像のもつ、神的な、汚れなき存在としての性格が表わされている。

一方、ゴルトマンを始めとして、「エーリス」の名の由来を、語源的にではなく、北欧に伝わる伝説においている研究者たちもいる。この伝説とは、次の如くである。すなわち「スウェーデンのファルン鉱山で、一人の青年の死体が発見された。その死体は少しも損なわれておらず、青年の、生き生きとした生前の若さはそのままにとどめられていた。やがて、そこに来合わせた老婦人によって、この青年は、五十年前に行方不明となった彼女の婚約者であることがわかった。」この伝説をもとに、ホフマン (E. T. A. Hoffmann 1776–1882) は、鉱山主の娘との婚礼の朝、以前、山の中で出会った地下の女王のもとへと失踪する青年エリス・フレボム (Elis Fröbom) を主人公とする小説「ファルン鉱山」("Die Bergwerke zu Falun") を書いている。又、トラークルとほぼ同時代の、オーストリアの象徴主義詩人・作家のホーフマンスタール (H. v. Hofmannstahl) も、同名の戯曲を書き、その中では、伝説に更に忠実に、五十年後の死体となった青年とかつての婚約者との再会の場面も描かれている。こうした北欧伝説にもとづいた「エーリス」像は、トラークルの描く「エーリス」と、老いることなく永遠の若さを保持しつづけている点、又、地下の女王のもとへと、つまり根源的なものへと入っていく点などが、一致しているように思われる。

エーリスとトラークル自身との関係について、ハイデッガー (M. Heidegger) は、ニーチェがツァラトゥストラの姿と異なるように、エーリス

も、トラークルが自分自身と考えている人物ではないが、しかし、エーリスも、トラークルも、その本質とさすらう旅とが、没落から始まる点で一致するのだと言っている。(M. Heidegger: Die Sprache im Gedicht. Eine Erörteruug von Georg Trakls Gedicht, in Unterwegs zur Sprache, Pfui-llingen 1959)

*ますます美しく　ここでは、比較級が用いられている。エーリスは、生きているときよりも、死んで夜の中へ入っていったときの方が、美しくふるまう。あるいはこの夜の中へ、奥へ奥へと足を踏み込んでいけばいく程、その美しさが増していくとも読める。この夜は、古くから高貴な色であった深紅とカンディンスキーも「典型的な天の色」(カンディンスキー著・西田秀穂訳『抽象芸術論　芸術における精神的なもの』美術出版社)であるという青に満たされている。清らかな神聖な世界である。そこで、喜ばしげに、うれしげに動くエーリスの姿からは、見知らぬ世界へ入りこんだ者というよりは、己れのいるべきところへ戻った者と、言い換えれば、己れの本質を再び見出した者という印象を受ける。

*茨の茂みが鳴っている、　旧約聖書において、神が燃える茂みからモーゼに語りかける場面が想起される(出エジプト記三―一～)

*ひとつのヒヤシンス　エーリスは、ヒヤシンスの花にたとえられている。この花は、ギリシャ神話で、アポロに愛され、共に円盤投げをして遊んでいる時に、アポロの投げた円盤に当り死んだ美少年ヒヤキントゥス"Hyakinthos"の額から流れた血から咲き出た花といわれている。この伝説にみられる傷つきやすく少年のままに死んだ者のイメージは、当然エーリスのそれと

一致するであろう。ゴルトマンは更に、このヒヤキントゥスの伝説の中に、両性具有的な性格をみている。
*ぼくたち　ゴルトマン、ラッハマンは、これは、エーリスと詩人の事であるという。

雷雨の夕べ

おお　赤い夕べの幾時間！
きらめきながら　開いた窓べで揺れる
葡萄の葉が　もつれながら　青の中に巻きつけられて、
そのなかに　不安の亡霊が巣くっている。

埃が　溝の悪臭のなかで踊っている。
音をたてて　風が窓ガラスにぶつかる。
一群の野生の馬たちを
ぎらぎらと　雲を　稲妻が　追いたてていく。

大きな音をたてて　池の鏡が砕ける。
鷗たちが　窓枠で鳴き叫ぶ。

火の騎士*が　丘から駆けおりて
樅の林で　砕けて　炎となる。

病んだ者たちが　病院で　金切り声を上げる。
青みをおびて　夜の羽根がざわめく。
きらきら輝きながら　突然　激しく叩きつけられる
雨が　屋根に。

〔訳註〕　*火の騎士（Feuerreiter）伝説上の人物。魔術に通じていて、炎のまわりを、一回もしくは数回まわることによって炎を消すことができるといわれている。シュタイガーは、メーリケ（Mörike, 1804-1875）の「炎の騎士」（Feuerreiter, 1824）の影響を指摘している。（E. Steiger: Zu einem Gedicht Georg Trakls. In: Neue Zürcher Zeitung. 5. Januar 1964）（メーリケのこの物語詩は、恐るべき破滅につながる悪霊的なものの運命を形象化したものであり、白い帽子を被って、不安気に部屋の中を歩き回るヘルダーリンの姿にヒントを得てつくられた。『メーリケ研究』宮下健三著　南江堂参照）

夕べのミューズ*

花で飾られた窓べに　再び戻ってくるのだ、教会の塔の影が
そして黄金のものが。熱い額は　安息と沈黙のなかで　冷えていく。
泉が　栗の木の枝の暗がりで衰えていく——
そのとき　お前は感じるのだ、*これでよし　と、つらい疲れに包まれて。

市場には　夏の果実も花環もない。
よく似合っている、市門の黒い虚飾が。
ある庭に　柔らかな楽器の響きが流れる、
そこで　友だちが　食事を終えて集うのだ。

白い魔法使のおとぎ話に　喜んで　魂が耳をかたむける。
まろやかに、昼間刈り入れ人たちが刈り取った穀物が　ざわめく。

忍耐強く　過酷な生活が　小屋で黙している、
牛たちの穏やかな眠りを　牛舎の灯りが照らしている。

大気に酔いしれて　やがて　瞼は沈んでいき
それから　そっと　星たちの見知らぬしるしに向って　開くのだ。
*エンディミオンが　古びた柏の樹々の暗がりから浮かび上り
悲しみにあふれた水のうえに　身をかがめる。

〔訳註〕　*ミューズ　ギリシャ神話において、ゼウスとムネモシュネの娘。九名おり、種々の芸術を司る。自らもオリンポスの神々や英雄たちの宴でアポロンの七絃琴に合わせて歌った。

*これでよし "Es ist gut" 創世記における神の天地創造の場面を思い出させる。神は光を闇からわけ、地と海を、草木を、太陽と月を、動物を創り、これを「神は見て、良しとされた。」(Gott sahe, daß es gut war)(創世記第一章)

*エンディミオン　アエトリオス(ゼウスの子)とカリュケー(アイオロスの娘)の、あるいはゼウスの子。テッサリアからアイオリストを率いてエーリス(Elis)に住み、その王となった。月の女神セレーネに愛され、彼女の願いにより、ゼウス(一説には女神自身)は不老不死の永遠の眠りを彼に授け、彼女は毎夜、天上から降って眠れる恋人と夜をともにした。

悪の夢　第一稿

次第々々に　銅鑼の金褐色の響きは消えていき——
恋する者がひとり　黒い部屋で　目を覚ます
その頬を　窓にまたたく炎に寄せながら。
河では　帆やマストやロープがきらめく。

ひとりの僧侶、ひとりの身ごもった女が　あそこの雑踏のなかに。
ギターがかき鳴らされ、赤い上着もほのかに光る。
栗の木立が　重苦しげに　金色の輝きのなかで萎えていく。
黒々と　教会の悲しげな虚飾が　そびえ立っている。

蒼い仮面から　悪の霊が見つめる。
広場は　不気味に　鬱々と暮れていく、

夕暮れ　島で　しきりに囁く声がする。
鳥の飛翔が描くもつれた図形を読んでいる
夜には　朽ち果ててしまうかもしれない癩患者たちが。
公園では　戦きながら　兄妹*が見つめ合う。

〔訳註〕　*第二、三稿六二五―六頁参照。

*夢　トラークル研究者の一人、ズィモーン（Simon）は、トラークルの詩的宇宙を形づくる重要なものの一つとして、「夢」を挙げている。彼は、「夢」とは、「時間の空間化」であると言っている。つまり、様々な像が時間的な継起性から解放され、一瞬の空間にすべてまとめられ、それぞれのもつ重量というものは失われ「一つのものは、他のもののなかで反響し」それによって連結し合った「同時的な眺め」というものが生れること、それが「夢」なのであると言う。（K. Simon: Traum und Orpheus. Eine Studie zu Trakls Dichtungen, Salzburg 1955）この詩全体にも、こうした「夢」の性格がよく現われていよう。

*兄妹　原語“Geschwister”は、兄弟姉妹いずれをも示す語である。それ故、はっきりと「兄と妹」と訳するのは不適当かもしれない。しかし、この詩全体に感じられる悪の、あるいは罪の意識というものから、この“Geschwister”を、詩人と、その最愛の妹の姿として解釈した。

霊の歌

しるしを、珍らしい刺繡を
颪に揺れる花壇が描く。
神の青い息吹きが　流れ入る
庭にのぞんだ広間へと、
晴れやかに。
十字架がひとつ　野生の葡萄の間にそびえている。

聞いてごらん、村で楽しんでいる人々を、
庭師が　塀のところで　草を刈り
かすかに　オルガンの音が　流れている。
響きと金色の輝きが　混ざり合う、
響きと輝きが。

愛が　パンと葡萄酒を祝福する。

少女たちも　中に入ってくる
すると　雄鶏が　最後のときをつくる。
穏やかに　朽ちたギターの音が流れ、
薔薇の冠と輪舞のなかで、
薔薇の輪舞のなかで
マリアが　白く　気高く　安らっている。

乞食が　あそこの古い石の傍で
祈りながら　死んでいったようだ、
静かに　ひとりの羊飼いが丘*を下り
ひとりの天使が　森で歌う、
近くの森で
子供たちを眠りに誘うように。

〔訳註〕 *丘　ゴルトマンによれば、トラークルの詩の世界において、丘は、人間の世界と宇宙との接点として、明るさと暗さをはっきり映し出すものとして理解される。

秋に

向日葵が　垣根で輝いている、
静かに　病んだ者たちは　陽の光を浴びて座っている。
畑では　歌いながら　女たちが仕事に精を出す、
修道院の鐘が　そこへ流れてくる。

鳥たちが　お前に　遠い国のおとぎ話を語る、
修道院の鐘が　そこへ流れてくる。
中庭から　柔らかなヴァイオリンの音が響いてくる。
今日　人々は　褐色の葡萄をしぼる。

こういう時　人間は　陽気で優しく見える。
今日　人々は　褐色の葡萄をしぼる。

死者たちの部屋は　大きく開かれ
そして　美しく　陽の光に彩られる。

夕べ　ぼくの心は

夕べ　蝙蝠たちの叫ぶ声が聞こえる。
二頭の黒馬が　草地で跳ねる。
赤い楓がざわめく。
さすらう者の途上に　小さな居酒屋が現われる。
素晴らしくおいしい　新しい葡萄酒と胡桃。
素晴らしい、酔いしれて　暮れていく森を　よろけながら歩むのは。
黒い枝々を抜けて　悲痛な鐘の音が響く。
顔のうえに　露がしたたる。

農夫たち

窓の前では　緑と赤が鳴り響く。
黒く煤けたみすぼらしい部屋で
下男や下女たちが　食卓にむかい、
葡萄酒を注ぎ　パンをちぎる。

真昼の深い沈黙のなかで
時おり　わずかな言葉が洩れる。
畑は　絶えず　きらめいて
空は　鉛のように　重く広がる。

歪んだ炎が炉のなかでゆらめき
蝿の群が　羽音をたてる。

下女たちが　おずおずと口を閉ざし　耳を澄ます
そのこめかみで　血が脈打っている。

そして時おり　激しい欲情に満ちた眼差がぶつかり合う、
その時、獣じみた臭いが　部屋を吹き抜ける。
単調に　ひとりの下男が　祈りの言葉を唱えている
雄鶏が　戸口の下で　ときをつくる。

そして再び畑へと。ひとつの恐怖が包みこむ
しばしば　かれらを　轟き荒れ狂う穂のなかに
そして　軋めきながら　見え隠れする
大鎌が　亡霊のように　拍子をとって。

〔訳註〕　＊緑と赤が鳴り響く　ここでは、「緑」「赤」という色彩と「鳴り響く」という音とが呼応して用いられている。トラークルの詩においては、この色彩と音響との呼応、つまり、視覚と聴覚との結合は、頻繁に現われるが、その他にも「匂い」といった嗅覚、「苦い」「甘い」といった味覚、「冷い」「固い」といった触覚も互いに呼応して用いられている例を見出すことができる。こうした諸感覚の呼応は、心理学においても取り上げられる現象であり、「ある感覚が刺激を受けた場合、その感覚だけでなく、同時に他の感覚も反応す

る」現象を、心理学者は共感覚（Synästhesie）と呼んでいる。しかしトラークルにおけるこうした諸感覚の結合は、非常に頻繁かつ多様であり、例えば通常では考えにくい嗅覚と触覚との呼応の例なども挙げ、K. L. Schneider は、単に共感覚として解釈されるべきものではないと指摘している。(K. L. Schneider: Der bildhafte Ausdruck in den Dichtungen Georg Heyms, Georg Trakls, und Ernst Stadlers. 3 Aufl, Heidelberg 1968) それは又、単なる恣意的行為でもないことは、E. Steiger も言っている。(E. Steiger: Zu einen Gedicht Georg Trakls, In: Neue Zürcher Zeitung. 5. Januar 1964) K. L. Schneider は次のように述べている。すなわち「トラークルがこうした共感覚的用法において、言葉のもつ客観的具体的意味を抽象化し、色彩、音、匂い、触覚を単なる気分価値（Stimmungswert）として理解することにより、いわば諸感覚領域の間の本来の区分線は取り消され、それにより諸感覚の交換の無限の可能性が開かれる。こうして論理（Logik）のあらゆる境界が飛びこえられる。」と。

　こうした新しい詩的宇宙の創造には、「暗くまた奥深い合一に結ばれるように、匂いと色と音は、互いに応え合う。」（「万物照応」粟津則雄訳）とうたうボードレール（C. Baudelaire 1821–67）や、「凡ゆる感覚を放埓奔放に解放することによって未知のものに到達することが必要なのです。」（一八七一年五月一三日イザンバール宛書簡、平井啓之訳）あるいは、『詩人』はあらゆる感覚の、長期にわたる、大がかりな、そして理由のある錯乱を通じてヴォワイヤンとなるのです」（同年同月一五日同書簡、同訳）と書くランボー（A. Rimbaud. 1854–91）の影響を強く見ることができよう。

万霊節*

カール・ハウアー*に

ちっぽけな男たち、女たち、悲しげな仲間たち、
かれらは　今日　青や赤の花を撒く
ひっそりと灯りのともった地下納骨所のうえに。
かれらは　死の前で　哀れな人形のようにふるまう。

おお　何と　かれらはここで　不安と謙虚に満ちてみえることか、
黒々とした藪のうしろに立っている影のよう。
秋の風にのって　生れぬ者たちの泣き声が嘆く、
迷いながら進む灯も見える。

恋する者たちの吐息が　枝々の間に洩れる
あそこで　母が幼な児を抱いて　朽ち果てていく。

非現実のようだ、生きている者たちの輪舞は
そして　不可思議に　夕べの風の中に吹き散らされるようだ。

かれらの生は　こんなにも乱れ、濁った災いでいっぱいだ。
神よ　哀れんで下さい、この女たちの地獄と苦悩を、
そして　この希望のない死の嘆きを。
孤独な者たちが　静かに　星の広間(ホール)をさすらっていく。

〔訳註〕　＊万霊節　カトリック教会で信者の霊を祭る日。十一月二日。
＊カール・ハウアー（Karl Hauer 1875–1919）“Fackel”（炉火）誌の同人、批評家。トラークルと同様ブルジョア出身でありながらボヘミアンであり、同時代の俗物のモラルを激しく攻撃した。トラークルは一九一一年、かれと知り合い、共に遊興にふける放蕩な日々を過した。

メランコリー　第三稿*

青み*を帯びた影たち。おお、その暗い眼、
それが　じっと　ぼくを　すべり去りながら　眺めている。
ギターの音が　優しく秋の道連れとなっている
この庭園で　褐色の灰汁のなかに溶かされて。
死のきびしい暗さを差し出す
ニンフの両手が、赤い乳房を吸う
朽ちたくちびるが、そして　黒い灰汁のなかへ
太陽の若者の濡れた巻き毛が　すべりこんでいく。

〔訳註〕　*第一、二稿六二七―八頁参照。
*青みを帯びた影たち、褐色の灰汁、赤い乳房、黒い灰汁　トラークルの詩の世界における色彩については、その共感覚的な用法においても触れたが、（「農夫たち」参照）、色彩語の登場する頻度はきわめて高く、そして果して

いる役割も重要であることは、多くのトラークル研究者たちが指摘している。そして彼の色彩語の用法は、写実的態度の結果でもないし、逆に恣意的な思いつきによるものでもないことも彼らの主張するところである。シュタイガーは、「象徴的表現」(Symbolik) という言葉が、あらゆる外的なものは心的なものであり、あらゆる心的なものもまた常に外的なものであるということを意味し、そして、トラークルはそもそもただ心的に透視された世界だけを見ているということを意味しているというのであれば、当然トラークルの色彩は非常に象徴的であると考え、トラークルの色彩の用法を「色彩象徴法」(Farbensymbolik) と呼んだ。あるいは、シュナイダーによれば、トラークルにおいて色彩は象徴として言い表わしがたい感情の価値を表わしているのであり、こうした象徴的用法では、色彩語のもつ現実の視覚的な性質は全くあるいは部分的にでも度外視され、それにより色彩語は「気分象徴」(Stimmungssymbol) ともいうべきものとして用いられるのである。つまりシュナイダーの考えではトラークルは色彩のもつ刺激的な力を主観的、心的に存在するものを象徴的に表現するために用いているのである。つまり、トラークルにおいて、色彩語は付加的な役割をなしているというよりも、ある独立した価値を有しているといえよう。

生の魂

没落、それが　柔らかく　木の葉を暗く包み、
森には　広がっているその沈黙が　宿っている。
やがて　ひとつの村が　亡霊のように傾いていくようだ。
妹の口が　黒い枝々の間で　囁いている。

孤独な者が　やがて　すべり抜けていくだろう。
おそらく　ひとりの羊飼いが　暗い小径をたどって。
一匹の獣が　そっと　木々のアーチから歩み出る、
瞼を　神性の前で　大きく見開いて。

青い川は　美しく流れ下り
夕暮には　雲が現われる、

魂は　又　天使のような沈黙のなかに。
いくつものはかない形が　沈んでいく。*

〔訳註〕　*沈んでいく　原語"untergehen"、つまり「下へ向う」という言葉であり、比喩的に「没落する」あるいは「滅亡する」という意味をもつ。この語をはじめとして、トラークルの詩の世界には、「沈む」(sinken)「降る、落ちる」(fallen)「傾く」(neigen)など、下降の方向を示す語が、非常に多く登場する。

輝く秋

力強く　こうして一年は終る
金色の葡萄酒と　庭の果実たちを伴って。
まろやかに沈黙している　驚くべき森は
そして　それは　孤独な者の道連れなのだ。

すると　農夫が言う、*これでよい　と。
お前たち　夕べの鐘は　長々と　低く
最後になって　喜ばしい気分を差し出す。
鳥の列が　旅の途上で　挨拶を送る。

愛の　穏やかな季節だ。
小舟にのって　*青い川を下る

何と美しく　形は　小さな形と並び合って——
そして　安息と沈黙のなかを　沈んでいく。

〔訳註〕
*これでよい　と「夕べのミューズ」(五一頁)参照。
*青い川を下る　トラークルの「青」は、しばしば動く水と、この詩のように下降していく流れと結びつく。

森の片隅

カール・ミニッヒに*

褐色の栗の木立。ひそやかに　年とった人々が　すべり込んでいく
より静かな夕べのなかへと。柔らかく　美しい葉たちがしおれていく。
墓地では　くろうたどりが　死んだ従兄と戯れている、
アンジェラのお伴をして　金髪の教師がいく。

死の清らかな像たちが　教会の窓から眺めている、
けれど　血なまぐさい地は　悲しみにあふれ　陰鬱に見える。
門は　今日　閉ざされたままだ。鍵は寺男が持っている。
庭では　妹が　親しげに　亡霊たちと語らっている。

古い酒蔵のなかでは　葡萄酒が　金色に　明るく熟していく。
甘く　林檎が香る。喜びが輝くのは　それほど遠いことではない。

長い夕べには　子供たちは　おとぎ話に　喜んで耳を傾ける、
柔らかな狂気にも　しばしば　金色のものが　真実が　現われる。

青が　木犀草の香にあふれて流れる、部屋部屋には蠟燭のあかり。
つつましい人たちには　かれらの場所が　心地よく整えられている。
森の縁を　ひとつの孤独な運命が　すべり下っていく、
夜が現われる、安息の天使が、敷居のうえに。

〔訳註〕　*カール・ミニッヒ（Karl Minnich）　トラークルのギムナジウム時代からの友人の一人。

冬に　I

畑が　白く　冷く　光る。
空は　孤独で　身の気がよだつようだ。
こがらすたちが　池のうえで　輪を描く
猟師たちが　森から降りてくる。

沈黙がひとつ　黒い梢に巣くっている。
火影が　小屋から　急ぎ去っていく。
時おり　はるか遠くで　橇がすべり飛ぶ。
そして　ゆっくりと灰色の月が上る。

一匹の獣が　静かに　畦道で　血を流している
鳥たちは　血の溝を　ピチャピチャ歩く。

葦が　黄色く、身を伸して　震えている。
霜、靄、人気ない森に足音。

古い記念帳のなかに

繰り返し　返ってくるのだ、お前　メランコリーよ、
おお　孤独な魂の柔らかさよ。
金色の一日は　きらきらと輝いて終る。

つつましく　苦しみへと　身をかがめるのだ、耐え忍ぶ者は
快い調べと柔らかな狂気に満ちた響きをたてながら。
ごらん！　もう　日が暮れてきた。

繰り返し　夜は戻ってくる、そして　死すべきものは嘆き
別の死すべきものと共に　悩むのだ。

戦きながら　秋の星たちの下で

年ごとに　深く　又深く　その頭が傾いていく。

〔訳註〕

*傾く　原語 "neigen" は、「傾ける」「曲げる」又は、再帰動詞として「傾く」「身をかがめる」という意味の語であるが、「日が傾く、沈む」という場合でも用いられ、「衰える」「終りに近づく」という意味も含んでいる。トラークルはこの語を非常に頻繁に用いているが、それは、トラークルの詩の世界の中心を流れる「没落」の概念と通ずるのであろう。特に、この語は、秋の様々な形象と結びついて現われており、こうした関連は、ヘルダーリンの狂気の世界で生れた詩を想起させると、ズィモーンは指摘している。

変容　第二稿*

秋の、赤く陽に灼かれた庭に沿って、
ここでは　静寂のなかに　逞ましい生活があらわれる。
人の両手は　褐色の葡萄を運び
柔らかな苦痛が　眼差のなかに沈んで。

夕暮れ、歩みは　黒い土地を通っていく
次第に見えてくる　赤い橅の木立の沈黙のなかに。
一匹の青い獣が　死を前にして　身をかがめようとする
そして　恐ろしげに　空ろな衣装が朽ちていく。

安らかなものが　居酒屋の前で戯れている、
ひとつの顔が　うっとりと　草のなかに沈んでいった。

にわとこの実、優しく酔いしれるフルート、
木犀草の香、それが　女性的なもののまわりに寄せてくる。

〔訳註〕　*第一稿六二八—九頁参照。

小協奏曲

赤がひとつ、それが　夢のように　お前の心をゆさぶる——
お前の両手を透かして　太陽が輝く。
お前は感じている、お前の心が　歓喜に狂い
静かに　ひとつの行為を準備するのを。

真昼　黄色い野原が流れていく。
お前が　こおろぎの歌う声を　耳にするかしないうちに、
刈り入れ人たちの　きびしい大鎌の揺れ動き。
無邪気に　金色の森は黙している。

緑色の沼では　腐敗が　燃えるように輝いている。
魚たちは　じっとしている。神の息吹きが

優しく　靄のなかで　弦楽器を目覚めさせる。
癩患者たちに　満潮が　快癒を合図する。

ダイダロス*の霊が　青い影のなかに漂う、
乳の香が　榛の枝々の間に。
まだ聞こえている、先生がヴァイオリンを奏でているのが、
人気のない中庭に　鼠たちの叫ぶ声が。

不格好な壁かけの傍の水差しには
もっと冷い菫色が咲いている。
争いながら　暗い声々が死んだ。
フルートの最後の和音につつまれているナルシス*。

〔訳註〕

*ダイダロス　ギリシャの神話的発明家。アテナイの人。甥を殺してクレタに逃亡し、ミノス王のために、怪物ミノタウロスを幽閉する迷宮（Labyrinthos）をつくった。その後ミノス王に監禁されたが、翼をつくり、これを着けて息子のイカロス（Ikalos）と共に空中からクレタを脱出した。途中、翼を失ったイカロスは海中に没して死に、イカリア海の名はそこに起った。

*ナルシス　ギリシャ神話の美青年。ニンフのエコーが彼に恋したが、これ

をしりぞけたため、女神アフロディテの怒りをかい、泉に映る自分の姿を恋するという永遠にかなわぬ思いに苦しむ運命を与えられた。彼は次第にやせ衰え、やがて死んで水仙となったといわれている。

人類

砲口の前に据えられた人類、
打ち鳴らされる太鼓の音、暗い兵士たちの額、
血煙のなかを通っていく歩み、黒い鉄が鳴る、
絶望、悲しんでいる脳のなかの夜、
ここに　エヴァ*の影、狩　そして　赤い貨幣。
群がる雲、その間から　光がほとばしり出る、晩餐。
パン*と葡萄酒に　柔らかな沈黙が宿る
そして　あの人たちは　十二という数で集っている。
夜*、眠りながら　かれらは　オリーブの樹の枝の下で叫ぶ、
聖*トマスが　その手を　傷口に浸す。

〔訳註〕　*エヴァ（Eva）旧約聖書において、人類の始祖アダムの妻。蛇にそそのかされて、夫とともに禁断の木の実を食べ、神から楽園を追放された。この二

人の犯した罪が、キリスト教では原罪とよばれており、人間が生れながらにして背負っている罪とみなされている。イエズスは、この罪を贖うために十字架にかけられた。

*パンと葡萄酒、晩餐、集う十二人　これらの言葉は、新約聖書に描かれている最後の晩餐を想起させる。

*夜　眠りながら　かれらはオリーブの樹の枝の下で叫ぶ　イエズスは捕えられる直前、ゲッセマネの園で祈りを捧げていたが、ここには多数のオリーブの樹が植えられていたといわれている。キリストが祈っている間、弟子たちは眠ってしまっていた。(マテオ二六―三六〜四六、マルコ一四―三二〜四一、ルカ二二―三九〜四六)

*聖トマス　キリストの十二使徒の一人。キリストの手と脇腹の傷痕を見て、触るまで、キリストの復活を信じなかった。(ヨハネ二〇-二四〜二九)

散歩

I

音楽が　昼下り、木立の間で鳴っている。
麦畑では　まじめくさった案山子(かかし)たちが　まわっている。
にわとこの茂みが　ゆっくりと　道端で　風に吹き消される、
家が一軒　不可思議に　ぼんやりとかすんでいる。

金色に包まれて　タイムの香が漂う、
石のうえには　ひとつの晴れやかな数字が刻んである。
草原では　子供たちが　ボール遊びをしている、
すると　一本の木が　お前の前で　まわりはじめる。

お前は夢を見る、妹が　その金髪をくしけずり、
そして又　遠くの友が　お前に手紙を書いていることを。
干草の山が　灰色のなかで　黄ばんで　斜めに　逃げていく
そして　時おり　お前は軽やかに　不可思議に漂う。

2

時が過ぎ去る。おお　甘美なヘリオス*よ！
おお　蟇蛙の住む沼に映っている甘く　澄んだ像、
砂のなかに　ひとつの楽園が　不可思議に　沈んでいく。
きあおじたちを　茂みがその膝にのせて　揺っている。

お前の兄弟が　魔法にかけられた国で死ぬ
そして　鋼鉄のように　お前を　お前の両目が見つめている。
金色に包まれて　あそこに　タイムの香が。
少年がひとり　村に火をつける。

恋する者たちは　蝶となって新しく燃え上り
石と数字のまわりを　晴れやかに　ゆらめく。

鳥たちが　吐き気のするような食事のまわりで　羽ばたきする
そして　お前の額は　柔らかな緑のなかを　荒れ狂っていく。

茨の藪で　柔らかく　獣が一匹　息絶える。
お前のうしろを　明るい子供の日が　すべり追いかけてくる、
変りやすく　おぼろげな　灰色の風が
滅びの香気を　夕暮れのなかを　吹き寄せる。

3

昔の子守歌が　お前を　とても不安にさせる。
道端で　敬虔に　女が幼な児に　乳をふくませている。
夢みつつさまよいながら　お前は　泉が湧き出るのを聞く。
林檎の枝々からは、聖別の響きが降りそそぐ。

そして　パンと葡萄酒は　つらい労苦によって甘いのだ。
果実を探って　銀色に伸ばすお前の手。
死んだラケル*が　畑をいく。
穏やかな身振りで合図する　緑が。

祝福を受けて　哀れな少女たちの胎内も花咲き、
彼女たちは夢みつつ　あそこで　あの古い泉のほとりにたたずむ。
孤独な者たちが　朗らかに　静かな小径を行く
罪をもたない　神の創られたものたちと一緒に。

〔訳註〕　*ヘリオス（Helios）　ギリシャ神話の太陽神。ヒュペリオン及びテイアの子。太陽そのものの神格化で、毎朝四頭の馬にひかせた車にのって、東から天空に昇り、夕方西方に入り、夜の間に黄金の船でオケアノスを渡って元の位置に戻ると考えられた。
*ラケル　旧約聖書において、ヤコブの妻。ヨゼフ及びベンヤミンを産むが、ベンヤミンの出産の時に死亡する。（創世記三五―一六）

デ・プロフンディス　II

刈り株だらけの畑がある、そこに　黒い雨が降る。
褐色の木がある、それは　ひとりぽっちでたたずんでいる
囁く風がある、それは　人気のない小屋のまわりを吹きめぐる。
何と悲しいことか、この夕暮れは。

村の傍を通り過ぎ
優しい孤児の少女が　わずかな落穂を　まだ拾い集めている。
その眼は　夕暮れのなかで　丸く金色に見開かれ
その懐は　天の花婿を　待ちわびている。

家路をたどるとき
羊飼たちは　その甘美な身体が
茨の茂みで　朽ち果てているのを見つけた。

ひとつの影となって　ぼくは　暗い村々からは遠い。
神の沈黙を
ぼくは　森の泉から飲んだ。

ぼくの額を　冷い金属が踏みしめる
蜘蛛たちが　ぼくの心臓を探る。
ひとつの光がある、それは　ぼくの口のなかで消える。

夜、ぼくは　ヒースの荒野にいるぼくを見つけた、
塵と星くずに満たされて。
榛の茂みで
もう一度　水晶の天使たちが　鳴っていた。

〔訳註〕　＊ランボーの顕著な影響を指摘される作品である。題「デ・プロフンディス」(De Profundis) とは聖書の詩篇第百三十篇の冒頭の一文「(ああ　エホバよ) われふかき淵より汝をよべり」(De profundis clamavi ad, te Domine) の言葉「深き淵より」であるが、これは、ランボーの「地獄の一季節」のなかの「悪血」"Mauvais sang" にも見出される。"De Profundis Domine,

suis-je bête !"（「主よ、奈落の底より　寔に俺は阿呆だ。」（鈴木信太郎、小林秀雄訳）

更に、この詩の冒頭で用いられている「〜がある」「Es ist〜」の形式も、ランボーの用いた "Il y a……" に借りたものと考えられる。

Il y a une horloge qui ne sonne pas.
Il y a une fondrière avec un nid de bêtes blanches.
Il y a une cathédrale qui descend et un lac qui monte.
…………………

時を打たない時計がある。
白い生き物たちの巣のある窪地がある。
くだりゆく大聖堂、昇りゆく湖がある。
…………………

（「少年時」"Enfance" 渋沢孝輔訳）

トランペット

枝をおろされた柳の木々の下で、褐色の子供たちが遊び
葉が舞うところで、トランペットが鳴り響く。墓地の戦き。
緋色の旗が　楓の悲しみのなかを　突き進む、
騎士が　ライ麦畑に沿って　人気ない水車小屋に沿って。

あるいは　羊飼たちが　夜には歌い、鹿が姿を現わす
かれらの火のまわりに、森の太古の悲しみ、
踊る者たちが　黒い壁から現われる、
緋色の旗、哄笑、狂気、トランペット。

夕暮れ　II

中庭で、乳のような薄明りの魔法をかけられて、
秋の褐色になった葉の間を　弱々しい病んだ者たちが　すべるように歩んでいく。
かれらの蠟のように蒼白く　丸い眼差は　金色の季節を想っている、
夢想と　安らぎと　葡萄酒に満たされている季節を。

かれらの長い患いは　霊に満ちて　閉じこもっている。
星たちが　白い悲しみを拡げている。
灰色のなかで、幻覚と鐘の音に満たされて、
ごらん、何と恐ろしいものたちが　乱れ　散らばっていることか。

形のない　嘲る姿たちが　かすめたり、しゃがみこんだり

又、黒く十字となった小径を　はためいていく。
おお！　塀のところには、悲しみにあふれた影たち*。

他のものたちは　暗く翳っていく供廊を抜けて　逃げていく、
そして　夜には、かれらは堕ちていく、星の風の赤い戦きから
狂ったメナーデ*たちのように。

〔訳註〕　*悲しみにあふれた影たち　トラークルの詩において、しばしば人間は影となって現われる。シュナイダーは、詩人の場合重要であったのは、個々の具体的な特徴を描く事ではなく、人間の本質を把えて描く事であったために、このように人間は、重量もなくなり輪郭もあいまいに影として描かれているのだ、と言っている。それは又、この世における人間の不確かな、幻影のような存在という性格とも一致している。
　*メナーデ　ギリシャ神話において、酒神ディオニソスに従う狂乱の女たち。常春藤、樫、樅などの葉で頭を飾り、動物の毛皮を着て、歌や踊りでディオニソスの威力を謳歌した。

晴れやかな春　第二稿*

I

黄色い休耕地を横切って流れる小川のほとりで
まだ　去年の枯れた葦の群が続いていく。
灰色を抜けて　響きが　不可思議に　すべっていく、
生温かな堆肥の臭いが　吹き過ぎていく。

柳の花穂が　優しく　風に吹かれて揺れている、
悲しい歌を　兵士がひとり　夢みつつ歌っている。
帯のように広がる草地が　風になびき、疲れたように　ざわめいている、
子供がひとり　しなやかな　柔らかな輪郭をみせて　立っている。

あそこには　白樺の木々、黒い茨の藪、

逃げていく、いくつもの姿が　靄のなかに溶かされながら。
明るい緑が萌え、他のものは腐っていく
そして　蟇蛙たちは　若い葱をかきわけて　這い出てくる。

2

ぼくは　お前が本当に好きだ、逞しい洗濯女よ。
まだ　川の流れは　天の黄金の荷物を運んでいる。
小魚が　きらめきながら　泳ぎ過ぎ　消えていく。
蠟のように蒼白の顔が　榛の木の間を流れていく。

庭々に　鐘の音が　長く　低く　沈んでいく
小さな鳥が一羽　狂ったように囀る。
柔らかな穀物は　ひそやかに　うっとりとふくらんで
蜂たちが　更にきまじめに　一生懸命に　蜜を集めている。

愛よ、今、この疲れた　働く者のところに訪れよ！
その小屋には　生温かな光が一筋　降りそそぐ。
森が　夕べのなかを　にがにがしく　色褪せて流れ

そして　あちこちで　蕾が晴れやかな音をたてて開く。

3

すべて　生成するものは　何と　これほどにも病んで見えることか！
熱っぽい息が　村のまわりをめぐっている、
けれど　枝々から　ひとつの優しい霊が合図して
心は広く、そして　心配そうに　開くのだ。

咲きほころぶようなほとばしりが　とてもゆるやかに　流れ去り
生れぬ者は　自分の安らぎの中に浸っている。
恋する者たちは　かれらの星たちに向って咲きほこり
そして　ますます甘く　かれらの息吹きは　夜のなかを流れる。

こんなに痛々しくも善く、そして真実であるのだ、生きているものは、
*そっとお前に　古い石が触れる、
本当に！　私は　いつも　お前たちとともにいよう　と。
ああ　口よ！　銀柳の葉を透かして　震えている口よ。

〔訳註〕 *第一稿六二九—三一頁参照。

*そっとお前に　古い石が触れる、／本当に！　私はいつも　お前たちとともにいよう。「石」"der Stein" という語は、トラークルの詩の世界において、使用される頻度の非常に高い語である。ハイデッガーによれば、石の中には苦痛がかくされている、つまり、苦痛というものは、石化され、岩塊という閉ざされたものの中に保持されている。この箇所で語っているのは、この石であり、つまり苦痛自身が語りかけているのである。

「本当に！……」以下のこの言葉は、イエスが復活してのち、弟子たちのもとに現われた時の言葉「私は、世の終りまで、常にあなたたちとともにいる。」（マテオ二八—三〇）を想起させる。

南風（フェーン）の吹いている郊外

夕べ　このあたりは　荒れ果て　褐色に横たわっている、
大気は　灰色がかった悪臭に　浸されている。
列車の轟きが　鉄橋から——
雀たちが　藪や垣のうえに　舞い上る。

身をかがめている小屋、小径が乱れて、散らばって
庭々には　混乱と興奮、
時おり　よく聞きとれない動揺が　咆哮へと高まる、
子供たちの群れのなかを　一枚の服が　赤く　飛んでいく。

塵芥のあいだで　鼠たちのさかりのついた合唱の声が上がる。
女たちが　臓物を　籠に入れて運ぶ、

汚れや疥癬でいっぱいの　吐き気を催すような行列、
それらが　夕暮れから　姿を現わす。

そして　運河が　不意に　血の固まりを吐き出す
屠殺場から　静かな川へと。
南風（フェーン）が　貧しい草を　彩かに色づける
そして　ゆっくりと　赤が　流れを這っていく。

囁く声、それが　濁った眠りのなかで溺れる。
いくつもの形が　溝から　ひらひら現われ、
おそらく　昔の生活の思い出、
それが　暗い風にのって　浮いたり　沈んだりする。

雲の間から　またたく並木道が浮かび上る、
美しい馬車、勇ましい騎士たちであふれて。
それから見える、一隻の船が　岩礁にのりあげて　砕けるのが
時おり　薔薇色のモスクが。

〔訳註〕　＊フェーン　特にアルプス山脈の北側及び南側に吹く乾燥した温暖なおろし

風であり、気流が高い山を越えてあふれ流れるときに発生する。春に多く、身体的、心的状態に対する悪影響で悪名高い。自殺、交通事故、暴力行為など、フェーンの時に多発するといわれている。

鼠たち

中庭に　白く　秋の月が輝いている。
屋根の縁から　幻のような影が　いくつも落ちる。
人気のない窓に　沈黙が　巣くう、
そのとき、かすかに　鼠たちの姿が浮かび上る

そして　鳴き声を上げながら　ここかしこを　走り回る
灰色がかった悪臭が
厠から　かれらのあとを嗅ぎ付ける、
その厠は　無気味に　月の光りに身を震わせている

それから　かれらは　欲望のあまり　狂ったように　罵声を上げ
家や納屋にあふれていく、

そこは、穀物や果実でいっぱいだ。
氷のような風が　暗闇で啜り泣いている。

憂鬱　第一稿*

地上の不幸が　亡霊のように　昼下りを抜けて　現われる。
バラックが　褐色の荒れ果てた小さな庭を　逃げていく。
蠟燭の燃えかすがいくつも　焼き払われた肥料のまわりに見え隠れする、
眠る者たちが二人、よろめきながら　家路をたどる、灰色に　ぼんやりと。

干からびた草地で　子供が走り回り
黒く　つややかな目をして　遊んでいる。
黄金が　茂みから　どんよりとくすんで　したたる。
ひとりの老人が　悲しげに　風に吹かれてまわっている。

夕べ　再び　ぼくの頭のうえでは
土星が　無言で　悲惨な運命を操っている。

木が　犬が　あとずさりする
黒々と　神の天は揺れて　葉を落とす。

小魚が　すばしこく　小川をすべっていく、
そして　そっと　死んだ友の手が　額に　服に
触れ、いとおしげになでている。
ひとつのあかりが　影たちを　部屋部屋に呼び覚ます。

〔訳註〕第二稿六三二頁参照。

午後へ囁いて

太陽、秋めいて　うっすらと　内気に、
果実が　木々から落ちる。
静寂が　青い空間に宿っている
長い午後を通して。

金属の死の響き、
すると　一匹の白い獣が　くずおれる。
褐色の少女たちの　拙い歌が
葉が舞い落ちるなかに　吹き散らされていく。

額は　神の色を夢み、
狂気の柔らかな翼を感じている。

いくつもの影が　丘の麓を旋回している
腐敗に黒く　縁取られながら。

安らぎと葡萄酒にあふれかえる黄昏、
悲しげなギターの音が流れる。
そして　部屋の中の優しい灯りのところへ
お前は　夢のなかのように　かえってくる。

詩篇* I 第二稿

カール・クラウス*に

光*がある、それを　風が吹き消してしまった。
荒れ野に　居酒屋がある、そこを　昼下り　ひとりの酔っぱらいが立ち去る。
葡萄畑がある、日に灼かれ、黒々と蜘蛛たちでいっぱいの　穴だらけの。
部屋がある、その壁は　乳で塗られている。
狂った者が死んだ。南洋の島がある、
太陽神を迎えるための。太鼓が打ち鳴らされる。
男たちが　戦の踊りをはじめる。
女たちが　蔓草や火の花で飾った腰をゆする、
海が歌うと。おお　ぼくたちの失われた楽園。

ニンフたちは　金色の森を立ち去った。
あの異郷者が埋葬される。それから　ちらちら雨が降りはじめる。

パーンの息子が　土工の姿となって現われて、
真昼を、熱くなっていくアスファルトで眠りすごす。
中庭に、心が張り裂けるような貧しさに満ちた服をまとった少女たちがいる！
いくつもの部屋がある、和音とソナタに満たされた。
影たちがいる、盲目の鏡の前で　抱き合っている。
病院の窓べで　癒えていく人々の身体があたたまる。
白い汽船が一隻　運河を昇って　血まみれの疫病を運んでくる。

あの見知らぬ妹が　もう一度　誰かの邪悪な夢に現われる。
榛の茂みで安らいながら　妹は　その男の星たちと戯れる。
学生、もしかしたら生き霊が　妹をじっと窓から見つめている。
そのうしろに、かれの死んだ兄が立っている、あるいは古びた螺旋階段を降り
　ていく。
褐色の栗の木立の暗がりでは、若い修道士の姿が蒼ざめていく。
庭は　夕暮れのなかにある。回廊で　蝙蝠たちが飛びまわっている。
門番の子供たちが遊びをやめて　天の黄金を探している。
四重奏の終和音。盲目の少女が　震えながら　並木道を駆け抜けていく、
やがて　彼女の影は　冷い塀を手探りしていく、おとぎ話や聖なる伝説につつ

まれながら。

一隻の空っぽの小舟がある、それは* 夕べ 黒い運河を下っていく。
古ぼけた施設の陰鬱さのなかで 人間の廃虚が崩れていく。
死んだ孤児たちが 庭の塀のところに横たわっている。
灰色の部屋部屋から 汚物にまみれた翼をして 天使たちが歩み出る。
虫たちが その黄ばんだ瞼から ぽとり ぽとりと落ちる。
教会の前の広場は暗く、押し黙っていて、幼年時代の日々のようだ。
銀色の足をして 以前の生活がすべり過ぎていき
呪われた者たちの影が 吐息をつく水へと下ってくる。
墓のなかで 白い魔術師が かれの蛇たちと戯れている。

黙したまま しゃれこうべ*の刑場のうえで 神の金色の目が開いている。

〔訳注〕 *詩篇（Psalm） 旧約聖書中の、一五〇篇からなる歌と祈りを集めた詩集。
賛美の書、賛美歌の書、賛美、賛美の歌ともいわれる。
*第一稿六三二―四頁参照。
*カール・クラウス（Karl Kraus 1874–1936） 多方面にわたる活動をした
オーストリアの文筆家。評論雑誌「炉火」（Die Fackel. 1899–1937）を編集

し、鋭い時代批判をこめた詩、随筆、箴言集を発表した。トラークルは、ギムナジウム時代から、「炉火」を読んでいたが、のちにインスブルックでこの文筆家と知り合い、以来、精神的に妥協を許さないその生き方は、トラークルにとってある指針となった。

*光がある……　原文 “Es ist……” 「デ・プロフンディス」訳註参照（八九頁）。

*パーン　ギリシャ神話における森林、牧畜、狩猟の神。胴体は人間で、山羊の脚、角を持つ。好色漢で、又音楽や舞踊を好み、ディオニソスの従者とも考えられた。普通は山野洞窟に住んでいるが、真昼時には木陰で眠り、この眠りを妨げられると怒って人や家畜に恐慌（Panic）を送るとも、あるいは、夏の真昼時に突然音をたてて人々を驚かすともいわれている。

*影たちがいる、盲目の鏡の前で　抱き合っている。　ズィモーンは、「影」「盲目」「鏡」という三重のメタファーによって表わされている現実や存在の欠乏を指摘している。

*生き霊　原語 Doppelgänger　同一人で、同時に違った場所に現われると信じられる者を意味する。第二の自我ともいわれる。

*…それは夕べ　黒い運河を下っていく。　黒は、トラークルの世界において、ほとんどの場合、腐敗の色ととらえることができる。ここでも黒い運河の流れ下っていく様は、腐敗の方向を示しているように思われる。

*しゃれこうべの丘　特に、キリストが十字架にかけられたゴルゴダの丘をさす。

ロザリオの歌*

妹に

お前の行くところは　秋に　そして夕暮れになる、
木々の下で鳴り響いている　青い獣よ、
夕暮れの孤独な池よ。

かすかに　鳥の飛翔が　鳴っている、
憂鬱が　お前の目のアーチのうえに。
お前のほっそりとした微笑みが　鳴っている。

神が　お前の瞼を歪めたのだ。
星たちは夜になると　探す、聖金曜日*に生れた子よ、

お前の額のアーチを。

死の近さ　第二稿*

おお　夕暮れよ、幼年時代の暗い村々に入っていくものよ。
池は　柳の木々の下
憂鬱の毒のたちこめる吐息に満たされている。

おお　森よ、静かに　褐色の両目を伏せているものよ、
孤独な者の骨ばった両手から
かれのうっとりとした日々の深紅が　消えていくときに。

おお　死の近さよ。ぼくたちは祈ろう。
この夜のなかで　ほどけていく、生温かな床のうえで
薫香に黄ばんで　恋人たちの華奢な手足が。

アーメン

腐れ果てたものが　朽ちた部屋を　すべり抜けていく、
黄色い壁掛けのうえの影、いくつもの暗い鏡のなかに　そり上っていく、

ぼくたちの両手の　象牙色の悲しみが。
褐色の真珠が　萎えた指から　こぼれ落ちる。
静けさのなかで
ひとりの天使の　青い翡翠の両目が開く。

青いのだ、この夕暮れも、
ぼくたちが死に絶えていく時間、アスラエル*の影、
その影は　褐色の小庭を　暗くする。

〔訳註〕
*ロザリオ　カトリック教会で祈りに用いる数珠。この珠を数えながら祈りを唱える。
*聖金曜日　キリストが十字架にかけられた日。聖週間（復活祭の前の一週間）の金曜日として祝われる。受苦日ともよばれる。
*第一稿六三五—六頁参照。
*アスラエル　ユダヤ教、回教で、死の瞬間に霊魂を肉体から分離すると信じられている天使。

滅び　Ⅱ（？）

夕暮れ、鐘が平和を鳴り告げるとき、
ぼくは　鳥たちの不思議な飛翔を追う、
それは　長い列をつくり、敬虔な巡礼のようで、
秋の澄みわたった彼方へと　消えていく。

暮れなずむ庭をさ迷いながら
ぼくは　鳥たちのより明るい運命を夢みる
そして　感じるのだ、時の針は　もはやほとんど動かないことを。
そして　ぼくは　雲を越えて　かれらの旅路のあとを追う。

そのとき　滅びが　ひとつの息となり　ぼくを震わせる。
くろうたどりが　葉の落ちた枝の間で　嘆いている。

赤い葡萄が　赤銹びた格子の傍で　揺れている、
そのとき、蒼ざめた子供たちの死の輪舞のように
風にさらされ　崩れていく暗い泉の縁で、
風に震えながら　青いえぞ菊が身をかがめている。

故郷にて

木犀草の香が　病んだ窓を通り抜け　さ迷う、
古びた広場、栗の木々が　黒く　荒れ果てて。
屋根から　ひと筋の金色の光が洩れ出て　そして流れる
兄妹のうえに、夢のように　乱れながら。

下水に　腐ったものが漂い、そっと囁いている
南風（フェーン）が　褐色の小庭で、とても静かに　向日葵が
かれらの黄金を楽しみ　そして　溶けて流れていく。
青い大気のなかに　衛兵たちの号令が　響き渡る。

木犀草の香。塀は冷く　暮れていく。
妹の眠りは重い。夜風が　乱す

彼女の髪を、月の光が洗う　その髪を。
猫の影が　青く　ほっそりとすべる
真近い災厄が縁取る　朽ちた屋根から、
蠟燭のゆらめく炎、深紅に燃えている。

秋の夕べ

カール・レック*に

褐色の村。ひとつの暗い*ものが　しばしば現われる、歩みのなかを
秋の中に立つ塀のところに、
いくつもの姿、男や女、死んだ者たちがいく
冷い部屋部屋に　あの人たちの床をととのえに。

ここでは　少年たちが遊んでいる。重い影がいくつも広がる、
褐色の汚水のうえに。女中たちが
濡れた青のなかを通り抜けていき　時おり見ている、
夜の鐘の音に満たされた両目で。

孤独なもののためには　あそこに　居酒屋がある、
孤独なものは　忍耐強く　暗いアーチの下でためらっている、

金色の煙草の煙に包まれて。

けれど　いつでも　自身のものは　黒く　近くにある。
酔いしれたものは　古いアーチの影のなかで想っている
野生の鳥たちのことを、はるかに旅立ったものたちのことを。

〔訳註〕　*カール・レック（Karl Röck）　トラークルのインスブルック時代からの親友の一人、詩人の死後初めて出版された全詩集 "Die Dichtungen"（Kurt Wolff Verlag, Leipzig 1919）の初版の編集者。

*暗いもの　原語 "ein Dunkles" これは、「暗い」という形容詞 "dunkel" を名詞化したものである。ドイツ語では、形容詞を名詞の形にした場合、男性、女性形にして、その形容詞の性質を有する「人」を、中性形にした場合は「事物、概念」を表わすのが普通であるが、トラークルの場合は、後者の形も、人間の姿を描き出すために用いられていると考えられる。シュナイダーによれば、こうした用法では、対象の一つの特徴が、全体的な特徴を押しのけて描写されているのであり、そこには、詩人の個人的気分や主観的判断といったものが強く現われている。そして、それにより、その言葉のもつ象徴的意味が拡大され、それを詩人は、対象の外形的描写というより、対象の本質を規定するために用いるのである。言い換えれば、ある偶然的な特徴が、詩人の内的気分と一致することにより、人間の永続的特徴へと高められるのである。

人間の悲惨

人間の悲しみ　第二稿*

時計、日の出前の五時を打つ――
孤独な人間たちを　暗い恐怖が包む、
夕暮れの庭で　裸の木々がざわめく。
死者の顔が　窓べで　身じろぎをする。

もしかしたら　この時間は　静止しているのかもしれない。
濁った両目の前に、青い像がいくつか　ゆらめいている
流れで揺れている　船の拍子に合わせて。
桟橋を　尼僧たちの列が　風に吹かれながら　通り過ぎていく。

榛の木陰で遊んでいる、蒼ざめた盲目の少女たちが、
眠りながら抱き合っている恋人たちのような。

もしかしたら、あそこの腐った肉のまわりで　蝿たちが歌っているのかもしれない、
もしかしたら　母の膝に抱かれて　ひとりの子供が泣いているのかもしれない。

両手から　青や赤のえぞ菊が　こぼれ落ちる、
見知らぬもののような　賢しげな青年の口が　すべり落ちる、
そして　瞼は　不安に乱れながら　そっとまたたいている、
熱っぽい黒のなかを　パンの香が吹き抜ける。

恐ろしい叫びも聞こえるようだ、
骸骨が　朽ちた塀ごしに　きらめく。
邪悪な心が　美しい部屋部屋で　大声で笑う、
夢みるものの傍を　一匹の犬が　走り過ぎる。

空の棺が　暗がりで消えていく。
人殺しの部屋は　蒼ざめて　明るくなっていくところ、
そうするうちに　灯りは　夜半　嵐のなかで砕ける。
貴*い人の白いこめかみを　月桂樹が飾る。

〔註訳〕

*第一、三稿六三六—八頁参照。

*貴い人の白いこめかみを　月桂樹が飾る　一九一二年一二月三日付の、カール・レックに宛てた手紙のなかに、似たような文章を見つけることができる。

「……たった一人の客として、すっぱい葡萄酒を前にして、ぼくはここ、この死んだ町に座って、そしてあなたの生き生きとした真心に恥入っています。貴いものはここでもうその白いこめかみのまわりに月桂樹の葉を巻いていますが、心を打たれた者は生きている者のあとを追うのです、なぜならあそこにも善良と正義があるのだから。……」

村の中

I

褐色の塀から　ひとつの村が　ひとつの野原が　現われる。
ひとりの羊飼が　古い石のうえで　朽ち果てている。
森の縁が　青い獣たちを取り囲む、
柔らかな木の葉、静寂のなかへと降りしきる。

農夫たちの褐色の額。長々と鳴り響く
夕べの鐘が。美しいのだ、敬虔な習わしは、
救い主の黒い頭は　茨の藪のなかに、
冷い部屋、それを　死が宥めている。

何と　蒼ざめているのだろう　母たちは。青さが　沈んでいく

*グラスと櫃のうえに、それらは　誇らしげに　その意味に守られている。
そして又、白い頭が　ひどく年老いて　傾く
乳や星たちを飲んでいる孫のうえに。

2

*心は孤独のままに　死んでしまった貧しい者が
蠟のように蒼ざめ　古びた小径を登っていく。
林檎の木が　裸のまま　静かに沈んでいく
黒く腐った　その果実の色どりのなかへと。

今なお　枯れた藁で葺かれている屋根は
牛たちの眠りのうえに　穹窿をつくる。盲目の女中が
中庭に現われる、青い水が嘆く、
馬のしゃれこうべが　朽ちた戸口から　じっとみつめている。

白痴が　わけのわからぬ愛の言葉をしゃべり
その言葉は　黒い茂みのなかで　次第に消えていく、
そこに　あの女（ひと）が　ほっそりとした　夢のような姿で立っている。

夕暮れが　濡れた青さのなかで　鳴りつづける。

3

南風（フェーン）に葉を落とされた枝々が　窓を叩く。
農婦の胎内で　荒々しい苦痛が大きくなっていく。
彼女の腕を　黒い雪がしたたり流れる、
金色の目をした梟たちが　彼女の頭のまわりを羽ばたいている。

塀はむき出しで　灰色に汚れたまま　じっと見つめている
冷い暗闇を。熱っぽい床では　凍えている
身ごもった身体が、それを　無遠慮に　月が眺めている。
彼女の部屋の前で　犬が一匹　野垂れ死んだ。

三人の男たちが　陰鬱な姿で　門を入ってくる
畑で　こわれた大鎌を手にして。
窓を鳴らして　赤い夕べの風が　吹き抜ける、
*ひとりの黒い天使が　そのなかから　姿を現わす。

〔訳註〕

＊グラスと櫃　「人気のない部屋で」参照（四一頁）。

＊心は孤独のままに死んでしまった貧しい者　原文 "Der Arme, der im Geiste einsam starb"　これはキリストの山上の説教の冒頭「心の貧しい人はしあわせである、天の国はかれらのものだからである。」"Selig sind, die da geistlich arm sind : denn das Himmelreich ist ihr"（マタイ5—3）を想起させる。

＊ひとりの黒い天使　ゴルトマンは、これは死の天使であり、身体も血も失った破壊の使者であるといっている。

夕べの歌

夕べ、ぼくたちが　暗い小径を歩むと、
ぼくたちの蒼ざめた姿が　ぼくたちの前に現われる。

ぼくたちは　咽喉が渇くと
池の白い水を飲む、
ぼくたちの悲しい幼年時代の　甘さを。

死に絶えたように　ぼくたちは　にわとこの茂みの下で憩い、
灰色の鷗たちを眺める。

春の雲の群れが　陰鬱な町のうえに　たちのぼる、
その町は　もっと高貴であった　修道士たちの時代を語りはしない。

ぼくが　お前のほっそりとした両手を取ると
お前は　丸い両目を　そっと見開く、
これは　ずっと昔のこと。

けれど　暗い　佳い調べが　魂に訪れると、
お前は、白い姿となって　あの友の　秋の風景のなかに現われるのだ。

オパールを三度のぞく

エルハルト・ブッシュベックに

I

オパールをのぞく、村は　枯れた葡萄と、
灰色の雲　黄色い山々の静寂と、
夕べの泉の冷さに飾られている、双子の鏡が
影と　ねばねばした岩石に　取り囲まれている、

秋の道と十字架が　夕べのなかへと歩み入る、
歌う巡礼と　血の染んだ麻布。
孤独な者の影が　そうして内へとかえり
そして行く、ひとりの蒼い天使が　虚ろな杜を。

黒いものから　南風が吹き込む。*サティロスと一緒に
しなやかな少女たち、僧たち　欲情に蒼ざめる司祭たち、
かれらの狂気は　百合の花で　美しく　そして陰鬱に飾られ
両手を　神の金色の厨子へと挙げる。

2

濡らしながら、一滴の露が　薔薇色にかかっている
*ローズマリーのなかに。流れ来る　墓地の匂いが一吹き、
熱にうかされた叫びや　呪いの声が　もつれながら満ちて　養老院に住む者
　たちの息が。
骸骨が　灰色に　朽ちた先祖の墓から　上ってくる。

青い粘液と　紗をまとって　老人の妻が踊る、
汚れでこわばる髪は　黒い涙にまみれる、
少年たちは　枯れた柳のしだれるなかで　錯乱しながら夢をみる、
かれらの額は　癩のために毛が抜け落ち　でこぼこしている。

弓張り窓を通って　夕暮れが　優しく　暖かく沈む。

ひとりの聖者が　かれの黒い傷口から歩み出る。
*紫かたつむりが　砕けた殻から　這い出し、
固い　茨の環のなかに　血を吐く。

5

盲人たちが　膿んだ傷口に　薫香をふりまく。
赤金色の衣、松明、讃美歌の歌声、
そして　毒のように　主の身体にまとわりつく少女たち。
いくつもの姿が　蒼白にこわばって　熾火と煙のなかを歩んでいく。

癩患者たちの真夜中の踊りの先頭に　ひとりの愚か者*がたつ、
やせて骨だらけの馬鹿者が。不思議な冒険の庭、
歪んでいるもの、花たちの渋面、哄笑、怪物、
黒い茨のなかの　転がる星座。

おお　貧しさ、施しのスープ、パンと甘い葱、
森の前の小屋の生の夢想。
灰色に　天は　黄色の野のうえで堅くなっていき

夕べの鐘が　昔ながらのしきたりどおりに歌っている。

〔訳註〕

*エルハルド・ブッシュベック（Erhard Buschbeck）　トラークルの生涯の忠実な友。彼の詩を世に出すために力を尽し、その死後も詩の散逸を防ぎ、トラークルの初期の詩をまとめて、一九三九年“Aus goldenem Kelch”（Otto Müller Verlag, Salzburg. Leipzig）の題で出版した。

*サティロス　ギリシャ神話における山川林野の男の精。好色であるといわれ、ディオニソスの伴をして、歌や舞踏や酒を好みニンフたちと戯れる。ローマ人たちはファウンと同一視し、山羊の脚や角をもつものとして想像した。

*ローズマリー　地中海地方原産の常緑灌木。まんねんろう。ドイツの民間伝承では、愛、忠節、死の象徴であり、洗礼式や結婚式の時に身につけられる。

*紫かたつむり　主に暖かい海に住む貝。分泌物が、深紅の色料に用いられる。

*愚か者　原語“Gauch”には、「かっこう」の意味と「ばか」の意味があるが、ここでは後者をとった。

夜の歌　Ⅲ

*動かぬものの息。獣の目が
青さの前で、その神聖さの前で　こわばる、
何と巨大なのだ、石のなかの沈黙は。

夜の鳥の仮面。柔らかな三和音が
次第に　ひとつになって　消えていく。*エーライ！　お前の顔が
語ることもなく　青い水のうえに　かがむ。

おお！　お前たち、真実の静かな鏡。
孤独なものの象牙色のこめかみに
堕天使たちのおもかげが　現われ出る。

〔訳註〕

*獣の目が／青さの前で、その神聖さの前で　こわばる　ハイデッガーによれば、青さそれ自体が神聖なのであり、獣の目の凝固とは、死滅したもののそれではなく、獣の視覚は神聖さに集められているという凝視を意味している。

*エーライ（Elai）　ラッハマンはこれをエーリス（Elis）に対する呼びかけの話としているが、単なる間投詞として、トラークルの造った語とする研究者も多い。十字架上のキリストの臨終の叫び「エロイ、エロイ、ラマ、サバクタニ」（私の神よ、私の神よ、なぜ私を見すてられたのですか）(Eli, Eli, lama sabaktani ?)（マテオ二七—四六、マルコ一五—三四）も想起させる。

*ヘーリアン

*精神の孤独な時には
何と素晴らしいことか、陽を浴びて
*夏の黄色い塀に沿って　歩いていくのは。
そっと　歩みは　草叢で響く、けれど　眠りつづけている
*パーンの息子は　灰色の大理石のなかで。

夕べ　露台で　ぼくたちは　褐色の葡萄酒に酔った。
赤々と　桃が　葉叢で輝く、
柔らかなソナタ、朗らかな笑い。

何と美しいことか、夜の静けさは。
暗い平野で

羊飼たちと白い星々を連れたぼくたちが出会う。

秋になると
醒めた澄明さが　森のなかに現われる。
心なごんだ者となり　ぼくたちは　赤い塀に沿って歩み
丸い目は　鳥たちの飛翔を追う。
夕べ　白い水が　骨壺のなかへ沈む。

裸の枝々で　空は　安らいでいる。
清らかな手で　農夫が　パンと葡萄酒を運び
穏やかに　果実は　陽向の部屋で　熟れていく。

おお　何と　大切な死者たちの顔は厳かなことか。
けれど魂を喜ばせる、公正な眼で眺めることは。

すさまじいものだ、荒れ果てた庭の沈黙は、
あの若い修道士が　額を　褐色の葉で飾り

かれの息が　凍りつく黄金を飲むときには。

両手は触れる　青みを帯びた水の齢に
あるいは　冷い夜に　妹たちの白い頬に。

そっと　そして和やかに　ひとつの歩みが　なつかしい部屋の傍を過ぎていく、
そこには　孤独があり　そして楓のざわめきが、
そこでは　もしかしたら　まだ　＊つぐみが歌っているかもしれない。

何と美しいことか　人間は、かれが　暗闇に現われるとき、
かれが　驚いて手足を動かし、
深紅の洞のなかで　静かに　両目を動かすときには。

＊夕べの祈りの時、あの異郷者が　黒い十一月の崩壊のなかをさ迷う、
朽ちた枝々の下、＊癩にまみれた塀に沿って、
そこを　かつて　あの聖なる兄が歩んだのだ、
自身の＊狂気の　柔らかな弦の音のなかに　身を沈めながら、

おお　何と孤独に　夕べの風がやむことか。
死んでいきながら　頭は　オリーブの木の暗闇で傾いていく。

何と　心を揺さぶることか　あの種族の没落は。
この時刻　眺めるものの両目には
自身の星たちの黄金が　あふれている。

夕べ　鐘の音は沈み、もはや　響かず、
広場の黒い塀は崩れ、
死んだ兵士は　祈りの言葉を叫んでいる。

ひとりの蒼ざめた天使が
あの息子が　父祖の人気ない家の中へと歩み入る。

妹たちは　遠く　白い老人たちのもとへ　行ってしまった。
夜　彼女たちを　眠る者は　玄関の柱の下に見出した、
悲しい巡礼から　かえってきたのを。

おお　何と　彼女たちの髪は　汚物や虫たちにまみれ　こわばっていることか、
かれが　そのなかに　銀色の足をして立ち、
そして　彼女たちが死んで　むきだしの部屋部屋を歩み出るときに。

おお　お前たち　真夜中の焼けつくような雨のなかの聖歌、
下男たちが　棘草で　柔らかな目を打ったとき、
あどけない　にわとこの実が
驚いて　空虚な墓のうえにうつむく。

そっと　黄ばんだ月がいくつも
青年の熱っぽい麻布のうえに　転がる、
冬の沈黙を追う前に。

ひとつの気高い運命が　キデロン*の谷に想いをよせる、
そこでは　ヒマラヤ杉が、ひとつの柔らかな生きものが、
父の青い眉の下に広がり
牧場を　夜　ひとりの羊飼が　羊の群を率きつれていく。

あるいは　眠りの中に　叫びが上がる、
そのとき　ひとりの青銅の天使が　森で　人間に歩み寄り、
聖者の肉は　灼熱する鉄格子のうえで　溶けていく。

粘土づくりの小屋のまわりに絡みつく　深紅の葡萄が、*
黄ばんだ麦のさやぐ束、
蜂のうなり、鶴の飛翔。
夕べ　甦った者たちが　岩の小径で出会う。

黒い水に　癩患者たちが　姿を映す、
あるいは　汚物にまみれた衣服を開く
泣きながら　薔薇色の丘から吹いてくる芳*しい風に向って。

ほっそりとした女中たちが　夜の小路を　手探りで抜けていく、
あの　愛の羊飼を見つけるのではないかと。
土曜日　小屋に　柔らかな歌声が響く。

この歌に　又　あの少年のことを想わせるがよい、

かれの狂気を、そして　白い眉と　その死のことを、
青く　目を見開いて　朽ち果てた者のことを。
おお　何と　悲しいことか　この再会は。

狂気の階段が　黒い部屋部屋に、
老人たちの影が　開いた戸の下に、
そのとき　ヘーリアンの魂は　薔薇色の鏡に映る我が身を眺め
雪と癩が　その額を離れて　沈む。

壁に　星たちは消えた
そして　白いいくつもの光の姿も。

壁掛けから　墓に埋められた者の骸骨が　浮かび上る、
朽ちた十字架の沈黙が　丘に、
薫香の甘さが　深紅の夜風のなかに。

おお　お前たち　黒い口のなかの　砕けた目よ、

そこで　あの孫が　柔らかな錯乱につつまれ
ひとりぽっちで　もっと暗い終りに想いをよせ、
静かな神が　青い瞼を　そのうえに伏せる。

〔訳註〕
*ヘーリアン（Helian）　ヘーリアン（Heilan）とはトラークルのつくった言葉であるが、その言葉の響きからは、主キリストを意味する言葉「ハイランド」（Heiland）もしくは、中世の宗教詩「ヘーリアント」（Heliand）が想起される。
　トラークルはこの詩について、一九一三年一月の後半、インスブルックからウィーンのエルハルド・ブッシュベックに宛てた手紙で次のように書いている。「Helian ゲラ刷りを数日のうちに君に送る。これは、今まで書いたなかで最も大切な、そして最も苦痛に満ちたものだ。……」
*精神の孤独な時には（In den einsamen Stunden des Geistes）こうした時をもつものが、トラークルの詩においてしばしば登場する「孤独な者」、"der Einsame"なのであろう。
*夏の黄色い塀　どこまでも続いている夏の実った麦畑を表わしているのであろう。
*パーン　「詩篇」参照。
*羊飼たち　白い星たち　どちらもさすらっていく者を導き、その道連れとなるものである。
*赤い塀　秋の紅葉した木々を表わしているのであろう。
*つぐみ　「若い女中」の「くろうたどり」の項を参照（二一頁）。

＊夕べの祈り　「赤い葉叢にギターの音があふれ」参照（二六頁）。

＊あの聖なる兄　一般に、トラークルの敬愛していたヘルダーリンの姿とみなされる。ゴルトマンは、先んじたより高い存在の像、先駆者であるといっている。

＊狂気　ハイデッガーは、トラークルの狂気“Wahnsinn”を次のように解釈している。「狂気“Wahnsinn”とは精神病の意味ではなく、無意味なことを妄想するもの思いを意味するものでもない。“Wahn”とは、古高ドイツ語で“wona”に属し、これは、“ohne”つまり〃～をもたず、～なしで〃の意味である。狂気の者は沈思する。しかも他の誰とも比べられない程沈思するのであるが、その際他の者と同じ心をもたないのである、つまり彼は他の者とは異なる考えをもつ。そして“sinn”の動詞“sinnen”のもとの形“sinnan”とは、元来〃旅する〃(reisen) あるいは「～を求めて努力する」(sterben nach)、〃ある一つの方向をとる〃(eine Richtung einschlagen) という意味をもつ語であり、この語のインドゲルマン語の語源は“sent”及び“set”で、〃道〃を意味する。」と。つまり、ハイデッガーによれば、狂気の者とは、他の者とは異なる心をもちながら、どこか別の所へ向っている途上のものなのである。こういう狂気を、詩人は「優しい」あるいは「柔らかな」ものと呼び、ある時はそこに「弦の音」をあるいは「諧音」を聞いている。

＊白い老人たち　ゴルトマンによると、この老人とは、「老いたる賢者」の、すなわち、真実を教える者、魔術使として自己に到達する最終的な道を示す原型の超自然的力を有している者であり、妹たちのいく「遠く白い老人たち

のもとへ」到る道についても、この自己へ到る道として理解すべきだという。しかし、全く別の解釈として、この文は、かなり年長の男性と結婚した妹グレーテの姿を描いたものだという説もある。
*キデロンの谷　パレスチナ中部、エルサレム東部の谷（昔は小川だった）。この小川の向うにゲッセマネの園があった（ヨハネ一八—一）。この節全体が、キリストが捕えられる直前に過したゲッセマネの園の様子を想起させる。
*深紅の葡萄、黄ばんだ麦　パンと葡萄酒の想起。
*芳しい風　「芳しい」は“balsamisch”、これは、比喩的に「慰藉物」「慰め」「喜び」といった意味をもつ「香油」（Balsam）の形容詞である。ここでも、この風は快癒を約束するのであろう。又、トラークルの薔薇色はこうした救済の性格と結びつくことに注意したい。

Ⅱ　夢のなかのセバスチャン

夢のなかのセバスチャン

幼年時代 Ⅱ

実もたわわな　にわとこ*の木。安らかに　幼年時代は
青い洞穴に宿っていた。過ぎ去った小径に、
今は　褐色の野草がざわめいている　小径に
静かな枝々が　想いをめぐらしている。木の葉のざわめき

同じざわめきが、青い水が　岩の間で鳴れば。
何と柔らかなことか　くろうたどりの嘆きは。ひとりの羊飼が
物言わず、秋の丘を転がる太陽のあとを追う。

青い一瞬とは　魂に他ならない。
森の縁に　はにかんだ獣が姿を現わし、和やかに
谷間で　古い鐘の音と　暗い村々は憩う。

もっとつつましく　お前は　暗い歳月の意味を識る、
孤独な部屋部屋の冷気と秋、
そして　聖なる青のなかで　輝く歩みが　鳴りつづける。

そっと　開いた窓が軋む、涙をさそうように
丘のふもとの朽ちた墓地の光景が　心を動かす、
物語られる伝説の思い出、けれど　時おり　魂は明るくなる、
朗かな人々のことを、暗い金色の春の日々のことを想うときには。

〔訳註〕　＊にわとこの木　スイカズラ科の落葉低木。ゴルトマンは、この木が、トラークルの詩においては、特に母のもとにいる状態、そして夜及び太古と結びついていることを指摘している。

時禱歌

暗い眼差で　恋する者たちは　見つめ合う、
金髪の　輝く者たち。こわばった暗闇のなか
焦がれる腕が　窶れて　絡み合う。

祝福された女の口は　深紅に砕けた。丸い目は
映す、春の午後の暗い黄金を、
森の縁と黒色を、緑のなかの夕べの不安を、
もしかしたら　言うに言われぬ鳥の飛翔を、あの生れぬ者の
小径を、それは　暗い村々に　孤独な夏に沿っていく
そして　朽ちた青から　時おり　死に絶えたものが　歩み出る。

かすかに　畑で　黄色い麦がざわめく。

固いものだ　生は　そして鋼鉄のように　農夫は　鎌をふるい、
大工は　巨大な梁を　組み合わせる。

木の葉は　秋になれば　深紅に色づく、僧の霊が
晴れやかな日々を　さ迷っていく、熟れている　葡萄の房は
そして　祝祭の気分は　広い中庭に。
さらに甘く　黄ばんだ果実が香る。かすかだ、陽気な者の
笑い声は、翳る地下の酒場では　音楽と踊り、
暮れていく庭に　死んだ少年の足音と静けさ。

〔訳註〕

＊時禱歌　カトリック教会では、一日が神の賛美によって聖化されるようにと、朝課、賛課、第一時課、第三時課、第六時課、第九時課、晩課、終課といった聖務日課が定められており、そこでは、祈りや歌が捧げられる。

この詩の場合は、しかしそうしたカトリック的意味は、詩の内容には関係していないように思われる。

途上 II

夕べ　かれらは　異郷者を　死者の部屋へ運んだ、
タールの匂い、赤いプラタナスの　かすかなざわめき、
こがらすの暗い飛翔、広場では　衛兵たちが　見張りについた。
太陽は　黒い麻布のなかへと沈んだ。繰り返し　この過ぎ去った夕べが　かえってくる。
隣の部屋では　妹が　シューベルトのソナタを弾いている。
ほんのかすかに　彼女の微笑みが　朽ちた泉に沈む、
泉は　青く　黄昏につつまれて　ざわめく。おお　何とぼくたちの種族の古いことか。
誰かが　下の庭で囁く、誰かが　この黒い空を　立ち去った。
戸棚で　林檎が香る。祖母が　金色の蠟燭をともす。

おお、何と　穏かなのだろう　秋は。低く　ぼくたちの歩みは　古びた公園に
　響く
高い樹々の下を。おお　何と　厳かなのだろう　黄昏のヒヤシンスの顔は。
青い泉が　お前の足もとに、秘密に満ちている　お前の口の赤い静けさは、
木の葉のまどろみで　朽ちていく向日葵の暗い黄金で　翳りながら。
お前の瞼は　罌粟で重くなり、そっと　ぼくの額のうえで　夢みている。
柔らかな鐘の音が　胸を震わせる。ひとひらの青い雲が
お前の顔が　黄昏につつまれて　ぼくのうえに沈んだ。

ギターに合わせて歌、それが　見知らぬ酒場で響く、
あそこには野生のにわとこの茂みが、とうに過ぎ去った十一月のある日、
暮れていく階段には　聞き知った足音、褐色の梁の光景、
開いた窓、そこに　甘い希望がとどまっていて――
言うに言われぬものだ　これらすべては、おお　神様、跪づかなくてはいられ
　ません。

おお　何と　この夜は暗いのだろう。深紅の炎が
ぼくの口で　消えた。静けさのなかで

不安な魂の　孤独な弦の音が　消える。
そっとしておいてくれ、葡萄酒に酔いしれて　この頭が下水に沈んだとしても。

風景　第二稿

九月の夕暮れ。悲しげに　羊飼たちの暗い呼び声が響く
暮れていく村に。火花が　鍛冶場で飛び散る。
激しい勢いで　一頭の黒馬が　後足で突っ立ち、女中のヒヤシンスの巻毛が
その深紅の鼻面の熱情を　捕えようとする。
低く　森の縁で　雌鹿の呼び声がこわばり
秋の黄色の花たちが
物言わず　池の青い顔のうえに　身をかがめる。
赤い炎となって　一本の木が燃えた。陰気な面をして　蝙蝠たちが　はたはた
　と舞い上る。

〔訳註〕第一稿六三八—九頁参照。

少年エーリスに

（前出と同じ。四三頁参照）

*エーリス　*第三稿

I

完全なのだ　この金色の日の静けさは。
古い柏の樹々の下に
お前は現われる、エーリス、*丸い目をして　安らいでいる者よ。

その目の青さが　恋人たちのまどろみを映す。
お前の口に触れて
かれらの薔薇色の吐息が消えた。

夕べ　漁師は　重い網を引き上げた。
*善き羊飼が

かれの羊の群を　森の縁に沿って　率いていく。
おお！　何と正しいことだろう、エーリス、お前の日々のすべては。

そっと　沈む
むき出しの塀のところで　オリーブの樹の青い静寂が、
老人の暗い歌声は絶える。

一隻の金色の小舟が
揺らすのだ、エーリス、お前の心を　孤独な天で。

2

柔らかな鐘の音が　エーリスの胸に響く
夕べ、
そのとき　かれの頭は　黒い褥に沈む。

一匹の青い獣が
静かに　茨の茂みで　血を流す。

褐色の木が　他から切り離されたように　あそこに立っている、
青い果実が　木から落ちた。

徴しと星たちが
そっと　夕べの池に沈む。

丘のうしろは　冬になった。

青い鳩たちが
夜　氷のように冷い汗を飲む、
エーリスの水晶の額から流れる汗を。

たえず　鳴りつづけている
黒い塀では　神の孤独な風が。

〔訳註〕　＊エーリス（Elis）「少年エーリスに」参照（四四頁）。
＊第一、二稿六三九―四三頁参照。
＊丸い目　トラークルの詩においてしばしば見出される言葉であり、ゴルトマンによれば、これは本能的なものと結びついたり、集中すること、つまり

自分自身の中に丸くなり完成することとと結びついたりする。一般に「丸い」とは完全さの象徴でもある。

*善き羊飼（guter Hirt）　キリスト教では、キリストの象徴的呼称である。「私はよい牧者で、よい牧者は羊のために命を与える」（ヨハネ一〇―一一）

*ホーエンブルク　*第二稿

家には　誰もいない。部屋部屋には　秋が、
月明りのソナタ
そして　暮れていく森の縁で　目覚めること。

いつも　お前は　あの人の白い顔を想う
その顔は　時の喧騒を離れている、
夢みるもののうえには　快く　緑の枝が身をかがめる、

十字架と夕べ、
鳴り響く者を　深紅の腕で包み込む　かれの星が、
住むもののない窓べに上っていく星が。

すると　暗がりで　異郷者が身を震わせる、
そっと　瞼を　人間*のうえに挙げる、
それは　遠くにいる。戸口には　風の銀色の声。

〔訳註〕　*ホーエンブルク（Hohenburg）　インスブルック近郊の町、イーグルス（Igls）にある、フィッカーの兄の所有していた邸。トラークルはフィッカーの招きでしばしばこの邸の客となった。
*第一稿六四三―四頁参照。
*人間　原語"ein Menschliches" "ein Dunkles"と同様に、形容詞を名詞化したもので直訳すれば「人間的なもの」「人間らしいもの」とでもなるであろうか（「秋の夕べ」参照。一一八頁）、ここではトラークルが人間"der Mensch"と名づけるもの（例えば、カスパー・ハウザー「カスパー・ハウザーの歌」参照。一七五頁）の精随を、その本質としているものがこう呼ばれていると考えられる。

夢のなかのセバスチャン*

アドルフ・ロース*のために

母は　白い月影のなかで　幼な児を抱いていた、
胡桃の木や　とても古いにわとこの木の陰で、
罌粟の汁や　つぐみの嘆きに酔って、
そして　静かに
憐れみながら　その母のうえに　ひとつの鬚のある顔がかがみ込んでいた
ひっそりと　窓の暗がりで、そして　父祖*たちの
古びた調度は
朽ち果てていた、　愛と秋の夢想。

このように　暗いのだ　その年のその日は、　悲しい幼年時代は、
少年が　そっと　冷い水や銀色の魚たちのところへ下りていったその日、

安らぎと顔容(かんばせ)、
かれが　荒れ狂う馬のまえに　石のように　身を投げ出したその日、
灰色の夜には　かれの星が　かれのうえにやって来た。

あるいは　かれが　母の氷りつくような手に縋り
夕べ　秋めく聖*ペテロの墓地をゆくと
脆*い亡骸がひとつ　静かに　室の暗がりに横たわり
その冷い瞼を　かれのうえに上げた。

かれは　けれども　裸の枝々の間の小さな鳥だった、
鐘の響きは　長々と　黄昏の十一月に、
父の沈黙、かれが　眠りのなかで　暮れていく螺旋階段を下っていったそのとき。

2

魂の平安。孤独な冬の夕べ、
羊飼たちの暗い姿が　古い池のほとりに、
幼な児が　藁葺きの小屋に。おお　何と静かに
黒い熱を帯びながら　その顔容(かんばせ)は　沈んでいったことか。

*聖なる夜。

あるいは　かれが　父の固い手に縋り
暗く沈んだ*カリヴァリ山を　静かに上っていったとき、
そして　暮れていく岩の壁龕（へきがん）に
*あの人の青い姿が　伝説のなかを通って歩んでいったとき
心臓の下の傷口からは　深紅に　血が流れていた。
おお　何と静かに　暗い魂のなかに　十字架が立っていたことだろう。

愛、黒い隅で　雪は溶け、
一陣の青い*微風は　晴れやかに　古いにわとこの木の間に、
胡桃の木の黒々とした穹窿に　淀み、
そして　少年に　そっと　薔薇色の天使が現われたとき。

喜び、冷い部屋部屋に　夕べのソナタが響きわたり、
*褐色の木の梁の間で、
一羽の青い蝶が　銀色の蛹から這い出てきたとき。

おお　死の近さよ。石の塀のなかで
黄色い頭が傾き、子供は　黙したまま、
あの三月　月が衰えていったとき。

3

薔薇色の復活祭の鐘が　夜の墓所に
そして　星たちの銀色の声、
すると　戦きながら　暗い狂気が　眠る者の額を離れて落ちていった。

おお　何と静かに　歩みは　青い流れを下っていったことか
忘れられたものを想いながら、緑の枝の間で
つぐみが　異郷のものを　没落へと誘ったとき。

あるいは　かれが　老人の骨ばった手に縋り
夕べ　町の朽ちた壁の前に歩み寄り
そして　あの人が　黒いマントをはおり　薔薇色の幼な児を抱いていたとき、
胡桃の木の陰には　悪の霊が現われたとき。

夏の緑の階段を　手探りしていくこと。おお　何と静かに
庭は　秋の褐色の静けさのなかで　朽ちていったことか、
古いにわとこの木の香と憂鬱、
セバスチャンの影のなか　天使の銀色の声が　途絶えていったとき。

〔訳註〕

*セバスチャン（Sebastian）　聖セバスチャン。三世紀頃のローマのキリスト教殉教者、ディオクレティアヌス帝のローマ近衛将校であったが、キリスト教を信仰し、迫害にあってもそれを捨てなかったため、杭につながれ、無数の矢を射られて殉教した。その後、奇跡によって蘇生し、福音を伝えたため、再び打ち殺されたといわれている。多くの聖画が矢に射られた美しい若者として描いている。

ゴルトマンは、矢に突き刺されるということは、神の霊を痛みを覚えながら受け容れること、つまりある神秘的な結びつきを表わしているという。トラークルが、セバスチャンに自分の姿をなぞらえていることは、この詩のなかでしばしば自身の幼年時代の思い出を描いていることからもわかる。

*アドルフ・ロース（Adolf Loos, 1870–1933）　オーストリアの建築家。装飾に反対し、即物的な現代建築の理論を唱える。トラークルのウィーン時代以来の友人の一人。

*父祖たちの調度　「人気のない部屋で」参照（四一頁）。

*聖ペテロの墓地（St. Peters Friedhof）　ザルツブルクの街の中心にある墓地。メンヒスベルク（Mönchsberg）の岩壁に接しており、その岩壁には、

カタコンベがくり抜かれている。礼拝堂には、ザルツブルクの貴族たちが何代にもわたって眠っている。

＊脆い亡骸　少年のままに死んだエーリス、あるいは後出の「カスパーハウザー」(「カスパー・ハウザーの歌」参照。一七五頁)、「夭逝した者」(「夭逝した者に」。二一一頁参照)などを想起させる。

＊聖なる夜　この一節、キリスト降誕の夜を思い出させる。

＊カリヴァリ山　ゴルゴダの丘(「詩篇」参照。一〇九頁)を意味するが、又、このゴルゴダの丘に似せた十字架の道(「悪の変容」参照。一八一頁)の終点として、キリスト磔刑の場面を描いた彫像や絵の置かれている丘もさしていう。

＊あの人の青い姿　当然キリストが想起される。「深紅の血」を流すことより、罪を贖っていく者の姿が「青」と結びついている。

＊青い微風　ヘルダーリンの描く「青いエーテル」が想起される。

＊褐色の木の梁……、一羽の青い蝶　ゴルトマンは、青と茶という色の対比は、霊的なものと肉体的なもの、超自然的なものと地上的なもの、あこがれと充実といった対比を表わしているという。

沼地で　第三稿*

さすらう者が　黒い風のなかに、低く囁く　枯れた葦が
沼地の静けさのなかに。灰色の空を
一群の野鳥が　渡っていく、
斜めに　暗い水のうえをよぎって。

混乱。朽ち果てた小屋で
黒い翼で　腐敗が舞い上がる。
ねじれた白樺の木々が　風のなかで　溜息をつく。

人気のない酒場の夕暮れ。家路を取り巻いている
草を食んでいる羊たちの群の柔らかな憂鬱が、
夜の現われ、蟇蛙たちが　銀色の水から浮かび上る。

〔訳註〕　*第一、二、四稿六四四―七頁参照。

春に　II（？）

そっと　暗い歩みを離れて　雪が沈んだ、
木陰で
薔薇色の瞼を　恋する者たちが上げる。

いつまでも　舟乗りたちの暗い呼び声を
星と夜が　追っている、
そして　櫂が　拍子をとって打つ。

やがて　朽ちた塀のところに
菫が　花咲き
孤独な者のこめかみは　こんなに静かに　緑になる。

ランス*の夕べ　第二稿*

暮れていく夏をいく旅
黄ばんだ麦の束の傍を通り過ぎて。漆喰で塗られたアーチの下、
そこを　燕たちは飛びかい、ぼくたちは　火のような葡萄酒を飲んだ。

素晴らしい、おお　憂鬱と　深紅の笑いは。
夕暮れと　緑の暗い香が
ぼくたちの燃える額を冷やし　戦かせる。

銀色の水が　森の階段のうえを流れ、
夜と　そして物言わず　ひとつの忘れられた生命。
友、村へと続いていく葉のおい茂った小径。

〔訳註〕　*ランス（Lans）　インスブルック近郊の村。
*第一稿六四七―八頁参照。

メンヒスベルクにて*　第二稿*

秋の楡の木陰で　朽ちた小径が沈んでいくところ、
木の葉葺きの小屋から、眠っている羊飼たちから遠く、
いつも　さすらう者のあとを　冷たい　暗い姿が追う

骨でできた小径のうえを、少年*のヒヤシンスの声、
それは　そっと　森の忘れられた伝説を語っている、
より優しく語る　病む者　そして　兄の荒々しい嘆き。

そして　わずかな緑が　異郷者の膝に
石となった頭に　触れる、
より近くに　青い泉は　女たちの嘆く声となり　ざわめきをよせる。

〔訳註〕

*メンヒスベルク（Mönchsberg）　ザルツブルクの町の西側に位置する山。

*第一稿六四八頁参照。

*少年のヒヤシンスの声　トラークルは、何回か、ヒヤシンスという言葉を形容詞の形にして用いているが、これは色彩語のように何らかの意味を象徴していると考えられる。ここでは、「少年エーリス」が想起される。（「少年エーリスに」参照。四三頁）。

カスパー・ハウザーの歌*

ベッシー・ロース*に

かれは　本当に　愛していた、深紅に　丘を下っていく太陽を、
森の道を、歌う　くろどりを
緑の喜びを。

厳かに　かれは　木陰に住み
清らかだった　その顔は。
神は　優しい炎を　かれの心に語りかけた、
「おお　人間よ！」

静かに　かれの歩みは　夕暮れに　その町を見つけた、
かれの口の暗い嘆き、
「ぼくは　騎士になろう。」

だが　かれのあとを　茂みや獣が追った、
白い人間たちの家と　暮れなずむ庭
そして　かれを殺す者は　かれを追い求めていた。

春　そして　夏　そして　何と美しいことか　秋は
正しい者の、かれのかすかな歩みは
夢みる者たちの　暗い部屋部屋に沿って。
夜ごと　かれは　かれの星と二人だけだった、

見えた、雪が　裸の枝に落ち
そして　暮れていく戸口には　殺す者の影が。

銀色に　生れぬ者の頭が　沈んでいった。

〔訳註〕 カスパー・ハウザー(Kasper Hauser 1812?-1833)　その出生は謎につつまれているが、バーデン大公の子という説もある。一八二八年、突然ニュルンベルクに現われたが、その時は知力も低く話すこともできなかった。のちになって、暗い部屋に監禁されていたらしいことがわかったが、何者かに二回

襲われ、二回めの傷がもとで死んだ。ヴァッサーマン（J. Wassermann 1873-1934）もこれを題材にして小説「カスパー・ハウザー」（Casper Hauser 1908）を書いているが、それより前にヴェルレーヌ（P. M. Verlaine, 1844-1896）の作品もあり（Casper Hauser chante, 1881）これはデーメル（R. Dehmel 1863-1920）の訳がある。トラークルはこのいずれかを読み、そこから詩想を得たかもしれない。しかし又、トラークルはこの少年にも、已れの姿をなぞっていることに注意したい。彼は一九一二年、インスブルックのブッシュベックに宛てた手紙の中で、この世界で生きていく苦しさを語り、こう付け加えている、「……何のための苦しみだ。ぼくは結局いつも哀れなカスパー・ハウザーでありつづけるのだ。」（一九一二年四月二十一日　インスブルックにて）

*ベッシー・ロース（Bessie Loos）　アドルフ・ロース（「夢のなかのセバスチャン」参照。一六七頁）の妻。

*生れぬ者　「晴れやかな春」（九五頁）においてすでに見出される語である。ここでその意味がいくらかはっきりしてきているように思われる。つまり、この詩では「生れぬ者」は、カスパー・ハウザーを、神や自然と直接結びついていた無垢な存在を示している。「生れぬ者」がなぜ無垢であるのか。それは、カトリック教的に考えれば、人間が生れながらにして背負う原罪というものから、この者はまぬがれているからとも考えられる。しかし、もっとトラークルの詩の世界に即して考えるならば、「生れぬ者」とは、分裂した男女の性の交わり、言い換えれば相剋の結果としての存在でないために、無垢であるということになるかもしれない。

夜に

ぼくの目の青さは　今宵　消えた、
ぼくの心の赤い金色。おお！　何と静かに　光は燃えたことか。
お前の青いマントが　沈んでいく者を包んだ、
お前の赤い口は　あの友の錯乱を　封じた。

悪の変容　*第二稿

秋、黒い歩みが　森の縁に沿って、黙している崩壊の瞬間、癩患者の額は裸の樹の下で　耳を澄ませている。はるか過ぎ去った夕暮れ、それが　今　沼の階段を沈んでいく、十一月。鐘の音がひとつ　鳴り響き　羊飼が　黒い馬赤い馬の群を　村へと率いていく。榛の茂みの下で緑の狩人が　一匹の獣の腸(はらわた)を抜く。かれの両手は　血で煙り　獣の影が　男の目のうえの葉叢で　溜息をつく、褐色に黙したまま、森。飛び散る鳥たち、三羽。その飛翔は　ソナタのようだ、蒼ざめた和音と　雄々しい憂鬱にあふれて、そっと　ひとひらの金色の雲が　溶けていく。水車小屋の傍で　少年たちが　火をつける。炎は　最も蒼ざめたものの兄弟だ、そして　あの人は　その深紅の髪に埋もれて　笑う、あるいは　殺人の場所があり、その傍を　石ころだらけの道がつづいていく。へびのぼらずは消えていった、長い歳月　赤松の下で　鉛の大気のなかで　夢みている、不安、緑の暗がり　溺れる者の咽喉が鳴る音。星の池から　漁師は

ひきあげる、大きな一匹の黒い魚を、残酷と狂気に満ちた顔を。葦の声、争う男たちの声を背にして　あの人は　赤い小舟に乗って　凍りつく秋の水のうえを揺れていく、自分の種族の暗い伝説のなかで生きていて　その目は　石のようにいくつもの夜と娘の恐怖のうえに見開かれて。悪。

何が　お前を　朽ちた階段のうえに　お前の先祖たちの家のなかに　静かに立たせるのだろう？　鉛のような黒。何を　お前は　銀色の手で　両目の前に掲げるのか、そして　瞼は　罌粟に酔ったように伏せられているのか？　けれど　石の塀越しに　お前は星たちでいっぱいの天を見る、銀河を、土星を、赤く。荒れ狂いつつ　石の塀を　裸の樹が叩く。お前は　朽ちた階段のうえに、樹　星　石！　お前、青い獣、それは　そっと身を震わせる、お前、蒼ざめた司祭、それは　その獣を　黒い祭壇で屠る。おお　暗闇のお前の微笑み、悲しげに　邪悪に、そのために　子供はひとり　眠りながら蒼ざめる。赤い炎がお前の手から踊り出て　一羽の蛾が　そのために焼け死んだ。おお　光のフルート、おお　死のフルート。何が　お前を　朽ちた階段のうえに　お前の先祖たちの家のなかに　静かに立たせたのだろう　下の戸口を　天使が　水晶の指で叩いている。

おお　眠りの地獄、暗い街路、褐色の小庭。そっと　青い夕暮れのなかで死んだ女の姿が鳴っている。緑の小さな花々が　そのまわりで揺れ、そして

彼女の顔は花々から離れた。あるいは　その顔は　蒼ざめて　戸口の暗がりで　殺人者の冷い額のうえに　うつむいている、熱愛、欲情の深紅の炎、死んでいきながら　黒い階段のうえを　眠る者は　暗闇へ堕ちていった。

誰かが　お前を　十字路*に置き去りにした　そして　お前は　長い間　後ろを振り返っている。銀色の歩みがねじれた林檎の木の陰に。深紅に　果実は黒い枝の間で輝き　草叢では　蛇が皮を脱ぐ。おお！　暗闇よ、汗よ、それは氷のように冷い額を流れている、葡萄酒のなかの　いくつもの悲しい夢よ、村の酒場の　黒く煤けた梁の下に。お前、なおも荒れ果てている地よ、薔薇色の島々を　褐色の煙草の煙から魔法で呼び出し　内部*から　グライフ*が　黒い崖をめぐって　海へ　嵐へ　氷へと突進していくときの　荒々しい叫びを取り出すものよ、お前、緑の金属であるもの、そして　内的には　焔の顔であるものよ、滅んでいき　骨でできた丘から　暗い時代と　天使の炎をあげる墜落を歌おうとするものよ。おお！　絶望、それが　声にならない叫びを上げて　くずおれる。

死者がひとり　お前を訪れる。心臓から　自分自身に注がれた血が流れ　黒い眉には　言いようのない瞬間が巣くっている、暗い出会い。お前――深紅の月よ、あの人が　オリーブ*の樹の緑の影に現われる時。不滅の夜が　そのあとにつづく。

〔訳註〕

＊第一稿六四九頁参照。

＊十字路　原語“Kreuzweg”には、十字路、交叉道路といった意味の他に、キリスト教の「十字架の道」つまり、ピラトの家からゴルゴダの丘の刑場までキリストの辿った受難の道の意味がある。

＊内部　原語“Innere”は「内側」「内奥」を表わす語で、そこには、「魂」「精神」の意味を含んでおり、外貌、見かけという意味の語“Äußere”に対する。

＊グライフ　ライオンの身体、けづめをもった足、翼、鷲の頭をもった伝説的動物。ギリシャ神話では、太陽と芸術の神であるアポロや、狩りの女神であるアルテミスのお付をする動物である。この他にも古代オリエント、ローマ、ロマネスク芸術などでしばしば描かれている。

＊オリーブの樹　ゲッセマネの園の想起（「人類」参照。八一頁）。このオリーブの樹の影に現われる者との出会いとは、ゴルトマンによれば、自分自身の罪の贖いという暗い観念とすべての罪を自分自身に引き受けた者の像との混合を表わしている。

孤独な者の秋

公園で

再び　古びた公園をさ迷うとき、
おお！　黄や赤の花たちの静寂。
お前たちも又　悲しんでいる、お前たち　優しい神々[*]、
そして　楡の木々の秋めく黄金。
身じろぎもせず　青みをおびた池のほとりに
葦は　丈高く立ち、夕暮れに　つぐみは　口を閉ざす。
おお！　それならば　お前も又　額を傾けよ
先祖たちの朽ちた大理石の前に。

〔訳註〕　*優しい神々　ゴルトマンによれば、この朽ちていくバロック庭園で悲しんでいる神々は、失われた異教の楽園の哀愁的気分を呼び覚まし、そして又、古代の根元的自然の復活を予感させる。

冬の夕べ　第二稿*

雪が　窓べに降るとき、
長々と　夕べの鐘は鳴り響く、
多くの者たちに　食卓が用意され
家は　心地よく　整えられている。

さすらいの途上の人々が
暗い小径を戸口へ訪れる。
金色に　恩寵の樹は　咲きほこっている。
大地の冷い液から。

さすらう者は　静かに歩み入る、
痛みが　敷居を石にした。

そのとき　清らかな明るさにつつまれて　きらめく
食卓のうえで　パンと葡萄酒が。

〔訳註〕　＊トラークルは一九一三年十二月十三日付の手紙でウィーンにいるカール・クラウスにこの詩の初稿を送っている。
「……ここ数日の荒れ狂うような酔いと罪を犯した者のようなメランコリーで、いくつかの詩句が生れました。どうかこれをこの世界で他に類をみない一人の男性に対する尊敬を表わしたものとして受け取って下さい。

雪が窓べに降るとき、
長々と　夕べの鐘は鳴り響く、
多くの者たちに　食卓が用意され
家は　心地よく　整えられている。

さすらいの途上の人々が
暗い小径を戸口へ訪れる。
恩寵に満ちたその傷口を
愛の優しい力が　いたわっている。

おお、人間のむき出しの痛み。
物言わず　天使たちと戦ったものが
聖なる苦痛に押しつぶされて　手を差し伸べる
静かに　神のパンと葡萄酒に。」

呪われた者たち

I

暮れていく。泉へ　年とった女たちが行く。
栗の木立の暗がりで　赤がひとつ　笑っている。
とある店から　パンの香が流れ
向日葵が　垣根のうえに沈む。

流れのほとりで　酒場が　なおも生温かく　かすかに鳴っている。
ギターが口ずさむ、貨幣のちゃりんと鳴る音。
光輪が　あの少女のうえに　降り注ぐ、
硝子戸の前で　柔らかく　白く待っている少女のうえに。

おお！　青い輝き、それを　少女が窓硝子のなかに　目覚めさせる、
恍惚として　身じろぎもしない黒い茨に取り巻かれた輝き。
せむしの書記が　狂ったように微笑みかける
あらあらしい混乱におびえる水のなかへと。

2

夕べ　ペストが　少女の青い衣をふちどり
陰鬱な客が　そっと　とびらを閉める。
窓ごしに　楓の黒い重荷が沈んでいく、
少年がひとり　少女の手に　額をうずめる。

幾度も　少女の瞼は　邪悪に　重く沈む。
子供の両手は　少女の髪の毛のなかを流れ
その涙は　熱く　透き通って　落ちる
少女の　黒く虚ろな眼孔のなかに。

緋色の蛇たちの巣が
ものうげに　少女のかき乱された胎内で　わき立つ。

その両腕は　死に絶えた者を解き放す、
一枚の壁かけの悲しみに縁どられている者を。

3

褐色の小庭に　鐘の音が響く。
栗の木々の暗がりに　青がひとつ　漂っている、
見知らぬ女の　愛らしいマント。
木犀草の香、そして　焼けつくような思い

悪の。濡れた額は　冷く　蒼ざめて
塵芥のうえにうつむく、そこを　鼠たちは　掘りかえし、
星たちの緋色の輝きが　生温かく　洗っている、
庭で　林檎が　鈍く　柔らかく　落ちる。

夜が黒い。幽霊のように　南風(フェーン)が
さまよっている少年の　白い寝間着をふくらませ
そして　そっと　かれの口を*
死んだ女の手がつかむ。ソーニャが　優しく　美しく　微笑む

〔訳註〕　*ソーニャ　ドストエフスキー（F. M. Dostojewski 1821-1881）の小説「罪と罰」の女主人公。純潔な娼婦のままであった少女に、トラークルは、罪を贖った気高い存在を見出したのであろう。

ソーニャ*

夕暮れが　古い庭にかえってくる、
ソーニャの生命、青い静寂。
野鳥の渡っていく旅路、
裸の木が　秋と静寂につつまれて。

向日葵、ソーニャの白い生命のうえに
優しく　身をかがめて。
赤く*　決して示されたことのない傷が
暗い部屋部屋で　生きてゆかせる、

そこに　青い鐘の音が　鳴り響く、
ソーニャの歩みと　柔らかな静けさ。

死に瀕しつつ　獣は　すべり落ちていきながら　挨拶する、
裸の木が　秋と静寂につつまれて。

昔の日々の太陽が　輝いている
ソーニャの白い眉のうえに、
彼女の頰を濡らしている雪、
そして　彼女の眉の荒野。

〔訳註〕　*ソーニャ　「呪われたものたち」参照（一九〇頁）。
*赤く　決して示されたことのない傷が　娼婦としての彼女の性的な存在と、それに対する彼女の苦悩を表わしていよう。トラークルの詩の世界において、赤は、しばしば人間の情欲と結びつけられて用いられている。情欲とは、男性と女性が、異なる性のためにひきつけ合い、あるいは反発しあうこと、つまり性の分裂の故の相剋であろう。トラークルにおいては、この相剋こそが、人間の苦悩をひき起し、滅亡へと導いていく悪の可能性を秘めているものなのである。

沿っていく

麦と葡萄は　刈り入れられ、
秋と安息につつつまれた村。
槌と鉄床（かなとこ）が　絶えず響き、
笑いが　深紅の四阿（あずまや）に。

暗い垣根から　えぞ菊の花を
あの白い子供に　持っておいで。
言ってごらん　どれほど長く　ぼくたちが死んでいたか、
太陽が　黒く　現われるところだ。

池のなかの赤い小魚、
恐怖に満ちて　うかがっている額。

夕べの風が　窓べで　低くざわめく、
青いオルガンの調べ。

星と　ひそやかなきらめきが
もう一度　ふり仰がせる。
母たちの　苦痛と恐怖につつまれた姿、
暗がりには　黒い木犀草。

秋の魂　第二稿*

猟師の呼び声と　血の吼えたてる声、
十字架と　褐色の丘のうしろで
ゆっくりと　池の鏡は盲いていき、
蒼鷹が　固く冴えた叫び声を上げる。

刈り株だらけの畑と小径のうえでは
*黒い沈黙が　早くも恐ろしい。
枝々の間の　清らかな空、
小川だけが　静かに　しめやかに　流れる。

やがて　魚も獣も　すべり落ちる。
*青い魂、暗いさすらいが

ぼくたちを　愛する者たちから　他の者たちから　引き離した。
*夕暮れは　意味と形象を変化させる。

正しい生のパンと葡萄酒、
神よ　あなたの優しい両手に
人は　暗い終末と
すべての罪と　赤い痛みをおきます。

〔訳註〕　*第一稿六五〇頁参照。
*黒い沈黙が　早くも恐ろしい　カンディンスキーも、黒という色に、永遠の沈黙を、未来も希望も含まれていない沈黙を感じている。
*青い魂、暗いさすらいが／ぼくたちを　愛する者たちから　他の者たちから　引き離した。　青い魂である、あるいは青い魂をもった者であるぼくたち、それ故、暗いさすらいの旅をするぼくたちは、他の者たちから離れていくのである。この離れる、別離するという動詞は "scheiden" であり、トラークルはこの語から "der Abgeschiedene"（訣別した者）という像をつくり出したのであろう。（「訣別した者に」参照。二六八頁）。
*夕暮れは　意味と形象を変化させる　ハイデッガーは、「夕暮れは、自身の形象と自身の意味を変化させ、この変化のなかに、一日の時刻、一年の季節の在来の支配からの別離がかくまわれている」と述べている。

アーフラ　第二稿*

褐色の髪をした子供。祈りと　アーメンが
静かに　夕べの冷気を翳らせ
*アーフラの微笑みは　赤く
向日葵と不安と暗い重苦しさの黄色い枠のなかに。

*青いマントに包まれているのを見たのだ　かつて
修道士は　彼女がつつましく　教会の窓に描かれているのを、
それが　苦しみのなかで親しげに　なおもついてこようとする、
彼女の星たちが　かれの血のなかを　幽霊のようにさ迷うときに。

秋の没落、そして　にわとこの沈黙。
額は　水の青い動きに触れる、

一枚の毛織りの布が　棺のうえにかけられて。

腐った果実が　枝々から落ちる、
言いようもないのだ　鳥たちの飛翔は　死んでいく者たちとの
出会いは、そのあとには　暗い歳月がつづく。

〔訳註〕
*アーフラ（Afra）　中世のアウクスブルクの聖女。売春婦であったが、二人の僧侶によってキリスト教に回宗し、のちに殉教した。罪を自覚し、それを贖った清い存在として描かれている。
*第一稿六五〇―一頁参照。
*アーフラの微笑みは　赤く　彼女の性的な存在が表われていよう。（「ソーニャ」参照。一九二頁）。
*青いマントに包まれて　贖罪の姿が青と結びついている。

孤独な者の秋

暗い秋は　果実と充実に満ちあふれて訪れる、
美しい夏の日々の　黄ばんだ輝き。
清らかな青が　朽ちた殻から歩み出る、
鳥たちの飛翔が　古い伝説の音をたてて鳴り響く。
葡萄がしぼられ　穏やかな静寂は
暗い問いかけへの　かすかな答えに満たされている。

そして　ここかしこには　十字架が荒れはてた丘のうえに、
赤い森では　獣の群が　さ迷う。
雲が　池の鏡のうえを　さすらっていく、
農夫の安らかなしぐさが憩う。
ほんのかすかに　夕べの青い翼が触れる

枯れ藁葺きの屋根に、黒い大地に。

やがて　星たちは　疲れた者の眉に巣をかける、
冷い部屋部屋には　静かなつつましさが訪れ
天使たちが　そっと　恋人たちの青い目から現われる
悩みのやわらいだ恋人たちの目から。
葦がざわめき、骸骨でできた恐怖が襲う、
黒々と　露が　裸の柳の枝から　したたり落ちるときに。

死の七つの歌

安息と沈黙

羊飼たちは　太陽を　裸の森に埋葬した。
ひとりの漁師が　月を引きあげた
毛織りの網で　凍りつく池から。

青い水晶のなかに
蒼ざめた人間が住んでいる、頰をかれの星にもたれさせて、
あるいは　深紅の眠りのなかで　頭を垂れる。

けれど　いつも　鳥たちの黒い飛翔は
観る者の心を動かす、青い花たちの神聖が、
近くの静寂が　忘れられたものを、消えた天使たちを想っている。

再び　額は　月明りの岩の間に暮れていく、
ひとりの輝く青年
妹が　秋と黒い腐敗につつまれて　姿を現わす。

アニフ*

思い出、それは鷗たち、男性的な憂鬱の
暗い空をすべっていきながら。
静かに　お前は　秋のとねりこの木陰に住まっている、
木々は　正しい大きさの丘に沈んでいく、

いつも　お前は　緑の流れを下っていく、
夕暮れになると、
響きだす愛、おだやかに現われる　暗い獣が、

薔薇色の人間が。青みを帯びた匂いに酔って
額は　死んでいく葉に触れ
母のきびしい顔を想う。

おお　何と　すべてが　暗闇へ沈んでいくことか。

先祖たちの
いかめしい部屋部屋と古い調度。
これが　異郷者の胸を震わせる。
おお　お前たち　徴表と星。

何と大きいことか　生れたものの罪は。ああ　お前たち
死の金色の戦慄、
魂が　さらに冷い花を夢みるときに。

いつも　裸の枝々の間で　夜の鳥が叫んでいる
*月のようなものの歩みのうえで、
氷のような風が　村の塀のところで鳴っている。

〔訳註〕　*アニフ（Anif）　ザルツブルクの近くにある村。ロマンティックな水上の離宮がある。
*月のようなもの　原語 “monden” これは「月」“der Mond” を形容詞化した、トラークルの造語である。「ヒヤシンスの」と同様に、色彩語の一種

とみることもできる。使われている場合によってこの語が表わしているもの
は異なっているが、ゴルトマンによれば「死者の国の、あちら側の天体」で
あり、シュナイダーによれば「災いに満ちた力を有した天体である月」から
類推しうるものであろう。

誕生 II

山脈、それは黒、沈黙　そして雪。
赤く　森を　狩りの一行が降りていく、
おお　獣の苔むした眼差。

母の静けさ、黒い樅の樹々の下で
眠っている両手が開く、
冷い月が　衰えて　現われるときに。

おお　人間の誕生。夜ごと　ざわめく
青い水は　岩底で、
溜息をつきながら　堕天使は　自分の姿をみとめる、

蒼ざめたものが　息苦しい部屋で　目覚めている。
二つの月
石のような老婆の両目が光っている。

ああ、産み出す者たちの叫び、黒い翼で
少年のこめかみに　夜が触れている、
そっと　深紅の雲から沈む　雪。

〔訳註〕

＊赤く　森を　狩りの一行が降りていく、／おお、獣の苔むした眼差。森とは、本来、神と直接結びつくことのできる自然である。狩りとは、この森に無理やり侵入し、そこの住民である獣たちをそうした自然から引き離す行為と考えられるであろう。つまり、狩りとは、神的な自然と人間との分裂、抗争であり、それを詩人は、赤という色彩語で表わしているのではないだろうか。

没落　第五稿*

カール・ボロメウス・ハインリッヒに*

白い池のうえを
野鳥たちが渡っていった。
夕べ　ぼくたちの星から　氷のような風が吹き込む。

ぼくたちの墓のうえには
夜の砕けた額が　かがみこんでいる。
柏の樹々の下で　ぼくたちは　銀色の小舟にのって揺れる。

いつも　鳴っているのだ　町の白い塀は。
茨のアーチの下で
ああ　兄さん、ぼくたち　盲目の針が　真夜中に向ってよじ登る。

〔訳註〕

* 第一―四稿六五二―五頁参照。

* カール・ボロメウス・ハインリッヒ（Karl Borromaeus Heinrich）"Brenner" の主要スタッフの一人。宗教的色合いの強い小説、物語、随筆を書いた。病身、憂鬱症の作家であり、トラークルと精神的に非常に似かよったものをもっていて、トラークルのインスブルック時代、兄弟のような交際を結んでいた。この詩のなかでも、詩人が「兄さん」と呼びかけている直接の相手は、彼であろう。

夭逝した者に

おお、黒い天使はそっと木の内側から歩み出た、
ぼくたちが　夕暮れ　優しい遊び友達だったときに、
青みを帯びた泉の縁で。
ぼくたちの歩みは　安らいで、丸い目は　秋の褐色の冷気につつまれて、
おお、星たちの深紅の甘さ。

あの人は　けれど　メンヒスベルクの石の階段を下りていった、
青い微笑みを顔にうかべ　そして　奇妙に蛹となった
かれのもっと静かな幼年時代へと、そして　死んだ、
そして　庭には　友の銀色の顔が残った、
葉叢で　あるいは　古い石の間で　耳を澄ませて。

魂は歌った　死を、肉の緑の腐敗を
そして　森のざわめきがあった、
獣の熱い嘆きが。
いつも　暮れていく塔からは　夕べの青い鐘が響いていた。

時がきた、あの人が　深紅の太陽のなかに　いくつもの影を見るときが、
腐敗の影をいくつも　裸の枝々の間に見るときが、
夕べ　暮れていく塀で　くろうたどりが歌うとき
幼いまま死んだ者の霊が　静かに　部屋に現われた。

おお、血、鳴っているものの咽喉から流れる血、
青い花、おお　炎の涙が
夜の中へこぼれて。

金色の雲と時。孤独な部屋で
お前は　幾度も　この死者を迎えて、
さすらっていくのだ　親しく語らいながら　楡の木の下を　緑の流れを下って。

〔訳註〕

＊もっと静かな幼年時代　この幼年時代は、人間の一生の内の子供の時という幼年時代をいっているのではないように思われる。「もっと静かな」という比較級は、こうした通常の幼年時代に対しておかれているのであり、つまり、全く別の幼年時代というものを、詩人は考えているのであろう。この夭逝した者の姿は、少年エーリス、あるいはカスパー・ハウザーといった死者を思い出させる。「もっと静かな幼年時代」とは、それ故、エーリスが死ぬことによって入っていったあの世界、自分の本質を見出したあの神聖な世界とも考えられるであろう。

＊……耳を澄ませて。魂は歌った　死を……　友の魂は、死者のあとに耳を澄ませ、一方で、その死を歌う。ハイデッガーは、ここに詩作の態度を見る。つまり、彼によれば、詩作とはあとについて語ること、死者が入っていったより静かな幼年時代の精神が語りかけてくる楽音について語ることであり、それは、詩作とは、表現の意味において語ることより前に、まず聞くことなのだということを意味している。

＊青い花　トラークルの愛した詩人ノヴァーリスの「青い花」を想起させる（「ノヴァーリスに」参照。五三五頁）咽喉から流れる血であるこの花は、詩人の詩作の精髄でもあろう。

＊お前は幾度も……　友は、歌うために耳を澄ませ、それによって、自分もこの死者のあとについていき、さすらう旅人となるのだ。

霊*気に満ちた夕刻　第*二稿

静かに　森の縁に現われる
一匹の暗い獣、
丘のふもとで　そっと夕べの風が止み、

くろうたどりの嘆く声も途絶え、
そして　秋の柔らかなフルートも
葦のなかで　沈黙する。

黒い雲にのって
お前は　罌粟に酔いしれていく
夜の池を、

星をちりばめた空を。
いつも　妹の月のような声が　鳴り響く
霊気に満ちた夜をぬけて。

〔訳註〕

＊霊気に満ちた　原語“geistlich”トラークルの用いているこの語の意味は捉えにくい。“geistlich”は、通常、「宗教上の」「教会の」「聖職の」といった世俗的なものに対する意味で用いられており、トラークルの場合、この意味においてのみ解釈するのは適当ではない。

ハイデッガーは、トラークルの“geistlich”を「“Geist”（精神、心、霊魂）の意味においてあるもの、“Geist”から生ずるもの、“Geist”の本質に従うもの」ととる。しかしながら、ハイデッガーは、それを、物質的なものに対する精神的なもの、感覚的なものに対する超感覚的なものという対立した、区分された概念で捉えてはならないと続けていう。そのような解釈は、精神的なものを、合理的なもの、知的なもの、イデオロギー的なものへと変えていくからであり、そうした概念は、トラークルの詩の世界においては、むしろ「腐敗していく人間たち」のものなのである。それ故、ハイデッガーによれば、トラークルは、“geistig”（精神の、霊的な、知的な）という語も避けたのである。

ハイデッガーは、“Geist”という語を、もっとその本来的な意味「興奮」「激昂」でとらえている。そこには、何事かを促がし、駆りたて、行動を起こさせる力がひそんでいよう。だからこそ、「意味と形象」の変転するとき

であり「ぼくたち」を「青い魂」の旅に従わせるときであると「秋の魂」でうたわれる「夕暮れ」を、詩人はここで"geistlich"と呼ぶのであろう。

*第一稿六五五—六頁参照。

夕暮れの国の歌*

おお　魂の夜の羽ばたき、
羊飼たちであるぼくたちは　昔　暮れていく森に沿って歩んだ
そして　赤い*獣や緑の花、せせらぐ泉がついてきた
つつましく。おお　こおろぎのはるか昔の調べ、
血は生贄の石の傍に咲きほころび
池の緑の静けさのうえには　孤独な鳥の叫び。

おお、お前たち　幾度もの十字軍　肉の
焼けただれる拷問、深紅の果実の落下
夕暮れの庭で、そこを　かつて　敬虔な使徒たちが歩んだ、
今は　戦士たちが、傷*と星の夢から目覚めて。
おお、夜の柔らかな矢車菊の花束。

おお、お前たち　静寂と金色の秋の時、
ぼくたち　穏やかな僧侶たちが　深紅の葡萄をしぼったとき、
まわりでは　丘と森が輝いていた。
おお、お前たち　幾度の狩猟や城、夕べの安息、
自分の部屋で　人間が　正しいものを企て
声にならぬ祈りのなかで　神の生きた頭（こうべ）を得ようとしたときに。

おお、没落のにがい時刻、
ぼくたちが　石の顔を　黒い水のなかに眺めているとき。
けれど　光を放ちながら　恋人たちは　銀色の瞼を上げる、
ひ＊と　つ　である性。薫香が　薔薇色の褥から流れる
そして　甦った者たちの甘い歌声。

〔訳註〕　＊夕暮れの国の　原語 "abendländisch" は、"Abendland" の形容詞であり、これは、普通、古代イタリアからみた西方の国々を、東洋（"Morgenland" "Orient"）に対する西洋（"okzident"）を意味する。しかし、ここではこの語のもつ文字通りの「夕暮れの国」という響きに注意しなくてはならない。夕暮れ "Abend" とは、トラークルの詩の世界において、重要な、一種独特

の時間であることは、これまでの詩においても明らかであろう。夕暮れは、異郷者を、くろうたどりが没落へと誘う時ではあるが（「夢のなかのセバスチャン」参照。一六三頁）霊気に満ちた時間である（「霊気に満ちた夕刻」）。この時、形象と意味は変化し、青い魂に従うさすらいの旅は始まるのである（「秋の魂」）。詩人はここで、「夕暮れ」という言葉のもつ凋落の響きを、現実の衰退しつつあるヨーロッパ文化の歴史をうたうようにも思われる（それは、特に後出の詩「夕暮れの国」においてより強く感じられる）。しかし、この詩の最終節で描かれているのは、新しい希望に満ちた世界なのである。トラークルの「夕暮れ」とは、そこへ行きつくことをも含んだ時なのである。それ故、ハイデッガーも、「この夕暮れの国は、プラトン的―キリスト的な夕暮れの国より、更にヨーロッパと表現される地方よりもっと古く、つまりもっと早く、それ故またもっと望みある国なのだ」と言っている。

＊赤い獣や緑の花　ゴルトマンは、赤と緑というきわだった色の並置は、根元的な生命力の印象あるいは激情という印象を与えるという。この詩の冒頭は、異教的太古及び自然のままの幼年時代という根源的な世界を描いていよう。

＊おお……夜の柔らかな矢車菊の花束　矢車菊の原語“Zyane”は、ギリシャ語の“kyáneos”から来ており、これは「濃い藍色」を意味している。つまり、夜は、青さの束である。そして、トラークルの青とは、この束ねられたものという、いわば深さをもつ色なのである。

＊ひ　と　つ　である性　トラークルの全詩の中で、ただ一カ所“e i n Geschlecht”と字の間を空けて印刷されている箇所で、「ひとつの」という言葉

が強調されている。これについて考える前に、まず「性」という言葉について考える必要がある。このドイツ語“Geschlecht”は、ハイデッガーが指摘しているように、まず他の生命のある動物、植物に対する人間種族という人類全体を、その人類のなかの種族、人種、部族、家族といったいくつもの族を、更に男女の性を表わす語なのである。つまり、“Geschlecht”とは、様様な分裂、不一致をふくんでいる語なのであり、そこには、相剋が必然的に生れるのである。それ故、トラークルがここでうたう「ひとつである性」とは、ハイデッガーも言うように、「単性」あるいは「同性」といったものを意味するのではなく、そうした分裂故の相剋の消えた存在を表わしているのであろう。それは、ここでは「恋人たち」が呼ばれているため、直接的には男女の性が想起されるが、“Geschlecht”の表わすすべての意味において考えられるべきものであろう。

変容

夕暮れになると
そっと　お前から　青い顔が立ち去る。
一羽の小鳥が　タマリンドの木で歌う。

優しい僧が
死に果てた両手を組み合わせる。
白い天使が　マリアを訪れる。

夜の花輪*
菫と麦と深紅の葡萄で編まれた花輪が
観る者の年だ。

お前の足もとで
死者たちの墓が開く、
お前が　額を　銀色の両手に埋めるときに。

静かに宿る
お前の口もとには　秋の月が*
罌粟の汁に酔った暗い歌が、

青い花、*
それが　黄ばんだ岩の間で　低く　鳴り響く。

〔訳註〕　*夜の花輪……観る者の年だ。菫は春を、麦は夏を、葡萄は秋を表わし、年とは、こうした変化を含んでいるものであろう。そして又、菫は清らかな青い花であり、麦と葡萄はパンと葡萄酒に結びつく。これらによって編まれた夜の花輪は、ある神聖さの集合でもあろう。

*お前の口もとには、秋の月が罌粟の汁に……　口“Mund”、月“Mond”、罌粟“Mohn”と同音異議語が三つ並べられている。ゴルトマンは、月と罌粟は、音として結びつくだけでなく、白く苦い罌粟は、夜の亡霊のようなまどろみをもたらすのだといっている。

*青い花　“blaue Blume”「夭逝した者に」参照（二一一頁）。

南風（フェーン）

風のなかの盲目の嘆き、月のような冬の日々、
幼年時代、そっと　足音は　暗い垣のところに消えていく、
長々と夕べの鐘の音。
そっと　白い夜が　引き寄せられてくる、

石の生活の
痛みと苦しみを　深紅の夢に変える、
茨の棘が　滅んでいく身体から　決して抜けないようにと。

まどろみのなかで　深々と　不安な魂が溜息をつく、

風は　裂けた木々の間の奥深く、

そしてゆらめいていく　母の嘆きの姿が
寂しい森を

この黙している悲しみの、いくつもの夜、
涙と　火の天使たちにあふれた。
銀色に砕ける、裸の塀のところで　子供の骸骨が。

さすらう者　第二稿

いつも　もたれている　白い夜は　丘のふもとに、
そこには　銀色に鳴りながら　ポプラがそびえ、
数多の星と石がある。

眠りつつ　渓流のうえでは　小橋が弧を描く、
少年のあとを　死んでしまった顔が追う、
三日月が　薔薇色の谷に

誉め賛える羊飼たちから遠く。古い岩の間で
*水晶の目から　蟇蛙がのぞき、
咲きにおう風が目覚め、死者に等しい者の鳥の声と
歩みが　そっと　森で　緑になっていく。

これが　木と獣を思い出させる。ゆるやかな苔の階段、
そして　月、
輝きながら　悲しんでいる水のなかに沈む。

あの人は　もう一度向きを変え　そして　緑の岸辺をさすらっていく、
黒いゴンドラにのって　朽ちた町を抜けて　揺れていく。

〔訳註〕＊水晶の目から　蟇蛙がのぞき　ゴルトマンは、「水晶は、肉体的身体的存在者の精神が明瞭に現われる認識機関を意味し、蟇蛙は、池の中にいて多くを知っている動物であり、物言わず何事かを考えこんでいる自然の無意識の奥底を象徴している」と解釈する。
＊第一稿六五六―七頁参照。

カール・クラウス*

真実の白い大司祭、
水晶の声、そこに　神の氷の息吹きが宿る、
怒る魔術師、
その炎のようなマントの下で　戦士の青い甲冑が音をたてる。

〔訳註〕　*カール・クラウス（Karl Kraus）「詩篇」参照（一〇八頁）。

黙している者たちに

おお、大都会の狂気、夕べ
黒い塀の傍で　いじけた木々が　こわばり
銀色の仮面からは　悪の霊がのぞく、
蠱惑的な　鞭のようにしなう光が　石の夜を押しのける。
おお、夕べの鐘の沈んだ響き。

娼婦、氷のような戦きにつつまれて　死んだ子供を産む。
荒れ狂いながら　神の怒りが　憑かれた者の額を鞭打つ、
深紅の疫病、緑の両目を砕く飢餓。
おお、金の　震えあがらせる哄笑。

けれど　暗い洞穴のなかで　一層黙り込んでいく人間が　静かに血を流し、
固い金属を組み合わせ　救済の頭をつくっている。

受難* 第三稿*

*オルフォイスが　銀色に　竪琴を奏で、
死んだものを　夕暮れの庭で悼むとき、
誰だろう　お前は　高い樹々の下で憩う者は？
ざわめいている　嘆きが　秋の葦が、
青い池が、
緑になっていく樹々の下に死に絶えながら
妹の影を追いながら、

暗い愛
野生の種族の、
そこを　黄金の車にのって　昼は　ざわめき去っていく。
静かな夜。

暗く沈んだ樅の樹々の下で
二匹の狼が　血を混ぜ合わせた
石のように　抱き合いながら、金色のものが
雲が　小径のうえで　消えていった、
幼年時代の忍耐と沈黙。
再び　かよわい死骸が　現われる
トリトーンの池のほとりで
そのヒヤシンス色の髪の毛のなかで　まどろみながら。
ついには　この冷い頭も　砕けるように！

なぜなら　いつまでも辿っていくのだ、一匹の青い獣は、
暮れていく樹々の下で　じっと見つめている者は、
このもっと暗い小径を
目覚めたまま　夜の佳い調べに、
柔らかな狂気に　心動かされて、
あるいは　暗い恍惚に

満ちた弦の音が　鳴っているだろう
贖罪する女の冷い足もとで
石の町のなかで。

〔訳註〕

＊受難　原語“Passion”は、「苦難」特に、キリストの受難を意味する語であるが、同時に、「激情」「情熱」「情欲」という意味を併せもつ語である。ここでも、その二つの意味で用いられていると思われる。

＊オルフォイス（Orpheus）　ギリシャ神話中の人物、ホメロス以前の最大の詩人であり、音楽家である。竪琴の名手で、その歌には、草木も獣も聞きほれたといわれる。毒蛇にかまれて死んだ妻エウリュディケを求めて冥界に下り、その音楽で冥界の女王ペルセポネを魅惑し、妻を再び地上へ連れ戻すことを許された。しかしそれには、地上へ帰りつくまでは後ろを振り向かないという条件がついていた。オルフォイスはあとわずかというところでこの約束を破ってしまったため妻は再び冥界に戻された。その後、妻を失った悲しみのあまり他の女性を近づけなかったオルフォイスは、ディオニソスを祭るトラキアの女たちの怒りをかい、彼女たちによって八つ裂きにされて殺され、その身体は川に投げこまれた。

オルフォイスは、詩人の原型であり、しかしその歌は、何か暗い前兆のようにも感じられる。

＊第一、二稿六五七―六四頁参照。

＊狼　ゴルトマンによれば、トラークルの詩において猛獣の役割をするのは狼であり、これは、激情や衝動、切迫する心的に本来的な力を象徴してい

る。

*かよわい死体　「夢のなかのセバスチャン」参照（一六三頁）。

*トリトーン　ギリシャ神話で、ポセイドーンとアムピトリーテの子。半人半魚の姿で、海豚にのり、ほら貝を吹きならし海の神ポセイドンに従う。ヘレニズム時代には、アフリカのトリトーニス（Tritonis）湖の神とされた。バロック様式の庭園には、屢々この彫像が飾られている。

死*の七つの歌

青みを帯びて　春は暮れる、吸い上げる木々の下を
暗いものが　夕暮れと没落のなかを　さ迷っていく、
くろうたどりの柔らかな嘆きの声に　耳を澄ませながら。
押し黙って　夜が現われる、血を流している獣、
ゆっくりと　丘のふもとで　倒れ伏す。

湿った大気のなかで　咲きほころぶ林檎の枝が揺れ、
銀色に　絡み合ったものは　ほどけ、
夜の目から　死に絶えていく、落下する星たち、
幼年時代の柔らかな歌声。

次第に姿を現わしながら　眠る者が　黒い森を降りていった、

そして　青い泉が　谷間でざわめいていた、
すると　あの人は　そっと　蒼ざめた瞼を上げた
その雪のような顔のうえに。

そして　月は　一匹の赤い獣を　狩りたてた
その洞穴から、
溜息をつきながら　女たちの暗い嘆きは　死んでいった。

光をいっそう放ちながら　両手を　自分の星に向って挙げた
あの白い異郷者は、
黙したまま　死んだものは　朽ちた家を立ち去る。

おお　人間の腐敗した姿、冷い金属や
沈んだ森の夜と恐怖
獣の焦げていくような荒れ地の夜と恐怖に継ぎ合わされた、
魂の凪。

黒い小舟にのって　あの人は　ほのかに光る流れを下っていった、

深紅の星たちでいっぱいの流れを、そして　沈んだ
安らかに　緑になった枝々はそのうえに、
銀色の雲からは　罌粟。

〔訳註〕

＊ハイデッガーによれば、「七」とは聖なる数であり、詩人がここで歌っているのは、死の神聖さであり、不明瞭な、一般的にこの地上的生命の終りとして考えられている死ではない。ここでいう「死」とは、「夢のなかのセバスチャン」で、あの異郷者が呼び入れられていた没落である。それ故、この詩の五節めで「異郷者」は「死んだ者」"ein Totes"と呼ばれている。こうした神聖な死と対比しているのが、第六節で描かれている「人間の腐敗した姿」である。ハイデッガーは、この「腐敗」とは「自分自身の本質を失うこと、つまり存在を失うこと」だといっており、そして、聖なる「死」とは、こうした「人間の本質存在を失った形態を捨て去ること」だといっている。それは、「エーリス」や「夭逝した者」にみることができる死であろう。

冬の夜

雪が降った。真夜中すぎて　お前は　深紅の葡萄酒に酔いしれて　人々の暗い領域を、その赤々と炎の燃える炉を立ち去る。おお　暗黒！

黒い寒気、大地は固く、空気は　にがい味がする、お前の星たちは　悪いしるしと結ばれている。

石となった足取りで　お前は　線路の堤を踏みしめていく、丸い目をして黒い堡塁に突撃する兵士のように。進め（*アヴァンティ）！

　にがい雪と月！

*一匹の赤い狼、天使がその咽喉をしめる、お前の脚は　青い氷のように歩みながら軋み、悲しみと高慢に満ちた微笑みが　お前の顔を石と化した　そして額は　寒気の欲情で　蒼ざめる、
　あるいは　その額は　木の小屋で倒れた番人の眠りのうえに　黙したままかがみこむ。

寒気と煙。白い星のシャツが　それをまとっている肩を焼き、神の禿鷹は
お前の金属の心臓を　ずたずたに裂く。
おお　石の丘。静かに　そして忘れられたまま　この冷い身体は　銀色の雪
につつまれて　溶けていく。
何と黒いことか　眠りは。耳は　氷のなかの星たちの小径を　長々と辿って
いく。
目覚めると　村の鐘が　鳴り響いていた。東の門から銀色に　薔薇色の日が
現われた。

〔訳註〕　＊進め（アヴァンティ）　原文“Avanti!”イタリア語で、軍隊の「前進」の
かけ声。
＊一匹の赤い狼　狼、「受難」参照（二三一頁）。この「狼」と「赤」という
色が結びつけられている。

訣別した者の歌

ヴェニスにて*

夜の部屋のなかの静けさ。
銀色に　燭台がゆらめく
孤独な者の
歌うような呼吸をうけて、
不思議な　薔薇の雲の群。

黒ずんだ蝿の群が
石の空間を　暗く翳らせ
黄金の昼の悲しみに
故郷を失った者の
頭は　こわばる。

静まりかえって　海は暮れていく。
星と　黒ずんだ航路は
運河に消えていった。
子供よ、お前の弱々しい微笑みが
眠りのなかで　そっと　ぼくについてきた。

〔註訳〕　＊一九一三年八月に、トラークルは、フィッカーやクラウス、ロース夫妻とともにヴェニスで九十二日間の休暇を楽しんだ。彼がブッシュベックに書き送った葉書は「君、世界は丸い。土曜日ぼくはヴェニスに落ちていく。どんどんと――星にとどくまで」（一九三一年八月十五日）と、明るい調子で書かれている。このヴェニス旅行は、海や太陽や親しい人々との交わりを享受した、トラークルの生涯においてほとんど唯一の解放された楽しい旅であったといわれている。しかし、その旅から生まれたただひとつの詩、この「ヴェニスにて」に流れているものは、他の詩と同様に没落の気分である。

煉獄*

秋めく壁のもとで　影が　探している　あそこの
丘のふもとで鳴り響く黄金を
草を食んでいる夕べの雲を
枯れたプラタナスの安らぎにつつまれて。
より暗い涙を　この時は　呼吸する、
永劫の罰、夢みるものの心が
深紅の夕焼けにあふれる頃、
煙っている町の憂鬱に。
金色の冷気が　吹きよせる、歩んでいく者のあとに
異郷者のあとに、墓地から、
まるで　影のようになって　柔らかな死骸が　あとを追って来るように。

低く　石の建物が鳴る。
孤児たちの庭、暗い救貧院、
運河には　一隻の赤い舟。
夢みながら　浮き沈みしている　暗がりのなかで
滅んでいく人間たちが
そして　黒ずんだいくつもの門からは
天使が　冷い額をして現われる、
青さ、母たちの死の嘆き。
その長い髪をぬって　転がる
火の車が、丸い真昼
地の終ることのない苦しみが。

冷い部屋部屋では　意味もなく
調度が黴びていく、骨ばった両手で
青の中　おとぎ話を探っている
汚れた幼年時代が、
太った鼠たちが　戸や櫃をかじる、
ひとつの心が

雪のような静けさのなかで　こわばる。
飢えの深紅の呪いが
腐っていく暗がりに　響きつづける
虚偽の黒い剣、
あたかも　青銅の扉が　打ち合うように。

〔訳註〕　*煉獄　カトリック教で天国と地獄の間にあり、死者の霊が、天国に入る前に、ここで火によって浄化されるといわれている。
*第一稿（第一節）六六四—五頁参照。

太陽

毎日　黄色い太陽は　丘のうえにやって来る。
何と　美しいことか、　森も暗い獣も
人間、猟師や羊飼も。

ほの赤く　緑の池に　魚が浮かび上る。
*丸い空の下を
漁師が　ひっそりと　青い小舟にのっていく。

ゆっくりと　葡萄、麦が　熟れていく。
静かに　一日が傾くときには
善いものも　悪いものも　用意される。

夜になれば、
*さすらう者が　そっと　重い瞼を上げる、
太陽が　暗い峡谷から　現われる。

〔訳註〕　*丸い　ゴルトマンによれば、調和に満ちた全体を示している。（「エーリス」参照。一五七頁）。
*さすらう者が……／太陽が……　ゴルトマンによれば、太陽が突然現われることは、「重い瞼」を上げることに、つまり太陽のように夜の中へと入っていく「さすらう者」の目の光と一致する。

捕えられたくろうたどりの歌

ルードヴィッヒ・フォン・フィッカーのために

緑の枝の間の　暗い息吹き。
青い小さな花たちは　孤独な者の顔のまわりに、
オリーブの樹の下で　死んでいく
金色の歩みのまわりに　漂っている。
酔いしれた翼で　夜が　舞い上る。
こんなにも静かに　つつましい心は　血を流す、
露、ゆっくりと　咲きほころぶ茨から　したたり落ちる。
輝く腕の憐みが
ひとつの砕ける心臓を　抱いている。

〔訳註〕　*こんなにも静かに……／……したたり落ちる。　ゴルトマンは、この詩のなかの「孤独な者」とは、キリストにならう者、キリストと同じ運命を辿る者とみている。そのため、「つつましい心」の流す「血」、「咲きほころぶ茨

からしたたり落ちる露」とは、父の定めたことに献身する子の謙虚で従順な生命のしたたりである。

夏　II(?)

夕べ　森では
郭公の嘆きが　沈黙する。
より深く　麦は　身をかがめる、
赤い罌粟。

黒い雷雨が　迫る
丘のうえに。
こおろぎの古い歌が
野原で　死に絶える。

まるで　身じろぎもしない
栗の木の葉は。
螺旋階段で

お前の衣がさやぐ。

静かに　蠟燭は輝く
暗い部屋部屋に、
銀色の手がひとつ
それを　消した、

凮も止んだ、　星のない夜。

夏の衰え*

緑の夏は　こんなにかすかに*
なった、お前の水晶の顔。
夕べの池のほとりで　花たちは死んだ、
脅えたくろうたどりの叫び。

生の無益な希望。すでに
家では　燕たちが　旅の仕度を始め
太陽は　丘のふもとに　沈んでいく、
もう夜が　星たちの旅に　合図を送っている。

村々の静けさ、あたりで　鳴っている
人気のない森が。心よ、

さあ　ますます優しく　身をかがめなさい
安らかに眠る女(ひと)のうえに。

緑の夏は　こんなにかすかに
なった　そして　鳴り響いていく　異郷者の
足音が　銀色の夜をぬけて。
覚えていてほしい　青い獣*に　かれの小径を、

かれの霊の歳月の佳い調べを！

〔訳註〕　*衰え　原語“Neige”“neigen”の名詞（「古い記念帳のなかに」参照。七五頁）

*かすかに　原語“leise”ハイデッガーは、この語を、「ほとんど聞きとれぬ」という通常の意味で解釈していない。トラークルが繰り返し用いているこの語は、古高ドイツ語で、形容詞として“list”副詞として“liso”であり、その意味は、“langsam”（「ゆっくりと」「ゆるやかに」）である。更に、アングロサクソン語“gelisian”とはドイツ語の“gleiten”「すべる」に当る。このことから、ハイデッガーは、トラークルの詩の世界で、「静かなもの」は、すべり去るものであり、「夏は秋の中へと年の夕暮れの中へとすべり去るのだ」と言っている。

*青い獣　すでに、「ロザリオの歌」において、妹を呼ぶ名として現われたこの「青い獣」の特性が、ここで明らかにされる。それは、「獣」という獣性にあるのではない。それは、「青さ」にあるのだ。「異郷者の行く径」を想い、そのあとを辿っていこうとするとき、獣は青となる。ハイデッガーは、「異郷者を思い、異郷者とともに、人間本質の本来の場所を旅して知りたいとする死すべき運命のものたち」が、トラークルの「青い獣」だという。

*霊の　原語“geistlich”（「霊気に満ちた夕刻」参照。二一四頁）

*歳月　原語“Jahr”　ハイデッガーはこの語は、「歩む」「行く」という意味のギリシャ語“ζευαν”インドゲルマン語“ier—”に当るという。

年

幼年時代の暗い静寂。緑になっていくとねりこの木の下
青い眼差の　柔和な心が　草を食む、金色の安らぎ。
暗いものを　菫の香が　うっとりとさせている、揺れている　穂は
夕暮れにつつまれて、憂鬱の種子と金色の影。
梁を大工が切り落とす、暮れていく谷間で
水車小屋が粉を挽く、榛の葉叢で　深紅の口が　彎曲する、
男性的なものが　赤く　黙している水のうえにかがみ込んで。
ひそやかに　秋が、森の霊が、金色の雲が
孤独なもののあとを追う、孫の黒い影が。
石の部屋のなかの傾き*、古い糸杉の樹々の下で
涙*の夜の形が集まって　泉となる、
原初の金色の目、終末の暗い忍耐。

〔訳註〕

＊傾き　原語 “Neige”（「夏の衰え」「古い記念帳のなかに」参照）。

＊原初の金色の目、終末の暗い忍耐　この「原初」とは、ハイデッガーによれば、詩の冒頭の暗い幼年時代と異なる、あの「夭逝した者」が入っていった「より静かな幼年時代」である。そして「終末」とは、この「原初」の終結ではない。「終末」とは、腐敗する形態をもった人間の、つまり滅亡する種族の終りであり、この「原初」と「終末」との間には、継起的なつながりはないのである。すなわち、「原初」という時間は、単に過ぎ去るものではなく、通常の時間の根元的本質を保管する一種独特の時間として、本質的に存在するすべてのものの始まりとなり得るのである。

夕暮れの国* 第四稿*

エルゼ・ラスカー＝シューラー*に 敬意をこめて。

I

月 あたかも 死んだものが
青い洞穴から歩み出るよう、
そして たくさんの花が
岩の小径に降る。
銀色に 病んだものが
夕暮れの池のほとりで 泣いている、
黒い小舟のうえでは
恋する者たちが 彼方へと死んでいった。

あるいは エーリスの足音が 鳴っている

森をぬけ
ヒヤシンスの森をぬけ
再び　柏の樹々の下に　消えていきながら。
おお　少年の姿
水晶の涙で
夜の影で　かたちづくられた。
鈍い刃をもつ稲妻が　こめかみを明るくする、
いつも冷えきっているものを、
緑になっていく丘のふもとで
春の雷雨が　鳴り響くときに。

2

こんなにもひそやかだ
ぼくたちの故郷の緑の森は、
水晶の波は
朽ちた塀のところで　死に絶えていく、
そして　ぼくたちは　眠りのなかで　泣いていた、
ためらいがちな足取りで　さすらっていく

茨の垣に沿って
歌うものたちが　晩夏のなか、
遠く　輝きの消えていく　葡萄畑の
聖なる安らぎにつつまれて、
夜の　冷い膝に今は抱かれている
影たち、悲しんでいる鷲たちが。
こんなにひそやかに　一筋の月の光が　閉ざすのだ
憂愁の深紅のしるしを。

3

お前たち　大きな街々よ
平野に
石で築かれたものよ！
こんなに　物も言わずに　ついていくのだ
故郷を失った者は
暗い額をして　風のあとを、
丘のふもとの　裸の樹々のあとを。
お前たち　はるかに遠く　暮れていく流れよ！

恐ろしく　不安にする
不気味な夕焼けは
嵐の群がる雲につつまれて。
お前たち　死んでいく民族よ！
蒼ざめた波が
夜の岸辺で　砕け散る、
堕ちていく星たち。

〔訳註〕 *夕暮れの国 "Abendland" 「夕暮れの国の歌」参照（二一八頁）。
*第一―三稿六六五―七九頁参照。
*エルゼ・ラスカー＝シューラー（Else Lasker-Schüller. 1876-1945）ドイツ表現主義のすぐれた女流詩人。詩集に『冥府の川』（Styx, 1902）、戯曲に『ヴッペル川』（Die Wupper 1908）などがある。ベルリンの "Sturm" 誌の編集者ヘルヴァルト・ヴァルデン（Herwarth Walden）の先妻。トラークルの妹グレーテ夫妻は、ヴァルデンのサークルと交際しており、トラークルもベルリンに妹を訪ねた際（一九一四年）、この女流詩人と知り合う。彼女は、トラークルの死を悼んで詩を書いている。

かれの目は　はるか遠くにあった。
かれは　かつて　少年のままで　すでに天にいた。

だから　かれの言葉は　やって来たのだ
青い雲　白い雲にのって。

私たちは　宗教について論じ合った、
けれど　いつも　二人の遊び友達のように、

そして　口から口へと　神を迎える準備をしていた。
はじめに　言葉が　あった。

詩人の心、堅固な城、
かれの詩　それは　歌う命題。

かれは　確かに　マルティン・ルターだった。

かれは　三重の魂を手にしていた。
聖なる戦いに　引かれていったとき。

――そして　私は知った、彼は死んでしまったことを――

かれの影は　とらえがたく　とどまっていた
私の部屋の　夕暮れのなかに。

魂の春　Ⅱ

眠りのなかの叫び、黒い街路を　風が駆け抜けていく、
春の青が　折れていく枝々を透かして　合図する、
深紅の夜露　そして　あたりでは　星たちが消えていく。
緑がちに　流れは　ほの明るくなっていき、銀色に　古い並木道は
そして　街のいくつもの塔は。おお　柔らかな酔いが
すべっていく小舟に　そして　くろうたどりの暗い呼び声は
幼い日の庭々に。すでに　薔薇色の花盛りが　明るんでいる。

厳かに　水はざわめいている。おお　草地の湿った影、
歩む獣、緑になっていくもの、咲きほこった枝々が
水晶の額に触れる、ほのかに光っている　揺れる小舟。
そっと　太陽は　丘のほとりの薔薇色の雲のなかで　鳴っている。

何と大きなことか　樅の森の静けさは、流れのほとりのきまじめな影は。

清澄よ！　清澄よ！　死の恐ろしい小径は　どこにあるのか、
灰色の石の沈黙の径は、夜の岩々は、
不安な影たちは？　光り放つ太陽の深淵。

妹よ、ぼくが　お前を　寂しい森の空地で
見つけたとき　真昼だった　そして　獣の沈黙が　他を圧して広がっていた、
野生の柏の樹の下に*白い姿、そして　*茨が　銀色に咲いていた。
強力な死と　心のなかで歌う炎。

ますます暗く　水は　魚たちの美しい戯れをめぐって　流れていく。
悲しみの時、太陽が物言わず　見つめること、
*魂は　地上では　異郷のものだ。*霊的に　暮れていく
青さは　伐採された森のうえで　そして　鳴っている
長々と　村のなかに　暗い鐘が、安らかな道連れ。
静かに　*ミルテが　死者の白い瞼のうえで　咲きほころぶ。

そっと　水は　沈んでいく昼下りに鳴っていて
岸辺の荒地は　ますます暗く　緑がかっていき、喜びは　薔薇色の風のなかに、
兄の優しい歌が*　夕暮れの丘のふもとに。

〔訳註〕

*白い姿　白とは、最も明るい光の色であり、ここでも贖罪を表わす色として用いられていることを、ゴルトマンも指摘している。

*茨が銀色に咲いていた。／強力な死と心のなかで歌う炎。ゴルトマンは、茂みには生の花と死の棘が、つまり女性的なしるしと男性的なしるしとが、この真昼の時間、動物の大きな沈黙の時間にひとつになっていて、その共存する生と死が、焼き尽す炎であるのだといっている。

*魂は　地上では　異郷のものだ。　ハイデッガーのトラークルの詩の解釈の際、中心となった一行である。彼は、こう説明している。「『異郷の』"fremd"とは、古高ドイツ語で"fran"であり、本来、『どこか他の所へ進んで』『～の途上に』『先に立って保持してあるものに向って』という意味をもつ語である。異郷のものは、先立って旅する。けれど行先もなく途方にくれてさまようのではない。異郷のものは、ひとつの旅するものとして、留まることのできる場所を求めつつ、そこへ向っていくのである。異郷のものは、それ自身にはほとんど明らかにされないまま、それ自身のものの中へ入っていく道への呼び声に従っていくのである。詩人は『魂』を『地上において異郷のもの』と名づける。魂の旅がこれまでまだ到達しえなかった行先がまさに地上

である。魂はまず、地上を捜し求める。地上から逃れるのではない。旅しながら地上を捜し、地上に詩の家を建て、住み、そうしてはじめて地上を地上として救うということが魂の本質を満たすのだ。だから魂は、まず魂であって、それに加えて何らかの理由によって地上に属さないというのではない。魂は途上にあるのであり、旅しながら自身の本質の欲するままに従うのである」と。

こうした解釈によれば、トラークルの詩における「異郷者」(der Fremde)「さすらう者」(der Wanderer)「旅する者」(der Reisende) といった名称はみなひとつのものとなり、それは又、「エーリス」「セバスチャン」「ヘーリアン」あるいは、「天逝した者」とも一致するのであろう。そして又、この魂を、詩人は「青い」と呼んでいることに、我々は注意しなければならない(「幼年時代」「秋の魂」)。トラークルの「青」の本質も又、さすらいの旅にあるのであり、それ故、下降していく水も、贖罪の姿も、更には神聖な世界もすべて、青の中に統合されているのだといえよう。

*霊的に　原語 "geistlich" (「霊気に満ちた夕刻」参照。二一五頁)

*ミルテ　南欧産のふともも科の常緑灌木。花は白色で芳香があり、花嫁の花冠に用いられる。ここでも、死者の汚れなさを表わしているのであろう。

*兄　ここでもヘルダーリンが想起される。ゴルトマンは、天使に等しい者の姿と解釈している。

暗闇で　第二稿*

魂は　沈黙する　青い春に。
湿った夕暮れの枝々の下に
戦きながら　恋する者たちの額は　沈んでいった。
おお　緑になっていく十字架。暗く語らいながら
男と女が　互*いを識り合った。
裸の塀に沿って
自分の星を伴って　孤独な者が　さすらっていく。

月に輝く森の道のうえに
忘れられた狩猟の
荒地が　沈んだ、青の眼差が

朽ちた岩々から　射し出る。

〔訳註〕　*第一稿六八〇頁参照。

*男と女が　互いを識り合った。「識る」というドイツ語“erkennen”は第一義的には「認識する」という意味であるが、特に聖書において、「性的に知る」という意味ももつ。「アダムはその妻エヴァを知った。彼女は身ごもり、カインを産んだ」“Adam erkannte sein Weib Eva, und sie ward schwanger, und gebar den Kain,”（創世記四—一）

訣別した者の歌*

カール・ボロメウス・ハインリッヒに*

諧音に満ちあふれている　鳥たちの飛翔は。緑の森は
夕べ　より静かないくつもの小屋へと　寄り集ってきた、
野呂鹿の食む水晶の牧草。
暗いものを宥める　小川のせせらぎ、湿った影たち

風に吹かれ　美しく鳴っている　夏の花たち。
もうすでに　想いに沈む人の額は　暗くなっている。

輝いている　小さなランプが、善いものが、かれの心のなかで
また　食卓の平安が、なぜなら　パンと葡萄酒は
神の御手で　聖められているから、夜の目から
静かに　お前を　兄が　見つめている、茨のさすらいから　安らおうとして。

おお　夜の魂のこめられた青さに住むこと。

いとしそうに　又　部屋の沈黙が　老人たちの影を抱いている、
深紅の責苦を、偉大な種族の嘆きを、
それは　今　つつましく　孤独な孫のなかで　消えていく。

なぜなら　ますます輝きながら　狂気の黒い数刻から　いつも目覚めるのだ
耐え忍ぶ者は　石となった敷居で
そして　かれを　力強くつつんでいる　冷い青さと　秋の輝く傾きが、

静かな家と　森の伝説が、
規矩と　律法と　訣別した者たちの　月の光にも似た小径が。

〔訳註〕　＊訣別した者　原語 "der Abgeschiedene" は「分ける」「離す」という意味の "scheiden" の派生語であり、「分かたれた者」「引き離された者」という意味をもつ。それは「秋の魂」において「他の者たちから引き離されたぼくたち」を、つまり、他の者たちと訣別し「青い魂」に従ってさすらっていく者を、示しているのであろう（「秋の魂」参照。一九五頁）。ハイデッガーは、こうした者たちの住む所を "Abgeschiedenheit"（閑寂境）と名づけ、そこ

にトラークルの詩の場所をみる。
* カール・ボロメウス・ハインリッヒ「没落」参照（二一〇頁）。

夢と錯乱

夕暮れに　父は老人となった、暗い部屋部屋で　母の顔は石となり　少年のうえに　堕落した種族の呪いが　のしかかった。時おり　少年は　自分の幼年時代を思い出した、病いや恐れ、暗闇で満ちていた頃を、星の庭の　静かな遊びを　あるいは　中庭で　鼠たちに餌をやったことを。青い鏡から　妹のほっそりとした姿が　歩み出た　そして　かれは　死んだように　暗闇へ堕ちていった。夜　かれの口は　赤い果実のように開き　星たちはかれの物言わぬ悲しみのうえで　輝いていた。かれの夢は　先祖たちの家を満たした。夕べ　かれは　しばしば　朽ちた墓地を越えていったり　あるいは　暮れていく死者の部屋で死骸を　その美しい手に浮ぶ　腐敗の緑の斑点を見たりしていた。修道院の門前で　かれは　一片のパンを乞うた、一頭の黒馬の影が　暗闇から踊り出て　かれを驚かした。かれが　冷い寝床に横になっていると言いようのない涙があふれた。けれど　誰もいなかった、両手を　かれの額に置いてくれるもの

は。秋が来ると　かれは歩んだ、透視者となって　褐色の草地を。おお、あらあらしい恍惚の時よ、緑の流れの夕べよ、狩猟よ。おお、黄ばんだ葦の歌を低く歌った魂よ、火のような敬虔よ。静かに　かれは見入った　じっと　蟇蛙のもつ星のような目を、震える両手で　古い石の冷さに触れ　そして青い泉の神聖な伝説を語った。おお　銀色の魚たち、畸形の樹々から落ちた果実。かれの歩みの和音が　かれを誇りと　人間への軽蔑で満たした。家路を辿りながら　かれは　人気のない城に出会った。朽ちた神々の像が　庭に立ち　夕べ悲しみに沈んでいた。けれど　かれは思った、「ここで　ぼくは　忘れられた幾年かを過したのだ」と。オルガンの賛美歌が　かれを　神の戦慄で満たした。だが　暗い洞穴のなかで　かれは　日々を過した、嘘をつき、盗みをし　隠れた、炎のように燃える狼、母の白い顔を避けて。おお、かれが　石の口をして　星の庭に倒れ、殺人者の影が　そのうえにさしかかったあの時。深紅の額をして　かれは　沼池へ行った　そして　神の怒りが　かれの金属の肩を懲らした、おお嵐のなかの白樺、暗闇につつまれたかれの小径を避けた暗い動物たち。憎悪がかれの心を燃やした、欲情、緑になっていく夏の庭で　かれがあの沈黙している子供に　暴力をふるったとき、その輝く顔に　自分の錯乱の顔を認めたとき、ああ　夕暮れの窓べで　深紅の花たちから　灰色がかった骸骨が　死が　現われたとき、おお　お前たち　塔よ　そして鐘よ、そして　夜の

影が　石となってかれのうえに落ちてきた。

誰も　かれを愛さなかった。かれの頭は　暮れていく部屋部屋の虚偽と淫蕩を　燃やした。女の衣の青い衣ずれが　かれを　柱のようにこわばらせ　戸口には　母の夜の姿が立っていた。かれの枕もとには　悪の影がそびえていた。おお、お前たち　夜よ　星よ。夕べ　かれは不具者と　山すそを歩いていた、氷のような頂きに　夕焼けの薔薇色の輝きが　横たわり　かれの心は　そっと夕暮れのなかで　鳴っていた。重く　あらあらしい樅の樹々がかれらに迫り赤い猟師が　森から歩み出た。夜になると　水晶のように　かれの心臓は砕け　暗黒が　かれの額を打った。裸の柏の樹々の下で　かれは　氷のような両手で　野良猫を絞め殺した。嘆きながら　*右手に　天使の白い姿が現われた、そして　暗闇で　不具者の影が大きくなっていった。だが　かれは　石を拾い　それを投げつけたので　不具者は　唸りながら逃げ、溜息をつきながら木蔭で　天使の優しい顔も消えた。長い間　かれは　石だらけの畑に横たわり　驚きつつ　星たちの金色の幕舎を眺めていた。蝙蝠に追いたてられ　かれは暗闇のなかへ　駆け去っていった。息も絶え　かれは朽ちた家に　歩み入った。中庭で　かれ、野生の獣は　泉の青い水を飲んだ、凍りつくまで。熱にう

かされ　かれは　氷の階段に座り　どうか　死ぬことができるようにと　神にうわ言のように　怒鳴った。おお、死の恐怖の灰色の顔、かれが　丸い目を一羽の鳩のかき切られた咽喉のうえにあげたとき。見知らぬ階段を駆けながらかれは　一人のユダヤ人の少女と出会い、その黒い髪を摑み　そのくちびるを奪った。敵対するものが　暗い街路を抜け　かれのあとを追い　かれの耳は鉄のように軋る音に裂けた。秋の塀に沿って　かれ、ミサの従者の少年は静かに黙している司祭についていく、枯れた樹々の下でかれは酔いしれて　あの神聖な衣の緋色を　吸い込んだ。おお、太陽の衰えた輪。甘い責苦が　かれの肉を衰弱させた。荒れ果てた家で　かれの前に　かれ自身の　塵埃にまみれ、血を流している姿が　現われた。さらに深く　かれは愛した　石の浮き彫りを、塔を、地獄の渋面をして　夜ごと　青い星の天空に突き進む塔を、冷い墓を、人の火のような心臓が守られている墓を。ああ、あの人が知らせる　言いようのない罪の。けれど　かれが　灼熱するものを想いつつ　秋の流れを　裸の樹樹の下を　降っていくとき、*毛織りのマントにくるまってかれの前に現われるのだ、炎となって燃えるデーモン、妹が、目覚めると　かれらの枕もとで　星たちは消えていった。

おお　呪われた種族よ。汚れた部屋部屋で　それぞれの運命が完結すると腐敗した足どりで　死が　家に歩み入る。おお、外が　春で　花咲いている木で　愛らしい鳥が鳴いているのならば。けれど　灰色がかって　乏しい緑は夜の者たちの窓べで枯れていき、血を流している心臓は　なおも　悪を想っている。おお、想う者の暮れていく春の道。さらに正しく　かれを喜ばせるのは咲きほころぶ垣、農夫の若々しい種子、歌っている鳥、神の柔らかな創造物、夕暮れの鐘や人間の好ましい集い。かれが　自分の宿命を、茨の棘を忘れたなら。気ままに小川は　緑がかっていき　そこを銀色に　かれの足はさすらっていき、もの言う樹は　暗闇につつまれたかれの頭のうえで　ざわめく。そして　かれは　やせた手で　蛇を持ち上げ　火のような涙のなかに　かれの心臓は溶けていった。何と気高いことか、森の沈黙は、緑がかった暗闇、そして夜になると　舞い上る　苔むした獣。おお、あの戦慄、それぞれが　自分の罪を知り、茨の小径をいくときの。そうして　かれは　茨の茂みに見出した　子供の白い姿を、花婿のマントを得ようと　血を流しているのを。けれど　かれは　自分の鋼鉄の髪に身をひそめたまま　黙って　悩みつつ　その少年の前に立っていた。おお、輝く天使、深紅の夜風が　吹き散らしたものよ、夜中　かれは　水晶の洞穴に宿っていた　そして癩が　銀色に　かれの額を広がっていった。ひとつの影となり　かれは　峡谷のけもの道を　秋の星たちの下を降っていっ

た。雪が降った、そして　青い暗黒が　家を満たした。盲目の人、父の固い声が響き、恐怖を追い払った。女たちの　意気消沈した姿の痛み。こわばった両手の下、戦いている種族の果実と調度が　朽ちた。狼が一匹　その初めて生れた者を裂き、妹たちは　暗い庭々に　骨ばった老人たちのもとへと逃げた。錯乱の予言者が　あの人が　朽ちた塀のところで歌い　その声を　神の風が飲み込んだ。おお、死の欲情。おお　お前たち　暗い種族の子供たちよ。血の悪い花たちは　あの人のこめかみで　銀色に光り、冷い月が　かれの砕けた目のなかに。おお　夜のものたち、おお　呪われたものたち。

　何と深いことか　暗い毒のなかのまどろみは、星たちと　母の白い顔、石の顔にあふれて。何と苦いことか、死は、罪を負ったものの食物は、褐色の木の枝で　嘲笑いながら　土の顔がいくつも　砕け落ちた。だが　そっとあの人が　にわとこの緑の影で　歌っていた、悪い夢から　目を覚まして、甘美な遊び友達　ひとりの薔薇色の天使が　かれに近づいたので、かれ、優しい獣は夜　まどろんでいった、そして　かれは　清らかな星の顔を見た。夏になると、金色に　向日葵は　庭の垣のうえに沈んだ、おお、勤勉な蜂たち　胡桃の木の緑の葉叢、通り過ぎていく雷雨。銀色に　罌粟も又　咲きほこり　緑の鞘　な

かに　ぼくたちの夜の星の夢を　抱いていた。ああ、何と静かだったこと、父が　暗闇に入っていったとき、家は。深紅に　木の実は熟し　庭師は　固い手を動かしていた、おお、輝く太陽のなかに　毛のしるし。だが　静かに夕べ死者の影が　悲しんでいるかれの友人たちの集いのなかに歩み入り、かれの歩みは　水晶のように　森の前　緑の草地に響いた。黙した者たち、あの人々は　食卓に集った、死んでいく者たち、かれらは　蠟のように蒼ざめた手でパンを割った、血を流すものを。妹の石の眼の痛み、晩餐で　彼女の狂気は兄の夜の顔のうえに現われ、母の悩んでいる手の下で　パンは石となったときに。おお、滅んだ者たち、かれらが　銀色の舌で　地獄を語らなかったときに。そうして　ランプは　冷い居間で消え　深紅の仮面から黙したまま　悩んでいる人間たちは　互いに見つめ合っていた。夜中　雨はざわめき　平野を生き返らせた。茨の荒れ地で　暗い者が辿っていった　麦の間の黄ばんだ小径を、雲雀の歌を　緑の枝々の柔らかな静けさを、平和を見出そうと。おお、お前たち、村々よ　苔むした階段よ、燃えるような光景よ、だが　骨となり　歩みは　森の縁に沿って　眠っている蛇たちを越えて　ゆらめき、耳は　いつも禿鷹の荒れ狂う叫びに　ついていくのだ。石だらけの荒野を　かれは　夕べ　見つけた、父の暗い家へ入っていく死者の道連れを。深紅の雲が　かれの頭をつつんだので　かれは黙したまま　自分自身の血と像のうえに　襲いかかった、月のよう

な顔、石のように　空虚のなかに沈んでいった、砕けた鏡のなかに、死んでいく青年、妹が現われたときに、夜は　呪われた種族*を飲み込んだ。

〔訳註〕

*堕落した種族の呪い　種族 “Geschlecht” は、すでにのべたように、「人類」の意味から「部族」「民族」「家族」といった様々な族を、更に男女の「性」を意味する語であり、そこには種々の分裂、相違がかくされている。ハイデッガーは、呪いとはギリシャ語で “πληγή” といい、それはドイツ語の “Schlag”（打つこと）に当るという。彼によれば「堕落した種族の呪い」とは、“Geschlecht” にかくまわれている様々な相違、不一致に打ちつけられていることであり、そこから生れる相剋が呪いなのである。すなわち堕落した種族とは、「ひとつの性」となることができず滅亡していく者たちを表わしていよう。

*暗闇につつまれた　原語 “umnachten”、この語は比喩的に精神が錯乱する状態を表わす。標題「夢と錯乱」の「錯乱」は、この語の名詞形 “Umnachtung” である。

*天使の白い姿……／不具者の影……　ゴルトマンによれば、ここでは天使は不具者と相対している。彼はこの箇所を次のように解釈する。「不具者は象徴的表現において常に下界的性格を与えられている。天使と不具者は、互いに補足的に上部と下部、精神と衝動の一致を形づくる。獣を殺すことにより、下界的なものの影が脅かすようにふくれ、それを妨げるために、石を投げる。しかし同時に、天使も又消えてしまう。サディスティックな補足行為の像における攻撃的な衝動抑制がより高い自己発見をもくじくのである。影

を、つまり自身の黒い裏面を人は意識しないか、もしくはいやいやながらとしてだけ意識するが、その影を追い払う者は、それを克服するのではなく、霊的なもの、より高いものの像も影とともに暗闇に沈んでいってしまう。」

＊毛織りのマント　キリスト教で制欲のために、肌に直接つける山羊やその他の毛で織った毛衣が想起される。

＊砕けた鏡のなかに　死んでいく青年、妹が現われたときに……　「安息と沈黙」でも「妹」は「輝く青年」とよばれている。シュナイダーは、トラークルは人間が内省し、自己と出会うという行為の象徴として鏡の像を描くのだという。現実の世界でも兄である詩人と、その容貌も性格も酷似していたといわれる妹の像を、詩人は、自身の分身として、いや半身として描いているのであろう。そして又、詩人の求めるものが「ひとつである性」(「夕暮れの国の歌」参照)、分裂の故の相剋のない存在であることを考えるならば、「妹」の姿が、両性具有的な特質を備えていることも不思議はないように思われる。

Ⅲ

一九一四年から一九一五年に「ブレンナー」誌に発表された詩

ヘルブルンにて*

再び　夕べの青い嘆きのあとを追いながら
丘のほとりを、春の池のほとりを——
まるで　とうに死んでしまった者たちの影が　そのうえで　揺れているようだ、
高位の司祭たち、高貴な婦人たちの影——
もうすでに　咲きほこっている　その人たちの花が、厳かな菫の花が
夕暮れの谷で、ざわめいている　青い泉の
水晶の波が。こんなに霊気に満ちて　緑になっていく
柏の樹々が　死者たちの　忘れられた小径のうえで、
金色の雲が　池のうえに。

〔訳註〕 *ヘルブルン（Hellbrunn）一七世紀に、ザルツブルクの大僧正によってたてられた夏の宮殿。ザルツブルクの町のはずれにある。

心臓

野生の心臓が　森の縁で　白くなった、
おお　死の
暗い不安、こうして　黄金が
灰色の雲のなかで　消えた。
十一月の夕暮れ。
屠殺場の裸の門に立っていた
貧しい女たちの群が、
どの籠にも
腐った肉と　臓物が　投げこまれた、
呪われた食物!

夕暮れ　青い鳩は

和解をもたらさなかった。
暗い　トランペットの響きが
楡の木の
濡れた金色の葉叢を通り抜け、
ずたずたに裂かれた旗は
血で煙り
あらあらしい憂鬱につつまれて
男がひとり　耳を澄ましている。
おお、お前たち　青銅の時代よ
あそこに　夕焼けのなかに埋葬された時よ。

暗い戸口から　歩み出る
*若い女の
金色の姿が
蒼ざめた月につつまれて、
秋の宮廷、
黒い樅の樹が　折られている
夜の嵐のなかで、

険しい城壁。
おお　心臓よ
向うへ　ほのかに光っていく　雪の冷さへと。

〔訳註〕

＊若い女　原語“Jünglingin”これは通常男性形のみ存在する語“Jüngling”（「青年」「若者」）を女性形にしたトラークルの造語である。すでにみてきたように、トラークルはこの男性形の「青年」“Jüngling”を、妹の像と結びつけており、“Jünglingin”という語も、それと同様に自己の半身としての存在を表わしていよう。そして又、“Jüngling”と“Jünglingin”という対には、その結びつきによって得られる両性具有的な相剋のない安らかな存在というものも感じとられるであろう。他にも、トラークルの世界には、「異郷者」“Fremdling”に対する“Fremdlingin”（「啓示と没落」）「修道士」“Mönch”に対する“Mönchin”（「夜の恭順」）という対を見出すことができる。

眠り　第二稿[*]

忌わしい　お前たち　暗い毒よ[*]、
白い眠りよ！
暮れなずむ木々でつくられた
この　これほど奇妙な庭は
蛇、蛾、
蜘蛛、蝙蝠たちで　いっぱいだ。
異郷者よ！　お前の失われた影が
夕焼けのなかに、
陰鬱な海賊船が
悲哀の　塩辛い海に。
白い鳥たちは　舞い上る　夜の縁で
倒壊していく

綱鉄の町のうえに。

〔訳註〕 *第一稿六八一—二頁参照。

*暗い毒よ、白い眠りよ　トラークルは麻酔剤 “Rauschgift” を（直訳すれば「酩酊毒」）しばしば服用していた。一九一三年十一月十一日付でウィーンからインスブルックのフィッカーに宛てた手紙のなかでも次のように書いている。「……私は二昼夜眠りつづけ、今日もまださまにひどいヴェロナール中毒に陥っています。……」

眠りは、一時の忘却と、無意識の状態をもたらしはする。しかし、それはやがては目覚めるものであり、目覚めた時は、前よりもいっそう現実の苦悩は重くのしかかるのであろう。

雷雨

お前たち　あらあらしい山脈、鷲たちの
気高い悲しみよ。
金色の雲の群が
石だらけの荒れ野のうえに　立ちのぼる。
忍耐強い静寂を　赤松の木々が呼吸し
黒い仔羊たちは　絶壁の淵に、
そこで　不意に　青は
奇妙に押し黙り、
まるはなばちの柔らかな唸り。
おお　緑の花——
おお　沈黙。

夢のように　渓流の
暗い霊が　心を揺さぶる、
暗黒、
峡谷のうえに　闖入するもの！
白い声
恐ろしい前庭を
引き裂かれた露台をさ迷う、
父たちの恐ろしい憤怒、母たちの
嘆き、
少年の　金色の　戦いの叫び
そして　生れぬものが
見えない目から　溜息をついて。

*おお　苦痛、お前　偉大な魂の
燃え上る熟視よ！
もうすでに　馬と馬車の
黒い混乱のなかに　不意に閃く
薔薇色の恐ろしい稲妻が

鳴っている唐檜の間に。
磁石の冷気が
この誇らしげな頭のまわりで漂う、
怒っている神の
灼熱する憂愁。

不安、お前　毒をもつ蛇よ、
黒いものよ、岩々の間で　死に果ててしまえ！
そのとき　涙の
激しい流れが　墜落する、
暴風―慈悲、
脅かす雷雨のなかで　こだまする
あたりの雪を被った峰々が。
火が
引き裂かれた夜を　浄化する。

〔訳註〕　*おお　苦痛、お前　偉大な魂の／燃え上る熟視よ！　トラークルは、「苦痛」を、弱々しい受動的態度で受けとめない。ハイデッガーは、トラークルの「苦痛」は、自分のうちに反転する性格を持っているという。「苦痛」は、

人の心を奪い去り、引きさらうのであるが、「苦痛」は同時に「熟視」であり、この「熟視」がその「苦痛」の引きさらう力を消さぬままに温順へと引き戻す。こうして「苦痛」は、道を開き、共にすすんでいく働きを与えるのだと。そしてこうした「苦痛」こそが、偉大な魂の根本的特質であることを、トラークルはここで明らかにしていよう。

夕暮れ

死んだ英雄たちの姿をして
月よ、お前は満たすのだ
黙している森たちを、
刈鎌の月よ――
恋人たちの
優しい抱擁で
名高い時代のいくつもの影で
あたりの朽ちていく岩々を、
こんなに青みを帯びて　輝きは　わたっていく
町の方へと、
そこには　冷く　邪悪に
滅んでいくひとつの種族が住んでいて、

白い孫たちの
暗い未来を　準備している。
お前たち　月に飲み込まれた影は
長々と　溜息をついている
山の湖の　虚ろな水晶のなかで。

夜

お前、荒々しい裂け目を　ぼくは歌う、
夜の嵐のなかに
そそり立つ山脈を、
お前たち　灰色の塔は
地獄の歪んだ顔、
火の獣たち、
荒々しい羊歯、唐檜、
水晶の花々で　あふれている。
*無限の苦悩、
それは　お前が　神を捉えようと　追いたてていったことだ
優しい精神よ、
長々と溜息をつきながら　急流となっている、

波うつ赤松の間で。

金色に　炎となって
あたりでは　民族の火が　燃えている。
黒ずんだ絶壁を越えて
落下する　死に酔って
灼熱する突風*が、
氷河の青い波浪が
そして　轟くのだ
力強く　鐘が　谷間で、
炎、呪い
暗い
欲情の戯れ、
天に　突き進んでいく
ひとつの石と化した頭。

〔訳註〕　*無限の苦悩　ハイデッガーは、これを終りのない苦痛と解さない。彼によれば、無限のものとは、あらゆる有限の限定や減結をまぬがれているものであり、「無限の苦悩」とは、完成された、完全な、その本質の充実において

やって来る苦悩である。

*突風　原語 "Windsbraut" は直訳すれば「風の花嫁」となる。これは、民間信仰で旋風、突風は女性的存在として捉えられていたからであり、詩人もこの詩において、風を擬人化して描いている。

又、オーストリアの、表現主義の代表的画家ココシュカ (O. Kokoschka 1886-1980) も、同様に擬人化した旋風を、この "Windsbraut" という題名で描いているが、ココシュカは、トラークルの、ウィーン時代以来の友人であり、トラークルはそのアトリエをしばしば訪ね、この絵の製作にも加わったといわれている。

憂愁

何と力強いことか、お前　内部の
暗い口よ、秋の雲の群から
形づくられた姿よ、
金色の夕べの静けさからつくられたもの、
緑がかって暮れていく　渓流が
砕かれた赤松の間の
影の地帯を、
村がひとつ、
褐色の像となり　つつましく死に絶えていく。
そのとき　黒い馬たちが跳ね上る
霧のたちこめた草地で。

お前たち　兵士！
太陽が　衰えつつ　転がる丘から
哄笑しつつ　血は　たぎり落ちる――
物言わぬ
柏の樹々の下！　おお　軍隊の
恨みのこもった憂愁、きらめく冑がひとつ
音たてて　深紅の額から　落ちた。

秋の夜は　こんなに冷く　やって来る、
星たちで輝いて
砕かれた男たちの骨のうえに
静かな尼僧*。

〔訳註〕静かな尼僧　尼僧とは夜を表わしていよう。ゴルトマンは、男性的な夕暮れの像である、血まみれの没落のあとに、女性的な夜がつづいている。つまり、女性的な神性が、腐った肉がもうすでに離れ去った骨の上で輝いているのだといっている。

帰郷　第二稿*

暗い歳月の冷気、
苦痛と希望を*
巨人のように　岩塊が守っている、
人間の住まない山脈が、
秋の金色の息吹きが、
夕暮れの雲が——
清澄！

青い目で　じっと見つめている
水晶の幼年時代が、
暗い唐檜の樹々の下には
愛が、希望が、*

すると　火のような瞼から
露が　かじかんだ草に　したたり落ちる――
絶え間なく！

おお！　あそこで　金色の小橋が
深淵の
雪のなかで　砕けて！
青い冷気を
夜の谷が　呼吸する、
信仰　希望！
お前　孤独な墓地よ　喜んで迎えよう。

〔訳註〕　*第一稿六八二―三頁参照。

*愛、希望、信仰　パウロが、コリント人への前の手紙の中で「今あるものは、信仰と希望と愛の三つである」と書いているこの三つの徳は、キリスト教において対神徳と呼ばれている。対神徳は、礼拝のひとつとして、神に徳を捧げるものであり、神との一致、及び神への超自然的礼拝の基礎であり、救霊に最も必要な徳である。前述のコリント人への手紙ではつづけて「その内でもっとも偉大なのは愛である。」と、他の二つの徳に対する愛の優位性がとかれているのに対し、トラークルは、この詩の中で、「希望」を繰り返して呼んでいること、そして又、この三つの徳と並んで、「苦痛」を書き加えている。

嘆き　I

青年よ　水晶の口から
お前の金色の眼差は　谷に沈んだ、
森のうねりは　赤く　あるいは黄ばんで
黒い夕べの時間のなかに。
夕べは　こんなにも深い傷を負わせる！

不安よ！　死の夢の重荷よ、
墓は死に絶え　そのうえ
木と獣から　その年が眺めている、
裸の野と畑地。
羊飼が　脅えている羊の群を呼ぶ。

妹よ、お前の青い眉が
そっと　夜のなかで合図している。
オルガンが溜息をつき、地獄が笑い
心を　恐怖が捉える、
心は　星と天使を見ようとしている。

母は　幼な児を案じなければならない、
赤く　坑道に　鉱石が鳴り響く、
欲情、涙、石の苦痛、
巨人たちの暗い伝説。
憂愁よ！　孤独に　鷲たちが嘆く。

夜の恭順　第五稿*

*尼僧よ！　ぼくを　お前の暗闇でつつめ、
お前たち　冷く青い山脈よ！
暗い露が　血を流すようにしたたる、
十字架が　星のきらめくなかに　険しく　そびえる。

深紅に　口と虚偽は砕けた
朽ちた冷い部屋のなかで、
まだ　笑いが輝いている、金色の戯れが、
鐘の最後の残響が。

月の叢雲！　黒ずんで落ちてくる
野生の果実が　夜半　木から

そして　あたりは　墓に
この地上の巡礼は　夢と化す。

〔訳註〕　*第一―四稿六八三―六頁参照。

*尼僧よ！　この「尼僧」は、ゴルトマンがいうように、具象的には「夜」を、象徴的には、母性的な妹の姿を意味していよう。この原語 "Mönchin" については、「心臓」参照（二八三頁）。

東方で

冬の嵐の荒れ狂うオルガンに
似ている　民族の陰鬱な怒りは、
葉を落とした星たちの
殺戮の　深紅の大浪。

眉は砕かれて　銀色の腕で
死んでいく兵士たちに　夜が合図する。
秋のとねりこの木の陰では
撲殺されたものたちの霊が　溜息をついている。

茨の荒地が　帯のように　町を取り巻く。
血を流している階段で　月が　追いたてている

恐れ戦いた女たちを。

荒れ狂う狼たちが　門を突き破って　現われた。

嘆き Ⅱ

眠りと死、陰鬱な鷲たちが
夜通し　この頭のまわりで　ざわめき　舞っている、
人間の金色の像を
永遠の　氷りつくような波が
飲みこむようにと。身の気のよだつような岩礁で
深紅の身体が砕け
暗い声が　嘆いている
海のうえで。
激しい憂愁の妹よ
ごらん　一隻の不安な小舟が　沈んでいく
星たちの下を、
夜の沈黙している顔の下を。

グロデーク*

夕べ　秋の森が鳴っている
死の武器たちにあふれ、金色の平野と
青い湖、そのうえを　太陽は
さらに暗く　転がっていく、夜が包む
死んでいく兵士たちを、かれらの砕かれた口をついて出る
荒々しい嘆きを。
けれど　静かに　谷間の草地に集ってくるのだ
怒る神の宿っている赤い雲の群が、
流された血が、月の冷気が、
すべての道は　黒い滅亡へと通じている。
夜と星たちの金色の枝々の下を
妹*の影が　沈黙の森を通り抜け　漂っていく、

英雄たちの霊に、血を流している頭に　挨拶をしようと、
そして　葦のなかで　かすかに　秋の暗いフルートが鳴っている。
おお　いよいよ誇らかな悲しみ！　お前たち　青銅の祭壇よ
精神*の熱い炎を　今日　力強いひとつの苦痛が　養っているのだ、
生れぬ孫*たちを。

〔訳註〕

*グロデーク　ガリシア（ポーランドの南部地方）のクラカウ（Krakau）、レンベルク（Lemberg）近くの町。インスブルック衛生部隊とともに薬剤士見習いとして戦線に参加していたトラークルは、死の半月程前、この町で多数の救いようもない重傷者たちを、たった一人で看護するなど悲惨な戦争体験をする。彼は、ここで拳銃自殺を図るが、阻止される。この詩は、前出の「嘆き」とともに、トラークルの最後の作品であり、死の直前に、フィッカーのもとに送られた。

*妹の影　死の直前、苦悩の極限状態において、詩人が呼ぶ名は、神ではなく、妹の姿であることが注目される。ハイデッガーはこの点において、トラークルの詩においては、非常に多くの聖書的、教会的言葉が用いられているにもかかわらず、彼の詩作をキリスト教的に語ることについては、問題があるとしている。

*精神　原語“der Geist”、ハイデッガーはこの語をその本来の意味「興奮」「激昂」として解釈する。つまりトラークルの精神とは「燃え出し、狩り出し、驚愕させ、うろたわせる炎」であり、「炎は灼熱する輝きであり、

自身の外に出るもの、明るくし、輝かせるもの、そして又なめ尽し、すべてを灰の白さに焼き尽すもの」である。

*孫　原語 "das Enkel"、この語は「孫」及び「子孫」の意味をもつが、ハイデッガーの次のような解釈に従って、前者の意味をとった。「未だ生れぬ者が孫たちと呼ばれるのは、かれらが息子たちでありえないから、つまり滅亡する種族の直接の後継者ではありえないからである。孫たちと滅亡する種族の間には、別の由来をもつ世代が生きている。その世代は、生れぬ者の原初《Frühe、ハイデッガーは、「より静かな幼年時代」あるいは本質的に存在するもののすべてのはじめとなり得る「原初」をこう名づける》から、別の本質由来に従ってやってきている別種のものなのであり、別の世代なのである。」

啓示*と没落

何と奇妙なことか　人間の夜の小径は。ぼくが　夢遊しつつ　石の部屋部屋に沿っていき　それぞれの部屋に　小さなランプが、銅の燭台がともっていたとき、そして　ぼくが　凍えつつ　寝台に倒れ伏したとき、枕もとに　再び異郷*の女の黒い影が立ち　黙ったまま　ぼくは　顔を　ゆっくりと手のなかに隠した。そして又　窓べに　青く　ヒヤシンスが咲きほころび、呼吸する者の深紅のくちびるに　古い祈りの言葉が浮び、瞼からは　にがい世界のために流された水晶の涙が落ちた。この時刻　ぼくは　父の死のなかで　白い息子だった。青い戦慄につつまれて　丘から　夜風がやって来た、母の暗い嘆きが、再び死に絶えていき、そして　ぼくは　ぼくの心のなかに　黒い地獄を見た、ほのかに光っている静寂の数分。そっと　石灰の塀から　言いようのない顔がひとつ　現われた——死んでいく青年——故郷へ戻っていく種族の美。月の白さで　石の冷気が　目覚めているこめかみをつつみ、影たちの歩みがたてる響き

* 1914年から1915年に「ブレンナー」誌に発表された詩

が　朽ちた階段で　次第に止んでいき　薔薇色の輪舞が　小さな庭に。

黙ったまま　ぼくは　人気のない居酒屋の煤けた梁の下に座り　ひとりで葡萄酒を飲んでいた、輝いている亡骸がひとつ　暗いもののうえに　身をかがめ　死んだ仔羊が　ぼくの足もとに横たわっていた。滅んでいく青さから　妹の蒼ざめた姿が現われ　そして　彼女の血を流している口が語った、「刺しておくれ　黒い茨よ。」ああ　まだ荒れ狂う雷雨に　ぼくの銀色の腕は鳴っている。流れよ　血よ　月のような腕からしたたり落ちる、夜の小径で咲きほこりながら、そのうえを　鼠たちは　叫び声を上げつつ　駆け抜けていく、燃え上れ　お前たち　星たちよ　ぼくの彎曲した眉の間で、そして　そっと心は　夜のなかで鳴っている。炎となって燃え上る剣をもった赤い影がひとつ　家のなかに押し入り　雪のような額をして　逃げた。おお　にがい死よ。

そして　ぼくからひとつの暗い声が語った、「ぼくの黒馬の首を　ぼくは夜の森で折った、その深紅の目から狂気が踊り出たときに、楡の木の影が　ぼくのうえに落ちた、泉の青い笑いと　夜の黒い冷気が、ぼくが　荒々しい猟師となり　一匹の雪のような獣を狩りたて、石の地獄で　ぼくの顔が　死に絶えたとき」と。

そして　鈍く光りながら　一滴の血が　孤独な者の葡萄酒のなかに落ちた、ぼくがそれを飲むと　罌粟よりもにがい味がした、そして　ひとひらの黒ずんだ雲が　ぼくの頭をおおう、堕天使たちの水晶の涙を、そして　そっと　妹の銀色の傷から血が流れ　火の雨が　ぼくのうえに降り注いだ。

森の縁に沿って　ぼく、黙している者は歩み　その無言の両手から　毛の太陽は沈んだ、異郷者がひとり　夕べの丘のふもとで、泣きながら　瞼を　石の街のうえにあげた、一匹の獣、静かに　古いにわとこの木々の平和のなかにたたずむ、おお　安らぎもなく　暮れなずむ頭は　耳を澄ます、あるいは　丘のふもとを　青い雲のあとを　ためらいがちな歩みが追っていく、きまじめな星座のあとをも。傍らを　静かに　緑の苗がつづいていく、苔むした森の小径をおずおずと辿る野呂鹿。村人たちの小屋はおし黙って　心を閉ざし　黒ずんだ凪のなかでは　渓流の青い嘆きが　不安をさそっている。

けれど　ぼくが　岩の小径を下っていくとき、狂気がぼくを襲い　ぼくは大声で　夜のなかで叫んだ、そして　ぼくが　銀色の指をして　黙している水のうえに身をかがめたとき　ぼくは　ぼくの顔が失われているのを見た。そして　白い声が　ぼくに語りかけた、「お前を殺せ！」溜息をつきながら　少年

の影が　ぼくのなかで身を起し　輝きながら　水晶の眼から　ぼくを見つめた
ので、ぼくは　泣きながら　木々の下に倒れ伏した、巨大な星の幕舎の下に。

不安なさすらいは　荒れた岩々の間を抜け　夕べの村々、家路を辿る家畜の
群から離れ、遠くでは　沈んでいく太陽が　水晶の牧場で草を食み、震えるの
だ　その荒々しい歌が、鳥の孤独な叫びが、青い安息のなかで　死に絶えてい
きながら。だが　そっと　お前は　夜のなかにやって来る、ぼくが　目覚めた
まま　丘のふもとに横たわり　あるいは　春の雷雨のなかを　狂い進んでいく
とき、そして　ますます黒く　憂愁は　ひとり分たれた頭を曇らせ、身の気の
よだつような稲妻は　夜の魂をおののかせ、お前の両手は　息も絶えだえのぼ
くの胸をかきむしる。

ぼくが　暮れなずむ庭を歩んでいくと、悪の黒い姿がぼくから去っていき
ぼくを　夜のヒヤシンス色の静寂がつつんだ、そして　ぼくは　弓なりの形を
した小舟にのり　安らかな池のうえをすすみ　甘い平和が　ぼくの石となった
額に触れたのだ。物言わず　ぼくは　古い柳の木々の下に横たわり　ぼくのう

えには　星たちでいっぱいの青い天があった、そして　ぼくが　見つめながら死んでいったとき、不安と　苦痛のなかでも最も深い苦痛が　ぼくのなかで消えた、すると　少年の青い影が暗がりで　輝きながら立ち上った、柔らかな歌が、月の翼にのって　緑になっていく梢のうえに　水晶の絶壁のうえに　妹の白い顔が現われた。

銀色の裸足で　ぼくは　茨の階段を下っていき　漆喰壁の小部屋に　歩み入った。静かに　そこに　燭台がひとつ灯り　ぼくは　深紅の麻布に　黙ったまま頭を隠した。大地は　ひとつの子供の亡骸を吐き出した、月の形象を、それは　ゆっくりと　ぼくの影から歩み出たものだ、砕かれた腕をして　石の墜落が沈んでいった、綿くずのような雪が。

〔訳註〕　＊啓示（Offenbarung）　隠れている真実に従ってその本質が現われることをいい、キリスト教では隠れている神の意志が人間に伝えられることを意味する。

＊異郷の女　異郷者“Fremdling”のここでは“Fremdlingin”と、女性形が用いられている。女性の異郷者である。（「心臓」参照。二八三頁）。

Ⅳ　その他の生前に発表された詩

朝の歌

さあ、歩み降りなさい、巨大な若者よ、
そして目覚めさせなさい、お前がとても愛している　あのまどろんでいる者を！
歩み降りなさい　そして　取り巻きなさい
優しい花たちで　夢みている頭を。
燃える松明で　不安におののいている天に火をつけなさい、
そうすれば　蒼ざめた星たちは　踊りながら鳴り響きはじめ
流れる夜の霧は
炎々と燃え上りながら　消えていくだろう、
巨大な雲たちは飛び散り
そのなかで　冬は　大地から逃げ去りながら
それでも唸り声を上げ、氷の驟雨を降らせながら迫ってくるだろう、

そして　天国のような彼方が　輝く純潔のなかに現われる。
それから　荘重な者、お前が　巻き毛をなびかせながら
大地へ降りて来て、大地は　至福の沈黙のまま
この熱烈な求婚者を迎える、そして　お前に　それほどあらあらしく、嵐のように激しく抱かれて
深い戦きに震えながら
大地は　お前に　聖なる胎内をひらくのだ。
そして　酔いしれた者*を　至上の甘さをもった予感が捉える、
そのとき、花と咲く者、お前は、彼女*の芽ばえていく生命を
目覚めさせ、生命の高貴な過去は
より高貴な未来へと押し寄せる、
その生命は　お前に等しい、お前がお前自身に等しいように
そして　お前の意志にゆだねられたまま、絶えず動いているものよ、
彼女のもとでは　ひとつの永遠に謎に満ちたものが
高貴な美のなかで　やがて再び　新しくなるのだ。

〔訳註〕　*酔いしれた者　大地を指している
*彼女　同じく大地を指している。大地 "die Erde" は、ドイツ語では女性形で表わされる。

夢にさ迷う者

どこにいるのか、ぼくの傍を過ぎていったお前は、
どこにいるのか　天のかんばせであるお前は？
荒れ狂う風が　ぼくの耳もとで嘲笑う、「お前、たわけ者め！
夢だ！　夢だ！　お前　愚か者め！」
けれども、けれども！　かつてはどうだったのか、
ぼくが　夜と孤独のなかへ　足を踏み入れる前は？
お前はまだ知っているのか、お前　たわけ者よ、お前　愚か者よ！
ぼくの魂のこだま、荒れ狂う風、
「おお　たわけ者よ！　おお　愚か者よ」
彼女は　請うような手をして立ってはいなかった、
口もとに　悲しい微笑みを浮かべ
そして　夜と孤独のなかで叫んでいた！

何を叫んでいたのだろう！　お前は知らないのか？
それは　愛のように澄んだ音をたてていた。どんなこだまも　運びかえさなかった、
彼女のもとへは、彼女のもとへは　この言葉を。
それは　愛だったのか？　ああ　つらいことだ　ぼくが忘れてしまったのは！
夜だけが　ぼくのまわりに　そして孤独が、
そして　ぼくの魂のこだま――風が！
嘲笑う、嘲笑っている、「おお　たわけ者め！　おお　愚か者め！」

ヘルブルンの三つの沼　ヘルブルンにおける三つの沼　第一稿

ひとつめ

花たちのまわりに　蝿たちがふらふら飛んでいる
蒼ざめた花たちのまわりに　重苦しい潮にのって、
行ってしまえ！　行ってしまえ！　空気が燃えている！
深みで　腐敗が炎となって　燃えている！
柳が啜り泣き、沈黙が強ばり、
水のうえで　むっとする靄が立ちのぼる。
行ってしまえ！　行ってしまえ！　ここは　黒い蟇*蛙たちの
吐き気を催すような欲情のための場所だ。

ふたつめ

雲や　花や　人間たちの像――
歌え、歌え、喜ばしい世界を！
微笑んでいる無垢が　お前を映している――
無垢が好むものはすべて　天のものになる、
暗いものを　無垢は　親しげに　明るいものへと変化させ
遠くのものが近づいてくる。おお　喜ばしいもの、お前！
太陽、雲、花、そして人間が
至福の神の安らぎの息吹きを感じている。

みっつめ

水は　緑青く　鈍く光り
そして　安らかに糸杉が息づいている、
夕べが　鐘の音のように　ふかぶかと鳴り響く――
そこで　ふかみは測り知れず成長する。
月が上る、夜が青くなり、
潮の照り近しのなかで咲きほこる――
謎に満ちたスフィンクスの顔、
そこでぼくの心は血を流そう。

〔訳註〕

＊黒い蟇蛙たち　ゴルマトンによれば、蟇蛙とは、息苦しい獣性の秘密に通じているものである。

＊謎に満ちたスフィンクスの顔　スフィンクスは、ギリシャ神話において、人生の三段階についての謎を旅人にかけ、解けぬ者を殺したといわれている。ゴルトマンは、スフィンクスのかける謎とは、「人間とは何か」「人間とはどこからやって来たのか」という問いで、それは、認識に目覚めた者に対する、生の、誕生の、性の秘密についての問いであるという。

ヘルブルンにおける三つの沼　第二稿

夕べの黒い塀に沿ってさ迷いつつ、
銀色に　オルフォイスの竪琴は
暗い池を鳴りつづけていく
けれど　春が驟雨となって
枝からしたたり　夜風が
あらあらしく過ぎるとき　銀色に　オルフォイスの
竪琴は　暗い池を　鳴りつづけていく
緑になっていく塀に沿って　死んでいきながら。

遠くで　城と丘がきらめく。
とうの昔に死んでしまった女たちの声が
優しく　暗い色をして渡っていく

ニンフたちの白い鏡のうえを。
その声は　はかない運命を嘆き
昼は　緑のなかで溶け去っていく
葦のなかで囁く声　そして　漂い返る——
一羽のつぐみが　その声と戯れている。

水は　緑青く　鈍く光り
そして　安らかに糸杉が息づいている
そして　かれらの憂鬱は測り知れず
夕べの青さのなかへ　あふれて流れ込む。
トリトーンが　流れから現われて、
滅亡は　塀を流れ過ぎ、
月は緑のヴェールにおおわれて
そして　ゆっくりと　流れをさすらっていく。

聖ペテロの墓*

あたりは　岩のような寂しさだ。
死の蒼い花々が身を震わせている
暗がりで悲しんでいる墓石のうえで——
けれど　この悲しみには　苦しみがない。

天は静かに　下方へ微笑みかける
この夢に閉ざされた庭へ、
そこでは　静かな巡礼者たちが　天を待っている。
それぞれの墓で　十字架が目覚めている。

教会が　祈りのようにそびえ立つ、
永遠の恩恵であるひとつの像の前で。

多くの蠟燭の火が　アーチの下で燃えている、
それは押し黙り　あわれな魂のために祈っているのだ――

その間　木々は夜に咲きほころぶ。
あの死の顔が　木々のほのかに光るあふれる美しさのなかに
つつまれるようにと、
死んだ女に　より深く夢みさせるようにと。

〔訳註〕　*聖ペテロの墓　「夢のなかのセバスチャン」参照（一六七頁）。

ある春の夕暮れ　Ⅱ

化け物でいっぱいの藪、三月の夕べの南風(フェーン)、
狂った犬が　荒れた野原を横切って走る
褐色の村に　司祭の鐘が鳴り響く、
裸の樹が一本　黒い痛みのなかで　ねじれている。

古い屋根の影のなか　とうもろこしが汁を流す、
おお　雀たちのひもじさを宥める甘さ。
黄ばんだ葦をかきわけて　おずおずと一匹の獣が現われる。
おお　水を前にして　静かな　そして白い孤独であること。

言うに言われず　あの胡桃の木の夢幻のかたちがそびえ立っている。
少年たちの粗野な遊びが　あの友を喜ばせる。

朽ちた小屋、衰弱した感情、
雲が　深く　黒々と　かたまりになって漂っていく。

ある古い庭で

木犀草の香が　褐色の緑のなかで漂い消えて、
ちらちらと光が　美しい池で震えている、
柳の木々が　白いヴェールに包まれてたたずむ
そこでは　蝶たちが　狂った輪を描いている。

人気なく　あそこでは　露台が陽を浴びている。
金魚が　水の鏡の奥深くきらめく、
時おり　雲が丘のうえを泳いでいく、
そしてゆっくりと　異郷者たちが　再び立ち去っていく。

木陰道は明るく輝き　若い婦人たちが
朝早く　ここを通り過ぎていった、

彼女たちの笑いが　こまかい葉たちにつりさがってとどまっている、
金色の靄の中で　酔いしれたファウンが踊っている。

〈夕べの輪舞〉第一稿

えぞぎくの野原、茶と青に
子供たちは　あそこの地下納骨室で遊ぶ
明るく　活気*に満ちた大気のなか
鷗たちが　銀灰色に漂っている

奇妙に　生命が　葡萄酒のなかで息づいている。
もっと強く　お前たち　ヴァイオリンを奏でよ
何という歓喜！　乱れながら　輪舞が
寒気を覚えさせながら　夜がやって来る。

お前、褐色のグレーテが　こんなに大声で笑い
錯乱して　海は心の〈中で〉夢をみている

そのとき　一輪の　今萎れた
薔薇の花が　ぼくの前でうつむいて　揺れている。

〔訳註〕　*活気に満ちた　原語“beschwingt”、翼“Schwing”の派生語で、もともと「翼をつける」という意味。次の「鷗」と関連しているのであろう。

夕べの輪舞　第二稿

えぞぎくの野原は　茶と青に、
子供たちは　あそこの地下納骨室で遊び、
夕べの大気のなかで
澄んだ大気のなかで　軽々とこちらへ放たれて
鷗たちが　銀灰色に漂っている。
角笛が　草地に響きわたる。

古びた居酒屋で
狂った者たちが　調子のはずれたヴァイオリンに合わせて叫び、
窓べでは　輪舞がざわめく、
猥雑な輪舞がざわめく、
葡萄酒にうかされ　酔いしれて。

寒気を覚えさせながら　夜がやって来る。

笑いが舞い上り、吹き散らされ、
嘲笑うように　リュート*がかき鳴らされる、
ひっそりと　静かな芸香*が
憂愁に満ちた芸香が
敷居で沈む。
ちりん　ちりん！　鎌が刈り取っている。

夢のように　蠟燭の光がゆらめいている、
この若い肉体が朽ちていくのを　なぞっている、
ちりん　ちりん！　ほら　霧のなかで響いている、
ヴァイオリンの拍子に合わせて響いている、
そして　裸の足が　踊りながら通り過ぎていく。
長い間　月は　こちらをのぞき込んでいる。

〔訳註〕　＊リュート（Laute）　一四世紀から一七世紀に用いられたギターに似た楽器。
＊芸香（Raute）　ヘンルーダ、南欧原産の薬草。葉が苦く強い香があり、興奮剤に用いられる。

〈夜の魂〉第一稿

静かに　腐り果てた森は　再び迎えるのだ
せせらぐ泉を、
水晶のように　暗闇で鳴りつづけている嘆きを。

押し黙ったまま　黒い森から　一匹の青い獣が
魂が　降りてきた、
それは夜だった、苔むした階段のうえに　雪のような泉。

忘れられた時代の血と兵器のどよめき
水が　松の根もとで　ざわめいている。
月は　朽ちた部屋部屋で輝きつづけている。

暗い霜に酔いしれて　銀色の仮面が
狩人の眠りのうえに　うつむいている、
自分の伝説を失った頭。

おお　すると　あの人が　ゆっくりと両手を開く、
光を受け入れようと、
吐息をついて　恐ろしい暗闇のなかで。

夜の魂　第二稿

押し黙ったまま　黒い森から　一匹の青い獣が
魂が降りてきた。
それは夜だった、苔むした階段のうえに　雪のような泉。

過ぎ去った時代の血と兵器のどよめきが
松の根もとで　ざわめいている、
月は　朽ちた部屋部屋で輝きつづけている。

暗い毒に酔いしれて、銀色の仮面が
まどろんでいる羊飼たちのうえに　うつむいている、
沈黙したまま　自分の伝説を失った頭。

おお　すると　あれが　ゆっくりと冷い両手を開く
石のアーチの下
静かに　金色の夏が　曇った窓べに騰り
そして　緑のなかで、踊る女の足音が
夜通し　鳴り響く、
時おり　深紅の憂愁につつまれて　梟が　酔いしれた者を呼んでいる。

夜の魂　第三稿

押し黙ったまま　黒い森から　一匹の青い獣が
魂が降りてきた、
それは夜だった、苔むした階段のうえに　雪のような泉。

過ぎ去った時代の血と兵器のどよめきが
松の根もとで　ざわめいている。
月は　ひっそりと　朽ちた部屋部屋で輝いている。

暗い毒に酔いしれて、銀色の仮面が
羊飼たちのまどろみのうえに　うつむいている、
沈黙したまま　自分の伝説を失った頭。

おお、すると　あの人が　ゆっくりと両手を広げるのだ
深紅の眠りのなかで　腐敗していきながら
すると　銀色に　冬の花たちが　咲きほこる

森の縁で　暗い道が　輝いている
石の街へと。
時おり　黒い憂愁から　梟が　酔いしれた者を呼んでいる。

V 散文・評論

散文

夢の国
一つのエピソード

時おり　ぼくは　あの静かな日々を　思い出さずにはいられない、ぼくが疑いなく享受でき、まるで　誰か見知らぬ親切な手が　差し出してくれた　贈り物のような、素晴らしく、幸福に過した生活であった　あの日々を。そしてそこには、ぼくの思い出のなかには　谷あいの　あの小さな町が　再び　浮かび上る、見事な菩提樹の　長い並木道が続く　広い中央通りと一緒に、あるいは　つつましい商人や職人たちによって営まれている　ひっそりとした生活で満たされている　曲りくねったいくつもの路地と一緒に――そして　広場の中央に置かれ、陽の光につつまれれば　あんなに　夢みるように　つぶやき、夕暮れになれば、その水のざわめきに合わせて　愛の囁きが聞こえる　そんな古い噴水と一緒に。だがその町は　過ぎ去った生活を　夢みているようだ。

そして、なだらかな稜線を描いている丘のうえには　厳かに沈黙する　樅の林が広がり、その丘が　この谷を　外界から隔離している。ゆるやかな頂きは、

遠く　明るい空に　しなやかにより添い、そして　この天と地が触れ合うところでは　宇宙とは　故郷の一部に思えるのだ。一時に　人々の姿が　ぼくの心に浮かび上る、そして、かれらの過ぎ去った日々の生活が　再び　ぼくの前に蘇る、互いに　ためらうことなく　打ち明け合った　かれらの　どんな小さな悩みや喜びも又一緒に。

　八週間を　ぼくは　この片田舎で過した。その八週間は　ぼくにとって　生涯のうちのある解き放たれた、独特な一部分——いわば特別な人生——のようであり、言い表わしがたい　若々しい幸福に満ちあふれ、はるかな　美しいものたちへの強い憧れに満ちあふれていた。ここで　初めて、ぼくの少年の心には　ある大きな体験が刻みつけられた。

　ぼくは　再び、学校の生徒であったぼく自身の姿を、町中からいくらか離れ、木々や茂みにほとんどおおいつくされた、小さな前庭のある小さな家に見る。その家の、古い、色褪せた　不思議な絵で飾られた　小さな屋根裏部屋に　ぼくは寝起きし、ここで、静寂のなかで　幾晩も　夢みていた。そして　静寂は、ぼくの　天に届くほどに膨んだ　馬鹿げた、しかし　幸せな少年の夢を　愛情深く受け入れ　守ってくれ、あとになって、孤独な夕暮れ時などには　繰り返し、それらの夢をあますことなく　もう一度　ぼくのもとへ運び返してくれた。ぼくは又、しばしば、年とった叔父の住む階下へと　下りていった。叔父は

ほとんど日がな一日　病身の娘、マリアの傍で過していた。そして　ぼくたち三人は　黙したまま　何時間も　一緒に坐っていた。窓辺には　生温かな夕べの風が　寄せられ、その風にのって　いくつもの　ぼんやりとした夢の像を描かせるような　色々に入り混じったざわめきが　ぼくたちの耳もとに　運ばれてきた。そして　庭の垣根に咲きほこる薔薇の、濃く　酔わせるような香があたりに満ちていた。それから　ゆっくりと　夜が部屋の中に忍び込んでくると、ぼくは　立ち上り、「お休みなさい」と告げ、自室へ上っていき、さらにもう一時間も、窓辺で、外の、夜のなかへと　夢みるのだった。

初め、ぼくが　その小さな病人の傍にいて感じていたものは　何か不安な重苦しさだったが、やがてそれは、この沈黙していながら、奇妙に心を打つ苦しみへの神聖な恐れへと変った。彼女を見るたびに　ぼくの心には、彼女は死ぬにちがいないという暗い想いが　浮かぶのだった。それで　ぼくは　彼女を見るのが　こわかった。

昼の間ずっと　森を歩き回り、孤独や静寂につつまれて　あれほど喜びを感じるたびに、そして疲れて、苔のあいだに　身を伸し、あれほど遠く　見入ることのできる　明るく　きらめいている空を　何時間も眺めているたびに、そして、奇妙に深い幸福感に　襲われるたびに、突然　ぼくは　あの病身のマリアを思い出すのだった——そして　説明しがたい想いにとらわれて　ぼくは立

ち上り、あてもなく歩きまわりながら、何か　暗い胸苦しさを　頭にも　心にも感じて、ぼくは　泣きたいような気分になるのだった。

　あるいは　時おり、夕暮れに、咲きほこる菩提樹の香に満ちた大通りを歩き、樹々の陰にたたずみ　囁き合う恋人たちを見るたびに、そして又、月の光のなかで、ひそやかにつぶやく噴水の傍を、二人の人間が、まるで一つの存在のように　互いにひしと寄り添い　歩いていくのを見て、そのとき、ひとつの予感に満ちた　熱い戦きが　ぼくを襲うたびに、あの病身のマリアが　ぼくの心に現われるのだった。すると、何か　説明しがたいものへの　ひそやかな憧れにぼくはとらわれ、突然、ぼくは、彼女と腕を組み、咲き匂う菩提樹の木陰の道を散歩する　ぼく自身を見た。そして、マリアの　大きな　暗い目のなかに奇妙にきらめく光が瞬き、月は　彼女のほっそりとした顔を、一層、透き通るほどに蒼白く　浮かび上らせた。それから　ぼくは自分の屋根裏部屋に逃げ上り、窓辺にもたれ、深く　暗い天を、まさに消えようとする刹那に輝く星たちを見上げ、眠りに負けてしまうまで、何時間も、もつれ合う、心をかき乱す夢たちに　身を任せるのだった。

　だが　しかし――だが　しかし　ぼくは　病身のマリアと　十言も交わさなかった。彼女は　一度も　話さなかった。ただ何時間も　ぼくは　彼女の傍に坐り、その病んだ、苦しんでいる顔を見つめ、そして　繰り返し　感じるのだ

った、彼女は　死ぬにちがいないと。

庭の草のなかに　ぼくは横たわり、幾千もの花々の香を　吸い込んだ。ぼくの眼は　色とりどりに　輝いている花々に　酔いしれ、その花々のうえには、陽の光が　滔々と流れて来た、あるいは　微風につつまれたまま　ぼくは　静寂に　耳を澄ませた、ほんの時おり、鳥の叫び声に　一時　破られる静寂に。ぼくは　肥沃な、重苦しい大地の発酵を、永遠に創造することをやめない生命の　この秘密に満ちたざわめきを　聴き取った。その時、ぼくは　生の偉大さと美しさを　おぼろげに感じていた。その時、ぼくには　生は　ぼくのものであるとも　思えた。だが　そこで　ぼくの眼差は　家の張り出し窓に注がれた。そこには　病んだマリアが坐っているのが——静かに　身じろぎもせず　目を閉じているのが　見えた。そして　ぼくのあらゆる感覚は　再び　このひとつの存在の苦悩に　惹きつけられ、そこにとどまり——つらい、口に出して認めがたい憧れとなったが、その憧れは、ぼくには　謎のように、うろたえさせるもののように思えた。それから　ぼくは　おずおずと　ひそやかに　庭を立ち去った、まるで　この寺院にとどまるどんな権利も　ぼくは持っていないかのように。

ぼくは　その垣根の傍を通りすぎるごとに、輝くように赤い、かぐわしい大輪の薔薇の花を一輪　放心したように　手折るのだった。それから、そっと、

窓辺を通り過ぎようとすると、マリアの姿の、震えている、柔らかな影が、砂利道に浮かび上るのが見えた。そして　ぼくの影は、彼女の影に触れるのだ、まるで、抱き合うかのように。それで　ぼくは　つかの間の思いにとらわれたように、窓へと歩み寄り、今しがた　手折ったばかりの薔薇の花を、マリアの膝に置くのだった。それから、こっそりと　ぼくは立ち去った。つかまえられるのを　恐れてでもいるように。

幾度、このささやかな、だが、ぼくにはあれほど大事に思われた行為が　繰り返されただろう！　ぼくにはわからない。何千もの薔薇を、ぼくは　病んだマリアの膝に置き、数えきれぬ程何回も、ぼくたちの影は　抱き合ったように、ぼくには思える。一度も、マリアは、このエピソードに　触れることはなかった、しかし、彼女の、大きな、輝いている目に瞬く光から、彼女のうれしさをぼくは感じていた。

ぼくたち二人が　一緒に坐り、沈黙のうちに、大きな、静かな、深い幸福を味わっていたこの時間があまりに美しかったから、ぼくは　それ以上美しいものを　何も望む必要がなかったのだろう。年老いた叔父は、ぼくたちを　そっとしておいた。しかし、ある日、叔父と二人で、庭の、輝いている花々のただ中に　坐っていたときに、花々のうえを、大きな黄色い蝶が　夢見心地で　漂っていたときに、叔父は、低い、考え深い声で言った、「お前の心は、苦悩に

向いているね。」と。それから彼はぼくの頭に　手を置き、まだ何か　言いたそうだった。だが、彼は口をつぐんだ。おそらく　彼も又、知らなかったのだろう、彼が　それによって　ぼくのなかに　何を目覚めさせ、それ以来、ぼくのなかで、何が、力強く、甦ったのか。

ある日、ぼくが又、窓へと歩み寄り、その窓べに、マリアが　いつものように　坐っていたときに、彼女の顔が　死につつまれて、蒼ざめ、こわばっているのを　ぼくは見た。太陽の光が　彼女の　淡い、やわらかな姿をかすめ、そのほどけた金髪は　風になびいていた。そして、彼女の命は病気によって奪われたのではなく、明らかな原因もなく、彼女は死んでしまったかのようにぼくには思われた。——それはひとつの謎のようだった。ぼくは　最後の薔薇を彼女の手に置き、彼女は　それを　墓の中へと携えていった。

マリアの死後まもなく、ぼくは　大都会へと旅立った。けれど、陽の光に満ちあふれていた　あの静かな日々の思い出は　生き生きと、おそらく、喧噪に満ちたこの現在よりも生き生きと　ぼくのなかにとどまっていた。谷あいのあの小さな町を、ぼくはもう二度と　見ることはないだろう。——そうだ、あの町を再び訪れることは　ぼくにはためらわれる。ぼくは思う、過ぎ去ったあの永遠に若いものたちへの憧れに、時おり　激しく、襲われるときですら、ぼくは　あの町を再び訪れることはできないと。なぜならば、ぼくは知ってい

るのだ、跡かたもなく消え去っていったものを　ただいたずらに　ぼくは追っているのだということを。そして、ぼくの思い出の中にのみ――まるで今日のことのように――　なお生きているものを　そこで　再び見出すということはもはやないのだと、そして　それは　ぼくにとって　ただ甲斐もない苦しみでしかないのだということを。

初出：Salzburger Volksblatt, Jg. 36. Nr. 109 vom 12. Mai 1906. S. 2－4

黄金の杯

バラバス・ある幻想

それは、まさに同じ時刻に起った、人の子が、あの盗人や人殺しの処刑の場所であるゴルゴダの丘へ引かれていったその時刻に。

それは、あの気高く、灼熱した同じ時刻に起った、かれが、自身の仕事を成しとげたその時刻に。

あの同じ時刻に、すさまじい数の群衆が　大騒ぎしながら、エルサレムの道を歩いていき——そしてその群衆のただ中に、バラバスが、あの人殺しがおり、その面を不敵に、高々と上げていた。

そして彼のまわりを、口唇を赤々と彩り、顔にはお白粉を塗り立て、着飾った娼婦たちがとり囲み、彼をとらえようとしていた。あるいは又、彼のまわりには、葡萄酒と悪徳に酔った目をした男たちが群れていた。そして、交わされる言葉という言葉のなかに、かれらの肉体の罪が身をひそめており、かれらの猥褻な振舞いに、かれらの考えが現われていた。

この酔った行列に出くわした者の多くは、自分たちも又そのあとに続き、叫んだ、「バラバラ万歳！」と。そして皆で叫んだ、「バラバラ万歳！」。あるいは誰かが、「ホザンナ！」と叫んだ、が、その男は皆になぐられた。なぜなら、かれらはほんの数日前に、一人の男に「ホザンナ！」と呼びかけ、その人はその時、王として街の中へと進み入り、かれらは歩んでいくその道に、青々とした棕櫚の枝を撒き散らしたのだ。けれど今日、かれらは赤い薔薇の花を撒き散らし、歓呼した、「バラバス！」と。

そしてこの人々が、とある宮殿の傍に通りかかったところ、その内から、何か大きな酒宴の弦の音と笑い声が騒々しく聞こえてきた。そしてその館から、豪奢な祭りの衣裳をまとった一人の若者が歩み出た。その髪は芳しい香油で輝き、その身体は高価なアラビアの香水で薫っていた。その目は酒宴の楽しさに輝き、恋人に口づけされたその口もとには、淫らな微笑が浮かんでいた。

かれは、バラバスに気づくと、前に進み、こう言った。

「私の家に入りたまえ、おお、バラバス、そして、私の柔らかな臥所で休むがよい。入りたまえ、おお、バラバス、そして、私の侍女たちがお前の身体に高価な香油を塗るだろう。お前の足もとでは、少女が一人、このうえもなく甘美な音色に、ラウテを奏でよう、そして　高価な杯から　光り輝く葡萄酒を私はお前に差し出そう。そして　その葡萄酒のなかに　私は　私の持っている

最も素晴らしい真珠を投げ入れよう。おお、バラバス、今日、私の客人となりたまえ——そして　春の朝焼けより美しい私の恋人は　この日の客人のもの。入りたまえ、バラバス、そして　お前の頭を薔薇の花冠で飾るがよい、この日を喜ぶがよい、頭に茨を置いたあの者が死んでいくこの日を。」

若者がこう語ると、民衆は喝采し、バラバスは大理石の階段を上っていった、勝利者のように。そして若者は、自身の頭を飾っていた薔薇を手に取り、この殺人者、バラバスのこめかみにおいた。

それから　若者とバラバスはともに家のなかに歩み入り、その間　民衆は道で、歓呼しつづけていた。

柔らかな臥床にバラバスは休んだ。侍女たちがかれの身体を　高価な香油で洗い、かれの足もとでは　少女の愛らしい弦の音が響き、かれの膝には　若者の、春の朝焼けよりも美しい恋人が坐った。そして笑い声が響き渡り——そして途方もない歓喜に、その場の客人たちは、あの唯一なる者を敵とし、侮辱したファリザイ人たちや司祭の手下たちは、皆酔いしれた。

一時、若者は沈黙を命じ、すべての物音が静まった。

そこで若者は　かれの黄金の杯に素晴らしい葡萄酒を満たし、その器のなかで葡萄酒は、燃える血のように見えた。かれは　一粒の真珠をそのなかに投げ入れ、そして杯をバラバスに差し出した。

若者自身は　水晶の杯に手を伸し、バラバスを祝して乾杯した、
「あのナザレ人は死んだ！　バラバス万歳！」と。
するよ広間にいた全員が歓呼した、
「あのナザレ人は死んだ！　バラバス万歳！」と。
すると　道の群衆も叫んだ、
「あのナザレ人は死んだ！　バラバス万歳！」と。
だが、突然、太陽が消えた、大地は　その根底から揺り動かされた、そして、
恐ろしいほどの激しい戦慄が　この世を走り抜けた。生きとし生けるものは
身をふるわせた。
この同じ時刻に　救いのみわざは　成し遂げられた！

初出：Salzburger Volksblatt, Jg. 36. Nr. 147 vom 30. Juni 1906, S.1

黄金の杯

マリア・マグダレナ・ある対話

イエルサレムの市門の前。夕刻となる。

アガトン：街に戻る時刻だ。陽も沈み、街のうえももう黄昏れてきた。しんと静まりかえっている。——だが、どうして君は答えないのだ、マルセルス、どうして君は　そうぼんやりと　遠くを見つめているのだ？

マルセルス：ぼくは思い出していたのだ、あそこの、あのかなたでは、海がこの国の岸辺を洗っていることを。ぼくは思い出していたのだ、あの海の向うには　永遠の都、神に等しい都、ローマが　星たちに向ってそびえ立ち、そこでは一日たりとも祭りのない日はないのだと。けれどぼくは　この異郷の地にいる。それら一切を　ぼくは思い出していたのだ。だが　忘れていた。さあ　君は街へ戻る時刻だ。日も暮れてきた。そしてこの黄昏時に　市門の前で　一人の少女がアガトンを待ちわびている。待たせてはいけない、アガトン、その女(ひと)を、君の恋人を待たせてはいけない。この国の婦人たちは　全

く変っているなあ。彼女たちは謎につつまれているのだ。待たせてはいけない、君の恋人を。何が起るかは決してわからないのだから。一瞬の間に何か恐ろしいことが起るかもしれない。その瞬間を逃してはいけないのだ。

アガトン：君はどうして　ぼくにそんなことを言うの？

マルセルス：彼女が、君の恋人が美しいのならば　君は彼女を待たせてはいけないと言っているのさ。美しい女性は　何か永遠に不可解なものなのだと言っているのさ。女性の美とは、ひとつの謎だ。見抜くことはできない。美しい女性とは何でありえるのか、美しい女性は何をするようしいられているのかなどとは　決してわからないのだ。そうなのだ、アガトン！　ああ　君――ぼくは一人の女性を知っていた。ぼくは一人の女性を知って、決して解き明かすことのできない事が起るのを見た。どんな人間もそれを解き明かすことはできないだろう。ぼくたちが　その出来事の奥底を見ることは決してないのだ。

アガトン：何が起るのを見たのか？　お願いだ、もっとよくぼくに説明してくれ！

マルセルス：では歩こう。おそらくぼくが　自分の言葉や考えに身ぶるいすることなく、そのことを話せる時が来たのだろう。(二人はゆっくりとイエルサレムへと戻っていく。静寂が二人をつつむ。)

マルセルス：大気が熱を帯び、月が感覚を惑わせる、ある燃えるような夏の夜に　それは起った。その夜　ぼくは彼女を見た。小さな酒場の中だった。彼女はそこで踊っていた、裸足で、高価な絨緞のうえで　踊っていた。あれほど美しく、あれほどうっとりと踊る女性を　ぼくは見たことがなかった。彼女の身体のリズムは　ぼくに　いくつもの奇妙に暗い夢の像を見させ、熱い戦慄がぼくの身体をおののかせた。まるで　この女性は踊りながら　目に見えない、素晴らしい、秘密のものたちと戯れているように、まるで　彼女は誰にも見えない神のような存在を抱きしめているように、まるで、彼女は彼女の口唇を求めて身を傾けている赤い口唇に口づけしているように、ぼくには思えた。彼女の動きは　至上の快楽だった。彼女はまるで　愛撫を受けているように見えた。ぼくたちには見えないものが　彼女には見えているようで、それらと、踊りながら彼女は戯れ、身体中恍惚となりながら　彼女は楽しんでいた。おそらく　彼女はその口を　美味で甘美な果実に差し出し、あるいは　燃えるような葡萄酒を嘗めたのだろう、その頭をそらせ　その眼差を　求めるように上に向けるたびに。いや！　ぼくにはわからなかった、けれど　すべてが奇妙に生き生きとして――そこに存在していた。そしてそれから　おおうものもなく、ただ髪の毛だけがあふれるほどに、ぼくたちの足下に倒れた。まるで夜は彼女の髪の毛のなかで　もつれ合う黒い糸のか

たまりとなり、彼女をぼくたちから遠ざけるかのようだった。けれど、彼女は自身を捧げた、その素晴らしい身体を捧げた、彼女を欲した者には誰にでも捧げた。ぼくは　彼女が　乞食を、兵士を、侯爵を、王様を愛するのを見た。彼女は最高の遊女だった。彼女の身体は、この世でそれ以上美しいものは見たこともない程の、甘美な、歓喜の器だった。彼女の生命は、ただ喜びにだけあった。ぼくは　彼女が酒宴の席で踊り、その身体に薔薇の花を投げかけられるのを見た。そして彼女は　その輝いている薔薇の花たちの真中にあって、唯一つの、まさに咲きほこる美しい花だった。そしてぼくは　彼女がディオニソスの彫像を花環で飾り、恋人たちを抱くように、その冷い大理石を抱き、息を止めるほど熱く、燃えるような口づけを与えるのを見た。

――その時、一人の男が来て、通り過ぎた、無言で、身振りひとつせず、男は　毛皮の衣をまとい、その足もとは埃にまみれていた。男は通り過ぎていきながら、彼女を見つめ――そして去っていった。すると　彼女の眼差は彼に向けられ、すくんだように動かなくなり、――それから　前に進み、そして、おそらく彼女を目で呼んだあの奇妙な予言者のあとを追った、彼の呼びかけに従い、その足もとに跪いた。その前にへりくだり――そしてまるで神を見上げるようにその人を見上げた。そして　その人のまわりにいた男たちが仕えたように、その人に仕えた。

アガトン：君の話はまだ終っていない。まだ何か言いたそうにみえる。

マルセルス：これ以上はわからないのだ。いや！　けれどある日、ぼくは知らされた、人々が　あの奇妙な予言者を　十字架につけようとしていると。それをぼくは、ぼくたちの総督ピラトから聞いた。それでぼくは　ゴルゴダへ向かおうとした、あの人を見にいこうとした、あの人が死ぬところを見にいこうとした。おそらく、ひとつの謎に満ちた出来事が　ぼくの前に明らかになったであろう。あの人の目のなかを　ぼくは見つめようとした。その目はおそらくぼくに語りかけたであろう。その目は語っただろうと　ぼくは思うのだ。

アガトン：そして　君は行かなかった！

マルセルス：ぼくは向かう途中だった。しかし、引き返した。なぜならぼくは感じたのだ、あの女に会うだろうと、十字架の前に跪き、あの人に祈り、あの人の生命が消え去っていくのに　うっとりと耳を澄ませているあの女に会うだろうと。だから　ぼくはもう一度　引き返した。そして　ぼくの内部は暗いままだ。

アガトン：だが、その奇妙な人は？　いや、そのことについては　語るのはよそう！

マルセルス：そのことについては、黙っていよう、アガトン！　そうするしか

ない。――ほら、ごらん、アガトン、雲のなかが　何と奇妙に　暗く　燃えていることか、あの雲たちのうしろで　炎の大洋が燃えているように思えるほどだ。神の炎だ！　そして空は　ひとつの青い鐘のようだ。深い、厳かな響につつまれていて、あたかも鳴り響くのが聞こえるようだ。あのうえの、ぼくたちには届かない高みで何かが起ろうと、それを知ることはないのだ。ただ　地上に偉大な静寂が降り立つときには　時おり　それが予感される。しかし！　すべてが　あまりに　もつれ合っている。神々は　ぼくたち人間に　解くことのできない謎を課すのが好きなのだ。そして　大地は、ぼくたちを　この神々の奸計から救いはしないのだ。なぜなら　大地も又、感覚を惑わせるものであふれているのだから、事物も　人間も　ぼくを混乱させる。そうだとも！　事物は黙りこくっている！　そして人間の魂は　その秘密を漏らしはしない。問われると、口をとざす。

アガトン：ぼくたちは生きよう　そして　問うまい。生は　美しさで満ちあふれている。

マルセルス：多くのことが　ぼくたちには　決してわからないだろう。そうだ！　そしてそれ故に、ぼくたちにわかることを忘れてしまうことが　望ましいのだ、これで　もう十分だ！　目的地はもうまもなくだ。ごらん、この道は　何て寂しいのだろう。もう人っ子一人見えない。（一陣の風が吹き起

る。）ぼくたちに　星たちを見上げなさいと告げる声だ、これは。そして沈黙するようにと。

アガトン：マルセルス、ごらん、畑の穀物は何て丈高く生えているだろう。どの茎も　大地に向かって　たわんでいる——実りで重く。素晴らしい収穫の日々となるだろう。

マルセルス：そうだ！　祝いの日！　祝いの日だ、ぼくのアガトン！

アガトン：ぼくは　ラケルと　野を横切る、実りに重く、祝福された畑を！

おお　お前　素晴らしい生よ！

マルセルス：君は正しい！　君の若さを喜べ。若さだけが　美だ！　ぼくにふさわしいのは　暗闇をさまようことだ。だが、ここが別れ道だ。君には　君を待ちわびている恋人がいる、ぼくには——夜の沈黙が！　元気でいたまえ、アガトン！　素晴らしく　美しい夜になるだろう。戸外で過せる時間も長い。

アガトン：そして　星たちを見上げることができるだろう——偉大な平静さを。ぼくは喜びに満ちて　ぼくの道を進み、そして、美を讃えよう。それは　自分自身を敬い、神々を敬うことになろう。

マルセルス：言うとおりにするがよい、そして、君の行いは正しいのだ！　元気でいたまえ、アガトン！

アガトン：（もの思わしげに）あとひとつだけ君にたずねたいことがある。ぼく

がたずねるのに、何か意味があるなどと　思わないでくれ。その奇妙な予言者は　一体、何という名だ？　言ってくれ！

マルセルス：それを知って　何になる！　ぼくは彼の名は忘れた。だが　いいや！　思い出す。思い出す。彼はイエズスといった、ナザレの！

アガトン：ありがとう！　元気でいたまえ！　神々の恵みが君のうえにあるように、マルセルス！（彼は行く。）

マルセルス：（もの思いにふけりながら）イエズス！――イエズス！　ナザレの。（ゆっくりと、もの思いに沈みながら　彼は彼の道を行く。夜になった　そして　空には無数の星たちが輝く。）

初出：Salzburger Volksblatt, Jg. 36, Nr.159 vom 14. Juli 1906. S. 3－4

孤独

I

もはやなにものも　孤独の沈黙を　妨げはしない。木々の　暗い、太古の梢のうえに　雲が広がり、自身の姿を　底知れぬほどに深い池の　緑青い水に映している。そして　みじろぎもせずに、悲しみに満ちた従順さに沈んでいるように　その池の水面は　安らっている——来る日も　来る日も。

沈黙している池の真ん中に　ぼろぼろになった尖塔や屋根をもつ館が　雲にむかってそびえ立っている。ひび割れて　黒々とした塀には　雑草が生い茂り、曇った丸窓に　陽の光が反射している。陰鬱に　暗い中庭には　鳩たちが飛び交い　壁の割れ目に　隠れ家を見つけようとしている。

鳩たちは　いつも何かを心配しているように、窓辺を　おずおずと　せわしそうに飛んでいく。その下の中庭では　噴水が　低く　優しく　つぶやいている。時おり　ブロンズの泉盤から、喉(のど)の渇いた鳩たちが　水を飲む。

館の　細い　ちりに埋もれた廊下を　時おり　湿った　熱い風がかすめ、驚いた蝙蝠たちが　舞い上る。他には　この深い安息を妨げるものは何もない。

そして　部屋部屋は　黒く　埃をかぶっている！　天井高く、がらんとして、冷えきって、そして　死んだものたちであふれている。時おり　かすかな　ごくわずかな光が　曇った窓ガラスを通って来るが、それも再び　暗闇に　飲み込まれてしまう。ここでは　過去は死んでしまった。

ここでは　ある日　過去は　ただ一輪の　歪んだ薔薇のなかで　凝固してしまった。その空虚さの傍を、不注意に　時は通り過ぎていく。

そして　すべてのものに　孤独の沈黙がしみわたる。

2

もはや誰も　庭園に押し入ることはできない。木々の枝々は　幾重にもからみ合い、庭園全体が　今はもう　ひとつの、類のない、巨大な生物だ。

そして　永遠の夜が　葉で編まれたその巨大な屋根の下に　重くたちこめている。そして　深い沈黙が！　そして　大気には　朽ち果てた霧が満ちている！

だが　時おり　庭園は　いくつもの重い夢から目覚める。そして　いくつもの冷い　星の夜に、深く隠された　秘密の場所に、ひとつの思い出をほとばし

らせる。なぜならば、燃えるような　華麗で　見事な夏の夜には、庭園は　熱を帯びた口づけや　抱擁に耳をすませるのだ。月は　黒い地のうえに　いくつもの乱れた幻影を　魔法で呼び出す、人間たちの。かれらは　厳かに　優雅にリズミカルに、その葉で編まれた屋根の下を散歩し、互いに、甘く、途方もない言葉を耳打ちし合い、ひそやかな、期待を抱かせるような微笑を浮かべるのだ。

それから　再び　庭園は　自身の死の眠りのなかに　沈み込む。

池の水面には　赤楊や樅の木々の影が揺れ、池の深みからは　ぼんやりとした　悲しげなつぶやきが上ってくる。

白鳥たちが　輝いている満潮にのって　渡ってくる、ゆっくりと、みじろぎもせず、その細い首をすっくと伸ばして。かれらは　こちらへ渡ってくる！この死に絶えた館のまわりをまわって！　来る日も、来る日も！

蒼ざめた睡蓮が　池の縁の　けばけばしい草のただ中に浮かんでいる。そして水に映るその影は　一層蒼ざめてみえる。

この一群が　消え去っていくと、別の一群が　深みから浮かび上ってくる。そしてそれらは　死んだ女の小さな手のようだ。

大きな魚たちが　心ひかれるように、動かない、ガラスのような目をしてその蒼ざめた花たちのまわりを泳ぎまわり、それから　再び、深みへもぐる

——音もなく。
そして　すべてのものに　孤独の沈黙がしみわたる。

3

そして　あのうえの　ひび割れた塔の部屋に　伯爵が坐っている。来る日も、来る日も。
伯爵は　輝きながら清らかに　木々の梢のうえを流れていく雲たちのあとを目で追う。夕暮れになると　太陽が沈んでいきながら　雲たちのあいだで赤く燃えるのを見て　喜ぶ。かれは　高みでざわめく音に　耳を澄ませる、塔をかすめて飛んでいく鳥の叫び声に、あるいは　館のまわりを吹き巡る風の音高いざわめきに。
かれは　庭園が　ぼんやりと　陰鬱に　眠っているのを眺めている、そして白鳥たちが　輝いている満潮にのって　渡ってくるのを——館のまわりを　泳ぎまわるのを　眺めている。来る日も、来る日も！
そして　水は　緑青く　ほのかな光を放っている。水の中には　館のうえに広がる雲たちが　自身の姿を映し、そして　その影は　満潮のまにまに　晴れやかに　清らかに　輝いている、雲たち自身のように。睡蓮は　かれに向って合図する、死んだ女の　小さな手のように、そして　かすかな風の音にあわせ

て　悲しそうに　夢みるように　揺れている。

　そこで、自分のまわりで死んでいくすべてのものを、その哀れな伯爵は　見つめている、宿命の下で、もはや生きる力もなく、午前の影のように　消えていこうとしている　小さな、狂った子供のように。

　今はもう、自分の魂の　小さな、悲しげな旋律に　耳をかたむけるだけだ、過去という旋律に！

　夕暮れになると、かれは　古い、煤けたランプに　火を灯し、過去の偉大さや栄光にあふれた、重く、黄ばんだ本をひもとく。

　かれは熱く、高鳴る心で　読むのだ、かれが属してはいないこの現在が　沈んでしまうまで。すると　過去の影が　浮かび上ってくる――途方もない大きさで。そこで　かれは生を　生きるのだ、かれの父祖たちの　素晴らしく　美しい生を。

　夜毎、嵐が　塔のまわりに　吹きあれ、館の壁が　その土台から　どよめき、鳥たちが、伯爵の坐る窓辺で　不安そうに　叫び声を上げるとき　かれは　言うに言われぬ悲しみに　襲われる。

　かれの　百年も経てきたような疲れた魂のうえに　宿命がのしかかる。

　そして　かれは　顔を　窓に押しあてて、外の、夜のなかに見入る。すると、かれのまえに、あらゆるものが　途方もない大きさで、夢のように、亡霊のよ

うに　現われる！　それは恐ろしいほどに。館中を　嵐が　荒れ狂うのが聞こえる。まるで、死者という死者を　吹き払い、空中に　飛び散らせようとしているかのように。

けれど　夜の　もつれ合った幻影が　魔法で呼び出された影のように　沈み去ると、再び、すべてのものに　孤独の沈黙がしみわたる。

初出：Salzburger Zeitung Nr. 290 vom 20. Dez. 1906

評論

主任演出家*　フリートハイム*

長年にわたり　公衆の間で活躍し、それ故自分自身に対する世論をも承知している人間の、多産な、おびただしいその仕事を概観することは　難しい企てである。そうした活動から、その本質的なものを際立たせ、それにより　その活動を特徴づけ、そして　意図されたものすべてを、それらは　ただ様々な情況が許さなかったがために　なされないままになってしまったにちがいないのであるが、それらを、実行されたことと――あたかも　種子と収穫物のように――合致させることは困難である。

三年来、フリートハイム氏は、芸術監督として市立劇場を率いてきた――その三年間にわたる、休むことのない、真面目な仕事を概観したうえで、彼は自分自身にこう言えるのだ、「私は　私の最もすぐれたものを差し出し、私は最もすぐれた芸術的知識と良心に従って、これまでやってきた」と。だからこそ、公衆がいかなる時も、彼の活動に対して　然るべき賞賛を捧げるのを惜し

まなかったことは正しいのである。そしてそれ故、又、私もその本質的なものを示すことで満足したい。

一九〇三年のシーズンは、とりわけ新作に恵まれ、ハルベの「流れ」、ヴェルクマンの「十字架の道行の鐘楼守」、グスタフ・シュトライヒャーの「シュテファン・ファディンガー」、シェーンヘルの「夏至」、バイエルラインの「消燈号音」といった作品が、模範的に上演された。これらの上演は、その一部は、途方もない要求をしたことにもなったが、フリートハイム氏を、有能な、倦むことを知らぬ演出家として知らしめた。役者としてのフリートハイム氏が、演出家である彼自身に決して劣らないことは、例えば、「キルヒフェルトの牧師」のヴルツェルゼップに、「消燈号音」の巡査に、シュトリーゼに、シュタウファッヒャーに、「ルネサンス」の司祭に扮して演じたその出来映えから明らかである。翌年の新作のなかで特に名を挙げるべきものは、「トラウムルス」であるが、これはフリートハイム氏のために友情興行として上演されたものである。さらに「摩耶のヴェール」と、ゼーバッハの「見えないものたち」が挙げられるべきである。これらの作品のいずれにおいても、フリートハイム氏は主要人物を演じるべきであった。そして、監督ニーマイヤーやソクラテス、あるいは棟梁に扮して示したその見事な演技は、あらゆる者の記憶に今なお残っているであろう。フランツ・モールとしての彼の芝居に対しては、ベルガー

市長より表彰状が贈られた。黙殺してならないのは、フリートハイムが、「ヴァレンシュタインの陣営」*及び、「デメトリウス断片」*の上演に尽力したその功績である。良いもの、そして最良のものの選りすぐったものを、今年の演劇界は差し出した。ザルツブルクは、ヴィーンの次に初めて、シェーンヘルの「家族」*を上演した地方劇場となった。フリートハイム氏の見事な演出指導に対して、作者は個人的に謝辞を贈った。その他「聖ベルンハルトの修道士たち」*、「私講師たち」*（プルツ）、「小さなドリッツ」*、傾向劇「石のなかの石」*の上演も、名を挙げられるべきであろう。フリートハイム氏が、当然の自負をもって振り返ることのできる行為の一つは、「サロメ」*の上演であった。

　特に最後の頃は、フリートマン氏の行く手には、ある側から様々な難事が置かれたが、しかし彼は、たゆまず、喜びをもって、自身の責任ある職務を遂行した。土曜日、フリートハイム氏は、「ナルシス」*の舞台で、ザルツブルクに別れを告げる。この場合、聴衆にアピールする必要はないだろう。演出家、フリートハイム氏が、我々の劇場にとって何であったかを記念して、彼のために表敬の催しが開かれるのであるのだから——偉大な業績に対して　ささやかな感謝！　けれど、我々の劇場の歴史において、フリートハイム氏はひとつの貴賓席を占めるだろう、ほとんど類のないこととして——歴史において、そして又、彼の活躍したこの歳月の間に　彼を高く評価するようになった人々の思い

出においても同様に。

〔訳註〕

＊この評論は一九〇六年四月六日の „Salzburger Volksblatt" 紙、„Theater und Kunst" 欄に掲載された。筆名は G. T. である。

＊Carl Friedheim　一九〇三年から一九〇六年までザルツブルクで活躍する。

＊Max Halbe, Der Strom. Drama in drei Aufzügen（三幕の戯曲）, Berlin: Georg Bond: 1904. ハルベは一八六五年に生れ一九四四年に没す。代表作は "Jugend"（青春）1893. ハウプトマン派の自然主義作家。

＊Josef Werkmann (Josef Modelsky), Der Kreuzwegstürmer. Ein Volksschauspiel in einem Vorspiele und drei Aufzügen（序幕と三幕からなる大衆劇）, Wien: J. Eisenstein & Co. 1902.

＊Gustav Streicher, Stephan Fadigser. Tragödie aus dem oberösterreichishen Bauerkriege（オーバエスタライヒの農民戦争に題材をとった悲劇）, Linz/Wien: J. Deubler (1903). シュトライヒャーについては次の論評「グスタフ・シュトライヒャー」の註2参照。

＊Karl Schönherr, Sonnwendtag. Drama in fünf Aufzügen（五章の戯曲）, Wien: C. W. Stern 1902. シェーンヘル（一八六九年〜一九四三年）はオーストリアの劇作家、医師。郷里チロル地方の農民生活、宗教感情に題材を取った自然主義的作品を書いた。シラー賞、グリルパルツァー賞を得ている。

＊Franz Adam Beyerlein, Zapfenstreich. Drama in 4 Aufzügen（四幕の戯曲）, Berlin: Vita 1903.

＊Ludwig Anzengruber, Der Pfarrer von Kirchfeld. Volksstück mit Ge-

sang in 4 Akten von L. Gruber（L. Gruber 作曲の歌をともなう大衆劇), Wien : Rosner 〔1872〕(Neues Wiener Theater 2). アンツェングルーバー（一八三九年〜一八八九年）はオーストリアの劇作家、小説家。「キルヒフェルトの牧師」は彼の出世作。写実的民衆劇の開拓者。

*Paul und Franz von Schönthan, Der Raub der Sabinerinnen. Schwank in vier Akten（四幕の笑劇), Berlin, Lassar 1885 の登場人物。

*Friedrich von Schiller, Wilhelm Tell の登場人物。

*Franz von Schönthan und Franz Koppel-Ellfeld, Renaissance. Lustspiel in 3 Akten（三幕の喜劇), Berlin : Freund & Jeckel 1897.

*Arno Holz und Oskar Jerschke, Traumlus. Tragische Komödie（悲喜劇), München : R. Piper & Co 1905. ホルツ（一八六三年〜一九二九年）はドイツの作家、文芸理論家。シュラーフ（Johannes Schlaf）とともに「徹底自然」主義を提唱。又「抒情詩の革命」を表わし内的リズムの表現を主張する。

*Ferdinand Ritter von Feldegg（=Ferdinand Fellner, Ritter von Feldegg), Der Schleier der Maja. Drei ernste Szenen（深刻な三場面), Wien : C. Konegen 1904. フェルナー（一八四七年〜一九一六年）はドイツの建築家。ヴィーンの市立劇場（一八七二年）、民衆劇場（一八八九年）等多くの劇場を建築する。

*Hans Seebach（=Hans Demel), Die Unsichtbaren. 一九〇五年一月一八日ザルツブルク初演。

*「トラウムルス」の登場人物。

*「摩那のヴェール」の登場人物。

*「見えないものたち」の登場人物。

*Friedrich von Schiller, Die Räuber の登場人物。

*Franz Berger（一八六〇年～一九二九年）、銀行家。一九〇〇年から一九一二年までザルツブルク市長を務めた。

*Friedrich von Schiller, Wallenstein の序幕 „Wallensteins Lager"

*Friedrich von Schiller, Demetrius. シラーが遺作として断片をのこしたもの。

*Karl Schönherr, Familie. Schauspiel in drei Akten（三幕の芝居）, Stuttgart: J. G. Cotta Nachf. 1906.

*Anton Ohorn, Die Brüder von St.Bernhard. Schauspiel in 5 Aufzügen（五幕の芝居）, Berlin : Vita 1905.

*Ferdinand Wittenbauer, Der Privatdozent. Ein Stück aus dem akadem. Leben in vier Aufzügen（アカデミックな生活から四幕の戯曲）, Leipzig : G. Wigand 1905. プルツ（Purtz）はこの作品の主要人物の一人。

*Franz von Schönthan, Klein Dorrit. 一九〇五年一〇月五日、ヴィーン、ドレスデン、シュヴェーリンで初演。

*Hermann Sudermann, Stein unter Steinen. Schauspiel in vier Akten.（四幕の芝居）Stuttgart: J. G. Cotta. Nachf. 1905. ズダーマン（一八五七年～一九二八年）はドイツ自然主義の代表的作家。

*Oscar Wilde; Salome. Tragödie in 1 Akt（一幕の悲劇）, Hedwig Lachmann の翻訳による。Leipzig : Insel Verlag 1903.

* Albert Emil Brachvogel, Narziss, Ein Trauerspiel (悲劇), Leipzig : Hermann Costenoble 1857. ブラハフォーゲル（一八二四年〜一八七八年）はドイツの作家。

グスタフ・シュトライヒャー

自身の綱領を「郷土芸術」というスローガンで定義し、充分様々に書かれてきたにもかかわらず、与えられて当然の評価は受けてこなかったあのオーストリア地方文学という、自然主義の後続現象ないし付随現象のひとつから、この作家は生れた。嵐のように現われて、消え去った自然主義の急激な衰退とともに、当然のことながら、郷土芸術はあれ程深く根をおろしていたその基盤を失った。そしてこの運動全体が、それは、勇ましく、優れた意志のもつ若々しく、わきあふれるような力によって支えられていたのであり、もう少しで非常に独自の道を拓き、進んでいくところであったのに、今や、育成し、推進する様々な力を奪い取られてしまったのであった。そして今日、未来を孕んだ芸術のための予期しなかった様々な可能性が、そして又、多難で危険ないくつもの道が、捜し求めている眼差の前に示されることになり、過去何十年間もの疾風怒濤は、次第に薄青くなっていく思い出となるのである。

このかつての郷土芸術の代表者たちの中で、グスタフ・シュトライヒャーは、非常に特徴ある人物であり、芸術家としての彼の経歴は、興味深いと同時に、示唆に富んでいる。彼は自然主義から始め、――彼の最初の作品「聖ニコラウスの祝日」*は、非常に徹底した自然主義独特の、あの重々しく、陰鬱で、豪胆かつ狂信的な土着性というものを有している、――次の作品「シュテファン・ファディンガー」*では、相変らず自然主義に基づき、その詩的手法を用いながら、大規模な歴史悲劇への道を探求した。そしてついに、イプセンにおいて、彼は自分自身を発見した。すなわち、これまであまり知られていない戯曲「愛の犠牲」*において、彼は、非常に微妙な心理学的な問題を、現代的な精神分析の手法で解明しようと試みたのである。休止状態に見えた数年間(現代女性の問題を包括的に描こうとした喜劇*が、断片として残されている)を経たのち、グスタフ・シュトライヒャーは、新ロマン主義者として、自身の発展段階の新局面に現われた。

この小説家の発展は、はじめに述べた様々な情況に然るべき説明を見出さないとすると、不思議に、又、奇妙に思われるであろう。そして、一人の詩人が、その特徴がこれほど著しく劇的であるから、その才能をもってすれば直線的な発展をするのが当然のように思えるにちがいないけれど、こうした深い危機を体験してきたということが理解できるのである。シュトライヒャーが金曜日の

晩、ミラベルホールで読んだ自作の戯曲「モナ・ヴィオランタ」[*]には、新ロマン主義者たちが好むあの精神的悲劇というものがある。人を冷い恍惚状態にし、夢みさせるそのストーリーは、話して聞かされるべきではないだろう、それだけ多くのものが失われるのだから。人は、冷い影のように、夢のなかを歩むこの奇妙なヴィオランタを心に描き、夢みるのだ。彼女の身を震わせる悪感を感じるのだ、ヴィオランタが、その若々しく、咲き匂うような身体を老いさらばえた倒錯で汚した死んだ夫のことを思い出すときに、その身を震わせる悪感を。あるいは、死者が卑らしい、邪悪な身振りで、その妻に厭わしい触れ合いを求めながら、その傍を歩むのを彼女が見れば、その死者の亡霊が見えるような気がする。彼女が、死者の恐ろしい力の下で叫び声を上げ、くずおれるのが聞こえる、そして人は知るのだ、死者から自由になるためには、彼女は生の野蛮な力を呼びよせなければならないのだと、ヒステリックな痙攣で死なないためには、娼婦にならなければならないと。奇妙なほど、詩行はこの問題を貫いており、語の響きは言い表わしがたい考えを表わしており、そして束の間の気分をしっかり摑まえている。この詩行には、何か甘美な、女らしい説得術があり、それが我々を誘って、語の音調に耳をかたむけさせ、語の内容や重さには注意を払わせないようにする。言葉の短調の響きは感覚をもの思いに沈ませ、血を夢みるようなけだるさで満たす。最後の場になってはじめて、コンドティーレ

が登場すると、朗々とした、金属的な長調の響きが場面のうえに鳴り渡り、そして急激な高まりのうちに、劇は生の喜びを歌うディオニソス的な歌のなかで解決を迎える。

詩人の朗読が、作品のもつ情緒の力をあますことなく発揮させるというわけにはいかなかったこと、対話のもつキラキラと輝くような美しさの多くは失われたこと、それらは好意的に見て許してもよいのではないかと思う。聴衆は彼に従い、喜んで彼の世界に入っていき、そして、一時ある奇妙な存在の奥底をのぞかせてくれたことに感謝したのである。

〔訳註〕＊この論評は一九〇八年二月一六日の Salzburger Volksblatt 紙 „Kleines Feuilleton" 欄に掲載された。筆名は Gg. T である。

＊本名 August Streicher 一八七三年に生れ一九一五年に没す。小説家、劇作家。トラークルとは一九〇五年以来親交があった。

＊Am Nikolotags. Volksstück in 3 Aufzügen (三幕の民衆劇), Linz/ Wien: Österreichische Verlagsanstalt (1902).

＊「主任演出家フリートハイム」注参照。

＊戯曲 Die Freunde (1905) の改作された草稿。

＊この作品が何であるかは確認されていない。

＊Die Macht der Toten. (Monna Violanta, Hofnarr und Fürst) Salzburg: Halkyone-Verlag 1910.

ヤコーブスとその妻たち

ヤコーブスとその妻たち。フランツ・カール・ギンツキーの小説(L・シュタックマン社、ライプツィッヒ)。この本にあるのは気分である、残念ながら気分だけである。気分のなかにそれ自体お粗末な筋が溺れており、心理は曖昧で、愛らしい表面のうえでぴちゃぴちゃと音をたてており、人物の描写は貧しく、ぼやけていて、支離滅裂でもある。こうしたすべての重大な欠陥を、気分を具体的にありありと伝える好ましい描写とか抒情性とかいったものが補うべきなのである。が、否! この本には小説に必要なすべてのものが欠けており、ヤコプ・ヴァッサーマンの「レナーテ・フックス」以来、あれほど熱心に扱われてきた、気取った、荘重な文体もこの判断を誤まらせはしない。ここではあまりに偏屈で、あまりに退屈で、あまりにくだらないものたちがけばけばしく誇張されている。粗悪な音楽! そして、ガリア人の小説が類のない形式文化の頂点を表わしていること、又、ロシアの英雄叙事詩が最も力強い、精神革命の

源泉になったことに考えをおしすすめてみたとき、私には、我々中央ヨーロッパの小説作品の大部分は、ただの——印刷された紙としか思えないのである。

〔訳註〕 *この論評は一九〇八年八月二二日の Salzburger Volksblatt 紙 „Literarisches" 欄に掲載された。筆名は G. Trakl.

*Jakobus und die Frauen. Eine Jugend. Mit Umschlag-und Titelzeichnung von Alfred Keller. Leipzig: L. Staackmann 1908.

*Franz Karl Ginzkey 一八七一年〜一九六三年、現代オーストリアの詩人、作家、ロマン的な抒情詩やオーストリアの伝統に取材した作品を書く。

*Jakob Wassermann, Die Geschichte der jungen Renate Fuchs.1-5Auflage. Berlin: S. Fischer 1901. ヴァッサーマン（一八七三年〜一九三四年）はドイツの作家。自らユダヤ系であり、ユダヤ人問題を始めとして社会的不正を取り上げて描いた。

☆ 以上は註は主として校訂版の校了者の註によっている。

Ⅵ 遺稿

一九〇九年集

三つの夢

I

ぼくは夢にみていたようだ、舞い落ちる葉を、
広がる森と　暗い湖を
悲しい言葉がこだまするのを——
けれど　ぼくにはわからなかった　それらが何を意味していたのか。

ぼくは夢にみていたようだ　降りそそぐ星たちを、
蒼ざめた眼が泣いて哀願するのを、
ひとつの微笑みがこだまするのを——
けれど　ぼくにはわからなかった　それらが何を意味していたのか。

舞い落ちる葉のように、降りそそぐ星のように、
ぼくは　果てしなく行きつ戻りつするぼくを見ていた、
ひとつの夢の　死ぬことのないこだま――
けれど　ぼくにはわからなかった　それらが何を意味していたのか。

Ⅱ

ぼくの魂の暗い鏡に
かつて見たことのない海の
見捨てられた　悲しい幻の土地の映像がうつり
青のなかへ　運命のなかへ溶けていく。

ぼくの魂は　生んだ、音をたてて燃え上る巨大な*太陽がほてらせる
深紅の血の色をした天を、
重苦しい死のような歓喜にむせかえり
奇妙に息づき　またたいているいくつもの庭を。

そして　ぼくの魂の暗い泉は
数多くの名もない歌と

永遠の力が吹き起こす嵐に動かされて、
恐ろしい幾夜の映像を創造した。

ぼくの魂は　*はっきりと思い出せずに戦いている、
あらゆるもののなかに　自身を再び見出すかのように――
始めもなく終りもない　底知れぬ海と夜のなかに、
そして　低く響く　いくつもの歌のなかに。

III

ぼくは見た、炎に略奪された町々を、
時が　恐怖を重ねていくのを、
そして又　見た、多くの民族が　朽ち果て　塵となっていくのを、
すべてが　忘却のなかへとすべり込んでいくのを。

ぼくは見た、神々が　夜　堕ちていくのを
聖なる竪琴（ハープ）が　なすすべもなく砕けていくのを、
そして　滅亡からあおられて、
ひとつの新しい生命が　真昼　ふくらんでいくのを。

真昼　ふくらみ　そして　再び消えていく、
永遠に変わらぬ悲劇、
ぼくたちが　わけもわからず演じている悲劇、

そして　その狂気の夜の苦しみを
美しい　優しい讃美歌が
とりまいている、微笑みながら　果てしなく広がる茨のように。

〔訳註〕　*巨大な太陽　"gigantische, prasselnde Sonnen" と「太陽」は複数形で描かれている。「かつて見たことのない海」や「幻の土地」と同様に、それは現実の世界には存在しないものの姿であろう。
*はっきりと思い出せずに　原語では "erinnerungsdunkel" である。直訳すれば「記憶も暗い」となる。それは、自分のやって来た原初の闇の暗さ、あるいは無意識の闇の暗さであろうか。そして又、それは、「底知れぬ海と夜」の中で感じる暗さでもあろう。

静かな日々

これほど霊気に満ちている、この遅い午後は
病む者たちの眼差のように、
光の中へ送られて。けれど彼らの目の無言の嘆きは
もはや向っている夜をおおいかくす。

かれらは微笑み　かれらの祭りを想っている、
なかば忘れてしまった歌にふるえるように、
そしてひとつの悲しんでいるしぐさに　言葉を捜しているように、
すでに無限の沈黙の中へ吹き払われてしまったしぐさに。

これほども太陽はなお　病む花々のまわりに戯れている
そして　なにか死の冷さをもつひとつの歓喜が

花々を　薄く透明な空気の中に震わせている。
赤い森たちは囁き　やがて暮れていき、
そして死の夜は深まり　啄木鳥たちの槌打つ音が響く、
虚ろな墓からのこだまのような音も。

黄昏

お前は痛みという痛みにかき乱され　歪められ
そしてあらゆる旋律が不協和音を奏でるのに　身を震わせる、
弦の切れたハープ　お前――哀れな心臓よ、
そこから憂鬱という病んだ花が咲くのだ。

お前の敵を　お前の殺害者を差し向けた者が
お前の魂から　きらめく最後の光を奪い取ったのだ、
そしてこのみじめな世界から　神々を奪い去り　貶めた、
汚らわしく、病み、腐り果て　色褪せた娼婦へと！

影たちからもうひとつ荒れ果てた踊りがゆらめいている、
ひどく引き裂かれた　魂の抜けた響きに合わせて

美しい茨の冠のまわりの輪舞、

その冠は萎れ、勝者であり敗者である者の頭に戴かれている
——絶望が必死に求めた　何という褒賞か、
それは　明るい神性とは相容れないのだ。

秋

滅び

夕暮れ　鐘が平和を鳴り告げるとき、
ぼくは　鳥たちの不思議な飛翔を追う、
それは、長い列をつくり　敬虔な巡礼のようで
秋の澄みわたった彼方へと　消えていく。

夜に閉ざされた庭をさ迷いながら、
ぼくは　鳥たちのより明るい運命を夢みる、
そして　感じるのだ、時の針は　もはやほとんど動かないこと——
そして　ぼくは　雲を越えて　かれらの旅路のあとを追う。

そのとき　滅びが　ひとつの息となり　ぼくを震わせる。
一羽の鳥が　葉の落ちた枝の間で　嘆いている

赤い葡萄が　赤錆びた格子の傍で　揺れている、
そのとき　蒼ざめた子供たちの死の輪舞のように、
風にさらされ　崩れていく暗い泉の縁で
風に震えながら　蒼白のえぞ菊が身をかがめている。

恐怖

ぼくは、ぼくが人気のない部屋を通り抜けて行くのを　見た。
——星たちは狂ったように　青い底で踊っていた、
そして野原では犬たちが喧しく吠えたて、
梢を南風（フェーン）が乱暴に吹き乱していた。

すると突然、静寂！　湿り気を帯びた高熱が
毒のある花たちを　ぼくの口から咲きほこらせた、
樹の枝からは　あたかもひとつの傷口からのように
蒼ざめた露が鈍く光を放ち滴る、滴る　血のように。

ひとつの鏡の偽りの虚ろから
ゆっくりと、あたかも　運命のなかへ

恐怖と暗黒から身を起こすひとつの顔、カイン[*]！

かすかに　かすかにビロードのカーテンはざわめき、
月は窓から　まさに虚ろの中を覗き込むように見入る、
その時、ぼくの傍には、ぼくを殺す者しかいない。

〔訳註〕　＊カイン（Kain）　旧約聖書において、アダムとエヴァの長子。アベルの兄。神が弟の供物を喜び、自分の供物を拒否したのを恨み、怒って弟を殺し、人類の最初の殺人者となった。（創世記四・一―一六）

夕べ*の祈り

ぼくの幼い日々で消え去らないものは、
鐘の響きへの
教会という教会の暮れていく祭壇への
そしてその小円蓋の上に青く広がる天への静かな想い*。

夕べのオルガンの旋律への
広々とした市場に暮れながら次第に消えていく響きへの、
柔らかく　そしてかすかな、甘く、片言のような
泉のたてるざわめきへの想い。

ぼくは、ぼくが夢みつつ　静かに両手を組み合わせ
今はもう忘れ果てた祈りの言葉を囁くのを見ている、

そして早くも憂鬱が　ぼくの眼差を翳らすのを。

その時、いくつもの入り乱れた姿の中から
ひとりの女の像が微かに光る、暗い悲しみのヴェールをかぶり、
そして聖杯を傾けて　ぼくに邪悪な戦きを注ぎながら。

〔訳註〕　*夕べの祈り　原語“Andacht„は、キリスト教で用いられる語で、「神に思いを凝らすこと」「敬虔」という意味、「信心」「信心業」という意味、「典礼以外の式祭」という意味がある。ここでは、詩全体の流れから、特に第三の意味に属する“Abendandacht”（「夕べの祈り」「晩課」）が想起されたるため、標題はこれをとった。

*想い　これも原語では標題と同じ“Andacht”が用いられている。しかし、ここはその文脈からみて教会用語の“Andacht”ではなく、類似語の“Andenken”と考え、その意味「追憶」「回想」「記憶」をとった。

ここに描かれているなつかしい情景を、それに対する愛情の吐露を、詩人の手紙のひとつにも見つけることができる。詩人は、ザルツブルクにいる姉に宛てて、彼女の寄こした手紙の礼を述べてこう続けている。「……どの行もどのページもザルツブルクからくるものはすべて、ぼくが何よりも愛している町へのぼくの心の大切な思い出、ぼくが愛しているわずかしかいない人人への思い出なのです。

カプチーナベルクはもう秋の燃えるような赤につつまれて、ガイスベルク

はその優しい輪郭に一番よく似合う柔らかな衣をまとっているのでしょう。教会の鐘は厳かなそれでいて親しげな夕暮れのなかで『最後の薔薇』を奏で、それはとても甘く心を打つから、空は無限のなかへとアーチ状に身をそらすのです！　そして泉はレジデンツ広場にあんなに美しく歌い、そしてドームは王者のような影を投げかけるのです。そして静けさが昇っていくのです、いくつもの広場や街路のうえに。……」（一九〇八年十月末、ウィーンにて）

狂宴（サバート）

熱を帯びて毒をもつ腫瘍の吐く息が
微かな月明りの中で　ぼくを夢みさせる、
そしてかすかにぼくは巻きつかれ絡みつかれるのを感じ、
そして見るのだ、狂った魔女たちの狂宴（サバート）のように

血の色をした花々が　鏡の明るさの中で
ぼくの心臓から情欲の炎を絞るのを、
そしてあらゆる技を知り尽したそのくちびるが
ぼくの酔いしれた咽喉で　怒りながら腫れていくのを。

熱帯の海岸に咲くペストの色をした花たち、
それはぼくのくちびるに　花苞を差し出し、

むかつくような苦悩の泡立つ泉を濁らせる。

そしてそのひとつが絡みつくのだ――ああ　荒れ狂うメナーデ*――

ぼくの肉体に、重苦しい渇きに疲れ

おそろしい情欲の痛みに歓喜するこの肉体に。

〔訳註〕　*サバート（Sabbath）本来は、ユダヤ教及びキリスト教の安息日。しかしここでは、“Sabbath der Hexen”すなわち「悪魔の宴会」の意味であり、年一回、人里離れた寂しい場所で、魔法使いや悪魔が、会合して飲み騒ぐと伝えられている夜半の酒宴を指している。

*メナーデ（Mänade）「夕暮れ」参照（九二頁）。

夜の歌

I

ひとつの息吹の影から生れ
ぼくたちは　孤独にさ迷い
そして永遠の中に失われていった、
何のために捧げられるのか知らない生贄のように。

乞食のように　ぼくたちは持つものもなく、
戸口という戸口は閉ざされている。
そして盲人のように沈黙の中へと耳を澄ませる、
ぼくたちの囁きが消えてしまった沈黙の中へ。

ぼくたちは　あてのない旅人、
風に吹き散らされる雲だ、
死の冷さに震えながら
刈り取られるのを待ち受けている花なのだ。

Ⅱ

最期の苦しみがぼくの中で成就するようにと
お前たちを決して妨げはしない、敵意に満ちた暗い力よ。
お前たちは偉大な静寂へと続く道であり
その道を　ぼくたちは歩んでいく　このうえもなく冷ややかな幾夜のなかへと。

お前たちの息遣いはぼくを燃えたたせるだけだ、
忍耐！　あの星は冷えていき、幾夜の夢は
あの国々へとすべり込む、その国の名は知らされることもなく、
ぼくたちは夢みることもなく　ただ歩むことだけを許されている。

Ⅲ

お前、暗い夜よ、お前、暗い心よ、

誰が映し出すのか、お前たちのあれほど聖なる地を、
そしてお前たちの悪意という最後の奈落を?
仮面はぼくたちの痛みの前で強ばっている——

ぼくたちの痛みの前で、ぼくたちの快楽の前で
空っぽの仮面の石の笑い。
その前で　土でつくられたものたちは砕けた、
そしてそのことを　ぼくたち自身は知らない。

そして　ぼくたちの前には見知らぬ敵がいて、
嘲るのだ、ぼくたちが懸命に得ようとしているものを、
ぼくたちの歌の響きが鈍さを増していくのを
そしてぼくたちの内側で泣いている者が　暗く留まるのを。

Ⅳ

お前は　酔わせてくれる葡萄酒だ、
今ぼくは　甘い舞踏に血を流す
ぼくの苦しみは　花冠で飾られなければ!

そうお前の奥の奥の心は望んでいるのだ、ああ夜よ！

ぼくは　お前の膝にあるハープだ、
今ぼくの最期の痛みを
お前の暗い歌は　ぼくの心に探し求めて
そしてぼくを不滅にし、ぼくの存在をなくす。

V

深い安らぎ——ああ　深い安らぎ！
どんなつつましい鐘の音も響かせはしない、
甘い*苦痛の母　あなた——
死によって広げられたあなたの平和を。

あなたの　冷やかな　正しい御手で
すべての傷を閉ざして下さい——
その傷は　内側へと血を流すように——
甘い苦痛の母——　あなた！

Ⅵ

おお　ぼくの沈黙を　お前の歌にしてくれ！
生命の庭から去っていった
哀れな者の囁きが　お前の何になろう？
ぼくのなかで　お前は名前のないものでいておくれ――

夢もなく　ぼくのなかで築かれた
響きのない鐘のように
ぼくの苦痛の甘い恋人のように
そして　ぼくの眠りの酔いしれた罌粟のように。

Ⅶ

花たちが　地のなかで死んでいくのが聞こえた
そして　泉の酔いしれた嘆きが
鐘から流れる歌が、
夜が、そして　囁かれた問いが。
そしてひとつの心が――おお　死ぬほどの傷をうけて、

その悲しい日々のあちら側に。

VIII

暗闇が　ぼくを押し黙らせたまま　消した、
ぼくは　真昼に　死んでいるひとつの影となった——
そして　ぼくは　喜びの家を出て
夜のなかへと　歩んでいった。

今　ひとつの沈黙が　ぼくの心に宿っている、
沈黙は　荒れ果てた日を感じない——
そして　茨のように　微笑みかける、
お前、夜に向って——いつまでも！

IX

おお　夜は、ぼくの苦しみの前で物言わぬ門であるお前は
この暗い傷口が血を流し
そして　苦しみという陶酔の盃が傾きつくすのを見るのだ！
おお　夜よ、喜んで！

おお　夜よ、ぼくの貧しさという　閉ざされた輝きをとり巻く
忘却の庭であるお前、
葡萄の葉がしおれる、しおれているのは　茨の冠だ。
おお　来てください、お前　高貴な時代よ！

X

かつて笑ったのは　ぼくのデーモンだ、
そのとき　ぼくは　またたいている庭のひとつの光だった、
そして　遊びと　舞踏と
酔わせてくれる愛の葡萄酒が　仲間だった。

かつて泣いたのは　ぼくのデーモンだ。
そのとき　ぼくは　またたいている庭のひとつの光だった
そして　貧しい者の家に輝きを与える
つつましさが　仲間だった。

けれど今　ぼくのデーモンは　泣きもしなければ　笑いもしない

ぼくは　失われた庭の　ひとつの影であって
空っぽの真夜中の沈黙が
死のように暗い　仲間なのだ。

XI

ぼくの哀れな微笑みは　お前を求め、
ぼくの啜り泣く歌は　暗がりに響き止んだ。
今　ぼくの道は　終りへと向う。

お前の聖堂に　ぼくを　踏み入れさせてくれ
かつての　無邪気で　つつましやかな愚か者のように
物言わず　熱愛して　お前の前に　ぼくを立たせてくれ。

XII

お前は　深い真夜中にいる
死んでしまった　沈黙の海辺だ、
死んだ海辺、もはや二度と！
お前は　深い真夜中にいる。

お前は　深い真夜中にいる
天だ、そこで　お前は星となって　燃え上った、
天、そこからは　ひとりの神も　もはや咲きほこらない。
お前は　深い真夜中にいる。

お前は　深い真夜中にいる
甘い膝に迎えられないものだ、
かつて存在したこともなく、　存在もせず！
お前は　深い真夜中にいる。

〔訳註〕　*苦痛の母（Schmerzensmutter）　キリスト教でいう聖母マリアがイエズスの母であることによって受けた七つの苦しみを示す「聖母マリアの七つの御悲しみ、（ドイツ語では "Schmerzens Mariens" であり、本来「苦しみ」と訳されるべきもの）を、あるいは、それを描いた「悲しみの聖母」（"Schmerzensmutter" "Mater dorolosa"）を想起させる。

深い歌

深い夜からぼくは解き放たれた。
ぼくの魂は　不滅の中で驚き、
ぼくの魂は　空間と時間を越えて
永遠の調べに耳を澄ませる！
昼や快楽ではない、夜や苦悩ではないのだ
永遠の調べとは、
そして永遠に耳を澄ませてから
ぼくはもはや　快楽も苦悩も感じはしない。

バラード　1(?)

ひとりの愚か者が　砂に三つのしるしを書いた、
ひとりの蒼ざめた少女が　その時彼の前に立っていた。
大声で歌った、おお　海が歌っていた。

彼女は手に杯を持っていた、
血のように赤く重く、
縁まで鈍い光を放つ杯を。

どんな言葉も語られなかった——太陽は消えた、
その時、愚か者は彼女の手から
杯を取り　そして　飲み干した。

すると　杯の光は　彼女の手の中で消えた、
風は砂の三つのしるしを吹き消した——
大声で歌った、おお　海が歌っていた。

バラード　Ⅱ(?)

嘆いているのは　ひとつの心だ、お前には彼女は見出せないと。
彼女の故郷は　ここからはるかに遠く
彼女の顔容は　風変りだ!
戸口で泣いているのは夜だ!

大理石の広間で　灯りがいくつも燃えている、
ああ　息苦しい、ああ　息苦しい!　誰かが　ここで死んでいる!
どこかで囁く声がする、おお、お前は来ないのかと。
戸口で泣いているのは夜だ!

また啜り泣く声、おお、かれが灯りを見てくれたらと。
すると　そこかしこが暗くなった——

啜り泣く声、兄さん、おお、あなたは祈らないの。
戸口で泣いているのは夜だ。

バラード　Ⅲ(?)

ひとつの重苦しい庭が　夜があった。
ぼくたちを捕えている恐ろしいものを　ぼくたちは語らなかった。
ぼくたちの心は　それに目覚めているが
沈黙の重荷に耐えられなかった。

どんな星も　あの夜には　咲きほこらなかった
そして　ぼくたちのために祈ってくれる者はいなかった。
デーモンだけが　ひとり　暗がりで笑っていた。
すべてのものが呪われよ！　すると　そうなった。

＊メルジーネ　I(?)

ぼくの窓べで　夜が泣いている——
夜は物言わない、泣いているのは　風だろう、
風が、迷い子のように——

風をこうも泣かせるのは　何だろう?
おお　哀れなメルジーネ!

炎のように　彼女の髪は　嵐になびく、
炎のように　雲を追い抜き　嘆く——
すると　お前のために　お前、哀れな少女よ
ぼくの心は　静かな夜の祈りを　唱えるのだ!
おお　哀れなメルジーネ!

〔訳註〕

＊メルジーネ（Melusine） 古代フランスの伝説に取材した、ジャン・ダラス（Jean d'Arras）の伝奇小説。リュジニャン Lusignan の泉の精プレッシーヌ Pressine の姉娘メルジーネは、彼女らを不幸にした父をノーサンバラード Northumberland の山に閉じこめたために、母から毎土曜日に腰から下が蛇の姿に変身する呪いをかけられた。ただ彼女が、土曜日に彼女を決して見ないと誓う夫を見つけることができたら、呪いから解かれることになっていた。そういう夫としてボワチエ伯の甥レーモン Raymond が見出された。彼女は霊力で彼を富み栄えさせたが、ついに夫は好奇心にかられて水浴している彼女を見たので、彼女は蛇の姿となって姿を消した。以来リュジニャン家（レーモンはリュジニャンの城主となっていた）の者が死ぬ時、彼女の声でそれが予告されるようになった。（「フランス文学辞典」白水社 による）この物語は一四五六年ドイツ語に翻訳され、一四七四年以後は通俗本となって大いに愛読された。シュヴァーブ（Schwab, 1792-1850）もこれを改作して美しい物語を書いた。

滅び　I(?)

一陣の颪！　消えながら歌う
いくつもの緑色の灯り――堂々と　そして　一杯に
月は　天井の高い部屋を　満たしている、
もはや　どんな祭りの音も響かない　部屋を。

先祖たちの像が　微笑んでいる　かすかに
そして遠く――かれらの最後の影が　射し込み、
この部屋は　滅亡でどんよりとしている、
そのまわりを　烏たちが　輪を描きながら　飛んでいる。

過ぎ去った時の失われた意味が
石の仮面から　こちらを　眺めている、

苦痛に歪められ　空っぽの存在で
置き去りにされたまま　悲しんでいる。

沈んでしまった幾つもの庭の　病んだ香気が
静かに　滅亡を　愛撫している——
咽び泣く言葉が　こだまして
開かれた地下納骨所のうえで　震えているように。

詩

ひとつの　あどけない歌が　ぼくの方へやって来た、
お前、素朴な心よ、お前、聖なる血よ、
おお　ぼくから　この邪悪に燃える火を　奪い去り給え！　と。
すると　それは聞き届けられ　もはや嘆きはしないのだ！

ぼくの心は罪という罪で重く
邪悪に燃える火に　疲れ果て、
聖なる血を　呼び寄せず、
こうして　声もなく　涙も枯れているのだ。

〔訳註〕　＊この詩に表わされている詩人の詩作というものへの態度や、そして自分自身の内に持つ暗い面の自覚を、この頃、彼が姉に書いている手紙の中にも読

むことができる。

「……生活を時間の中で転がしていくあらゆる動物的本能というものを完全に自覚して、こうしてずっと生きていくのは恐ろしいことに違いありません。ぼくは自分がどんなに恐ろしい可能性を秘めているか感じました、嗅ぎ付けてきました、手で探ってきました、そして血の中でデーモンたちが吠えたけるのを聞きました。肉を狂わせる棘をもった何千もの悪魔を。何という恐ろしい悪夢でしょう！

それも過ぎ去りました！　幻となって現われたこの現実は今日再び霧散しました。そういうものたちはぼくから遠ざかり、それらの声は更に遠くなり、ぼくは耳を澄ませます、生気にあふれた耳を、ぼくのなかに流れているメロディーに、そしてぼくの生きいきとした目はあらゆる現実より美しい自分の像を再び夢みています！　ぼくは正気に戻り、ぼくの世界にいるのです！　無限の諧音に満ちたこのうえもなく美しいぼくの世界。……」（一九〇八年五月五日　ウィーン）

夜の歌　Ⅰ（？）

夜毎の　暗い　満潮にのって
ぼくは　悲しい歌を　歌う、
数多の傷口のように　血を流す　歌を。
けれど　どんな心も　この歌を　再び
暗闇を越えて　ぼくに　届けてはくれない。

夜毎の　暗い　満潮だけが
ざわめき、ぼくの歌を啜り泣く、
数多の傷口から　血を流す　歌を
ぼくの心に　再び
暗闇を越えて　届けてくれる。

窓べで

屋根の上には　空の青、
そして　過ぎていく雲、
窓の前には　春の露に濡れた　一本の樹、

そして　陶然と　天に向って放たれた　一羽の鳥、
花たちからは　失われた香気——
ひとつの心臓が　感じる、これが世界だ！

静寂が　広がり、真昼が　燃える！
神様、なんて世界は豊かなのでしょう！
ぼくは　夢みる、夢みて　そして　生命（いのち）が遠ざかっていく、

生命はあそこ、外に——どこかに
遠く　孤独の海を抜けて！
ひとつの心臓は　それを　感じ　けれど　喜びはしないのだ！

色づいた秋

ミラベル庭園の音楽　第一稿

泉が歌う、雲が浮ぶ
澄んだ青のなか、白く　柔らかな雲が、
ゆったりと、静かに　人々は歩む
あそこの下を　夕暮れに青い庭を。

先祖たちの大理石は　灰色に褪せている
鳥の飛翔が　彼方へと渡っていく
ファウンが　死んだ目をして　眺めている
暗がりにすべり込んでいく　いくつもの影を。

葉が赤く　古びた樹を離れ
開いた窓から　円を描きながら舞い込んでくる。

暗い火となり　部屋のなかは熱くなる、
そのなかで　影たちは　亡霊のよう。

オパール色の靄が　草のうえに漂い、
枯れて　色褪せた香気が　ひとひらの雲となる、
泉では　緑色のガラスのように
刈鎌の月が　凍りつく微風のなかで　輝いている。

ヘルブルンにおける三つの沼　第一稿

ひとつめ

花たちのまわりに　蠅たちが　ふらふら飛んでいる、
蒼ざめた花たちのまわりに　重苦しい潮にのって、
行ってしまえ！　行ってしまえ！　空気が燃えている！
深みで　腐敗が炎となって　燃えている！
柳が啜り泣き、沈黙が強ばり、
水のうえで　むっとする靄が立ちのぼる。
行ってしまえ！　行ってしまえ！　黒い蟇蛙たちの
吐き気を催すような欲情のための場所なのだ。

ふたつめ

雲や　花や　人間たちの像――
歌え、歌え、喜ばしい世界を！
微笑んでいる無垢が　お前を映している――
無垢が好むものはすべて　天のものになる！
暗いものを　無垢は　親しげに　明るいものへと変化させ、
遠くのものが　近づいてくる！　おお　喜ばしいもの、お前！
太陽、雲、花、そして人間が
お前、神の安息の中で　息づくのだ。

三つめ

水は　緑青く　鈍く光り
そして　安らかに糸杉が息づいている、
夕べが　鐘の音のように　ふかぶかと鳴り響く――
そこで　ふかみは測り知れず成長する。
月が上る、夜が青くなり、
潮の照り返しの中で咲きほこる――
謎に満ちたスフィンクスの顔、
そこでぼくの心は血を流そう。

ひとりの老女の臨終に

時おり　ぼくは恐怖に満ちて　戸口で耳を澄ませる
そして中に入っていき、誰かが逃げたように思う、
そして　彼女の目は　ぼくの傍を通り越して　見ているのだ
夢を見ているように、あたかも　ぼくをどこか他の所で見ているように。

そうして　彼女は身体も曲ったまま　腰を下ろし　耳を澄ませ
彼女のまわりにある物たちには　遠いもののようだ、
けれど、彼女は祈るのだ、窓べにざわめく音がすると、
そして　それから　静かに泣くのだ、ちょうど怯えた子供のように。

それから　疲れた手で　その白い髪を撫で
色褪せた眼差でたずねるのだ、「もう行かなければならないのかい」

そうして　憑かれたようにうわ言を言う、「祭壇の灯りを
消しておくれ！　お前はどこへ行くのかい、何が起ったのかい。」

ジプシー

あこがれが　かれらの夜のような眼差のなかで　燃えている
決して見出せない　あの故郷へのあこがれが。
こうして　ひとつの不幸な運命が　かれらを駆りたてていく、
ただメランコリーだけが　測り知ることのできる運命が。

雲が　かれらの道を　さ迷いながら進んでいき
鳥の列が　時おり　かれらの道連れとなるだろう、
夕暮れ　かれらの跡を見失うまでは。
そして　時おり　風が　*お告げの鐘の音を届けるのだ

星の降りそそぐ　かれらの孤独な臥床に、
かれらの歌が　よりあこがれに満ちて　高まるようにと

そして　どんな希望の星も　やさしく照らしはしない
父祖伝来の呪いと苦しみに　むせび泣くようにと。

〔訳註〕　*お告げの鐘（Aveläuten）　カトリック教会で毎日、朝、正午、夕を、お告げの祈りをする時刻として信徒に知らせるため、教会で鳴らされる鐘をいう。

野外劇場

今　ぼくは狭い門をくぐり抜けた！
並木道を乱れて進む歩みは
風に吹き消され、言葉のかすかな息遣いは
行き過ぎる人々のものだ。

ぼくは　緑色の舞台の前に立つ！
始めよ、もう一度始めよ、お前
罪も　又贖いもない　失われた日々の芝居は
今はもう幻のように、よそよそしく　冷く！

過ぎた日々の調べに
ぼくは　あの上の方を再び歩むぼくを見る、

ひとりの子供が、そのかすかな　忘れられた嘆きが
啜り泣くのを　ぼくは見ている、わけもわからずに。

お前は驚いて　夕暮れに顔を向ける、
ぼくは　かつて　今ぼくに　涙を流させているものだったのか、
夜に　沈黙し　戦きながら示す
未だ終らぬ　お前のしぐさのように。

疲れ果てる

夢に創られた楽園が　滅び
この悲しみに満ちた　疲れた心を　吹き倒す、
心は　むかつくような思いだけを　あらゆる甘さから飲み尽して、
卑俗な痛みに　血を流す。

今　心は打つのだ　消えていく踊りの拍子に合わせて
絶望の陰鬱な旋律に向って、
そのとき　昔の希望の星の冠が
とうに神の消え去った祭壇で　咲き終わる。

芳香と葡萄酒*に酔いしれて
お前は　はっきりと　恥かしさを感じたままだった――

歪んだ反照のなかの昨日——
そしてお前を　日々の灰色の悔恨が　おし砕く。

〔訳註〕 *はっきりと "überwach" とは、特に興奮剤による極度に緊張した状態を示す語であり、ここでも異様に醒めた意識が表わされている。

終音

昼の終りの蒼ざめた輝きが去り、
かつての熱情は　ざわめき去っていった、
ぼくの喜びである　聖なる葡萄酒がこぼれ
今　ぼくの心は　夜に泣き　そして耳を澄ませる

あのかつての祭りのこだまに、
こだまは　暗闇の中に消えていく、こんなにも穏やかに
こんなにも影のように、まるで　枯葉が
秋の夜の人気ない墓の上に　降りしきるように。

調和

稀薄な空気の中の　とても明るい音、音、
それが　この日　遠い悲しみを歌っている
予期せぬ芳香に満ちあふれたこの日が
ぼくたちを　未だ感じたことのない戦きに誘い　夢みさせる。

失われた仲間への
そして夜に沈められた歓喜のかすかな余韻への想い*のように、
葉は　とうに人気の失せた庭に降りしきる、
楽園の沈黙に身を任せている庭に。

澄みわたった満潮の明るい鏡の中に
ぼくたちは見るのだ、死んだ時が　見知らぬものとして息づき

ぼくたちの欲情が　血を流しながら
より遠くの天へ　ぼくたちの魂を高く揚げるのを。

ぼくたちは死者たちの間を　新しくつくり変えられて　進んでいく
より深い苦痛と　そしてより深い歓喜の中へ、
そこでは　未だ知らない神性が支配していて
そして　ぼくたちには　無限に新しい太陽が*　完成していく。

〔訳註〕　*想い　"Andacht"「夕べの祈り」参照（三五七頁）。
*無限に新しい太陽　原文では、太陽は複数形で描かれている。現実の太陽とは全く異なる太陽というものを意味しているのであろう。

十字架像*

彼は神だ、その前に貧しい者たちは跪く、
彼、貧しい者たちのこの世の苦しみという運命の鏡、
蒼白の神、辱められ、唾を吐きかけられ
殺人者たちの恥辱の丘で　死んだ。

かれらは　かれの肉体の苦悩の前に跪く、
かれらの従順が　かれと結びつくようにと
かれの最期の眼差の夜と死に
かれらの心が　死へのあこがれという氷の中で　鍛えられるようにと——
開かれるようにと——この世の不具のしるし——
貧しさの楽園への門が

かれの死の夜の茨の丘が。

蒼い天使と失われた者たちが挨拶する。

〔訳註〕＊十字架像（Crucifix）磔像付き十字架。贖罪死のキリスト像を付した十字架。典礼用にも用いられる。

したがって一行目の神とはキリストを意味していよう。

我* 告白す

生命が描く色とりどりの絵が
黄昏に暗くなっていくのを　ぼくは見る。
生れ落ちるやいなや　死に押しひしがれた
乱れ歪んだ影のように　どんよりと　冷くなっていくのを。

そして　そのとき　全てから仮面が落ちた、
ぼくはただ　不安と絶望と汚辱と疫病だけを見る、
英雄のいない人類の悲劇という
惨劇が　墓場で　死体のうえで演じられているのを。

ぼくは　この荒れ果てた夢の顔に　吐き気を催す。
けれど　ひとつの命令が　ぼくをとどめる、

ぼくは　口上を述べるひとりのコメディアンだ、
強いられ、絶望し、倦怠しはてた　ひとりのコメディアンだ！

〔訳註〕　*我　告白す（Confiteor）　ラテン語の告白の祈りで、ミサ中階級祈禱、聖体授与の前などに唱える。

沈黙

森の上には　ぼくたちを夢みさせる
月が　蒼く　ほのかに輝いている、
暗い沼辺の柳は
声もなく　夜に向って泣いている。

ひとつの心臓が消える——そして　柔らかく
霧が流れ、上っていく——
沈黙、沈黙！

日の出前

暗闇で　たくさんの鳥の声が叫ぶ、
木々はざわめき　泉はせせらぐ　声高く、
雲の中では　薔薇色のほのかな輝きが　鳴っている
愛のはじめの苦しみのように。夜は　青くなり――

黎明は　やさしく輝き、内気な両手で
愛の臥床は熱を帯びて燃え立てられ
ぐったりした口づけのざわめきを
夢の中で終わらせる、微笑みながら　半ば目覚めを　感じながら。

血*の罪

夜が　ぼくたちの口づけする臥床に迫っている。
どこかで囁く声、「誰が　ぼくたちの罪を贖ってくれるの？」
未だ　不埒な快楽の甘さに震えながら
ぼくたちは祈る、「許して下さい、マリア様、あなたの恵みのなかで！」

花生の水盤から　激しい欲情の香が立ち上り、
罪で蒼ざめた　ぼくたちの額を取り囲む。
重苦しい空気の息遣いの下に疲れ果て
ぼくたちは夢みる、「許して下さい、マリア様、あなたの恵みのなかで！」

けれど　セイレーン*の泉は　そのざわめきがいっそう高まり
*スフィンクスは　ぼくたちの罪のまえに　ますます暗くそびえ立つ、

ぼくたちの心臓が　より罪深く　繰り返し鳴るようにと、
ぼくたちは啜り泣く、「許して下さい、　マリア様、　あなたの恵みのなかで！」

〔訳註〕　*血の罪　原題“Blutschuld”の直訳である。“Blutschuld”とは、普通「殺人罪」の意味で用いられるのであるが、ここではむしろ「近親相姦」“Blutschande”を想起させられるので、直訳した。
*セイレーン　ギリシャ神話で、上半身は女性、下半身は鳥の姿をした怪物。歌声が非常に魅力的で、セイレーンの住む島の近くを通りかかった航海者たちは、いやおうなしにひき寄せられ殺されていたという。他説では、セイレーンは冥界に住んで、死者の霊を冥界へ導いていくものとされている。
*スフィンクス　「ヘルブルンの三つの沼」参照（三二二頁）。ゴルトマンはさらに、純潔な処女であり、母であるマリアは、スフィンクスの呪縛のそとにあって、彼女はゆるすことができ、祈りを聞きとどけることができるのだといっている。

出会い

異国の道で——ぼくたちは　見つめ合い
そして　疲れた眼差は　たずね合う、
お前は、お前の生命で　何をしたのかと。
静かに！　静かに！　何も嘆くな！

ぼくたちのまわりは　もう　冷んやりとしてくる、
雲は　遠くへ　消えていく。
ぼくたちは　もはや長いこと　問うこともなく
夜、ぼくたちの道連れは　誰もいないようだ。

成就

兄よ、ぼくたちを静かに行かせてくれ！
道はゆるやかに暗くなっていく。
遠くで　旗がいくつもほのかに光り、なびいている、
けれど兄よ、ぼくたちを二人きりにしておいてくれ——

そして　天を眺めたまま　憩わせてくれ、
心の中は　穏やかに　うれしく
そして　かつての行いも忘れて。
兄よ　ほら　世界は広い！

あそこ、あの外では　風が雲と遊んでいる、
雲は、ぼくたちのように　何処か知らない所から　やって来るのだ。

ぼくたちを花のようにしておいてくれ、兄よ、
あんなに貧しく、あんなに美しく、そして晴れやかに！

メタモルフォーゼ

ひとつの永遠の光が　暗赤色に　輝いている、
ひとつの心臓が　あれほど赤い、罪の苦しみの中で！
御名が唱えられますように、おお　マリアよ！

あなたの蒼い像が　花のように　咲きほころび
そして　あなたの覆い隠された身体が熱くなる、
おお　聖母、マリアよ！

甘い苦しみの中で　あなたの胎内は　ほてっている、
その時、あなたの両眼は　痛々しく　そして大きく見開かれて微笑む、
おお　母なるもの、マリアよ！

夕べの散歩

ぼくは　夕べの中に　歩み入る、
風が伴走し　歌う
「すべてのみせかけ*に魅せられたお前、
おお、感じてごらん、お前と戦っているものを！」

ぼくが愛した死んだ女の声が
語りかける、「愚か者たちの心の哀れなこと！
忘れなさい、忘れなさい、お前の魂を暗くするものを！
生成するものが　お前の苦痛であるように！」

〔訳註〕　*みせかけ（Schein）　原語の“Schein”には、外見、外観といった意味と、光、輝きといった意味の二つの意味がある。ここでは前者の意味をとったが、

どちらの意味をとるにしても、実体のないものを、ここで詩人は、次の行にのべられている感じることのできるものと対比して示しているのである。

聖なる人

誰のせいでもない苦しみの地獄の中で
いくつものとてつもなく淫らなかたちが　彼に迫るとき
――どんな心も彼の心ほど　なげやりな肉欲に
未だかつて悩まされたことはない、そして　これほど神に苦しめられたことも
ない

どんな心も――彼はやつれ果てた両手を差し伸べる、
救われることのない両手を、祈りながら天へ。
けれど　悩み多く　静まることのない快楽が
彼の激情の熱を帯びた祈りを形づくり　そのほてりが
神秘に満ちた無限を通り抜けて　あちらへ流れていく。
そして　それほど酔っているわけではないディオニソスの信徒たちの
叫びが響いている、まるで　死ぬほどの

怒りのエクスタシーがあふれて　しぼり出されたような
その苦悩の叫びが。「マリア様　私の祈りを　聞きとどけて下さい！」

過ぎ去る女(ひと)に

ぼくは　かつて　過ぎ去るものの中に
ひとつの苦しみに満ちた顔を見た、
その顔は　ぼくに　深い　秘密のつながりがあるようだった、
こんなに　神から遣わされたように——
そして　過ぎ去り　消えていった。

ぼくは　かつて　過ぎ去るものの中に
ひとつの苦しみに満ちた顔を見た、
その顔にぼくは魅せられた、
まるで　女性*なるものを再び見出したかのように、
彼女を　ぼくはかつて夢みながら恋人と呼んでいたのだ
とうに消え去ったひとつの存在の中で。

〔訳註〕 ＊女性なるもの　原語 “eine”　これは、不定冠詞 “ein” の女性形の不定代名詞の用法であり、「ある女性」「ひとりの女性」という意味にとれる。しかし、ここでは、この語のもつ数詞的な性格、つまり「ひとつ」ということに注目し、詩人は、この “eine” を「かつて　ひとつの存在（*einem* Dasein）のなかで　恋人と呼んでいた」つまり、自分と恋人とがひとつであったとき、その半身であった恋人を “eine” と呼んだものと解し、「女性なるもの」と訳してみた。

死んだ教会

暗いベンチに　ぎっしりと　かれらは腰を下ろし
艶のない眼差を上げる
十字架へ。蠟燭の火はゆらめいている　紗のかかるように
ぼんやりと　傷を受けた頭（こうべ）も　紗のかかるように。
薫香が　黄金の器から
高みへ立ち上り、消えていく歌が
息を吐き、そして　朧気に　甘く
罰せられたように　あたりは暗くなっていく。司祭は
祭壇の前に進む、けれど　精神も疲れ　かれは
つつましく　昔ながらの祈りを唱える――みじめな役者、
強ばった心をもつ卑しい祈禱者たちの前で、
パンと葡萄酒をつかう魂のない劇。

鐘の音が響く！　蠟燭の光は　ますますどんよりとゆらゆらと燃える——
そしてますます蒼ざめて　傷を受けた頭は　紗のかかるようだ！
オルガンがざわめく！　死んでしまった心のなかに
思い出が　震えながら立ち上る！　血を流しながら苦しむひとつの顔が
暗闇につつまれ　そして　その絶望が
多くの目をもち　空虚を見据えている。
そして　ひとつの声が、すべての声と和したように、
むせび泣く——そのとき　あたりでは　恐怖が大きくなった、
死の恐怖が。　憐れみたまえ　私たちの——
主よ！

詩

一九〇九年——一九一二年

メルジーネ　Ⅱ(?)

どこから　私は目覚めたのでしょう！
ごらん、たくさんの花が　夜に堕ちていった！
あんなに悲しそうに囁くのは　誰かしら、まるで夢のなかのように？
ごらん、春は　部屋を通り抜けていく。
ほら　みて！　春の顔は　涙の蒼さのよう！
ごらん、春は　あまりに豊かに咲きほこってしまった。
私の口が　なんて燃えていることでしょう！　どうして私は泣くのでしょう？
ごらん、私は　お前のなかの私の生命にくちづける。

私をこんなに固くつかまえているのは　誰？　私の方へ身をかがめるのは？
ごらん、私は　お前の両手を合わせる。

私は　今、どこへ行くのでしょう？　そんなに美しい夢を　私はみていたのです！
さあ、私たちは　天へ行こう。

何ていい、何ていいんでしょう！　そんなに静かに微笑んでいるのは　誰？
すると　彼女の両眼は白くなった――

すると　すべての光は消え
そして　深い夜が　家のなかを吹き抜けていった。

〔訳註〕　*メルジーネ　「メルジーネ」参照（三七七頁）。
この詩は、それぞれの節の第一行と第二行が、対話の形をとっていると解釈される。最終節の前の節の第二行と最終節の二行のみ、地の文、語り手としての詩人の言葉と解釈できるであろう。対話している人物は、メルジーネと恋人とも考えられるが、ここではメルジーネと一人の少女と考え、メルジーネが彼女の耳もとで囁く内に、少女が死へ導かれていく情景を描いたものととった。

貧しい者たちの夜

日が暮れる！
そして　虚ろに　おお　叩いている
夜が　ぼくたちの戸口を！
子供が囁く、「なんてあなた達は
震えているのだろう！」
けれどより深く
ぼくたち貧しい者たちは身をかがめ、そして　沈黙する
そして　沈黙しているのだ、もはやぼくたちは　いないかのように！

夜の歌　Ⅱ（？）

痛みよ　ぼくにぶつかれ！　傷は赤熱する。
この苦痛を　ぼくは気にしない！
ほら　傷口からは咲きほこる
謎に満ちて　ひとつの星が　夜に！
死よ　ぼくを狙え！　*ぼくは成し遂げられる。

〔訳註〕ぼくは成し遂げられる　原文 "Ich bin vollbracht." これは、聖書において、キリストが死の間際に十字架上で語った言葉「事終りぬ」（"Es ist vollbracht"（ヨハネ一九―三〇）を想起させる。

デ・プロフンディス

死者の部屋に　夜が満ち
父は眠り、ぼくは見張りをしている。

死者の固い顔が
蠟燭の光の下で　白く　輝いている。

花たちは香り　蠅がうなる
ぼくの心は　感じることもなく　沈黙したまま　耳を澄ます。

風がかすかに戸を叩く。
戸は冴えた音をたてて開く。

そして外では　穂の実った畑がざわめき、
太陽が天蓋で　音をたてて燃えている。
茂みや木には　鈴生りに　実がなって
鳥や蝶たちが　空間を　羽音をたてて飛び回る。
畑では　農夫たちが草を刈る
深い　真昼時の沈黙の中で。
ぼくは　死者のために　十字を切り
そして音もなく　ぼくの歩みは　緑の中に消えていく。

墓地で

苔むした岩が　重苦しく　暖められて　そびえ立つ。
黄色い薫香の靄が漂う。
蜂たちが　うなりながら　乱れ　群がり飛んでいる
花の垣根が震えている。

ゆっくりと　あそこに　ひとつの列が動いている
静かに陽の射す塀のところで、
消えたり　ちらちら光ったり、まるで妄想のように——
死者の歌が　低く身を震わせる。

長い間　緑のなかに　その響きが残っている、
それは　樹々を　いっそう明るく輝かせる。

褐色の蚊柱がきらめいている
古びた墓石の上で。

〔訳註〕 *ひとつの列　葬列を意味しているのであろう。

日の輝く午後

一本の大枝が　深い青の中でぼくを揺らす。
気狂いじみた秋の葉の縺れ乱れる中で
蝶がちらちらと光っている、酔ったように　狂ったように。
斧打つ音が　草地に響く。

ぼくの口は　赤い苺に夢中になって
そして光と影は　葉叢で揺れている。
何時間も　金色の塵が　降っている
はらはらと音をたてながら　褐色の地面に。

つぐみが　茂みから　笑い声をたて
ぼくの頭の上で　狂ったように　大きく囀る

縺れ合う秋の葉も音を合わせて。
果実は　輝きながら　重たく落ちる。

時代

褐色の緑の中で　獣の顔が
はにかみながら　ぼくを燃える目で見つめ、茂みはほのかに輝いている。
はるか遠く　子供の声で
古い泉が歌っている。ぼくは耳を澄ませる。

野生のこがらすが　ぼくを嘲り
あたりの白樺は紗をかぶっている。
ぼくは静かに　雑草の燃える前に立ち
いくつもの像が　その中に　ひそやかに現われる。

金地に描かれた　はるか昔の愛の物語。
雲は沈黙を丘の上に拡げる。

霊気に満ちた池の鏡から
果実が合図を送る、輝きながら　重たく。

影

ぼくが今朝　庭に坐っていたとき――
樹々は青く、花盛りで
つぐみの叫びと　小鳥の囀りがあふれていた――
ぼくは見た、ぼくの影が草の上で

ひどく歪んでいるのを、奇妙な獣、
それが邪まな夢のように　ぼくの前に横たわっていた。

そして　ぼくは進み、ひどく震えていた、
そのとき　泉は青の中へと歌を歌い
蕾は深紅に咲きほころび
そして　その獣は　ぼくの傍を歩んでいた。

素晴らしい春

深い真昼時、
ぼくは　古びた石の上に横たわっていた、
ぼくの前には　不思議な衣裳を着て
三人*の天使が　陽の光の中に立っていた。

ああ　予感に満ちた春の時！
畑では　最後の雪が溶け
白樺の髪は　震えながら垂れ下っていた
冷く、澄んだ湖に向って。

天からは　一筋の青い帯がなびいて
ひとひらの雲が　美しく　こちらへ流れてきた、

ぼくは夢みながら　その雲の方を向いて　横たわっていた——
天使たちは　陽の光の中で　跪いていた。

一羽の鳥が　大きな声で　不思議な物語を歌っていた、
すると　ぼくは　すぐさま　それを理解した、
「まだ　お前の最初の欲情が静められる前に
お前は死に行かねばならない、死に行かねばならない！」

〔訳註〕　*三人の天使　キリスト復活を告げる天使を想起させる。（マタイ二八—二〜八、マルコ一六—五〜七、ルカ二四—四〜七、ヨハネ二〇—一二〜一三）

午後の夢

静かに！　老人が歩み寄る
そして　その歩みは再び　暗くなる
影たちが　上下（うえした）にゆらめく――
白樺が　窓の中へ　傾いている。

そして古い*葡萄畑では
新たにファウンの輪舞が乱れている、
そして　ほっそりとしたニンフたちが立ち上る
ひそやかに　泉の鏡から。

聞いてごらん！　あそこに　遠くの雷が迫ってくる。
薫香は　暗いクレソンの間から立ち昇り

蝶たちは　静かにミサを祝っている
朽ちていく花垣の前で。

〔訳註〕　*葡萄畑……／……ファウン　葡萄畑は、当然葡萄酒と結びつき、それは、酒神ディオニソスを想起させる。ファウンも、時にギリシャのパーンと同一視されているが、このパーンも又、ディオニソスの従者の一人である。このディオニソス的世界の第二節に対して、第三節では「薫香」「ミサ」といった教会的言葉が用いられている。つまり、この夢の世界においては、肉体的なものと精神的なものとが、性愛的なものと超感覚的なものとが混在しているといえよう。

夏のソナタ

腐った果実が　気が遠くなるような香を放っている。
茂みや木々は晴れやかに鳴り響き、
黒い蠅たちの群が歌っている
褐色の森の陽溜りで。

沼の深い青の中では
燃えている雑草の照り返しが　ゆらめいている。
ほら、黄色い花の壁から
不意に　恋の悲鳴が聞こえてくる。

長いこと　蝶たちが追いかけっこをしている、
酔いしれて踊っている、あつくるしい敷物の上で

タイムの上で　ぼくの影が。
晴ればれと　うっとりと　くろうたどりが鳴いている。

雲が　かじかんだ胸を描いている、
そして　葉や葡萄の房で飾られて
お前は見るのだ、暗い赤松の下で
嘲るように笑いながら　骸骨[*]がヴァイオリンを奏でるのを。

〔訳註〕　*骸骨がヴァイオリンを奏でるのを。　中世以来、死の象徴として描かれてきた「死の舞踏」を思わせる。

輝く時間

遠く　丘のふもとではフルートの音。
沼地では　ファウンたちがじっと身をひそめ、
葦や藻の間に隠れて
ほっそりとしたニンフたちが　物憂く憩う。

池の鏡の硝子には
黄色の蝶たちがうっとりとしている、
ビロードの草叢ではひそやかに
二つの背をもつ獣が身を動かす。

忍び泣きながら　白樺の林の中で
オルフェウスが　優しい恋の歌を囁く、

穏やかに　戯れるように　夜鳴鳥（ナイチンゲール）が
その歌に合わせて歌う。

*フェーブスが　炎をひとつ
*アフロディテの口に　なおも燃やし
龍涎香の香に包まれて――
この時は　赤く暗くなっていく。

〔訳註〕　*フェーブス（Phöbus）「輝ける者」の意。アポローンの呼称のひとつ。
*アフロディテ（Aphrodite）オリュンポス十二神の一人。一般にはラテン名によってヴェヌスと呼ばれている。愛、美、豊穣の女神。

幼年時代の思い出

昼下り　太陽はひとりぼっちで輝き
蜜蜂の羽音は　ゆっくりと消えていく。
庭では　妹たちの声が囁いている――
すると少年は　板囲いの中で　耳を澄ませる、

本や絵に　未だ浮かされながら。
ぐったりとしおれた菩提樹の木々が　青の中に沈んでいく。
一羽の蒼鷺が　身じろぎもせず　エーテルの中で　酔いしれたようにとまって
　いる、
垣根では　幻想的な影が　戯れている。
妹たちは　静かに　家の中へと入っていく、

そして　彼女たちの白い衣裳が
まもなく　明るい部屋から　ぼんやりと光を放ち
そして　茂みのかき乱されるざわめきも　縺れながら消えていく。

少年は　猫の毛を撫でる、
その両目のつくる鏡に魅せられて。
オルガンの調べが　はるかな丘で　上っていく
不可思議に　天に向って。

ある夕べ

夕べ　天は雲におおわれていた。
そして　沈黙と悲しみにあふれた森を抜け
暗い金いろの戦きが走った。
遠くの夕べの鐘音が消えていった。

地は凍りつきそうな水を飲んだ、
森の縁では　次第に消えていきながら　炎がひとつ、
風がかすかに　天使の声と合唱し
そしてぼくは　わななきながら　くずおれた、

ヒースの中に、にがいクレソンの中に。
はるか遠くで　銀色に笑いながら　漂っていた

雲が、過ぎ去った恋の見張りが。
荒野は　寂しく　そして果てしなかった。

季節

ルビー色をした葉脈が葉の中を這った。
池は静かに広がっていた。
森の縁には　まだらに撒き散らされて
青みをおびた落葉と　褐色の塵が横たわっていた。

漁師が網を引いた。
すると　黄昏が畑の上にやって来た。
けれど中庭は　まだわずかに明るく
女中たちが　果実や葡萄酒を運んで来た。

羊飼の歌が　遠くの方へ消えていった。
そして　いくつもの小屋は　荒れはて　よそよそしく立っていた。

灰色の経かたびらを着た森が
悲しい思い出を呼び覚ました。

やがて　夜を通して　時は静かになり
黒い穴のような
森の中では　鳥の群が飛びかい　そして
遠くの町の鐘の音へと渡っていった。

葡萄の国で

太陽が　秋めいて彩る、中庭や塀を、
あたりに山のように積まれた果実を。
その果実の山の前では　みすぼらしい子供たちが　踞っている、
一陣の突風が　幾本もの古い菩提樹の葉をまばらにする。

門をよぎって　金色の驟雨が降る
苔むしたベンチの上で
身ごもった女たちが　疲れて休む。
酔ったグラスと酒壺が　くるくる回っている。
ひとりの浮浪者が　提琴（*フィーデル）をかき鳴らす
踊りながら　上着が淫らにふくれ上る。

固い褐色の身体たちが絡み合う。
窓から虚ろな目がのぞいている。

悪臭が　泉の鏡から立ち上る。
そして　黒々と　腐れ果て、まわりから引き離されて
葡萄の山々が暮れていく。
渡り鳥の列が南へ急ぐ。

〔訳註〕　*提琴（Fiedel）　ヴァイオリンに似た中世の弦楽器。今日では民俗音楽の楽器として再びつくられるようになった。

暗い谷

赤松の間を　はためきながら鳥の群が消えていき
夕暮れの緑色の霧が　立ち上る
夢のなかで聞こえるようなヴァイオリンの音
女中たちが　居酒屋のダンスへ走っていく。

酔っぱらいの笑い声　叫び声が聞こえる、
驟雨が　水松*の古木の間を　吹き抜けていく、
死人のように蒼白な窓硝子を
踊る人たちの影が　かすめ　過ぎ去っていく。

葡萄酒とタイムの香がたちこめ
森には　寂しい呼び声が響く。

乞食の群が　階段で耳を澄ませ
思わず知らず　祈りの言葉を唱えはじめる。

一匹の獣が　榛の藪で　血を流している。
巨大な樹々の回廊が　重苦しく　揺らいでいる、
凍りつくような雲に　押しひしがれて。
恋人たちが抱き合ったまま　沼辺で眠っている。

〔訳註〕　*水松　暗緑色の葉をつけ、毬果をつける常緑樹。しばしば墓地に植えられる。

夏のかわたれ

緑色のエーテルの中　不意に星がひとつまたたき
そして救貧院には　朝の気配がしている。
つぐみが茂みに隠れたまま　狂ったように囀り
そして修道院の鐘が　はるかに夢のように響く。

立像が　広場に　すらりと孤独に立っている
そして中庭では　赤い花の褥が翳っていく。
木の露台のまわりの空気は　胸苦しさに戦き
そして蝿が　悪臭の回りで　かすかな音をたてて　飛び回っている。

あそこの窓にかかっている銀色のカーテンが
絡み合った肢体を、くちびるを、柔らかな胸を隠すのだ。

固い槌打つ音が　塔から響き
そして月が　天の幕舎で　白々と褪せていく。

霊に憑かれた夢の和音が　漂いながら消えていき
そして修道士たちが　教会の門から姿を現わし
無限のものの中で　迷いながら歩いていく。
明るい尖塔がひとつ　天に高くそびえ立つ。

月明りの中で

毒虫や鼠たちの群が
月明りに光る床の上で騒ぎ回る。
風が夢の中でのように　声高く叫び　そしてうめく。
窓べでは　小さな葉叢の影たちが戦く。

時おり　枝々の間では　小鳥たちが囀り
何匹もの蜘蛛が　裸の壁を這っている。
空っぽの廊下を　蒼ざめた影たちが　震えながらいく。
家の中に　奇妙な沈黙が宿っている。

中庭では　いくつもの灯りが　すべっていくようだ
腐った材木、朽ちはてたがらくたの上を。

星がひとつ　黒い水溜りで光っている。
はるか昔の人影が　まだあそこにいくつも立っている。

まだ見えている、その他の事物の輪郭も、
苔むした板に書かれている蒼ざめた文字も、
おそらく又、いくつかの晴ればれとした像の色も。
マリアの玉座で歌う天使たち。

おとぎ話

打ち上げ花火が　黄色い陽の光の中で　火花を散らす、
古びた公園には　たくさんの、仮面をかぶったような群衆。
風景は　灰色の空に映り
時おり　*ファウンが恐ろしい叫び声を上げるのが聞こえる。

ファウンの嘲る金色の笑い声が　森の中で　眩く見える。
クレソンの間では　まるはなばちの戦う音が　荒れ狂う。
ひとりの騎士が　褪めた灰色の馬を駆つて走り去る。
ポプラの木々が　覚束なげに並んで燃えている。

今日池で溺れた少女が
ひとりの聖女が　人気ない部屋で横たわっている

そして　時おり雲間からのぞく光が　彼女の眼を昏ます。
老人たちは　温室の中をとぼとぼと　病み衰えて歩き
ひからびた花たちに水をやっている。
門のところで　夢のように乱れた声が　囁き合っている。

〔訳註〕 *ファウン「ミラベル庭園の音楽」参照（二七頁）。（「詩篇」の「パーン」の項も参照。一〇九頁）

春の夕べ

おいで、夕暮れよ、友よ、ぼくの額を曇らせるものよ、
小径をすべって　柔らかな緑の作物の間を抜けて。
柳も　厳かに　そして静かに合図する、
愛する声が　枝々の間で囁いている。

明るい風が　どこからかこちらへ　愛らしいものを運んでくれる、
銀色となってお前に触れる水仙の香を。
榛の繁みでは、くろうたどりが音楽を奏で――
羊飼の歌が　樅の木立から答えるのだ。

どれだけ長く忘れられていたのか、この小さな家は、
白樺の林が　今は広がっている。

池は運ぶ、孤独な星座を、
そして静かに黄金の中へ熟していく影たちを！

そして　驚くような業をしとげるのだ　時は、
無邪気な戯れにうっとりとする
天使たちを　人間の眼差に探すほどに。
ああ　そうだ！　だから　時は　驚くような業をしとげる。

嘆きの歌

緑色の花々を手にして　見え隠れしながら
月明りの庭で遊んでいる恋人――
おお　水松の生垣の後ろで　何かが光を放っている！
金色の口が　ぼくのくちびるに触れ、
くちびるは　響きわたる
キデロンの小川の上で　星たちのように。
けれど　星の霧が　平野一面に降ってくる、
それは　あらあらしく、言い表わしようのない踊り、
おお！　恋人よ　お前のくちびるが
柘榴の実のくちびるが
ぼくの水晶でできた貝殻の口で　熟れていく。
ぼくたちの上では　重たく

平野の　金色の沈黙が　安らっている。
天に　血が　蒸気のように　立ち上っていく、
ヘロデ*に殺された
幼児たちの血。

〔訳註〕　*キデロンの小川　「ヘーリアン」参照（一四三頁）。
*ヘロデ（Herode）　ヘロデ大王。紀元前四〇年あるいは三七年から同四年まで在位。イエズス降誕当時のユダヤ王。ヘロデ家の始祖。嬰児イエズスをのぞくためベトレヘムの罪のないみどり児を虐殺した。（マテオ福音書二―一六以下）

魂の春　I

青く　白く播き散らされた花たちが
草地で　晴れればれと　伸び上ろうとしている。
銀色にゆらめいている、夕べの時は、
生温かなわびしさは、孤独は。

生は、今　危険に満ちて花咲いている、
十字架*と墓の周りには　甘い安らぎ。
鐘の音が　合図する。
すべてが　不可思議にみえてくる。

柳が優しく　エーテルの中でゆらぎ、
そこここに　またたく光。

春は囁き、約束し
そして湿った木蔦が　震えている。

パンと葡萄酒は　みずみずしく　緑色にかわる、
オルガンには　超自然の力があふれて　鳴り響く。
そして　十字架と苦悩の周りには
霊気に満ちた輝きが　光を放つ。

おお！　この日々の何と美しいことか。
子供たちは　薄明りの中を駆け抜けていく、
もうすでに、青みを増しながら　風が吹いている。
遠くでは　つぐみの声が嘲っている。

〔訳註〕＊十字架　ゴルトマンによれば、十字架とは、水平的なものと垂直なものとの、肉と霊との、生と死との苦悩に悩む結合を象徴するものである。生の快楽は、死と苦悩の神秘的なしるしによって強められる。生も又、死や愛と同様に献身であり、変化であるとゴルトマンは言う。

西方の黄昏

*ファウンの叫びが　一声　閃光の中で騒ぎ、
公園では　光の滝が泡立ち
太陽のまわりを転がる町の
鋼鉄のアーケードを取り巻く金属の蒸気。

*ひとりの神が　ほのかに輝きながら　虎の牽く車にのって
女たちのそばを、そして流れる黄金や商品にあふれた
明るいバザールのそばを走り過ぎていく。
奴隷の群が　時おり　泣きわめく。

一隻の酔いどれ船が　運河で向きを変える、
のろのろと　緑の陽の束の中で。

何色もの明るい協奏曲(コンチェルト)が
低く、救貧院の前で始まる。

*クィリナールの丘は　陰鬱で華麗だ。
鏡の中では　色とりどりの群衆が
橋弧や轍の上を　渦巻く。
賭博台の前では　蒼ざめて、デーモンが目覚めている。

夢みる者は、身ごもった女が
粘りつく光の中で　すべるように遠ざかるのを見る。
死にかけている者が　鐘の鳴*るのを聞いている——
黄金の財宝は　ひっそりと恐怖の中で輝いている。

〔訳註〕 *ファウン　「ミラベル庭園の音楽」参照（二一七頁）。（「詩篇」の「パーン」の項も参照。一〇九頁）
*ひとりの神　ディオニソスであろうか。
*クィリナールの丘　ローマの七つの丘のひとつ。一六世紀から一八世紀にかけて、ここに教皇たちは夏の宮殿をかまえ、これはその後もイタリアの王たちの宮殿、共和国の宮殿として使われた。

*恐怖 "das Grauen" この語は「恐怖」という意味の他に、「夜明け」という意味をもつ。

教会

描かれた天使たちが　祭壇を見守っている、
安息と影、青い目から射し出る光。
薫香の靄の中　汚れた灰汁が泳いでいる。
いくつもの人影が　痛ましく　空虚の中へよろめいていく。

黒い祈禱台では　マドンナと
蒼ざめた頰の幼い娼婦は似ている。
幾筋もの黄金の光線に蠟人形がぶら下っている、
白い鬚の神様のまわりを　月と太陽がまわっている。

梁と　しなやかな柱が組みたてる輝き。
聖歌隊の少年たちの甘い声は消えた。

ほんのかすかな音をたててみじろぎする、沈んだ色たちが、
マグダレーナのくちびるからほとばしる赤が。

身ごもった女が　狂ったように　重い夢を見ながら
仮面や旗があふれたこの薄明りを通り抜ける。
彼女の影が　聖者たちの静かな道を横切っていく。
漆喰で塗られた室内には　天使たちの安息。

アンジェラに　第一稿

I

人気ない部屋の中の孤独な運命
柔らかな狂気が　壁掛けを手探りする。
窓べでは　花壇の天竺葵が滴り、
水仙も又、もっと清らかに衰えて
庭でほのかに光っている雪花石膏（*アラバスター）のよう。

青い靄の中　インドの朝が微笑んでいる。

その甘い薫香は　あの異郷者の気がかりを、
池辺のアンジェラのまわりに漂っている眠れぬ夜を追い払う。
空っぽの仮面には異郷者の痛みが

暗闇に黒々と忍び込んでいく思いが　身を潜めて眠っている。

つぐみたちが　あたりで　柔らかな咽喉一杯に笑っている。

2

枝々に赤く熟れていく　いくつもの果実、——
それは、アンジェラの愛らしいくちびる、
あるいは　ニンフたちのようだ、彼女たちは泉の上に身をかがめている、
長い間　安らかな眼をして、
緑金色の午後の、長い時の間。

けれど　時おり、精神は戦いと遊びに向う。

金色の雲には　戦闘の混乱がうねり
ヒヤシンスが　もつれたクレソンの間から芽を出している。
デーモンは　重苦しさの中で、
墓場の陰気なほそいいいとひいばの蔭で、雷雨を企む。

すると　黒い鍛冶場から　ひとつめの稲妻が射し込む。

3

六月の柳の夜ごとの囁き、
フルートの調べに　長々と　雨の音も和して響く。
灰色の中で鳥たちは　何と身じろぎもせずにとまっていることか！
そしてここには　暗い枝々の間にアンジェラの安息、
この美の司祭は詩人だ。

暗い冷気に　かれの口は包まれている。

谷では　柔らかな霧が流れ　安らっている。
森の縁に　憂鬱の影に
かれの口から流れ出た黄金が　たゆたっている
森の縁に　憂鬱の影に。

夜が　かれの酔いしれた疲労を包み込む。

〔訳註〕　*雪花石膏　雪を散らしたような細粒質塊状の石膏、アラバスター。

アンジェラに　第二稿

I

人気ない部屋の中の孤独な運命。
柔らかな狂気が　壁掛けを手探りする、
窓べには　赤々としたゼラニウムの花壇、
水仙も又、もっと清らかに衰えて
庭でほのかに光っている雪花石膏（アラバスター）のよう。

青い靄の中　インドの朝が微笑んでいる。

その甘い薫香は　あの異郷者の気がかりを、
池辺のアンジェラのまわりに漂っている眠れぬ夜を追い払う。

空っぽの仮面には異郷者の痛みが
暗闇に黒々と忍び込んでいく思いが　身を潜めて眠っている。

つぐみたちが　あたりで　柔らかな咽喉一杯に笑っている。

2

尖った草に縁取られた十字路にしゃがみこみ
草刈り人たちはぐったりと、翳翠に酔っている、
天は　かれらの上に　重々しく沈んで
長々と響く真昼の鐘の乳と寂寞。
そして時おり　鳥たちがライ麦の間で舞い上る。

果実と残酷さが　熱い地面を成長させる。

金色の輝きの中、おお　欲情の
あどけないしぐさと　そのヒヤシンスの沈黙、
こうしてパンと葡萄酒が　地の肉で養われ
夢の中のセバスチャンを　霊的なものを示すのだ。

アンジェラの精神は　柔らかな雲のようなものだ。

3

枝々に赤く熟れていく　いくつもの果実、
それは、天使の愛らしいくちびる、
あるいは　ニンフたちのようだ、彼女たちは泉の上に身をかがめている、
長い間安らかな眼をして、
緑金色の午後の、長い時の間。

けれど　時おり、精神は戦いと遊びに向う。

金色の雲の間には　蠅たちの乱軍がうねっている、
腐敗と膿瘍の上で。
デーモンは　重苦しさの中で
墓場の陰気なほそいいとひばの陰で　雷雨を企む。

すると　黒い鍛冶場から　ひとつめの稲妻が射し込む。

4

柳の林の銀色の囁き、
フルートの調べに　長々と　雨の音も和して響く。
夕暮れの中で鳥たちは　身じろぎもせずにとまっている！
青い水が　枝々の暗がりで眠っている。
この美の司祭は詩人だ。

暗い冷気の中　痛みに満ちた想い。

罌粟と薫香で　柔らかな褥は香る
森の縁に　憂鬱の影に
アンジェラの喜びと　星たちの遊び
夜は　恋する者たちの疲れを包み込む

森の縁と憂鬱の影。

（乳と寂寞のなかに――暗い災い）

＜……………………………………＞
乳と寂寞のなかに――暗い災い
土星が　陰鬱に　お前の時を操っている。

黒々としたにおいひばの陰で
血と傷に歪められたエヴァがさ迷い
その甘い身体を　犬たちが引き裂く――
おお　心臓を引き裂くように　甘い言葉を囁く口よ。

身じろぎもせずに　高々と差しのべられた両腕の哀願が
荒々しく　星たちの白い幕舎へと　そびえ立つ。

楓の間では　月のカンテラは光を弱め、
池では　つつじが輝いている。

おお　静かに！　盲目のつぐみが歌っている
籠の中で　酔いしれた調子で
黄金のヘリオスを讃えて[*]――
蠟燭の炎がひとつ　きらめき　響きわたる。

おお　苦痛と永遠に満ちた歌！
星座と影たちは　灰色に褪せて
まもなく　見捨てられた符号にすぎなくなる。
一羽の雄鶏が　暁の時を告げている

〔訳註〕　*黄金のヘリオス　ヘリオスは、「散歩」を参照（八六頁）。
ゴルトマンは、同じ節の女性であるエヴァの暗い苦しみに対して、男性的な輝く神の姿が描かれているという。

夕べの夢想

夕べに行くところは、天使の影や
美しいものではない！　苦悩やもっと柔らかな忘却は変化する。
異郷者の両手が　冷いものと糸杉を手探りし
魂は　驚き　疲れ果てる。

市場には赤い果実も花環もない。
よく似合っている、教会の黒々とした虚飾が、
庭には　柔らかな楽器の響きが流れている。
そこでは疲れた者たちが　食事を終えて集っている。

馬車が音をたて、泉がはるかに遠く　緑の褥を抜けてざわめいている。
すると　現われるのだ、夢のような過ぎ去った幼年時代が

敬虔に神秘な像に閉じ込められたアンジェラの星たちが、
そして　静かに　夕べの冷気が熟れていく。

孤独に想う者のために　白い罌粟[*]が　ゆるやかに開く、
かれが　正しいものと　神の深い喜びを眺めるようにと。
庭から　白い絹をまとったその姿が　こちらへさ迷ってきて
そして　悲しみに満ちた水の上に身をかがめる。

枝々は　囁きながら　人気ない部屋の中に腕を伸ばす
そして　恋する者と小さな夕べの花の震え。
人間たちの場所は　麦と金色の葡萄で整えられ
けれど　死者たちに想いをめぐらすのは　ほのかな月明りなのだ。

〔訳註〕　*白い罌粟　ゴルトマンによれば、罌粟は、酔わせることにより、幼年時代の平和なまどろみを再びもたらす。そうした幼年時代においては、神と人間とは、父と子のように結びついていた。

イ短調の冬の道

長々と降りしきる雪に　柔らかく黒く埋もれた
枝々の間から　いくつもの赤い球が　何回となく現われる。
司祭が死者を葬っている。
夜々は　仮面の祭り*でいっぱいだ。

それから　村の上を　乱れた鳥の群が渡っていく。
ぶなの木立には、おとぎ話が　不可思議にじっとしている。
窓べに　一人の老人の髪が　風になびいている。
デーモンたちは　病んだ魂の中を通っていく。

泉が　中庭で凍る。暗がりで　朽ちた
階段が　くずれ落ち　一陣の風が

埋められた古い竪坑を吹き抜けていく。
霜の　強い薬味のような味がする。

〔訳註〕　*仮面の祭り　ディオニソスの崇拝には、仮面が目立った特徴となっていることを想起させる。

*古い竪坑　ザルツブルク（Salzburg）は、その名が示すように、昔から塩（Salz）の産地であった。この竪坑とは、その名残りの塩坑のことを指すのであろう。

いよいよ暗く

深紅の梢をそよがせる風は
来ては去る神の息吹だ。
森の前に　黒い村がたたずんでいる。
三つの影が　畑の上に　横たえられている。

ひっそりと　つましく　下の方で谷は暮れていく
敬虔な者たちの間で。
厳かな者が　庭と部屋で挨拶する、
この一日を終えようとして、

つつましく　暗いオルガンの響き。
マリアが　青い衣をまとい　あそこに座り

幼な児を　その手で揺っている。
夜は　星明りに澄んで　そして長い。

途上に　I　第一稿

黄昏の中をさ迷う　没薬（*ミルラ）の香、
靄のたちこめる中で　広場は赤く　荒れ果てて　沈んでいく。
バザールは旋回し、一筋の金色の光が流れ込む
古びた店々に　奇妙に、もつれて。

汚水では　腐敗がほてっている、そして　風が
重苦しく焼き尽された庭々の苦悩を呼び覚ます。
狂った者たちが　金色の夢を追いかける。
窓べには　ほっそりと優しい木の精が　安らっている。

夢に焦がれている者たちがさ迷い、ひとつの望みが　かれらを飲み尽す。
働く者たちは　鈍く光りながら門を破りなだれ込む。

鋼鉄の塔が　天の縁に　高く　煌々と輝く。
おお　工場の中には　物語が　灰色になって閉じこめられている！

暗闇を人形のように　ひとりの老人が小走りに急ぐ
そして　金貨の落ちる音が　淫らな笑い声をたてる。
光輪が　あの少女の上に射しかかる、
カフェの前で　柔らかく白く待っている少女のうえに。

おお、窓硝子のなかに　少女が呼び覚ます金色の輝き！
光を浴びたざわめきが　かなたで　うっとりとどよめく。
せむしの書記が　狂ったように微笑みかける
混乱が緑色となって押し寄せる水平線に向って。

水晶の橋の上に進んでいく、王室馬車の列が
果実を積んだ荷車が、黒く色褪せた霊柩車が、
明るい汽船に運河はあふれ
協奏曲（コンチェルト）が響く。緑色の丸屋根がきらめく。

公衆浴場が　光のあやかしにきらめく、
魔法をかけられた道、それを人々は取り払う。
疫病のかまどが　エーテルの中で狂ったように旋回し、
一筋の輝きが　森からルビーの塵を抜けて現われる。

魔法をかけられて　灰色の中で　オペラハウスが輝く。
路地から　いくつもの仮面が不意にあふれて、
どこかでまたひとつ　炎が哮り立って燃え上る。
一羽の小さな蝶が　絶え間なく唸る風の中で　踊っている。

市区は　今にも貧窮と悪臭にあふれかえりそうだ。
菫色と和音が流れる
ひもじい者たちの前の地下室の窓べに。
愛らしい子供がひとり、ベンチの上に　死んだように坐っている。

〔訳註〕　＊没薬　ミルラ。紅海沿岸、アラビアなどに自生するカンラン科の低木ミルラの樹脂からつくられた薬品。特異な香気と苦みをもつ。聖書において東方の三博士が幼な児イエズスに捧げた三礼物の一つであり（マテオ一二―一一）、又鎮痛剤として、十字架上のイエズスに葡萄酒に混ぜて差し出された

(マルコ一五—二三)。更に、死体の防腐剤として、イエズスの死体はこの没薬をはじめとする香料を塗付されて布でまかれた(ヨハネ一九—三八)。防腐剤としての役割は古代エジプトですでに認められ、エジプト人は、これを死体に詰めてミイラをつくった。

*菫色　原語"Violenfarben","Violen"は、「菫色」という意味にも楽器の"Viola"の複数形にもとれる。その場合は〃ヴィオラの音色〃と訳されよう。

途上に　I　第二稿

黄昏の中をさ迷う　没薬（ミルラ）の香、
謝肉祭（カーニバル）劇、黒々と荒れ果てた広場には、
雲を破って　一筋の金色の光が射し出て　そして流れ込む、
小さな店々へ　夢のように　もつれて。

汚水では　腐敗がほてり、凮が
重苦しく焼き尽された庭々の苦悩を呼び覚ます。
狂った者たちが　暗いものを追いかける、
窓べには　ほっそりと優しい木の精が　安らっている。

ひとつの望みが飲み尽す　少年の微笑。
古い教会の門が　閉ざされてこわばる。

好意を持った耳が　ソナタに耳をすます、
ひとりの騎士が　白い馬にのって　傍を駆けていく。

暗闇を人形のように　ひとりの老人が小走りに急ぐ
そして　金貨の落ちる音が　淫らな笑い声をたてる。
光輪が　あの少女の上に射しかかる、
カフェの前で　柔らかく白く待っている少女のうえに。

おお　窓硝子のなかに　彼女が呼び覚ます金色の輝き！
太陽のどよめきが　かなたで　うっとりと鳴り響く。
せむしの書記が　狂ったように微笑みかける、
混乱が緑色となって押し寄せる水平線に向って。

王室馬車は　夕暮、雷雨の中を進む。
暗闇では　死体が堕ちていく、虚ろに、土色になって。
明るい汽船が運河に着き、
モール人の少女が　荒れ狂う緑の中で叫んでいる。

眠りながらさ迷う者たちが　蠟燭の灯りの前に現われ
悪の霊が　蜘蛛にとりつく。
疫病のかまどが　酒を飲む者たちのまわりを回る。
柏の森が　むき出しの部屋に闖入する。

平地に　古びたオペラハウスが現われて
路地からは　いくつもの仮面が不意にあふれ
どこかでまたひとつ　炎が哮り立って燃え上る。
蝙蝠が　風の唸りの中で　金切声を上げる。

市区は　今にも貧窮と悪臭にあふれかえりそうだ。
菫色と和音が流れる
ひもじい者たちの前の地下室の窓べに。
愛らしい子供がひとり　ベンチの上に　死んだように坐っている。

十二月 I　十二月のソネット 第一稿

夕暮れ、大道芸人たちは森を抜けて行く
奇妙な馬車や　仔馬にのって。
雲の中には　閉じ込められた黄金の財宝が輝いている。
白い背景に　いくつもの村が描き込まれている。

風が　黒く冷い楯や棍棒を揺らす、
一羽のこがらすが　不機嫌な仲間たちのあとを追う。
天から一筋の光が　血まみれの下水溝に射し
そして　静かな死者たちの巡礼が　墓地へとさすらっていく。

近くでは、羊飼の小屋が　灰色の中に消えていく、
池では　昔の宝物が光を放つ、

農夫たちは　居酒屋で　葡萄酒を前に坐っている。
少年が、おずおずと　一人の女のところへ走っていく。
聖物納室には　まだ　番人と
そして赤味を帯びた調度が　美しくかげって見える。

十二月のソネット　第二稿

夕暮れ　大道芸人たちは森を抜けて行く、
奇妙な馬車や　仔馬にのって。
雲の中には　閉じ込められた黄金の財宝が輝いている
暗い背景に　いくつもの村が描き込まれている。

赤い風が　黒く冷い麻布をふくらませる。
一匹の犬が腐っていき、藪は流れた血で煙っている。
黄色い恐怖から　葦が流れ過ぎ
そして　静かな死者たちの巡礼が　墓地へとさすらっていく。

近くでは　老人の小屋が　灰色の中に消えていく。
池では　昔の宝物が光を放つ、

農夫たちは　居酒屋で　葡萄酒を前に坐っている。
少年が、おずおずと　一人の女のところへ走っていく。
修道士がひとり　暗がりで　優しく翳って　蒼ざめていく。
葉を落した樹が　眠る者の番をする。

詩

一九一二年—一九一四年

（壁かけ、そこでは病んだ風景が色褪せる）

壁かけ、そこでは痛んだ風景が色褪せる
あれは　もしかしたらゲネザレ*だろう、嵐に浮ぶ小舟、
雷雲からは落ちる、黄金のものが、
狂気が、それが優しい人間を捉える。
古びた水が　青い笑い声をたてる。

そして時おり　暗い竪坑*が開く。
狂った者たちが　冷い金属に姿を映し
血のしたたりが　灼熱する大地の上に降りそそぎ、
そして　ひとつの顔が　黒い夜の中で崩れていく。
旗が、それは暗い　丸天井で　片言をしゃべる。

あるいは又、鳥の飛翔が
絞首台の上を舞う鳥たちの描く不思議なしるしが　思い出される。
細い草の間で　銅のとかげが沈んでいく
薫香を焚き染めた枕には　淫らで狡猾な微笑がひとつ。

聖金曜日に生れた子供たちが　盲いて　垣のところでたたずんでいる
腐敗のあふれた暗い下水溝の鏡に映る
死んでいく者たちのため息をつく回癒
そして白い（?）目を通り抜けていく天使たち
まぶたが黒く輝かす　金色の救済。

〔訳註〕
*ゲネザレ　パレスチナにある湖、あるいはその北西岸の地方。イエズスの公的活動の舞台となった地である。ゲネザレ湖は、ガリラヤの湖、ティベリアデの湖とよばれ、魚族が豊富で穏やかな湖であるが、時に荒れることもあったといわれる。聖書において、キリストは、この湖岸でペテロ、アンドレ兄弟を召し出した（マテオ四―一八〜二二）、又、弟子たちとこの湖に漕ぎ出したところ、湖が荒れ弟子たちが恐ろしがったとき、その暴風を一言のもとに鎮める（マルコ四―三五〜四一）という不思議な業を示した。
*竪坑　ザルツブルクの塩坑を思わせる（「イ短調の冬の道」四八二頁参照）。

（薔薇色の鏡、そこには醜い像）

薔薇色の鏡、そこには醜い像、
それが黒い背中を見せて現われる、
砕けた目から　血を流し
ののしりながら　死んだ蛇たちと戯れている。

雪が　こわばったシャツにしみ込んで流れ
黒い顔のうえに　深紅にしたたる、
顔は　重い無数のかけらとなって砕ける、
死に果てた、見知らぬ遊星たちのかけらに。

黒い背中をした蜘蛛が現われる
欲情、死に果てた　見知らぬお前の顔。

血が　こわばったシャツにしみ込んで流れ
雪が　砕けた目から流される。

（なんと暗いのだ、春の夜の雨の歌は）

なんと暗いのだ、春の夜の雨の歌は、
雲の下、薔薇色の梨の花の驟雨
心のぺてん、夜の歌と狂気。
死に果てた目から現われる　火の天使。

（長い間　暗い石の冷さに宿っていた姿が）

長い間　暗い石の冷さに宿っていた姿が
鳴り響きながら　蒼ざめた口を開く
丸い梟の目――鳴り響く黄金。

朽ち果て　そして虚ろに見出した、あのものたちが　森の洞穴を
苔むした枝の間に　雌鹿の影を
泉の縁に　かれの幼年時代の暗闇を。

長い間　一羽の鳥が　森の縁で歌っている、お前の没落を、
お前の褐色のマントが　不安げに震えるのを、
梟の影が　苔むした枝の間に現われる。

長い間　一羽の鳥が　森の縁で歌っている、お前の没落を
お前の青いマントが　不安げに震えるのを
母の影が　細く尖った草の間に現われる。
長い間　一羽の鳥が　森の縁で歌っている、お前の没落を
お前の黒いマントが　不安げに震えるのを
黒馬の影が　泉の鏡に現われる。」

〈錯乱〉第二稿

〈1〉

〈…………………………

…………………………

…………………………

…………………………〉

2

水の暗い意味、それは、夜の口の中の額、
黒い枕に頭を埋めて　溜息をつく人間の薔薇色の影、
秋の赤、古びた公園の楓の木のざわめき、
朽ちた階段に消えていく　室内協奏曲。

3

屋根からしたたる黒い汚物。
赤い指が　お前の額の中に沈み込み
屋根裏部屋に　青い根雪が沈む、
それは恋する者たちの息絶えた鏡だ。

錯乱

屋根からしたたる黒い雪、
赤い指が　お前の額の中に沈み込み
冷い部屋に　青い根雪が沈む、
それは　恋する者たちの息絶えた鏡だ。
重い破片となって頭は砕け　そして想う、
青い根雪の鏡に映る影たちを、
死んだ娼婦の冷い微笑みを。
撫子の香の中で　夕べの凪が啜り泣く。

古い水の縁で　古い泉の縁で　第一稿

水の暗い意味、それは夜の口の中の額（、）
黒い枕に頭を埋めて　溜息をつく人間の薔薇色の影、
秋の赤、古びた公園の楓の木のざわめき、
朽ちた階段に消えていく　室内協奏曲。

古い泉の縁で　第二稿

水の暗い意味、それは夜の口の中で砕けた額、
黒い枕に頭を埋めて　溜息をつく少年の青い影、
楓の木のざわめき、古びた公園の中の歩み、
螺旋階段で消えていく　室内協奏曲、
静かに階段を上っていくのは　おそらく月だ。
朽ちた教会の中では　尼僧たちの優しい声、
ゆっくりと現われる青い聖櫃、
お前の骨ばった両手に降り注ぐ星々、
人気ない部屋を通っていくのはおそらく歩みだ、
榛の藪の中のフルートの青い響き——ほんのかすかに。

塀に沿って Ⅰ

一筋の古い道がつづいている、
荒れた庭々や　いくつも連なる孤独な塀に沿って。
何千年もたった水松の樹々が震えている
高くなり　低くなる風の歌に。

蝶たちが踊る、あたかも死が真近いように、
ぼくの眼差は　泣きながら　影と光を飲んでいる。
遠くで　女たちの顔が漂う
亡霊のように、青の中に描かれて。

微笑みがひとつ　陽の光の中で小さく震え、
ぼくは　ゆっくりと歩を進める、

無限の愛が　道連れだ。
ひっそりと　固い石が　緑色になっていく。

（蒼ざめたものがひとつ、朽ちた階段の影のなかで安らって——）

I

蒼ざめたものがひとつ、朽ちた階段の影のなかで安らって——
あれは　夜　銀色（？）の姿となって身を起し
そして回廊の下を　さすらっていく。

一本の樹の冷ややかさのなかで　苦痛もなく
完全なものは息づき
そして秋の星たちを必要とはしない——

茨、そのうえに　あれは落ちる（？）。
その悲しい落下を

長い間、恋する者たちは想っている。

（死に絶えていく者たちの静寂が愛する、古い庭を）

死に絶えていく者たちの静寂が愛する、古い庭を
青い部屋に住んだ狂女を、
夕べ　静かな姿が　窓べに現われる

けれど　その姿は　黄ばんだカーテンを引き下ろした――
無数の硝子玉がこぼれると　ぼくたちの幼年時代が思い出された、
夜、ぼくたちは　森で　黒い月を見つけた

鏡の青さのなかで　柔らかなソナタが鳴り響いた
長々とした抱擁
その微笑みは　死んでいく者たちの口のうえをすべる。

（薔薇色を帯びて　その石は　沼のなかに沈んでいく）

薔薇色を帯びて　その石は　沼のなかに沈んでいく
すべっていくものの歌と黒い笑い
いくつかの姿が　部屋部屋を出入りし
そして　死が　黒い小舟のなかで　骨ばった歪んだ笑いを浮べている。

赤い葡萄酒のなか　運河に浮ぶ海賊
そのマストと帆は　度々　嵐で砕け破れた。
溺れた者たちが　深紅となって　石の橋げたに
ぶつかる。見張りの合図が　鋼鉄の音をたてる。

けれど　時おり　眼差は　蠟燭の光に耳を澄ませ
朽ちた壁にうつる影たちのあとを追う

そして　眠そうにもつれた手で踊る人々。
黒く　お前の頭で砕ける夜、
そして　寝台で寝返りを打つ死者たちは
砕けた両手で　大理石像を捉える。

（青い夜は　ぼくたちの額の上に　優しく現われた）

青い夜は　ぼくたちの額の上に　優しく現われた。
かすかな音をたてて　ぼくたちの腐った両手が触れ合う
優しい恋人よ！

ぼくたちの額は蒼くなり、　月のような真珠は
緑の沼地で溶けていった。
石となって　ぼくたちは　ぼくたちの星を見つめる。

おお　痛ましいもの！　罪ある者たちが庭をさ迷う
荒々しく抱擁する影たち、
恐ろしい怒りの中で　木も獣も　そのうえに沈んでいった。

柔らかな調和、そこでぼくたちは水晶の大波にのり
静かな夜を抜けて行く
薔薇色の天使が　恋する者たちの墓から現われる。

（おお　暮れていく庭の静けさの中の住まい）

おお　暮れていく庭の静けさの中の住まい、
そのとき　妹の目は　兄のなかに　丸く　暗く　開かれた、
その砕けた口たちの深紅が
夕暮れの冷気のなかに　溶けていった。
心臓の張り裂ける時間。

九月は　金色の梨を熟させた。薫香の甘さ
そして　ダリアが　古びた垣で燃えている
言ってごらん！　どこに　ぼくたちはいたのか、黒い小舟にのって
夕暮れのなかを過ぎていった時に、

頭上を　鶴が飛び去った。凍っていく両腕は

黒いものに絡みついてはなさなかった、そして内側では血が流れていた。
ぼくたちのこめかみのまわりの濡れている青。かわいそうな幼な児。
心得た目付で　暗い種族が　深い想いをめぐらしている。

夕べに　I

青い小川、小径、そして夕べが　朽ちたいくつもの小屋に沿って。
暗い藪のうしろでは　子供たちが青や赤の球で遊んでいる。
多くの人々が　褐色の身体の腐敗した額や両手を取り交わす。

骸骨の静けさの中で　孤独な者の心が輝き、
一隻の小舟が　黒ずんだ水の上で揺れている。
暗い林を抜けて　褐色の下女たちの髪が　笑いが　風にはためく。

老人たちの影が　小さな鳥の飛翔を横切る、
そのこめかみに咲く青い花たちの秘密。
あるいは揺れているものもいる、夕べの風の中で　黒いベンチの上で。

金色の吐息が　栗の木の裸の枝々の間に　ゆっくりと
消えていく、夏の暗いシンバルの響き、
そのとき、あの見知らぬ女が　朽ちた階段に現われる。

審判

秋の中に　幼年時代の小屋がある、
腐った村、いくつもの暗い姿、
夕暮れの風に歌う母たち、
窓べには　お告げ*の祈りと　組み合わされた手、

死んで生れる者、緑の土地に咲く
青い花の秘密と静寂。
狂気が　深紅の口を開く、
この憤怒——墓と静寂。

緑の茨の手探り、
眠りの中は、喀血、飢餓、そして哄笑、

村に燃えたつ火、緑の中の目覚め、
ごぼごぼと音をたてる小舟の上の不安と動揺。

あるいは　木の階段にもたれる
あの見知らぬ女の白い影が再び。——
哀れな者、罪人は　青の中へあこがれを映し
腐った身体は　百合とねずみたちに委ねた。

〔訳註〕　*お告げの祈り "Angelus"　カトリック教会で聖母マリアへの受胎告知に感謝して捧げる祈り。"Angelus Domini"（天の御使）の言葉で始まるので、アンジェラスともいう。朝、昼、夕の三回唱える。

妹の庭　第一稿

もう涼しくなる、もう晩くなる、
もう秋になった
妹の庭は、静かに　しめやかに、
彼女の歩みは　白くなった。
くろうたどりの声は　晩くに　さ迷って、
もう秋になった
妹の庭は　静かに　しめやかに
ひとりの天使が生れた。

妹の庭　第二稿

妹の庭は　静かに　しめやかに
花たちのつくる一塊の青、一塊の赤が　晩い時刻に、
彼女の歩みは　白くなった。
くろうたどりの声がさ迷っている、晩い時刻に
妹の庭で　静かに　しめやかに、
ひとりの天使が生れた。

〈颪、白い声、それらは　酔いしれた者のこめかみで囁き〉第一稿

颪*、白い声、それらは　酔いしれた者のこめかみで囁き
苔むした木の枝では　暗いものが　かれの深紅の髪にうずくまり
長々しい夕べの鐘の響き、池の汚泥の中に沈められて、
そのうえに、夏の黄色い花たちが身をかがめている。
まるはなばちや　青い蠅たちの協奏曲（コンチェルト）が　野草と孤独の間に、
そこをかつて　いじらしい歩みで　オフェーリアが歩いた
柔らかな狂気の振舞。不安げに　緑が葦の中で波打ち
そして睡蓮の黄色い葉、腐った肉が　熱い蕁麻（いらくさ）の間でくずれ落ち
目覚めて、眠る者の周りにはためいている、あどけない向日葵たちが。

九月の夕暮れ、あるいは　羊飼たちの暗い叫び声、
タイムの香。灼熱する鉄が　鍛冶屋で火花を散らし

激しい勢いで　一頭の黒馬が後足で　突っ立ち、女中のヒヤシンスの巻毛が
その深紅の鼻面の熱情を　捕えようとする。
黄色の塀に向って　山鶉の叫び声がこわばり、腐った汚水では鋤が錆つき
静かに流れ出る、赤い葡萄酒が　柔らかなギターの音が　居酒屋に。
おお　死！　病んだ魂のやつれ果てた曲線、沈黙と幼年時代。

はたはたと舞い上る、狂った面をして蝙蝠たちが。

〔訳註〕　*風、白い声、それらは　眠る者のこめかみで囁き　「風」(Wind)と「白い」(weiβ)と頭韻を踏んでいて、更に「眠る者」(Schläfer)と「こめかみ」(Schläfe)と同音意義語が並べられている。
又、この一文は"**Wind, weiße Stimme, die an des Schläfers Schläfe flüstert**"と、〔v〕〔ʃ〕〔s〕〔f〕といった摩擦音を繰り返していて、音の響きからも「囁くような風の声」を想起させる。

〈風、白い声、それらは酔いしれた者のこめかみで囁き〉第二稿

風、白い声、それらは酔いしれた者のこめかみで囁き、
朽ち果てた小径。長々しい夕べの鐘の響きは、池の汚泥に沈んだ。
そのうえに　秋の黄色い花たちは身をかがめ、ひらひらと舞う、狂った面をした
蝙蝠たちが。

故郷！　夕べの薔薇色をした山々！　静寂！　清澄！
禿鷹の叫び！　孤独に　天は暗くなっていき
白い頭（こうべ）が　森の縁で　激しい勢いで沈んでいく。
暗い峡谷から　夜が上る。

目覚めて、眠る者のまわりに　はためいている、あどけない向日葵たちが。

（ほんのかすかに　夕暮れに）

ほんのかすかに　夕暮れに
青い影が　白い塀のところで
鳴り響く。
静かに　この秋めいた年が　衰える。

限りない憂鬱の時間、
あたかも　ぼくが　お前のために死を迎えるように、
星座からは
雪をはらんだ風が　お前の髪を吹き抜ける。

いくつもの暗い歌を
歌う、お前の深紅の口が　ぼくのなかで。

ぼくたちの幼年時代の沈黙の小屋、小屋、
忘れられた伝説、

あたかも　ぼく、一匹の優しい獣が
冷い泉の
水晶の波に住んでいるように
そして　あたりには　菫の花が咲いているように

（春の露が　暗い枝々から）

春の露が　暗い枝々から
落ちてきて、夜がやってくる
星の光をともなって、その時は、お前はその光を忘れ果てていた。
茨のアーチの下に（お前）は横たわり、棘は
深々と　水晶の身体に入り込む
魂が　ますます赤く輝いて　夜と　結ばれるようにと。

星たちで　花嫁は身を飾る、
清らかなミルテ*の花、
それが　死者の　焦がれている顔の上に身をかがめる。

咲きにおう驟雨にあふれて
抱くのだ、ついにお前を　聖母の青いマントが。

〔訳註〕　ミルテの花　「魂の春」参照（二六四頁）。

（おお　葉を落とした橅の木々と　黒ずんだ雪）

おお　葉を落とした橅の木々と　黒ずんだ雪。
かすかに　北風が吹く。ここ　褐色の小径を
幾月も前に　暗いものが通り過ぎた

たったひとりで（？）秋の中を。絶えず降り注ぐ、無数の薄片が
裸の枝に
枯れた葦の間に。緑の水晶が　池で歌っている

藁葺きの小屋には　誰もいない、あどけないものは
夜風にゆらめく白樺の木々。
おお　ひっそりと　暗闇の中へと凍りついていく道。
そして　薔薇色の雪のなかの宿り。

ノヴァーリスに[*]　第一稿

水晶の地中で安らっている、聖なる異郷者
暗い口から　ひとりの神が　かれの嘆きを取り去った、
すると　かれは　かれの花々の中に倒れた
穏かに　かれの弦楽器の調べは静まった
胸の中で、
そして　春はその棕櫚[*]の葉を（？）　かれの前に撒き散らした、
すると　かれは　ためらいがちな足どりで
黙って　夜の家を立ち去った。

〔訳註〕　*ノヴァーリス(Novalis　本名 Friedrich Leopold Freiherr von Hardenberg 1772. 5. 2–1801. 3. 25)　ドイツ前期ロマン派の詩人。古い貴族の家に生れる。大学で、法律学、哲学を学ぶうちに、シラー（F.v. Shiller 1759–1805)、

シュレーゲル(F. v. Schlegel 1772–1829)らと知り合う。彼は十三歳の少女ゾフィーと婚約するが(一七九五年)彼女は、二年後に死ぬ。彼女との恋愛と死の体験は、彼に大きな影響を与え、彼女の死後書かれた「夜の讃歌」(Die Hymnen an die Nacht 1800)では、死と夜が讃美されている。そこでは、死とは、真実の、より高い生への、あるいは、神性に満ちた宇宙との調和への解放として描かれ、そして、夜はあらゆる境界を越えさせ、宇宙との調和への解放を助けるのである。ノヴァーリスの最大の作品は、「青い花」を夢にみた主人公が、それを求めてさすらいの旅をつづける未完の作品「ハインリッヒ・フォン・オフターディンゲン」(Heinrich von Ofterdingen 1799)であり、この「青い花」(blaue Blume)は、ドイツロマン主義文学の象徴、特に、無限に対するあこがれの象徴とされている。

*棕櫚の葉　大きな深い影と果実を与える棕櫚の樹は、神の宏大な保護と聖寵との象徴であり、その葉は、勝利の象徴である。カトリック教会では、イエズスのエルサレム入城(マテオ四—八、マルコ一一—八)を記念する枝の祝日に、この枝を祝別する。

〈ノヴァーリスに〉　第二稿（a）

暗い地中で　聖なる異郷者が　安らっている。
かれの柔らかな口から　神が　嘆きを取り去った、
すると　かれは　かれの花々の中に倒れた。
一輪の青い花
かれの歌は　苦しみに満ちた夜の家で　生きつづけている。

ノヴァーリスに　第二稿(b)

暗い地中で、聖なる異郷者が　安らっている
優しい蕾に抱かれて
その若者に　神の精神が育っていった、
酩酊した弦楽器の調べ
そして　それは　薔薇色の花の中に消えていった。

悲嘆に満ちた時間

黒々と追う、秋の庭を　歩みは
輝く月のあとを、
凍りついていく塀に　巨大な夜が降りてくる。
おお、悲嘆に満ちた茨の時間。

銀色に　暮れていく部屋部屋では　孤独な者の燭台のまたたき、
死にながら、そのとき、あの人は暗いものを想い
そして　石の頭は　過ぎ去るもののうえに傾く、

葡萄酒と夜の調べに酔いしれて。
絶えず　その耳はあとを追う、
榛の茂みのくろうたどりの柔らかな嘆きを。

暗いロザリオの時間。誰だ　お前は
孤独なフルートよ、
額よ、凍りつきながら　暗黒の時のうえに身を傾けるものよ。

〈夜の嘆き〉 第一稿

夜は　掻き毟られた額のうえを　昇っていった
美しい星たちと一緒に
丘のうえで、そこで　お前は苦痛のあまり　石となり　横たわっていた、

一匹の野獣が　庭で　お前の心臓をむさぼった。
ひとりの炎の天使
お前は横たわっている、胸を砕かれて　石ころだらけの畑に、

あるいは　森の中の一羽の夜の鳥
つきることのない嘆き
くり返し　茨の夜の枝の間に。

夜の嘆き　第二稿

夜は　掻き毟られた額のうえを　昇っていった
美しい星たちと一緒に
苦痛のあまり　石となった顔のうえに、
一匹の野獣が　恋する者の心臓をむさぼった
ひとりの炎の天使
胸を砕かれて　石ころだらけの畑に墜ちる、
再び舞い上っていく、一羽の禿鷹が。
苦しみながら　無限の嘆きの中で
火と　大地と　青い泉が　融け合う

ヨハンナに

度々　ぼくは聞くのだ、お前の歩みが
街路を横切って　響くのを。
褐色の小さな庭に
お前の影の青。

暮れていく葉陰で
ぼくは葡萄酒を飲みながら　黙って坐っていた。
ひとしずくの血が
お前のこめかみから　流れ落ちた

歌っているグラスの中に
無限の憂鬱の時間が。

星座からは
雪をはらんだ風が　葉叢を吹き抜ける。

それぞれの死を　甘んじて受ける、
夜を　蒼ざめた人間が。
お前の深紅の口
ひとつの傷口が　ぼくのなかに宿る。

あたかも　ぼくはやって来ているようだ、
ぼくたちの故郷の
緑の樅の丘と伝説から、
それらをぼくたちは　とうに忘れてしまったが――

ぼくたちは　誰？　苔むした森の泉の
青い嘆き、
そこでは　菫が
ひそやかに　春には匂い立つ。

夏の平和な村は
ぼくたちの種族の
幼年時代を　かつて守っていた、
今　死に絶えつつ、夕暮れの

丘のふもとで　白い子孫たちは
ぼくたちは　夢みている
ぼくたちの夜の血の戦きを
石の町の影たちを。

メランコリー Ⅱ

青い魂は　啞のように閉じこもっている、
開いた窓の中に　褐色の森が沈む、
暗い獣たちの静寂、谷間では
水車小屋が粉を碾き、小径では安らっている、雲が流れながら、

黄金の異郷者たち。一群の馬が
赤々と　村の中へなだれ込む。庭は褐色で冷い。
えぞぎくが凍え、垣にはこんなに優しく描かれている、
もうほとんど溶け去った向日葵の黄金が。

娼婦たちの声、露が
固い草に注がれて、星たちは白く冷い。

ごらん、愛する影のなかに描かれている死を
涙にあふれ閉ざされたそれぞれの顔を。

願い　ルツィファー*に　第一稿

精神に　お前の炎を贈れ、精神が　耐え忍び、
捕えられたまま　黒い真夜中に　溜息をつき、
春の丘のふもとで、優しい小羊が
自身をいけにえに捧げ　そして　このうえもなく深い苦痛を耐え忍ぶなら、
おお　愛、それが　丸い光のように
心に現われ　そして優しいものとして　耐え忍ぶなら、
この　地上の器は砕ける。

〔訳註〕　*ルツィファー　悪魔の王、堕天使、反逆天使。

願い　ルツィファーに　第二稿

精神に　お前の炎を贈れ、精神が　耐え忍び、
捕えられたまま　黒い真夜中に　横たわるなら、
いつか　自身を　この世界に、このうえもなく深い苦痛を負っている
この世界に　捧げるまで、
愛、それが　ひとつの光のように
心のなかで　燃え上り　優しいものとして　耐え忍ぶなら、
この器を　死が砕く、
殺された小羊、その血が　この世界を許す。

ルツィファーに　第三稿

精神に　お前の炎を　灼熱する憂鬱を　借し与え給え、
溜息をつきながら　頭（こうべ）は　真夜中に　そびえ立つ、
緑になっていく春の丘に、そこで　かつて
一匹の優しい小羊が　血を流し、このうえもなく深い苦痛を
耐え忍んだ、けれど　暗い者が　悪の
影についていく、あるいは　湿った翼を
太陽の黄金の日輪に掲げ　そして　鐘の音が
かれの苦痛に引き裂かれた胸を　揺り動かす、
荒々しい希望、またたきながら墜落していく暗黒。

（受けなさい　青い夕暮れよ、こめかみを）

受けなさい　青い夕暮れよ、こめかみを、
秋の木々の下で　金色の雲の下で　静かにまどろんでいるものを
森が見つめる、あたかも　少年が　一匹の青い獣が
冷い泉の　水晶の波に住んでいるように
それほどかすかに　かれの心臓は　ヒヤシンス色の夕暮れのなかで　鼓動する、
悲しんでいる　妹の影が　その深紅の髪が、
それは　夕暮れの風のなかになびいている。沈んだ小径を
あの人が　夢をみているままにさ迷い　その赤い口は夢みる
朽ちた木々の下で、沈黙したまま　つつみ込む
池の冷気が　眠る者を、すべっていく
衰えた月が　かれの黒ずんだ目のうえに。
褐色の柏の枝の間で沈んでいく　星たち。

〈夕べに〉 II 第一稿

まだ草は黄色だが、木はどんよりと黒い。
けれど　緑になっていく歩みで　お前は森に沿っていく、
少年、大きく目を見開いて　太陽を見つめている。
おお　何と美しいのだろう　小鳥たちのうっとりとした叫び声は。

川は　山々から冷く澄んで　流れて来て
緑の隠れ家で音をたてる、あれは　こんなふうに音をたてるのだ、
お前が酔いしれて　両脚を動かすときには。荒々しい散策だ

青の中の。木々の間や苦い草から現われる精神が
ごらん　お前の姿を。おお　荒れ狂う者よ！　愛[*]が身をかがめる、女性的なも
のに、

青みを帯びた水のうえに。安息と清澄!
蕾は多くのものを守っている、緑のものを! もうすでに翳り
湿った夕べの枝と一緒に 額の罪を贖うようだ、
歩みと憂鬱が 深紅の太陽の中で ひとつに鳴り響く。

〔訳註〕 *愛が……女性的なものに、/青味を帯びた水のうえに。 青い水と女性的なものとが結びついている。これに対置しているのが、荒れ狂う者、つまり男性的なものであろう。

夕べに　Ⅱ　第二稿

まだ草は黄色だが　森はどんよりと黒い。
けれど　夕暮れに　緑がかすかに現われる。
川は　山々から冷く澄んで　流れて来て
岩陰で音をたてる、あれはこんなふうに音をたてるのだ、
お前が酔いしれて　両脚を動かすときには、荒々しい散策だ
青の中の、そして小鳥たちのうっとりとした叫び声。
もうすでに　とても暗く、ますます深く傾いていく、
額は　青みを帯びた水のうえに、女性的なもののうえに、
再び　緑の夕べの枝々の間に沈み込みながら。
歩みと憂鬱が　深紅の太陽の中で　ひとつに鳴り響く。

新しい葡萄酒を飲みながら[*]　第一稿

太陽は　深紅に沈む、
燕はもう　遠くへ旅立った。
夕暮れのアーチの下
新しい葡萄酒が　手に手に　まわされる、
子供、お前の荒々しい笑い。

苦痛、そのなかに　世界は消滅していく。
この一瞬は　喜ばしいものでいてくれ、
木製のアーチの夕暮れのなかで
新しい葡萄酒が　手に手に　まわされる、
子供、お前の荒々しい笑い。

ゆらめく星が　窓べに流れ、
黒い夜が　引き寄せられてやって来る、
暗いアーチの影のなかで
新しい葡萄酒が　手に手に　まわされる、
子供、お前の荒々しい笑い。

〔訳註〕　新しい葡萄酒（Junger Wein）　その年にできた葡萄酒をいう。

新しい葡萄酒を飲みながら　第二稿

太陽は　深紅に沈む、
燕はもう　遠くへ旅立った。
夕暮れのアーチの下
新しい葡萄酒が　手に手に　まわされる、
雪が　山のうしろに降る。

夏の最後の緑が　吹き消される、
猟師が　森から　引き寄せられてやって来る。
夕暮れのアーチの下
新しい葡萄酒が　手に手に　まわされる、
雪が　山のうしろに降る。

蝙蝠が　額のまわりで舞い
見知らぬ者が　静かに　引き寄せられてやって来る。
夕暮れのアーチの下
新しい葡萄酒が　手に手に　まわされる、
雪が　山のうしろに降る。

（いくつもの赤い顔を　夜が飲み尽した）

いくつもの赤い顔を　夜が飲み尽した、
毛でつくられた塀のところで
子供の骸骨が　酔いしれた者の
影の中で手探りしている、葡萄酒の中に
砕け散る笑い、赤く熱している憂鬱、
精神の懊悩――ひとつの石が黙り込む
天使の青い声が
眠る者の耳の中に。消え果てた光。

帰郷

金色の静寂　夕べが息づくとき
その前には　森と暗い牧場
眺めている者は　人間だ、
ひとりの羊飼、羊たちの群の夢見心地の静けさの中に住まって、
赤い樵の木の忍耐、
これほど澄明になってきたのだ　秋は。丘のふもとでは
孤独な者が耳を澄ませる、鳥たちの飛翔に、
暗い意味に、死者たちの影は
そのまわりに　なおいっそう厳粛に集ってくる（、）
戦きとともに　冷やりとした木犀草の香が　かれを満たす（、）
村人たちのにわとこの小屋、
そこにはずっと昔　あの子供が住んでいた。

思い出を、埋められた希望を
この褐色の梁が守っている、
そこに　ダリアが吊り下っている
それを得ようと　かれは両手をよじる（、）
褐色の小庭で　ほのかに光る歩みを
禁じられた愛の、暗い年を、
青い瞼から　異郷者の涙が
したたり落ちた　とめどなく。

褐色の梢から　露がしたたる、
すると　あの人、青い獣は　丘のふもとで目を覚まし、
耳を澄ませるのだ、夕べの池で
漁師たちが大声で叫ぶのに
蝙蝠たちの　変形した叫びに、
けれど　金色の静寂には
宿っている、酔いしれた心が
その荘重な死に満ちて。

夢想　第一稿

優しい生命が　静寂の中で大きくなり
歩みと心は　急いで緑を抜けていき
恋する者は　生垣でためらっている、
そこには　重たく　香気がたちこめている。

樵の木は思いをめぐらす、　湿った鐘は
黙り込む、　若者が歌う
炎は暗闇と絡み合う
おお　忍耐　そして　声にならぬ歓喜。

喜ばしい気持ちを　最後にもう一度　与えておくれ
美しく魂を吹き込まれた静かな夜を

ひとりの妹の青い両手が　持ってきてくれた
金色の葡萄酒を。

夢想　第二稿

優しい生命が　あたりの静寂の中で大きくなり
急いで　緑を　歩みと心は抜けていき
恋する者は　生垣でためらっている、
そこには　香気がたちこめている。

居酒屋の庭で　物思いに沈んでいる櫨の木。湿った鐘が
黙り込む、若者が歌う
――炎は暗闇を探している――
おお　青い静けさ、忍耐！

喜ばしい気持を　与えておくれ
緑になっていく夜を　孤独な者に、

かれの星は消えた、
深紅の葡萄酒に浮んでいる笑い。

夢想　第三稿

恋人たちが　垣根に沿っていく、
そこには　香気がたちこめている。
夕暮れ、陽気な客たちが
暮れていく道からやってくる。

居酒屋の庭で　思いにふける栗の木。
湿った鐘は　黙り込む。
ひとりの若者が　川辺で歌う、
——炎、それは暗闇を探している——

おお　青い静寂！　忍耐！
すると　すべてのものが　咲きほこるのだ。

優しい気持を　与えておくれ
夜を、故郷を失った者に、
測りしれない闇を
葡萄酒の中の金色の時間を。

詩篇 Ⅱ

静寂、あたかも盲目の者たちが秋の塀に沿って沈んでいくよう、
かれらは苔むしたこめかみをして　鳥たちの飛翔に耳を澄ませている、
秋の金色の静寂、きらめいている太陽の中の父の顔
夕暮れ、褐色の柏の樹々の平和につつまれて　古い村が崩れていく、
鍛冶屋の赤い槌打つ音、鼓動する心臓。
静寂、ゆっくりとした両手で　ヒヤシンスの額を女中は隠す
はためいている向日葵の下で。砕け散る両眼の
不安と沈黙が　暮れていく部屋を満たしている、年とった女の
ためらいがちの歩み、ゆっくりと暗闇に消えていく深紅の口の呪い。

葡萄酒のなかの沈黙の夕べ。低い屋根の梁から
一羽の夜の蝶が舞い降りた、ニンフたちは　青みを帯びた眠りのなかにひそん

でいた。

中庭では　作男が小羊を屠り、血の甘い匂いが
ぼくたちの額を曇らせる、泉の暗い冷気。
悔んでいる、枯れていくえぞぎくたちの憂鬱が、風のなかの金色の声が。
夜になれば　お前はぼくを腐った両目で見つめるのだ、
青い静寂のなか　お前の頬が　朽ちて塵となった。

こんなにひっそりと　燃えていた雑草は消え、黒い村は地中で沈黙する
あたかも　十字架が　青いゴルゴダの丘を降りてきて、
物言わぬ大地が　自分の死者たちを吐き出すように。

〈秋の帰郷〉第一稿(b)*

思い出を、埋められた希望を
この褐色の梁が守っている、
そこには　ダリアが吊り下っている
ますます静かな帰郷、
朽ちた庭は　過ぎ去った歳月の
暗い照り返しを、
だから　青い瞼から　異郷者の
涙がとめどなく落ちる。

〔訳註〕　*第一稿(a)六三八頁参照。

秋の帰郷　第二稿

思い出を、埋められた希望を
この褐色の梁が守っている
そこには　ダリアが吊り下っている
ますます静かな帰郷、
朽ちた庭は　過ぎ去った歳月の
暗い照り返しを、
だから　青い瞼から　涙が落ちる
とめどなく。
おお　愛するものよ！
もはや　病んだ楓の木から
葉が降りしきり、憂鬱の
水晶の瞬間　瞬間が　あちら側へとほのかに輝いていく
夜に。

秋の帰郷　第三稿

思い出を、埋められた希望を
この褐色の梁が守っている
そこには　ダリアが吊り下っている
ますます静かな帰郷、
朽ちた庭は　幼年時代の
暗い照り返しを、
だから　青い瞼から　涙が落ちる
とめどなく、
あちら側へとほのかに輝いていく、憂鬱の
水晶の瞬間　瞬間が
夜に。

〈傾き〉* 第一稿

おお　古びた秋のなかの
霊気に満ちた再会！
こんなに静かに　黄色い薔薇は　葉を落とす
庭の垣で、
涙の中に溶けた
大きな苦痛は。
こうして　この黄金の一日は終る。
お前の手を　愛する妹よ　ぼくにさしのべておくれ
夕べの冷気のなかで。

傾き　第二稿

おお　古びた秋のなかの
霊気に満ちた再会。
黄色い薔薇は
庭の垣で　葉を落とし、
暗い涙に
大きな苦痛は溶けた、
おお　妹よ!
こんなに静かに　この黄金の一日が終る。

〔訳註〕　*傾き　原語 "Neige"(「夏の衰え」参照。二五二頁)。

年齢

ますます霊的に　輝くのだ　野生の
薔薇は　庭の垣で、
おお　静かな魂！

冷い葡萄の葉叢に　放たれている
水晶の太陽が、
おお　神聖な純潔！

ひとりの老人が　差し出している、高貴な
両手で　熟した果実を。
おお、愛の眼差！

向日葵

お前たち、黄金の向日葵よ、
親しげに死に向ってうつむいて、
お前たち　つつましやかな妹たちよ、
こんな静けさの中で
山々の冷気に満ちた
ヘリアンの年が終るのだ。

そして　くちづけに蒼ざめるのだ
かれの酔いしれた額は
あの金色の
憂愁の花たちの間で
精神を決定する
物言わぬ暗黒が。

（これほど厳かだ、　おお　夏の夕暮れは）

これほど厳かだ、　おお　夏の夕暮れは。
疲れ果てた口から吐き出される
お前の黄金の息吹きが沈んでいった、谷間に
羊飼たちのもとに、
葉叢で沈む。
禿鷹が一羽　森の縁で
石と化した頭を上げる——
鋭い眼差が
灰色の雲の間で輝く
夜が。

荒々しく　身を焼いている

赤い薔薇が垣で
身を焼きながら　死んでいく
恋する者の緑の波間に
一輪の蒼ざめた薔薇が。

『詩集』『夢のなかのセバスチャン』他異稿

色づいた秋　ミラベル庭園の音楽　第一稿　（第二稿二七頁）

泉が歌う。雲が浮ぶ
澄んだ青のなか　白く　柔らかな雲が。
ゆったりと　静かに　人々は歩む
夕べ　この古い庭を。

先祖たちの大理石は　灰色に褪せている
鳥の列が　彼方へと渡っていく。
ファウンが　死んだ目をして　眺めている
暗がりにすべり込んでいく　いくつもの影を。

葉が赤く　古びた樹を離れ
開いた窓から　円を描きながら舞い込んでくる。
火の輝きが　部屋のなかで燃え立ち
暗い　不安の亡霊を描く。

オパール色の靄が　草のうえに漂う
衰えた香気の一枚の敷き物が。

泉では　ほのかに光っている、緑の硝子のように
凍りつく大気のなかで　三日月が。

悪の夢　第二稿　（第一稿五二頁）

おお　これらの漆喰を塗られた、荒涼たる通路、
古びた広場、黒々とした瓦礫のなかの太陽。
骸骨と影が　通りぬけの家ごしに　微かに光っている
港では　帆やマストやロープが輝く。

ひとりの僧侶、ひとりの身ごもった女が　あそこの雑踏のなかに。
ギターがかき鳴らされ、呪いは　空っぽの部屋から。
栗の木立が　重苦しげに　金色の輝きのなかで萎えていく、
黒々と　教会の悲しげな虚飾が　そびえ立っている。

蒼い仮面から　悪の霊が見つめる。
宮殿は　不気味に　鬱々と暮れていく、
夕暮れ　島で　しきりに囁く声がする。

鳥の飛翔が描くもつれた図形を読んでいる

夜には　もしかしたら朽ち果ててしまうかもしれない癩患者たちが。
公園では　戦きながら　兄妹が見つめ合う。

悪の夢　第三稿

次第々々に　弔いの鐘の響きは消えていき——
恋する者がひとり　黒い部屋で　目を覚ます、
その頰を　窓にまたたく星たちに寄せながら。
河では　帆やマストやロープがきらめく。

ひとりの僧侶、ひとりの身ごもった女が　あそこの雑踏のなかに。
ギターがかき鳴らされ、赤い上着もほのかに光る。
栗の木立が　重苦しげに　金色の輝きのなかで萎えていく、
黒々と　教会の悲しげな虚飾が　そびえ立っている。

蒼い仮面から　悪の霊が見つめる。
広場は　不気味に　鬱々と暮れていく、
夕暮れ　島で　しきりに囁く声がする。

鳥の飛翔が描くもつれた図形を読んでいる

夜には　もしかしたら朽ち果ててしまうかもしれない癩患者たちが。
公園では　戦きながら　兄妹が見つめ合う。

静かに　　メランコリー　第一稿　（第三稿六四頁）

刈り取られた畑では　一陣の黒い風が　吹き荒れる。
悲しみの菫色が咲きほこる、
脳髄を　陰鬱に取り巻くひとかたまりの想い。
垣根に　死に果てたえぞぎくが
そして向日葵が　黒々と　颪にさらされた身をもたせかけている、
紅や矢車菊の青さに溶かされて。
不可思議な鐘の響きが　震わせている
黒々と咲きほこったまま死に果てた木犀草を
そして　ぼくたちの額は　影のような格子のなかに閉じこめられたまま
静かに　矢車菊の青さに沈んでいく
黒々と　颪にさらされた向日葵と
垣根で死に果てた　褐色のえぞぎくとともに。

メランコリア　　メランコリー　第二稿

青みを帯びた影たち。おお、その暗い眼、
それが　じっと　ぼくを　すべり去りながら　眺めている。
ギターの音が　優しく秋の道連れとなっている
この庭園で　褐色の灰汁のなかに溶かされて。
死のきびしい暗さを差し出す
ニンフの両手が、深紅の乳房を吸う
朽ちたくちびるが、そして　褐色の灰汁のなかへ
太陽の若者の濡れた巻き毛が　すべりこんでいく。

刈り取られた畑では　一陣の黒い風が吹き荒れる。
悲しみの菫色が咲きほこる、
脳髄を　陰鬱に取り巻くひとかたまりの想い。
垣根に　死に果てたえぞぎくが
そして向日葵が　黒々と　風にさらされた身をもたせかけている、
すると　魂は沈黙する、恐怖に満ちて　震えながら
空っぽの　暗い色に沈む部屋部屋に沿って。

<変容>　第一稿　（第二稿七六頁）

秋の冷気、それは　灰色におおい隠されたひとつの部屋。
ここには　快活が　逞ましい生活が　あらわれ
人の両手は　金色の葡萄を運び
柔らかな目のなかに　神は　静かに　沈んでいく。

夕暮れ　あの人は　平地のうえを　さ迷っていく。
道路には　柏の樹々の褐色の沈黙があふれ
葉は　枝々を離れ　ますます降りしきり
魂は　黒ずんだ衣装をまとって　凍りつく。

安らかなものが　居酒屋の前で戯れ
口もとから　苦さが沈んでいった
にわとこの実、響き、優しく酔いしれて
孤独なもののあとを　静かに　一匹の獣が追いかけていく。

晴れやかな春　第一稿　（第二稿九三頁）

再び緑となって　小川が　夕暮れのなかを流れると、
葦と柳のあいだで　春の時がざわめく、
青い大気は　甘く　不可思議で

夜に注がれる花咲くものに　あふれている。

静かに暮れなずむ垣を　風が渡り
孤独な者の　星のきらめく小径を探す。
神の懐で　若い種子が輝く、
しなやかな　優しい動物たちの棲む森。

あそこには　白樺の木々が、黒い茨の藪が
苦痛と歓喜のなかに溶けて　静かに　たたずんでいる。
明るい緑が燃え、ひとつの暗い緑が　腐っていく
そして　蟇蛙たちは　若い葱をかきわけて　這い出てくる。

ぼくは　お前が本当に好きだ、お前　逞ましい洗濯女よ。
まだ　川の流れは　天の薔薇色の荷物を運んでいる。
小魚が　きらめきながら　泳ぎ過ぎ　消えていく
風が　はんの木々の間を　銀色に渡っていく、

暮れなずむ垣に沿って　重たげに　静かに。
小さな鳥が一羽　狂ったように囀る。
若い穀物は　ひそやかに　うっとりとふくらんで
蜂たちが　更にきまじめに　一生懸命に　蜜を集めている。

愛よ、今、この疲れた　働く者のところに訪れよ、
その小屋には　生温かな光が一筋　降りそそぐ。
森が　暗闇を抜けて　にがにがしく　色褪せて流れ
そして　蕾が　あちこちで　明るく　囁く。

すべて　生成するものは　何と　これほどにも病んで見えることか！
熱っぽい息が　村のまわりをめぐっている、
けれど　枝々から　ひとつの優しい霊が合図して
心は広く、そして　心配そうに　開くのだ。

咲きほころぶようなほとばしりが　とてもゆるやかに　流れ去り
生れぬ者は　自分の安らぎのなかに浸っている。
恋する者たちは　かれらの星たちに向って咲きほこり
そして　ますます甘く　かれらの息吹きは　夜のなかを流れる。

こんなに痛々しくも善く、そして真実であるのだ、生きているものは、
そっとお前に　古い石が触れる、
本当に！　私は　いつも　お前たちとともにいよう　と。
ああ　口よ！　銀柳の葉を透かして　震えている口よ。

<憂鬱>　第二稿　（第一稿一〇二頁）

居酒屋で　しばしば　昼下りに夢みながら、
早くも　秋に焦がされ　荒れ果てた庭々では
酔いしれた死が　押し黙ったまま　通り過ぎながら　挨拶する
暗い籠の中で　つぐみの鳴き声が　一声響く。

このような青さから　薔薇色の子供が現われる
そして　黒く　つややかな目をして　遊んでいる。
金色のものが　枝々から　優しく　くすんで　したたる
赤い葉叢では　けれど　風が遊んでいる。

もう　土星が輝いている。暗がりで　小川がせせらぐ
そして　そっと　あの友の青い手が　額と衣服に
触れ　静かに　なでている。
ひとつの灯りが　影たちを　にわとこの藪のなかに呼び覚ます。

詩篇　第一稿　（第二稿一〇六頁）

光がある、それを　風が吹き消してしまった。
荒れ野に　居酒屋がある、そこを　昼下り　ひとりの酔っぱらいが立ち去る。

日に灼かれ、黒々と蜘蛛たちでいっぱいの穴だらけの葡萄畑がある。
部屋がある、その壁は　乳で塗られている。
狂った者が死んだ。南洋の島がある、
太陽神を迎えるための。太鼓が打ち鳴らされる。
男たちが　戦の踊りをはじめる。
女たちが　蔓草や火の花で飾った腰をゆする、
海が歌うと。おお！　ぼくたちの失われた楽園。

ニンフたちは　金色の森を立ち去った。
あの異郷者が埋葬される、それから　ちらちら雨が降りはじめる。
パーンの息子が　土工の姿となって現われて、
真昼を、熱くなっていくアスファルトで眠りすごす。
中庭に、心が張り裂けるような貧しさに満ちた服の少女たちがいる。
いくつもの部屋がある、和音とソナタに満たされた。
影たちがいる、盲目の鏡の前で　抱き合っている、
病院の窓べで　癒えていく人々の身体があたたまる。
白い汽船が一隻　運河を昇って　血まみれの疫病を運んでくる。
あの見知らぬ妹が　もう一度　誰かの邪悪な夢に現われる。
榛の茂みで安らいながら　妹は　その男の星たちと戯れる。
学生、もしかしたら生き霊が　妹をじっと窓から見つめている。

そのうしろに、かれの死んだ兄が立っている。部屋の暗がりで　奇妙なことがいくつも
起るだろう。
赤いヒヤシンスの間で　若い看護婦の幻が蒼ざめる。
庭は　夕暮れのなかにある。回廊で　蝙蝠たちが飛びまわっている。
門番の子供たちが遊びをやめて　天の黄金を探している。
溶けていく　ひとひらの雲がある、葉叢で　庭師が　首を括って死んだ。
硝子張りの家で　褐色と青色が　溶け合う。没落がある、そこに　ぼくたちは　吹き流
される。

昨日から　死者たちが　横たわっているところで、白い砕かれた翼の天使たちが　悲し
んでいる。
柏の樹々の下には　燃える額をした　狂ったデーモンたち。
沼地で　過ぎ去った昔の植物が　黙り込む。
一陣の囁く風がある——神が　その悲しい土地を立ち去る。
教会は　死に絶えた、虫が　壁の窪に巣くう。
夏が　麦を　焦がした。羊飼たちが　去っていった。
いつも　歩んでいくところには　以前の生活が手に触れる。
水車と樹々が　夕べの風のなかを　虚ろに進む。
破壊された街に　夜が　黒い幕舎を築く。

何と　すべてが　虚しいことか！

<死の近さ>　第一稿　（第二稿一一一頁）

長いこと　僧侶は　森の縁で死んでいく鳥に　耳をかたむけている
おお　死の近さ、丘のふもとの　骨でできた場所
蠟のように蒼ざめた額に浮かぶ　不安の汗。
峡谷を駆け降りる兄の白い影。

夕暮れは　幼年時代の暗い村々に入っていった
池は　柳の木々の下
悲しい秋の　赤い黄金に満たされている。

おお　麦わらのなかに巣くう太った鼠たち！
夕べ　道端に再び立つ盲目の人
灰色の雲たちの静寂が　畑のうえに降りてきた。

蜘蛛が　憂鬱の白い穴をおおい隠す
孤独な者の骨ばった両手から
かれの夜のような日々の深紅が　消えていくときに――
そっと　兄の月のような目。

おお　すでにほどけていく、もっと冷い床のうえで

薫香に黄ばんで　恋人たちの華奢な手足が。

施療院で　人間の悲しみ　第一稿　（第二稿一一九頁）

時計、緑のなかで　ふかぶかと　十二時を打つ――
熱病患者たちを　明るい恐怖が包む。
天は　きらめき　庭々は　ざわめく。
蠟のように蒼ざめた顔が　窓べで　身じろぎをする。

もしかしたら　この時間は　静止しているのかもしれない。
濁った両目の前に　色とりどりの像が　いくつか　ゆらめいている
流れで揺れている　船の拍子に合わせて。
道を　尼僧たちの列が　風に吹かれながら　通り過ぎていく。

そして　雲が　青い風のなかで縺れる、
眠りながら抱き合っている恋人たちのように。
おそらく　あそこの腐った肉のまわりで　蝿たちがふらふら飛びまわっているのだ
もしかしたら、母の膝に抱かれて　ひとりの子供が泣いているのかもしれない。

窓べで　暖かな赤い花々が萎れる、

今日　あの美しい少年に届けられた花々が。
かれが　両手を挙げて　そっと笑ったように。
あそこで祈る人がいる。もしかしたら　死んで横たわっているのかもしれない。

恐ろしい叫びも聞こえるようだ
そして　重苦しい靄につつまれて　歪んだ顔がきらめくのが見えるようだ。
ピアノの演奏が　明るい部屋部屋から　低く響く。
深い緑のなかの時計は　突然　三時を打つ。

黒い列が　再び　あそこ　其処から　漂う。
すると　遠くで　また　賛美歌が響き渡るのが聞こえる。
もしかしたら　会堂で　天使が歌っているのかもしれない。
庭では　夢のように　白い罌粟の花がはためいている。

人間の悲しみ　第三稿　（第二稿一一九頁）

時計、日の出前の五時を打つ――
孤独な人間たちを　暗い恐怖が包む、
夕暮れの庭で　朽ちた木々がざわめく、
死者の顔が　窓べで　身じろぎをする。

もしかしたら　この時間は　静止しているのかもしれない、
濁った両目の前に、夜の像がいくつか　ゆらめいている
流れで揺れている　船の拍子に合わせて。
桟橋を　尼僧たちの列が　風に吹かれながら　通り過ぎていく。

蝙蝠の叫びが聞こえるようだ、
庭で　棺を組み立てるのが聞こえるようだ。
亡骸が　朽ちた塀ごしに　きらめく
そして　黒ずんで　狂った者が一人　そこを揺れながら通り過ぎていく。

一筋の青い光が　秋の群がる雲の間で凍りつく。
恋する者たちは　眠りながら　抱き合っている、
天使たちの星の翼にもたれて、
貴い人の蒼いこめかみを　月桂樹が飾る。

＜風景＞　第一稿　（第二稿一五五頁）

九月の夕暮れ、あるいは　羊飼たちの暗い叫び声、
タイムの香。灼熱する鉄が　鍛冶屋で火花を散らし

激しい勢いで　一頭の黒馬が　後足で突っ立ち、女中のヒヤシンスの巻毛が
その深紅の鼻面の熱情を　捕えようとする。
黄色の塀に向って　山鶉の叫び声がこわばり　腐った汚水では鋤が錆び付き
ひっそりと流れ出る、赤い葡萄酒が　柔らかなギターの音が　居酒屋に。
おお　死！　病んだ魂のやつれ果てた曲線、沈黙と幼年時代。

はたはたと舞い上る、狂った面をして蝙蝠たちが。

エーリス　第一稿　（第三稿一五七頁）

完全なのだ　この金色の日の静けさは。
古い柏の樹々の下に
お前は現われる、エーリス、丸い目をして　安らいでいる者よ。

その目の青さが　恋人たちのまどろみを映す。
お前の口に触れて
かれらの薔薇色の吐息が消えた。

夕べ　漁師は　空っぽの網を 引き上げた。
善き羊飼が

かれの羊の群を　森の縁に沿って　率いていく。
おお　何と正しいことだろう、エーリス、お前の日々のすべては。

ひとつの明るい意味が
葡萄摘みの暗い歌声に宿っている、
オリーブの樹の青い静寂に。
飢えた者たちは　家に　パンと葡萄酒が用意されているのを　見出した。

エーリス　第二稿　（第三稿一五六—九頁）

1

エーリス、くろうたどりが　黒い森で呼ぶとき、
それが　お前の没落だ。
お前のくちびるは　岩間の青い泉の冷さを飲む。

そっとしておくがよい、お前の額が　静かに血を流すとき
太古の伝説を
鳥の飛翔の暗い意味を。

けれど　お前は　柔らかな足どりで　夜の中へと入っていく、

そこには　たわわに　深紅の葡萄の房が垂れていて
お前は　両腕を　ますます美しく　青のなかで　動かすのだ。

茨の茂みが鳴っている、
そこに　お前の月のような両目がある。
おお！　何とはるかな昔　エーリス　お前は死んでしまったのか。

お前の身体は　ひとつのヒヤシンスだ、
ひとりの僧が　蠟のような指を　そのなかにひたす。
黒い洞穴だ、ぼくたちの沈黙は、

そこから　時おり　一匹の優しい獣が歩み出て
ゆっくりと　重い瞼を伏せる、
お前のこめかみに　黒い露がしたたる、

衰えていった星たちの　最後の黄金。

2

完全なのだ　この金色の日の静けさは。
古い柏の樹々の下に
お前は現われる、エーリス、丸い目をして　安らいでいる者よ。

その目の青さが　恋人たちのまどろみを映す。
お前の口に触れて
かれらの薔薇色の吐息が消えた。

夕べ　漁師は　重い網を引き上げた。
善き羊飼が
かれの羊の群を　森の縁に沿って　率いていく。
おお！　何と正しいことだろう、エーリス、お前の日々のすべては。

ひとつの明るい意味が
葡萄摘みの暗い歌声に宿っている、
オリーブの青い静寂に。

飢えた者たちは　家に　パンと葡萄酒が用意されているのを　見出した。

3

柔らかな鐘の音が　エーリスの胸に響く
夕べ
そのとき　かれの頭は　黒い褥に沈む。

一匹の青い獣が
静かに　茨の茂みで　血を流す。

褐色の木が　孤独に　あそこに立っている、
青い果実が　木から落ちた。

徴しと星たちが
そっと　夕べの池に沈む。

丘のうしろは　冬になった。

青い鳩たちが
夜　金色の汗を飲む、
エーリスの水晶の額から流れる汗を。

たえず　鳴りつづけている
黒い塀では　氷のように冷い神の息が。

〈ホーエンブルク〉　第一稿　（第二稿一六一頁）

がらんどうの　死に絶えた　父の家、
暗い数刻

そして　暮れなずむ庭の目覚め。

いつも　お前は　あの人の白い顔を想う、
その顔は　時の喧騒を離れている。
夢みるもののうえには　快く　緑の枝が身をかがめる、

十字架と夕べ、
鳴り響く者を　深紅の腕で包み込む　かれの星が
そして　青みを帯びた花々の響き（。）

十二月　Ⅱ　沼地で　第一稿　（第三稿一六九頁）

マントが　黒い風のなかに、低く囁く　枯れた葦が
沼地の静けさのなかに。灰色の空を
一群の野鳥が　渡っていく――
斜めに　暗い水のうえをよぎって。

裸の白樺の木々の間を　骨ばった両手が　すべり抜けていく。
歩みは褐色の木立のなかで　ぱしっと　音をたてる
そこには　死ぬために　一匹の孤独な獣が棲んでいる。

年とった　ちっぽけな女たちが　道を横切った
村のなかへと続く道を。蜘蛛が　その目から落ちた
そして　赤い雪が。鳥たちと　長々しい鐘の響きが

黒い小径を辿っていく、エンディミオンの微笑みと
月の光のようなまどろみと
金属の額が　凍えながら　榛の藪のなかを抜けて　手探りする

居酒屋のなかの夕暮れを　待ちうけさせよ
葡萄酒の深紅の穴に住まわせよ、
壁掛けから　音もなく　酔った者の影が沈む。

長い間　毛の雪が　窓べに降りしきる
追いたてる、天を　黒い旗と砕かれたマストをかかげて　夜が。

<沼地で>　第二稿　（第三稿一六九頁）

マントが　黒い風のなかに。低く囁く　枯れた葦が
沼地の静けさのなかに、灰色の空を

一群の野鳥が　渡っていく、
斜めに　暗い水のうえをよぎって。

骨ばった両手が　裸の白樺の木々の間を　すべり抜けていく、
歩みは　褐色の木立のなかで　ぱしっと音をたてる
そこには　死ぬために　一匹の孤独な獣が棲んでいる。

混乱。朽ち果てた小屋で
黒い翼で　ひとりの堕天使が　はばたいている、
雲の影、そして　樹の狂気、

鵲の叫び。年とった　ちっぽけな女が　道を横切る
村のなかへと続く道を。黒い枝々の下
おお　何が　呪詛と炎で　歩みを縛るのか
押し黙る鐘の響き、雪の近さ(。)

嵐。沼地には　腐敗の暗い精神
そして　草を食んでいる羊たちの群の憂鬱。
黙したまま　追いたてる
天を　砕かれたマストをかかげて　夜が。

沼地で　第四稿　（第三稿一六九頁）

〈さすらうものが　黒い風のなかに、低く囁く　枯れた葦が
沼地の静けさのなかに。灰色の空を
一群の野鳥が　渡っていく、
斜めに　暗い水のうえをよぎって。〉

混乱。朽ち果てた小屋で
黒い翼で　腐敗の精神が　はばたいている、
ねじれた白樺の木々が　秋の風のなかに。

荒れ果てた酒場の夕暮れ（。）家路を取り巻いている
草を食んでいる羊たちの群の柔らかな憂鬱が、
夜の現われ、蟇蛙たちが　褐色の水から浮かび上る。

夏　ランスの夕べ　第一稿　（第二稿一七一頁）

漆喰を塗られたアーチの下の夏、
黄ばんだ麦、飛びかう一羽の鳥
夕暮れと　緑の暗い香。

赤い人間、暮れていく道を、どこへ?
孤独な丘を越えて、骨でできた家を通り過ぎ
森の階段のうえを　銀色の心臓が踊っていく。

メンヒスベルクにて　第一稿　(第二稿一七二頁)

アドルフ・ロースのために

秋の楡の木陰で　朽ちた小径が沈んでいくところ、
木の葉葺きの小屋から、眠っている羊飼たちから遠く、
いつも　さすらう者のあとを　冷たい　暗い姿が追う

骨でできた小道のうえを、少年のヒヤシンスの声、
それは　そっと　森の忘れられた伝説を語っている、
より優しく語る　病む者　そして　狂気に包まれて耳を澄ませながら(。)

柔らかく取り巻く　わずかな緑が　異郷者の膝を、
一人の優しい神が　ひどく疲れた額を、
手探りしながら　銀色に　歩みは　静けさのなかへかえっていく。

思い出　悪の変容　第一稿（断章）　（第二稿一七八頁）

静かに　夜の洞窟に　その子供は住んでいた　泉の青い波のなかに　輝いている一輪の花の響かせる音に耳を澄ませながら。そして　朽ちた塀からは　母の蒼白の姿が現われ、庭を夢みつつさ迷いながら　そのまどろんでいる両手に　苦痛に生まれたものを抱いていた。そして　古木の葉の落ちた枝々の間でほのかに光っている血のしたたりは、星たちで、それは　夜のような女の髪の毛に降りそそいだ、すると　深紅の瞼を　少年はそっと上げた、溜息をつきながら　銀色の額を夜風に吹かれて。

夕暮れの庭で　父の静かな影につつまれて　目覚めたまま、おお　青い冷気のなかで耐え忍んでいるこの輝く頭は　そして　秋の部屋部屋の沈黙は　何と　不安な気持ちにさせることか。金色の小舟が一隻　沈んだ、孤独な丘のふもとで　太陽が　そして枕もとで　厳かな梢が押し黙る。静かに　濡れた青のなかに　妹のまどろんでいる顔が、緋色の髪に埋められた顔が現われる。黒々とあの人のあとを　夜が追う。

何が　こんなに静かに　先祖たちの家の朽ちた螺旋階段に　立たせるのだろう　そして　ほっそりした手で　またたいている燭台が消える。孤独な暗黒の数時間、月の織りなす色褪せた光の綾のなか　家の戸口で物言わず目覚めること。おお　悪の微笑みは悲しげに　冷たく、すると　眠る女の薔薇色の頰は蒼ざめる。震えながら　黒い麻布が窓をおおい隠した。すると　炎がひとつ　あの人の心臓から踊り出て　暗闇で　銀色に燃えた、歌う星が（。）沈黙したまま　幼年時代の水晶の小径が　庭で　沈んだ

〈秋の魂〉　第一稿　（第二稿一九五頁）

〈……〉B. MÜNCH（？）のために（？）

ふかぶかと　緑のなかで　大鎌が刈る
青い大気、黄ばんだ穀物の束。
声々が　飛び立ち、死に絶えた
古びた水だけが　進む。

夕べ　暗い旅路が進む
褐色の秋の丘を越えて
銀色に　池の鏡が　挨拶し
蒼鷹が　固く冴えた叫び声を上げる。

夕暮れの鏡　アーフラ　第一稿　（第二稿一九七頁）

褐色の髪をした子供。黒ずんだ炎を
追い払う、歩みが　湿った夕べの冷気のなかで
暗金色の向日葵の枠のなかで。
一匹のしなやかな獣が　赤い褥に身を沈める。

骨でできた影がひとつ　鏡のうえをすべり
そして　そっと浮かび上る、青いえぞぎくの沈黙から
ひとつの赤い口が、謎に満ちた封印が、
そして　黒い目が射し出る、楓の

枝々の間から、その狂った赤さが眩しい。
塀のもとを　ひとつの優しい身体が立ち去った、
黄昏のなかで終る　青い輝きが。
風が　低く　人気のない路地で　音をたてる。

開いた窓べで　静かに　時が衰弱していく
恋する者の時が。雲の果敢な旅路が
孤独な者の小径と結ばれている。
ひとつの眼差が　銀色に　褐色の庭に沈む。

両手に　水の翳った動きが触れる。
ひとつのつつましい精神が　水晶のようなものと、澄明なものとなる。
言いようもないのだ　鳥たちの飛翔は　死んでいく者たちとの
出会いは、そのあとには　暗い歳月がつづく。

＜没落＞ 第一稿　（第五稿二〇九頁）

夕暮れ、ぼくたちが　金色の夏のなかを　家路を辿るとき
影は　ぼくたちに付き随う朗らかな聖者だ。
より優しく　あたりの葡萄の木々は緑となり、麦は　黄ばみ
ああ　兄さん、何という安息が　この世にあるのだろう。
抱き合ったまま　ぼくたちは　青い水のなかに沈む、
男性的な憂愁の暗い洞窟
ひからびた小径を　腐敗した者たちの道が横切る、
けれど　ぼくたち、幸福な者たちは　日没のなかで安らう。
平和（？）、そこに　秋の色が輝いている
枕もとで　胡桃の木のざわめく音が　ぼくたちの古い過去を呼び覚ます

＜没落＞ 第二稿

ぼくたちが　金色の夏のなかを　家路を辿るとき
影たちは　ぼくたちに付き随う朗らかな聖者だ。
より優しく　あたりの葡萄の木々は緑となり、麦は　黄ばみ
ああ　兄さん、何という静寂が　この世にあるのだろう

枕もとで　楓の木のざわめきが　ぼくたちの古い過去を呼び覚ます
青い水の冷気が　ぼくたちに吹きつける、
男性的な憂愁の暗い鏡
ああ　兄さん、夕暮れの甘さが　熟す

そっと　鳴っている　大気が　孤独な丘のふもとで
死に果てた　はるかな昔
ダイダロス（の）霊が　薔薇色の溜息をつきながら
ああ　兄さん、魂の光景が　暗く　姿を変える

＜没落＞　第三稿

ぼくたちが　ぼくたちの夏の深紅の暗がりをいくとき
悲しげな僧侶たちの影が　ぼくたちの前に現われる。
より弱々しく　あたりの葡萄の木々はほてり、麦は　黄ばむ。
ああ　兄さん、何という静寂が　この世にあるのだろう。

枕もとで　柏の樹のざわめきが　ぼくたちの古い過去を呼び覚ます
石のような水の顔が　ぼくたちに　吹きつける、
男性的な憂愁の丸い洞窟、

ああ　兄さん　いくつもの黒いロザリオの夜が　熟していく。
はるか昔の音をたてて　鳴っている、大気が　孤独な丘のふもとで、
恋する者の　酔いしれた弦の音が。
茨のアーチの下で
ああ　兄さん、ぼくたち　盲目の針が　真夜中に向って登る

没落　第四稿

ぼくたちの憂愁の暗いアーチの下
夕暮れ　死に絶えた天使たちの影が　戯れている、
白い池のうえを
野鳥たちが渡っていった。

銀柳の下で夢みながら
ぼくたちの頬を　黄ばんだ星たちが愛撫する、
過ぎ去ったいくつもの夜の額が　内側へ反る。
いつも　ぼくたちの白い墓の面(おもて)が　ぼくたちを　見つめている。

そっと衰えていく　大気が　孤独な丘のふもとで、

秋の森のむき出しの塀が。
茨のアーチの下で
ああ　兄さん　ぼくたち　盲目の針が　真夜中に向って登る。

丘のふもとで　霊気に満ちた夕刻　第一稿　（第二稿二一四頁）

静かに　森の縁で　息絶える
一匹の暗い獣
丘のふもとで　そっと夕べの風が止み、
まもなく　くろうたどりの嘆く声も途絶え、
そして　秋のフルートも
葦のなかで　沈黙する。

銀色の茨で
ぼくたちを　寒気が打つ、
死んでいくものたち（？）ぼくたちは（？）　墓のうえに身をかがめ
頭上では　青く群がる雲が　溶ける、
黒い滅亡から

神の輝く天使が　現われる

さすらう者の眠り　　さすらう者　第一稿　（第二稿二二五頁）

いつも　もたれている　白い夜は　岩壁に
そこには　銀色に鳴りながら　赤松がそびえ、
石と数多の星がある。

渓流のうえで　骨でできた小橋が　弧を描く
眠る者のあとを　冷気の暗い姿が追う、
三日月が　薔薇色の谷に。

まどろんでいる羊飼たちから　遠く。古い岩の間で
水晶の目から　蟇蛙がのぞき
咲きにおう風が目覚め、死者に等しい者の
銀色の声が

そっと　森の忘れられた伝説を語っている
天使の白い顔
そっと取り巻いている、その膝を　水の（……）泡沫が

薔薇色の蕾
歌う者の　悲しげな鳥の口。
ひとつの美しい輝きが　かれの額で　目覚めている

石と　星
そこに　かつて　あの白い異郷者が住んでいた。

受難　第一稿　（第三稿二二九頁）

銀色に　オルフォイスが　竪琴を奏で、
死んだものを　夕暮れの庭で悼むとき——
誰だろう　お前は　高い樹々の下で憩う者は？
ざわめいている　嘆きが　秋の葦が、
青い池が。

嘆き、少年のほっそりした姿の、
深紅に灼熱する
悲痛な母の、青いマントで
その聖なる恥辱を　おおい隠して。

嘆き、生まれた者の、かれが死ぬようにと、
灼熱する果実を
罪のにがい果実を　口にする前に。

誰を嘆いて　お前は　暮れなずむ樹々の下で　泣くのだろう？
妹、野生の種族の
暗い愛、
そこを　黄金の車にのって　昼は　ざわめき去っていく。

おお、よりつつましく　夜が　やって来るようにと、
キリスト。

何を語らずに　お前は　黒い樹々の下で　沈黙しているのか？
冬の星たちの寄せる寒気、
神の誕生
そして　羊飼たちは　飼葉桶の傍に。

青い月たち
盲目の者の両目が　毛の洞穴で　沈んだ。
ひとつの亡骸が　お前が　緑となっていく樹々の下で

お前の花嫁を　探している、
銀色の薔薇が
夜の丘のうえに　漂っている。

死の
黒い岸辺をさ迷いながら
深紅に　心のなかで　地獄の花が咲きほこる。

溜息をついている水のうえに　身をかがめて
ごらん　お前の愛する女を、その顔は　癩で強ばり
その髪は　夜のなかで　あらあらしくはためいている。

暗く沈んだ森で　二匹の狼が
ぼくたちが　石のように抱き合いながら　血を混ぜ合わせた
すると　ぼくたちの種族の星が　ぼくたちのうえに　降りそそいだ。

おお　死の棘。
蒼ざめた者たち　ぼくたちは　十字路で　見つめ合う
そして　銀色の目に
ぼくたちの荒れ地の黒い影が　映る、

ぼくたちの口を砕いた　恐ろしい笑いが。

茨の階段が　暗闇に沈む、
もっと赤く　冷たい足から
血が　石ころだらけの畑に　流れていくようにと。

深紅の満潮にのって
銀色に眠る女が　目覚めて　揺れている。
けれど　あの人は　一本の雪のような樹となった
骨でできた丘のふもとで、
一匹の獣が　膿んだ傷口から　じっと見つめている、
黙り込んだ石も又。

おお、この水晶の安息の
柔らかな　星の数刻、
そこで　茨の小部屋で
癩に病んだ顔が　お前を離れて　落ちた。

夜毎　魂の孤独な弦の音が　鳴り響く
暗い恍惚に満ちて
贖罪する女の銀色の足もとに

失われた庭で、
すると　茨の垣で　青い春が萌える。

暗い　オリーブの樹々の下に
朝の　薔薇色の天使が
恋人たちの墓から　現われる。

受難　第二稿

銀色に　オルフォイスが　竪琴を奏で、
死んだものを　夕暮れの庭で悼むとき——
誰だろう　お前は　高い樹々の下で憩う者は？
ざわめいている　嘆きが　秋の葦が、
青い池が。

嘆き、少年のほっそりした姿の、
深紅に灼熱する
悲痛な母の、青いマントで
その聖なる恥辱を　おおい隠して。

嘆き、生まれた者の、かれが死ぬようにと、
灼熱する果実を
罪のにがい果実を　口にする前に。

誰を嘆いて　お前は　暮れなずむ樹々の下で　泣くのだろう？
妹、野生の種族の
暗い愛、
そこを　黄金の車にのって　昼はざわめき去っていく。

おお　よりつつましく　夜が　やって来るようにと、
キリスト。

ひとつの亡骸が　お前が　緑となっていく樹々の下で
お前の花嫁を　探している、
銀色の薔薇が
夜の丘のうえに　漂っている。

死の
黒い岸辺をさ迷いながら
深紅に　心のなかで　地獄の花が咲きほこる。

溜息をついている水のうえに　身をかがめて
ごらん　お前の愛する女を、その顔は　癩で強ばり
その髪は　夜のなかで　あらあらしくはためいている。

暗く沈んだ森で　二匹の狼が
ぼくたちが　石のように抱き合いながら　血を混ぜ合わせた
すると　ぼくたちの種族の星が　ぼくたちのうえに　降りそそいだ。

おお、死の棘。
蒼ざめた者たち　ぼくたちは　十字路で　見つめ合う
そして　銀色の目に
ぼくたちの荒れ地の黒い影が　映る、
ぼくたちの口を砕いた　恐ろしい笑いが。

茨の階段が　暗闇に沈む、
もっと赤く　冷たい足から
血が　石ころだらけの畑に　流れていくようにと。

深紅の満潮にのって
銀色に眠る女が　目覚めて　揺れている。

けれど　あの人は　一本の雪のような樹となった
骨でできた丘のふもとで、
一匹の獣が　膿んだ傷口から　じっと見つめている、
黙り込んだ石も又。

おお、この水晶の安息の
柔らかな　星の数刻、
そこで　茨の小部屋で
癩に病んだ顔が　お前を離れて　落ちた。

夜毎　魂の孤独な弦の音が　鳴り響く
暗い恍惚に満ちて
贖罪する女の銀色の足もとに
青い静寂と
オリーブの樹の宥和につつまれて（。）

＜煉獄＞　第一節の第一稿（第二稿二四二頁）

森の縁には——そこには死者たちの影が宿っている——
丘のふもとで　一隻の金色の小舟が沈む、雲の青い安息が
柏の樹々の褐色の静寂のなかで 草を食みながら。毛でできた不安を
心臓が呼吸する、深紅の夕焼けをあふれるほどにたたえた杯、
暗い憂鬱。葉叢で耳を澄ます人に、霊的なものに
つき従って　歩みは　朽ちた小径を降りていく。
嘆いている口から　冷気が吹きよせる、まるで　柔らかな死骸が　あとを追ってくるように。

夕暮れの国　第一稿(a)　（第四稿二五六頁）

朽ち果てた池がいくつも　沈んでいった
褐色の十一月のなかで、
村人たちの暗い小径は
奇形の
林檎の木々の下を、女たちの
嘆きは　銀色に花咲いて。
父祖たちの種族は　死に絶える。
溜息に

あふれている　夕べの風は
森の精神に。
静かに　小道はつづいていく
雲のような薔薇たちへと
丘のふもとには　一匹のつつましい獣
そして　鳴っているのだ
暗闇で　青い泉が
優しいものがひとつ
ひとりの子供が　生まれるようにと。

そっと　十字路で　見捨てた
影が　異郷者を
そして　石のように盲目となるのだ
その眺めている両目は、
くちびるから
もっと甘く　歌が流れるようにと。
なぜならば　夜なのだ
恋する者の住まいとは、
言葉もなく　青い顔が
死んだもののうえに
そのこめかみのうえに　現われた、

水晶の眼差。
そのあとを追っていく、暗い小径を
塀に沿って
死に絶えたものが　ひとつ。

さすらい　夕暮れの国　第一稿（b）

こんなにもひそやかだ
ぼくたちの故郷の緑の森は、
太陽が　丘のふもとに　沈む
そして　ぼくたちは　眠りのなかで　泣いていた、
白い足取りで　ぼくたちは　さすらっていく
茨の垣に沿って
穂の実った夏を　歌うものたちが
そして　苦痛に生まれたものたちが。

もうすでに　人間の麦と
聖なる葡萄は　熟している
そして　石造りの部屋には、
冷たい部屋には　食事が準備されている。

そして又　善いものと
心は　緑の静けさのなかで　宥和する
そして　そびえ立つ樹々の冷気を
食物を　かれは　優しい両手で　とりわけている。

数多のものが　目覚めている
星でできた夜のなかで
そして　美しいのだ　青さが、
歩んでいく蒼白のものが、呼吸するものが、
弦の音が。

丘のふもとにもたれたまま　兄が
そして　異郷者が、
人間から離れた者が、かれの
湿った瞼が　沈んだ
言いがたい憂愁につつまれて。
黒々とした雲から
にがい罌粟が　したたる。

月のように白く　小径は沈黙する
あのポプラの木立に沿っていきながら

そして　まもなく
人間のさすらいが終るのだ、
正しい忍耐が。
そして又　幼な児たちの静けさも喜ばせる、
天使の真近さが
水晶の草地で。

夕暮れの国　第二稿

エルゼ・ラスカー－シューラーに　敬意をこめて

1

朽ち果てた池がいくつも　沈んでいった
褐色の十一月のなかで、
村人たちの暗い小径は
奇形の
林檎の木々の下を、女たちの
嘆きは　銀色に花咲いて。
父祖たちの種族は　死に絶える。
溜息に

あふれている　夕べの風は、
森の精神に。

静かに　小道はつづいていく
雲のような薔薇たちへと
丘のふもとには　一匹のつつましい獣、
そして　鳴っているのだ
暗闇で　青い泉が、
優しいものがひとつ
ひとりの子供が　生まれるようにと。

そっと　十字路で　見捨てた
影が　異郷者を
そして　石のように盲目となるのだ
その眺めている両目は、
くちびるから
もっと甘く　歌が流れるようにと。

なぜならば　夜なのだ
恋する者の住まいとは、
言葉もなく　青い顔が

死んだもののうえに
そのこめかみのうえに　現われた、
水晶の眼差、

そのあとを　追っていく、暗い小径を
塀に沿って
死に絶えたものが　ひとつ。

2

夜になると
ぼくたちの星が　天に現われる
古いオリーブの樹々の下、
あるいは　暗い糸杉の木立に沿って
ぼくたちは　白い道を　さすらっていく、
剣を帯びた天使、
それは　ぼくの兄弟。
石となった口は　黙り込む
苦痛の暗い歌は。

再び　死んだものが　現われる
白い麻布にくるまれて
そして　たくさんの花が

岩の小径に降る。

銀色に　病んだものが　泣いている。
癩に病むものが　池のほとりで、
そこで　かつて
楽しげに　昼下り　恋する者たちが安らっていた。

あるいは　エーリスの足音が　鳴っている
森をぬけ
ヒヤシンスの森をぬけ、
再び　柏の樹々の下に　消えていきながら。
おお　少年の姿
水晶の涙と
夜の影でかたちづくられた。

あるいは　額は　すでに感じている、完全なものを、
冷たく、あどけない額は、
緑になっていく丘のうえに
春の雷が鳴り響くときには。

3

こんなにもひそやかだ

ぼくたちの故郷の緑の森は、
太陽が　丘のふもとに　沈む
そして　ぼくたちは　眠りのなかで　泣いていた、
白い足取りで　さすらっていく
茨の垣に沿って
穂の実った夏を　歌うものたちが
そして　苦痛に生まれたものたちが。

もうすでに　人間の麦は、
聖なる葡萄酒は　熟している。
そして　石造りの部屋には、
冷たい部屋には　食事が準備されている。
そして又　善いものと
心は　緑の静けさのなかで　宥和する
そして　そびえ立つ樹々の冷気。
食物を　かれは　優しい両手で　とりわけている。

数多のものが　目覚めている
星でできた夜のなかで
そして　美しいのだ　青さが、
歩んでいく蒼白のものが、呼吸するものが、

弦の音が。

丘のふもとにもたれたまま　兄が
そして　異郷者が、
人間から離れた者が、かれの
湿った瞼が　沈んだ
言いがたい憂愁につつまれて。
黒々とした雲から
にがい罌粟が　したたる。

月のように白く　小径は沈黙する
あのポプラの木立に沿っていきながら
そして　まもなく
人間のさすらいが終るのだ、
正しい忍耐が。
そして又　幼な児たちの静けさも喜ばせる
天使の真近さが
水晶の草地で。

4

砕かれた胸をして　少年が
夜のなかで　歌が　死に絶えていく。

ただ静かに　丘のふもとを歩ませよ
樹々の下
獣の影を従えたまま。
甘く　菫が　谷間の草地で香る。

あるいは　石造りの家に　歩み入らせよ、
母の悲嘆に満ちた影のなかで
頭を傾けさせよ。
濡れた青さのなかで　小さな灯りがともる
夜通し、
なぜなら　もはや　苦痛はとぎれないのだ。

そして又　呼吸するものたちの
白い姿が、友たちが　遠くへ行ってしまった、
力強く　あたりの塀は　おし黙っている。

5

通りが暗くなると
青い麻布をまとって　現われるのだ
はるか昔に訣別したものが、
おお、何と揺れていることか、鳴り響く歩みは
そして　緑となっていく頭は　押し黙る。

街々は　大きく　築かれた
石造りで　平地に、
けれど　故郷を失った者は　ついていくのだ
開かれた額をして　風のあとを、
丘のふもとの木々のあとを、
そして又　時おり　夕焼けが　不安な気持にさせる。

まもなく　水がざわめくだろう
音高く　夜には、
一人の少女の水晶の頬に
天使が触れる、
彼女のブロンドの髪に、
妹の涙に苦しめられたまま。

これが　しばしば　愛なのだ、
咲きほこる茨の茂みが
過ぎ去っていく
異郷者の冷たい指に触れる、
そして　村人たちの小屋は　消えていく
青い夜のなかで。

あどけない静けさのなかに、
麦のなかに、そこには　もの言わず　十字架がひとつ　そびえ立っている、
現われるのだ、眺めるものの前に
溜息をつきながら　かれの影と　死が。

夕暮れの国　第三稿

エルゼ・ラスカー－シューラーに

1

月　あたかも　死んだものが
青い洞穴から歩み出るよう
そして　たくさんの花が
岩の小径に降る。
銀色に　病んだものが
夕暮れの池のほとりで　泣いている、
黒い小舟のうえでは
恋する者たちが　彼方へと死んでいった。

あるいは　エーリスの足音が　鳴っている

森をぬけ
ヒヤシンスの森をぬけ
再び　柏の樹々の下に　消えていきながら。
おお　少年の姿
水晶の涙で
夜の影で　かたちづくられた。
鋭い刃をもつ稲妻が　こめかみを明るくする、
いつも冷えきっているものを、
緑になっていく丘のふもとで
春の雷雨が　鳴り響くときに。

2

こんなにもひそやかだ
ぼくたちの故郷の緑の森は、
水晶の波は
朽ちた塀のところで　死に絶えていく、
そして　ぼくたちは　眠りのなかで　泣いていた、
ためらいがちな足取りで　さすらっていく
茨の垣に沿って
歌うものたちが　晩夏のなか、
遠く　輝きの消えていく　葡萄畑の
聖なる安らぎ（につつまれて）

夜の　冷たい膝に今は抱かれている
影たち、悲しんでいる鷲たちが。
こんなにひそやかに　一筋の月の光が　閉ざすのだ
憂愁の深紅のしるしを。

3

輝きながら　暮れていく、石で築かれた街は
平地で。
黒い影がひとつ
異郷者が　追いかけていく
暗い額をして　風のあとを、
丘のふもとの　裸の樹々のあとを、
そして又、不安にさせる、心のなかで
孤独な夕焼けが
あたかも　銀色の水が
冷たい暗闇に落ちていくように――
おお　愛、触れているのだ
青い茨の茂みが
冷いこめかみに、
堕ちていく星たちを伴って
雪のような夜。

塀に沿って　暗闇で　第一稿　（第二稿二六五頁）

もはや　春の金色の顔はない、
暗い笑いが　榛の藪のなかに。森をいく夕暮れのそぞろ歩きと
くろうたどりの熱っぽい叫び。
終日　異郷者の魂のなかで　灼熱する緑が　ざわめいている。

金属の数分、それは　真昼、夏の絶望、
樜の樹の影と　黄色い麦。
清らかな水の洗礼。おお　深紅の人間。
けれど　彼に等しいのだ、森と　池と　白い獣は。

村のなかの十字架と教会。暗く語らいながら
男と女が　互いを識り合った
そして　裸の塔に沿って　自分の星を伴って　孤独な者がさすらっていく〔。〕

そっと　月に輝く森の道のうえに
忘れられた狩猟の荒れ地が　沈んだ。
青の眼差が　朽ちた岩々から　射し出る。

〈眠り〉第一稿　（第二稿二八四頁）

悠然と　お前たち　暗い毒は
生み出していく、白い眠りを
蛇、蛾
蝙蝠たちでいっぱいの、
暮れなずむ木々でつくられた
とても奇妙な庭を。
異郷者、お前の痛ましい影が
揺れている、にがい悲哀が
夕焼けのなかに！
太古の　孤独な水が
砂のなかで　沈んだ。

白い雄鹿たちが　夜の縁に
おそらく（？）星たちが！
蜘蛛のヴェールにおおわれて
死んで吐き出されたものが　ほのかに光る。
鉄の眺め。
茨が　漂う

村へとつづく青い小径を、
深紅の笑いを
人気のない酒場で耳を澄ます者を　取り巻いて。
板張りの床のうえで
月の白さで
悪の途方もない影が　踊っている。

に（An）　帰郷　第一稿　秋の帰郷　第一稿（a）　（第一稿（b）、第二、三稿
六一四―六頁）

暗い歳月の冷気を、苦痛を　希望を
この褐色の梁が守っている
そこには　ほのかに輝きながら　ダリヤが吊り下っている。
あたかも　金色の冑が　血を流している額から沈むように
静かに　この一日が終る、
幼年時代が　優しく　黒々とした目で　見つめている。
ひそやかに　夕暮れのなか　赤い樵の樹々が輝く、
愛が、希望が、すると　青い瞼から
露が　絶え間なく　したたり落ちる。
孤独な帰郷！　漁師の暗い呼び声が
いつも　暮れていく川辺に響いている、

愛、夜、憂鬱の水晶の瞬間　瞬間が
あちら側へとほのかに輝きながら、星たち、すでに　もっと静かな眺め

雪のなかで　　**夜の恭順　第一稿**　（第五稿三〇一頁）

真実に　思いをめぐらす——
非常な苦痛！
ついに　死ぬほどの
恍惚。
冬の夜
お前　清らかな尼僧！

眺め　　**夜の恭順　第二稿**

ここに　こんなに赤く　秋は　そして　ひそやかに
楡の樹々の下に　暗い悲痛は
暮れなずむ村と　愛の食事は
鷹が　金色の旅路で　合図を送る。

額は　優しく　暗く　血を流す
向日葵が　垣で　枯れていく
憂愁は　女の胎内で青くなる、
星たちの瞬くなかに　神の言葉！

深紅に　口と虚偽がゆらめく。
朽ちた冷たい部屋のなかに、
ただ笑いだけが輝いている、金色の戯れが、
嵐が　この頭を砕くようにと

閃光を伴う夜に、黒ずんで落ちるのだ
腐った果実が　夜半　木から。
子供　お前の青い縁のかたわらを
ぼくは　黙ったまま　揺れながら　過ぎていかねばならない。

夜に　夜の恭順　第三稿

尼僧よ　ぼくを　お前の暗闇でつつめ、
十字架が　冷くきらめく星明りにつつまれて。
深紅に　口と虚偽は砕けた

鐘の最後の残響が。
夜よ　お前の熱っぽい　群がる雲の暗闇
赤い果実、呪わしい虚偽
鐘の最後の残響――
血を流しながら　十字架が　きらめく星明りにつつまれて。

夜に　夜の恭順　第四稿

ニンフよ　ぼくを　お前の暗闇に引き入れよ、
えぞぎくが　垣で　凍えて　震えている、
憂愁が　女の胎内で咲きほこり、
血を流しながら　十字架が　きらめく星明りにつつまれて。

深紅に　口と虚偽は砕けた
朽ちた冷たい部屋のなかで、
まだ　笑いが輝いている、金色の戯れが、
鐘の最後の残響が。

青い雲！　黒ずんで落ちてくる
腐った果実が　重たく　木から

そして　あたりは　墓に
暗い地上の巡礼は　夢と化す。

雑稿*

長いこと　僧侶は　森の縁で死んでいく鳥に　耳をかたむけている
おお　死の近さ、丘のふもとで朽ち果てる十字架の近さよ
蠟のように蒼ざめた額に浮かぶ　不安の汗。
おお　憂鬱の青い洞窟のなかの住まい。
おお　峡谷を降りていく　血に汚れた幻影
すると　憑かれた者は　息絶えて　銀色にくず折れる。

雪と癩に　病んだ魂はまみれている
夕べ　ニンフの狂気に
枯れた葦のなかの（……）の暗いフルートに　耳をかたむけるとき、
陰鬱に　その姿は　星の池で眺めている、

静かに　女中は　茨の茂みで腐っていく
そして　荒れ果てた小径や人気ない村々は
黄色い草で　おおわれている。
埋められた階段を降りていき——（？）深紅の（？）深淵。

黒い塀のほとり　憑かれた者たちがたたずむところ
蒼白の旅人が　秋のなかを　降りていく
かつて　一本の樹があったところ、茂みには一匹の青い獣
見開くのだ、耳を澄ませようと、柔らかな両目が
ヘーリアンの。

暗い部屋部屋で　かつて　恋人たちが眠ったところで
盲目の者が　銀色の蛇と戯れる、
月の　秋めいた悲哀と。

灰色に　褐色の衣服をまとった身体は朽ちていく
石のアーチ
それが　腐った水の鏡のなかで　うっとりとしている。
骨でできた仮面、それは　かつて　歌だった。
何と物言わぬ場所よ。

ペストに犯された顔、それが　影たちに向って沈んでいく、
罪を贖う者の赤いマントを探す　茨の茂み、
そっと　盲目の者の魔法の指が　追いかける

かれの消えた星たちのあとを。

白い被造物は　孤独な人間だ
それは　驚いて　手足を動かし、
深紅の洞穴　そこで　蒼ざめた両目は転がる。

埋められた階段を降りて　悪のたたずむところ
秋のシンバルの響きが　鳴り渡る
再び開くのだ　白い（？）深淵が。

黒い額を通って　斜めに　死んだ街がいく
濁った流れ　そのうえに　鷗たちが羽ばたく
雨樋が　消え去った塀のところで交差し
赤い塔と　烏たち。そのうえに
冬の雲の群、それが沸き立つ。

あの人たちは　陰鬱な街の没落を歌う、
悲しい幼年時代、それが　昼下り　榛の藪で戯れる、
夕暮れには　褐色の栗の木の下で　青い音楽に耳を澄ます、

泉は　金色の魚たちでいっぱいだ。

眠る者の顔のうえに　白髪の父が　かがみこむ
善き者の　髯のある顔、それは　遠くへ去っていった
暗闇のなかへ

おお　楽しさを　もう一度、白い子供が一人
灯りの消えた窓べを　すべり去っていく。
かつて　一本の樹があったところ、茂みには一匹の青い獣
見開くのだ　死ぬために　柔らかな両目が
ヘーリアンの。

塀のほとり　先祖たちの影がたたずむところ
かつて　一本の孤独な樹があったところ、茂みには一匹の青い獣
白い人間が　金色の階段を降りていく、
ヘーリアンが　溜息をついている暗闇のなかへ。

雑稿**

陰鬱に　一匹の褐色の獣が　茂みで血を流す、
孤独に　盲目の者、それは　朽ちた階段を降りていく。

部屋には　狂気の暗いフルート。

雪と癩に　病んだ魂はまみれている、
夕べ　自分の姿を　薔薇色の池に眺めるとき。
朽ちた瞼は　泣きながら　榛の藪のなかで　開かれる。
おお　盲目の者よ、
それが　黙したまま　朽ちた階段を　暗闇のなかを降りていく。
暗闇で　ヘーリアンの目が沈む。

雑稿***

夏。向日葵のあいだで　黄色く　砕けた骸骨が音をたてる、
若い僧侶たちに向って　朽ちた庭の夕暮れが沈んでいった
古いにわとこの木の香と憂愁、
セバスチャンの影から　死んだ妹が現われたとき、
深紅に　眠る者の口が　砕けた。
そして　天使の銀色の声

戯れている少年たちが　丘のふもとに。おお　何と　時は　ひそやかに、
九月の　そして　あの人々の時は、かれが　黒い小舟にのって
星の池の傍を通り過ぎたとき、枯れた葦の傍を。
野鳥たちの飛翔と叫びのなかで。

遠く　秋の影と静寂につつまれて　歩んだ
ひとつの頭が、
眠る者の影が　朽ちた階段を　降りていった。

遠く　秋の影につつまれて　母が　坐っていた
ひとつの白い頭が。朽ちた階段を
庭を　暗く眠る者が　降りていった。
つぐみの嘆く声。

おお　毛でできた街、星と　薔薇色の目覚め。

遠く　秋の褐色の影につつまれて　歩んだ
白く眠る者が。
朽ちた階段のうえに　月がひとつ　かれの心臓が　輝いた、
そっと　彼に　青い花たちが　こだました、
そっと　星がひとつ。

あるいは　かれ　優しい修道士が

夕べ　聖ウルズラの暮れなずむ教会に　足を踏み入れたとき、
一輪の銀色の花が　かれの顔を　巻き毛に隠し
そして　戦きながら　かれを　父の青いマントがつつんだ
母の暗い冷気

あるいは　かれ　優しい修道士が
夕べ　聖ウルズラの暮れなずむ教会に　足を踏み入れたとき、
ひとつの銀色の声（？）が　顔を　巻き毛に隠した、
そして　戦きながら　かれを

Ⅶ 遺稿（戯曲ほか）

断片

断片 I　幼年時代

何かが　しめやかに　秋の木々の下を行く
緑の流れに沿って、そのうえを　鷗たちが　滑るように飛ぶ——
葉が落ちる、暗い時代の無邪気さが。
神の安息だ。夕べの影たちが　ためらっている
黒い鳥が一羽　秋の木々の間で歌う

疲れて、けれど和やかに　両手を組み合わせる
夕暮れ　鳥たちのしるしのあとを
目が追う、まどろみに負けてしまうまで——
少年の思い出は　柔和で　華奢だ。

黒い鳥が一羽　秋の木々の間で歌う

この日々の平和は　甘く　けれど力強い
そして又魂は　静かに　仕度を整えようとしている。

断片２

十字架がひとつ　そびえ立つ　エーリス
お前の身体が　暮れていく小径のうえに

断片３　誕生

父と　連れゆく、母と　連れゆく

断片４　春に

古びた庭は　夕暮れになった。

断片5　夢にさまよう、死、そして　魂

ぼくが　暗い冬の日々の荒れ野と絶望に　飽き果てて　眠りの黒い丘のふもとに　倒れると、燃え上る翼にのって　ひとつの雲が　ぼくのもとに訪れた。

断片6

昼が没落すると　Kが行った

断片7

故郷を失った者が　帰ってくる　苔むした森に

断片8

夕暮れに　ミュンヒが　森の縁で目覚めた。ひとひらの金色の雲が　かれのうえで　消え　そして　秋の暗い静寂が　かれを不安で満たした、まわりに、連なる丘の孤独。

断片9

春に、華奢な亡骸が
墓のなかで　輝きはじめる
幼年時代の
野生の榛の茂みの下で

断片10

夜の　橅の木々、暗い風景の
心のなかに住む　赤い虫

断片 11

雪の夜！
お前たち　暗く眠る者たち
橋の下で
砕かれた額を離れて
お前たちの水晶の汗が　したたる

戯曲

青髯

人形劇
断片

前口上

もしお前が、正義の者よ、哄笑と狂気にかき乱された
この錯雑たる光景を嘆くなら、
信じてくれてよい、私たちが再びまみえるとき
そのときには　私の主人公は　もっとまっとうな道を　歩んでいるだろうこ
とを！
アーメン！

登場人物

青髯／老人／〈ヘルベルト〉／〈エリザベート〉

館の部屋。夜である。オルガンの音が　次第に消えていく。
老人（窓辺で）：
　神様、彼を憐れみ給え！　ミサが終った——
　今　彼らは　教会から歩み出る！
　神様、彼女を憐れみ給え！
ヘルベルト（跪いて）：
　神様、彼女を憐れみ給え——あの蒼ざめた花嫁を！
　（不安に満ちて）喘ぎ声が
　夜から浮かび上ってくるのが　聞こえたような気がする！　憐れみ深い神
　様！
　あの罪人たちを　彼らの地獄の苦しみから　救って下さい！
　ぼくには　耐えられません！
老人：
　木々の梢を　春のざわめきが　かき乱している！
　静かに！　坊や、彼らが近づいてくる！
ヘルベルト（憑かれたように）：

あの女たちはみな、この夜ののち　昼を見ることはなかった
今　彼らは　あそこの下で　再び目覚め
そして　血の婚礼の夜のなかへ　喘ぐ！
ぼくから　耳と目を　取り上げてくれ！　ぼくは　呪われている！
夜は　狂気に満ちあふれ――そして　卑しい！
助けてくれ！　父さん、あの叫び声が聞こえたでしょう！

老人（静かに）：
いや！

ヘルベルト：
ぼくを行かせてくれ！　向うの村へ！
遮るもののない場所で　ぼくは跪きたい
そして　告白したい――ここで起きたことを――
そして　今日起きることを――方々から
警鐘が　夜のなかへと　響きわたる――
名づけようのないことが　成し遂げられる前に！

老人：
お前をひきとめはしない！　そうするように
命じられたのならば　そうするがよい！

気の毒に！

ヘルベルト：

父さん！　ぼくのために　祈ってくれ！

ぼくが　御主人様を〈？〉裏切るのを！

もう二度と　会うこともないだろう！　彼が近づいてくるのが　聞こえる！

行こう！　行こう！　さようなら！

老人：

さようなら！

（ヘルベルト　去る）

第一場　第二稿

〈館の部屋。夜である。オルガンの音が　次第に消えていく。

老人（窓辺で）：

神様、彼を憐れみ給え！　ミサが終った――

今　彼らは　教会から歩み出る！

神様　彼女を憐れみ給え！

ヘルベルト（跪いて）：
神様、彼女を憐れみ給え——あの蒼ざめた花嫁を！
（不安に満ちて）喘ぎ声が
夜から浮かび上ってくるのが　聞こえたような気がする！　憐れみ深い神
　様！
あの罪人たちを　彼らの地獄の苦しみから　救って下さい！
ぼくには　耐えられません！
老人：
木々の梢を　春のざわめきが　かき乱している！
静かに！　坊や、彼らが近づいてくる！
ヘルベルト（憑かれたように）：
あの女(ひと)たちはみな　この夜ののち　昼を見ることはなかった
今　彼らは　あそこの下で　再び目覚め
そして　血の婚礼の夜のなかへ　喘ぐ！
ぼくから　耳と目を　取り上げてくれ！　ぼくは　呪われている！
夜は　狂気に満ちあふれ——そして　卑しい！
助けてくれ！　父さん　あの叫び声が聞こえたでしょう？
老人（静かに）：

いや！

〈ルベルト：〉

ぼくは　彼らが行くのが見えた、消えていく光のように
ぼくの夢のなかを通って、そして　摑むことはできなくても
感じられたのだ、彼らが近づくのを、燃えるように熱く——
そして、ぼくは　叫び声を上げ、彼らの前から　逃げ出さなくてはならな
　かった！
邪悪な夢が　ぼくを　苦しめてきた
今　ぼくは　夜通し泣いている
だが忘れてしまった——なぜなのかは！

老人：

お前の幼年時代は　過ぎ去った——

〈ルベルト：〉

ぼくを行かせてくれ、父さん、ぼくを行かせてくれ。
禿鷲が幾羽も、またあの場所のまわりを　飛びまわっている！
敷居のうえに　血が流れている——
あそこに、花嫁が跪くはずのところに
ごらん、父さん——あなたは　あの血が見えるでしょう？

老人：
松明の　ゆらめいている光だとも！
ヘルベルト：
影たちが　あの蒼ざめた花嫁に合図する
何をするように　ぼくは命じられたのか――ぼくは、それが恐ろしい！
引き返すのだ――お前、乙女よ！　あと一歩　戸口から！
お前たち、愛された女たちは　だが　前に歩み出る！
敷居の前に死が！　ぼくのために祈ってくれ！
敷居の前に死が！　お前の身代りに　ぼくを死なせてくれ。
マリア様、――聖なる乙女　おお　ぼくのために取りなして下さい！
（彼は窓からころがるように飛び出していく）
老人〈（）跪いて（）：〉
あなたは　だからこそ　春にするのですか
神様　この暗い地上を？

従僕〈：〉
神様　彼女を憐れみ給え！
彼女が行くのを——ちょうど消えていく光のように
遠いひとつの夢のように——おお　あなたは感じないのです！
けれど　私は　彼女を見つめます、熱く燃えるのを感じます——！
そして　彼女の前に　跪きたい
何が　私の心を　これほど燃え上らせ、
幾千もの声を　夜に貸し与えるのだろう！
老人：
お前は　彼女を見つめてはならない、私のかわいそうな子よ
少年：
神様　彼女を　あの蒼ざめた花嫁を　憐れみ給え

第二場

青髯とエリザベート
エリザベート：

御主人様！　私たちが　この家の中を　通っていくと
松明という松明がみな、消えてしまいました！
青髯：
私の鳩よ、まさか　それに何か意味があると　思うのか？
エリザベート：
わかりません　あなた！　私の両手は　熱く燃えているの！
どこかで　ずっと　泣いている声が聞こえるようです！
青髯：
退れ！　老人よ！　休むがよい！
老人（彼の前に　低く跪いて）：
神様の御恵みが　ありますように！
青髯：
お前は何を泣く？
老人：
もう百年もの間、私の血は循環しておりますが——
この世の中で　あなた様ほど　神様から苦しめられているお方を
見たことがありません！
私は喜んで　この乏しい生命を　あなた様のために　捧げますのに——

ただ　涙を流し、御前に跪くことしかできません。
青髯：
馬鹿なことを言う！　退れ、年老いた子よ！
老人（彼の両手に接吻して）：
これほど蒼ざめているこの両手を　憐れみたまえ――
おお　イエス様！　これほど蒼ざめているこの両手を
お休みなさい！（去る）
青髯（窓辺で）：
月が
泥酔した娼婦のように　目を据えて見ている――
エリザベート：
寒いわ！
青髯（引き返し）：
ここへおいで、震えている子よ――葡萄酒をお飲み！
お前の眼が　熱く燃えるように！　何と清らかなことか！
おお！　愚かな！　お前に乾杯しよう！　忘れたのか　私は？　お前はいく
つになる？
エリザベート：

十五です、あなた！　この夜で！
どうかなさいましたか、御主人様？
青髯：
私は笑ったのか？
おお　お飲み！　お前、可愛い花嫁よ！
ほら、ごらん、月が　熱情に駆られたように　お前を見つめている！
エリザベート：
あなたがわからないわ、あなたが怖いわ！
青髯：
本当に！　お前の頬の蒼ざめていること！
お前のために　お前を笑わせるために、歌を歌ってあげよう。
エリザベート：
あなたが歌って下さるの？
青髯：
これは、これは。私は　お前のために　ひとつの歌を知っている、
このような夜に　幾度も聞いた歌だ。
（彼は歌う）誰が言うのか、彼女の光が消えたと、
私が祝いの日に　彼女の髪をほどいたとき。

なぜ嘆くのか　お前たち、鐘よ
喜びの声を上げるがよいものを。

誰が言うのか、彼女の物言わぬ口が　滅んでいくと、
私が　夜に　彼女のもとにいたときに。
おお、黙れ、黙れ、お前、ひそやかな
無限の　悲しい旋律よ。

誰が言うのか、墓がひとつ　開いていたと、
そして　私の眼差のなかに　何か邪悪なものがあると！
私の心が　それを知っていたならば！
憐れみ給え、おお、イエズス・キリストよ！

エリザベートは啜り泣く。
青髯：
お前には　そのきらめく涙が　何とよく似合うことか！
葡萄酒をお飲み！
エリザベート：
こぼしてしまったわ——血のように輝いているのですもの！

青髯：
　お前は　血と言ったのか！　月の濁った光
　それだけだ！　聞いてごらん、白樺の若枝がざわめいているのを！
エリザベート：
　暗がりで　誰かが震えながら　耳をすませているような気がします
　〈……〉
　昨日　父の家の傍の
　菩提樹の下で　邪悪な夢をみました。
　（夢みるように）ハインリッヒ、あなた！　助けて！
青髯（囁くように）：
　お前　娼婦め！
　猿か　あるいは　雄牛か――
　狼か　それとも他の猛獣か！
　おお　夜になれば、陽気に口づけを交わすのだ、
　二人がもう一つをつくるまで――
　そうすると　三人だ！
　私には　雀たちが　五月に　さえずるのが聞こえる！
エリザベート（魅せられたように）：

来て、あなた！　炎が　私の髪の毛を流れ
もう二度と、もう二度と　わからない、昨日、何があったのか
血が　私ののどを詰まらせ　締めつけ
私はもう　一晩も　安らげる時がない！
裸のまま　陽の光を浴びて　行きたい、
すべての目の前に　私をさらしたい、
そして　私のうえに　無数の苦痛を願いたい
そして　あなたに　苦痛を与えたい、怒りに荒れ狂うまで！
あなた　来て！　私の燃える炎を飲んで、
あなたは　私の血に渇いていないの、
私の燃え上り、流れる髪に？
耳を閉ざして、鳥たちが　森で叫んでいたのには
受け取って、すべてを、私であるすべてを――
あなた　強い人――私の生命――あなた　連れていって
なぜ　遠くにいるの――

青髯：

最後の星が消えるとはじめて――　――

エリザベート（魅せられたように）：

あなたの首に　小さな鍵が下っているのではなくて？
光っているわ――金ではなくて？
私のために　何を　開けて下さるの？

青髯：

花嫁の寝室のとびらを開けるのだ！
そこに潜むのは　滅亡と死、
それが　肉体の奥底の苦悩から　花開く。
（時が　真夜中を打つ！　すべての光が消える）
真夜中に、お前　情欲に駆られた花嫁は
死の花を手にとり　青くなる――
この甘美な秘密と　親しむがよい。
神は　かつて　肉体の苦悩を贖って死んだ
悪魔は　快楽のために　その死を祝うにちがいない。
（彼は　ひとつの扉を開ける）
アスラエルの羽ばたきが　聞こえるだろう――
鳥たちが　垣根で叫んでいるのが聞こえるように
快楽を　血から生れた憎悪が、滅亡が、死が鞭打つ、甲高い声を上げながら、
赤く

おいで、震えている花嫁よ！　（彼は　彼女に襲いかかる）

エリザベート：
キャー！　キャー！　恐ろしさに身が震えるわ！
あなたではないわ！　あなたではないわ！　おお　助けて　私を！
愛しい人！

青髯：
お前の少年のように――こんなに清らかに、おお　私はお前を愛している！
だが私は　お前、幼な子よ、お前のすべてを支配しなければならない――
どうしても　お前ののどを　裂かなければならない
お前、鳩よ、そして　お前のこんなにも赤い血を
お前の　痙攣し、泡立つ死を　飲まなくてはならない！
そして　お前の臓腑から
お前の羞恥と、お前の純潔を　吸い込まなくてはならない

エリザベート：
憐れみを！　なぜ　私の髪を　強く引っ張るの！

青髯：
私の祭壇のうえに　清らかに咲きほこる薔薇が――

エリザベート：

神様　助けて下さい！　あなた　口から泡をふいている〈獣〉！

青髯：

猿か、あるいは雄牛か

狼か　それとも他の猛獣か

おお　夜になれば　陽気に　口づけを交わすのだ——

二人が　もう一つをつくるまで！

そして　一つが　死だ！

エリザベート：

誰も　私の恐ろしい苦悩の方を向かないの？

青髯（叫ぶ）：

神よ！

（彼は　深みへと　彼女を引きずりこむ。金切声が聞こえる。それから　深い静寂。しばらくののち、青髯が姿を表わす、血をしたたらせながら、正体もなく酩酊し、そしてなぎ倒されたように　十字架像の前にくずおれる）

青髯（消えていきながら）：

神よ！

青髯：
一人の、愉快な　そして優しいお客様だ。
何が　お前を　そう熱くしている――お前はもう　熱にうかされている！
（彼は　彼女の指を撫でる）
お前は　この月の夜に息づいている――
蠑螈（いもり）や百合を　発情させるこの夜に。
おお、震えている蕚から　泡が沸き立つ、
そして　膿み爛れたまま　身体という身体は　踊り上る――
そして　激怒のままに　口から泡を吹きながら　巻きつく――
そして　闘う――そして　闘う！
これほど　熱く　重く

ドン・ジュアンの死
〈悲劇・三幕〉
断片

プロローグ

〈……〉厳かに　気高い　いくつもの夢〈……〉
〈……〉
〈……〉ディオニソスの顔、
そのなかに、かつて沈み去った
神々の世界の　喜びが　蘇ったようだ
神々に愛され
生命に祝福され、解き放たれた者たちの
子孫の一人。
ああ　つらいこと！

お前から　私を　この地上の存在の　虚ろな
そして痛ましい仮面が　石のように　凝視している、
そのうしろには　死と熱い狂気が　ひそんでいる。
〈……〉
〈……その〉苦しみから燃え上る〈運命……〉
〈……〉
暗い行いを通じて、お前の存在の分裂のなかで——
異郷に生れた者　そして　苦悩に定められた者
敗北した勝者、自己を喪失した者、
人間には異郷の　氷の峯のうえで
猟師が、神に向って　矢を放つ。

悲劇・第三幕　第一稿

場面：ドン・ジュアンの館の広間
カタリノン（ぶつぶつと一人つぶやきながら）：
あそこで、扉を引っ掻いているのは　何だろう！　やるがよい！

私は動かないぞ。——まるで　獣が一匹、たとえ沈黙からでも　答えを
引き出そうと　辛抱強く、——引っ掻きに　引っ掻いているようだ！　ほら
　お前、
気をつけろ！　ここは地獄だぞ——私は　地獄と言ったか？
おそらく　天国の入口でもあるだろう。多分！
理解しがたいものを　ぼんやりとした言葉が
徒らに摑もうとするが、それは　暗い沈黙のなかでだけ
我々の心の境界の末端に　触れるのだ。
ただ、そう大きな音をたてるな、もう開けにいく。
（彼は戸口に向い、閂をはずす）
入ってこい、お前、倦むことを知らぬ者よ！　お前が人間であるならば
お前の言葉は　外に置いてこい、
それを小生意気に　使わぬように。
フィオレロ（身体中を震わせながら、入ってくる）
カタリノン：
　案の定だ！
フィオレロ：
　あんたが　ここにいるとは！

家は　空っぽで、召使いたちは　逃げてしまった
ここで　いまこの時刻に準備されている
あの残虐行為を　大声で　夜のなかへ　叫び立てながら。
カタリノン：
黙れ　老人よ！
フィオレロ：
おお　名づけようのない悪事！
カタリノン：
しゃべるのをやめろ、お前の戯れ言が
何に向けられているのかはわかっているのだ。
言われた通り、黙れ。
フィオレロ：
もう　黙っている、お前、恐ろしい者よ。
そうしたければ、お前も、出ていけるのだから！
カタリノン：
お前には　その方がいいのかもしれない――――
フィオレロ：
私が、私の主人を見捨てる！

私は　ここにとどまるとも、たとえ、不安が私を殺そうと、
そして、起こるであろうことの
期待が。
（彼は　腰をおろす）
カタリノン（独り言をつぶやきながら）：
お前の　輝きの消えた眼に
私は　燃え上る光を灯そう
私は　お前を　死の暗闇から引き離そう
神であろうと　悪魔であろうと　それを邪魔はしない！
フィオレロ：
恐ろしい者よ！
カタリノン（耳を澄ませる）：
彼が近づいてくる――彼がやって来る！
〈〇〉ドン・ジュアンが　右手の戸口に現われる、それを通して、ぼんやりと照らされている部屋の中に、ドナ・アンナの亡骸が　寝椅子に横たえられているのが見える。
〈〇〉
ドン・ジュアン：
去れ、恐ろしい顔よ！

なぜ　お前は　私を　私の臥所から追い出すのだ
この時刻、奥深い歓喜の戦きが
私の血のなかで　未だに震え、私を
いくつもの超人的な顔が　満たすとき。去れ、去れ！
お前、渋面よ、淫らな驚きを生み、
私に吐き気を催させる者よ、私は　お前を見つめる——そうしたいわけでは
　ないが
そうせざるをえない。こうして　私は　お前を、呪われた
物を摑まえ、お前、私の熱い感覚が吐き出したものよ
お前を　この両手で絞め殺し、焦がすのだ
私の息のほてる炎で、お前を、獣の顔を！
ああ！　お前は　まだ　私の頭に浮かび、私を見つめている
死でこわばった眼の洞穴から、そこでは
未だかつて　一条の光も明るませたことのない
暗黒が　泣いている。そして　お前は　その空間を　沈黙で満たすのだ、
蒼ざめて、地下納骨場のように深く　私の心の
たけり狂う脈動のなかを　忍び歩き、蛇のように
私の感覚が酔いしれて恍惚となっているまわりにからみつく　沈黙で、

そうすると　さらに　ますます遠く　私から　生命の
多くの声の入り混った喧噪が　次第に消えていき、
吐き気を催すような荒地にぶつかり、砕けるのだ。その空間はせばまり　そして
飲み込むのだ、近くの物たちの確かな
形を。私の傍で生命は立ち上り、すでに
私を摑まえようと迫り来る。去れ、空虚なものよ！
未だ、私の血は　この世界の音を響かせている
大地は　私を支え、私は　お前のことを笑う。
（彼は　窓辺に　よろめいていき、そして打ち当る）
ここで、私は　生命に、広く門を開けよう、
すると　生命は　鳴り響きながら　こちらへ、中へと入ってくる、私を抱こ
　うと、
その翼で　私を包み込む——そして私は——
かれのものだ！
そして　世界を吸い込む、私は　再び世界だ
甘美な調べだ、熱い色をした反射——だ
無限の動き——だ。

場面：ドン・ジュアンの館の広間
ドン・ジュアンが　右手の戸口に現われる、それを通して　明々と照らされた
部屋の中に、ドナ・アンナの亡骸が　寝椅子に横たえられているのが見える。
ドン・ジュアン：
　去れ、恐ろしい顔よ！
なぜ　お前は　私を　私の臥所から追い出すのだ、
この時刻、奥深い歓喜の戦きが
私の血のなかで　未だに震え、私を
いくつもの超人的な顔が　満たすとき。去れ——去れ！
お前、渋面よ、淫らな驚きを生んだものよ！
私は恐れ戦く、お前を見つめる——そうしたいわけではないが
そうせざるをえない。（両手で空をつかもうとしながら）こうして　私は　お
　前を　呪われた
物を摑まえ、お前、私の熱い感覚が吐き出したものよ、
お前を絞め殺す、この両手で、焦がす
私の息のほてる炎で、——お前を、獣の顔を。

ああ！　お前は　まだ　私の頭に浮かび、私を見つめている
死でこわばった眼の洞穴から、そこでは
未だかつて　一条の光も明るませたことのない
暗黒が、泣いている。そして　お前は　その空間を　沈黙で満たすのだ、
蒼ざめて、地下納骨場のように深く、私の血の
たけり狂う脈動のなかを　忍び歩き、蛇のように
私の心が酔いしれて恍惚となっているまわりにからみつく　沈黙で
そうすると　さらに　ますます遠く　私から　生命の
多くの声の入り混った喧噪が　次第に消えていき、
吐き気を催すような荒地にぶつかり砕けるのだ。その空間はせばまり　そして
飲み込むのだ、近くの物たちの確かな
形を。私の傍で　生命は立ち上り、すでに
私を摑まえようと迫り来る。去れ――空虚なものよ！
未だ　私の血は　この世界の音を響かせている
大地は　私を支え、私は　お前のことを笑う！
（彼は　窓辺に　よろめいていき　そして打ち当る）
ここで　私は　生命に　広く門を開けよう、
そして　世界を吸い込む、私は　再び世界だ、

甘美な調べだ、熱い色をした反射——だ
無限の動き！——それだ！
（彼は　大声で叫びながら　階段にくずおれる）

第二場

登場人物：家令フィオレロ、そして　カタリノン

戯曲断片

第一稿

I

森の縁の小屋。背後に城。夕暮れである。

小作人：
私たちの一日の仕事は終った。太陽は沈んだ。家に入ろう〈。〉

ペーター：
水車小屋の傍で　今日、一人の少年の亡骸が見つかった。村の孤児たちが
その黒い腐敗を歌っていた。赤い魚たちが　その目をついばみ、一匹の獣が
その銀色の身体を引き裂いた。青い水が　蕁草と野茨の冠を　その黒っぽい

巻き毛に　からみつけた。

小作人：

赤い昨日、一匹の狼が　私の初子を引き裂いたあのとき。呪いだ、暗い幾歳もの呪い。お前は何を私に　思い出させるのか、低く、鐘が鳴り、ゆっくりと　小さな黒い橋が　小川のうえに　孤を描き、赤い狩人たちが　森の中へ消えていく。暗く　狂気が村の中で　歌っている、明日、おそらく私たちは、一人の大切な死者の棺から　布を持ち上げるだろう。行こう、おお　鈴を鳴らしている家畜の群が森の縁に、麦のざわめき――

ペーター：

あなたの娘――

小作人：お前の妹のことを話しているのか！　彼女の顔を、今夜　星たちの池のなかに　私は見た、血のヴェールに包まれているのを。　父の、見知らぬ女――

ペーター：妹は　茨の茂みで歌い、そして　その銀色の指からは血を、蠟のように蒼ざめた額からは　汗を　したたらせていた。誰が　彼女の血を飲んだのだろう？

小作人：神よ、あなたは　私の家に訪れた。暮れていく部屋で　うなだれたまま　私は立たずんでいる、炉の炎の前に。そこには　媒と、清浄なものがあ

り、そして　影のなかに　一人の骨でできた客がいることを　知っている、
熱くほてりながら、目が見えなくなる。ペーター、お前はどこにいるのだ？
ペーター：緑の蛇たちが　榛の茂みで　囁いている——天使の炎につつまれた
歩み——
小作人：おお、棘と石ころだらけの道たち。誰が　お前たちを呼ぶのか、朝
鶏が時をつくる前に、お前たちが　まどろみつつ　あの家と、あの白い頭を
立ち去るようにと。
ペーター：おお　修道院の門だ、それが　静かに閉まる。雷雨が　館のうえに
やって来る。地獄の渋面どもと　天使たちのきらめく剣が。行け！　行け！
さようなら。
小作人：おお、取り入れ。もはや　家の階段には　野草がざわめき、石積みの
壁には　蠍が巣くっている。おお　私の子供たち。
マリアよ、お前は　私に小さな鬼火となって　話しかけるのか、死んでしま
った子供よ、青い泉　私の死んだ妻　そして　年とった木々が　私たちのう
えに落ちる。誰が　しゃべっているのだろう？　ヨハンナ、娘　白い声が
夜風にのって、その悲しい巡礼から　お前は帰ってくる。おお　お前、私の
血でできた血よ、月の夜の道と夢みるものよ——お前は誰だ？　ペーター、
真暗な息子よ、乞食のように　お前は　石ころだらけの畑の縁に坐る、腹を

すかせて、お前の父の静寂を満たそうと。おお　麦の夏の重さ、汗が　罪が
そして　最後には　空っぽの部屋部屋で　疲れた頭も沈む。おお　幼年時代
からつづく　菩提樹のざわめき、生の無益な希望、石と化したパン！　さあ
身をかがめるがよい　静かな夜よ。
（彼は　その頭を　両手に埋める）

2

茨の荒野、岩々、泉。夜である。
ヨハンナ〈：〉刺しておくれ、黒い茨よ。ああ　まだ　荒れ狂う雷雨に　銀色
の腕が　鳴り響いている。流れよ　血よ　狂ったように走るこの足から。そ
の足は　夜の道で　何と白くなってしまったことか！　おお　中庭には　鼠
たちの叫び声が、水仙の香が。薔薇色の春が　痛ましい眉に　巣くう。お前
たち、幼年時代の朽ち果てた夢たちは　私の砕かれた目のなかで　何をして
いるのだろう。去って！　去って！　私の口の緋色は　流れないの。月のな
かの白い踊り。喘ぎながら　獣が　家の中へ押し入った。死！　死！　ああ、
何と生は甘美なことか！　裸の木のなかに　母が宿り、私の悲しげな目で
私を見つめている。父の白い巻き毛が　にわとこの茂みのなかに　沈んだ
——愛するものよ　それは　私の燃えている髪。それに触わらないで、妹よ、

あなたの冷い指で。

幻：灼熱する花々が　静かに漂う――

ヨハンナ：ああ、つらい、傷が　お前の心に　ぱっくりと口を開けている、愛する妹よ〈。〉

幻〈：〉燃え上る情欲、終りのない苦悩。私の胎内の　黒々とした痛みを感じなさい。

ヨハンナ：お前の影のなかに　誰の顔が現われるのか、金属で組みあわされ、そして眼差のなかには　炎の天使。心のなかには砕けた剣。

幻：ああ　つらい！　私を殺す者よ！（幻は沈んでいく）

ヨハンナ：熱くほてる恥辱、それが私を殺す、エーライ！　雪のような炎が月の中に！（彼女は意識を失い　茨の茂みに倒れる　茂みは　そのうえにおおいかぶさる）

さすらう者：誰が　夜の中で叫んだのか、黒い雲でつつまれた　私の甘い忘却を邪魔するのか？　道と丘、そこで　私は　熱い涙のうちに安らっていた――神も　ただ夢であってくれ、苔むした森を行く歩みも、私が夕焼けの中で立ち去った小屋も、妻と子供も。これら恐ろしい影たちから　離れよ。

殺人者：無のなかへつづく鉛でできた階段。誰が　私を　眠りから引き離したのか、私に　荒れ果てた小道を行くよう　命じたのか。誰が　私の顔を取り、

心を　石灰に変えたのか。お前の名前など呪われよ！　誰が私の手から　ランプを取り上げたのか。荒々しい忘却。誰が　私の赤い右手に　ナイフを押しつけるのだろう。笑っている黄金！　畜生！　畜生！（彼は　宙〈？〉を〈？〉見つめる）

さすらう者：私のまわりは　何と暗くなったことだろう、私の内部の声が　災いを告げる、聖母様、私の額の汗を　ぬぐって下さい、血を。悲しげな、くろうたどりの呼び声、午後の太陽が　森のなかに――私はそれを　どこで夢にみていたのだろう？

殺人者（彼のうえに　倒れかかりながら）：犬め、お前の骨！（彼を刺し殺す）

さすらう者（息絶えつつ）〈：〉私ののどから　その黒い手をどけてくれ――私の目から　夜の傷よ、去れ――幼年時代の深紅の夢魔が。（彼は　うしろへ倒れる）

殺人者：笑っている黄金、血――おお　畜生！（彼は　死人の背嚢をさぐる）

第二稿

第一幕

小作人の小屋の中。夜である。小作人、ペーター、彼の息子。とびらを叩く音がする。

ペーター：誰だ？

外の声：開けてくれ！（ペーターは開ける。ケルモルが入ってくる）

ケルモル：私の黒馬の首を　私は　森で折った、狂気が　その深紅の両目から躍り出たから。楡の木の影が　私のうえに落ちた、水の青い笑いが。夜と月！　どこに私はいるのだろう。甘美なまどろみのなかに押し入れば、私のまわりで　魔女の銀色の髪がはためいている！　近くにありながら見知らぬものたちが　私のまわりで暮れていく。（彼は炉の傍に倒れる）

ペーター：額から血が流れている〈。〉顔は　驕りと悲しみで黒い、父さん！

小作人：一日の仕事は終った。太陽は沈んだ。静かだ　私たちの生は。

ペーター：水車小屋の傍で　今日、修道士の亡骸が見つかった。村の孤児たちが　その黒い腐敗を歌っていた。赤い魚たちが　その目をついばみ、一匹の

獣が　その銀色の身体を引き裂いた。青い水が　蕁草と野茨の冠を　その黒っぽい髪に　からみつけた。

小作人：赤い昨日、緑になる明日。私の妻は死んだ、初子は腐り果て、老人の目は見えなくなる〈。〉暗い幾歳もの呪い。私たちのところへ来た　見知らぬ男は誰だろう？

ケルモル（眠ったまま）：お前たち　赤い狩人たち　消え失せろ。黒い　小さな橋が　ゆっくりと　小川のうえに　孤を描く。森と鐘。そっと　銀色の手が　暗く眠る女の棺から　布を持ち上げ、茨のなかで　金属の心臓を差し出す。月の顔——

小作人：炉の火は消えた！　私のもとを去るのは誰だろう！

ペーター：おお　妹は　茨の茂みで歌い、そして　その銀色の指からは血を蠟のように蒼ざめた額からは　汗を　したたらせている。誰が　彼女の血を飲むのだろう？

ケルモル（眠ったまま）：おお　お前たち　石ころだらけの道たち。星たちでできた顔が氷のヴェールにおおわれて、歌っている見知らぬ女（ひと）——　——暗黒が私の心のなかで　うねりを上げる。

小作人：恐ろしい神が　私の家を訪れた。小麦は刈り入れられ、葡萄は絞られた。おお　いくつもの暗い部屋！

ペーター：汗と罪！　父さん、聞いてごらん、修道院の門、あれが　静かに開く。墜ちていく星たち！　雷雨が　館のうえにやって来る、地獄の渋面どもと　天使たちのきらめく剣が――　――

ケルモル（眠ったまま）：娘よ　お前のほてった母胎が星の池のなかに――　――

ペーター：おお　薔薇が、雷のなかでとどろいている！　行け！　行け！　さようなら。（彼は　逃げ去る）

ケルモル（眠ったまま）〈：〉やめてくれ――黒い虫よ、心臓に　深紅に穴をあけるものよ！　衰弱した月が、砕かれた岩屑のあいだを通っていく――　――

小作人：ペーター、真暗な息子よ、乞食のように　お前は　石ころだらけの畑の縁に坐る、腹を空かせて、お前の父の静寂を満たそうと。おお、小麦の秋の重さ、鎌　そして堅固な歩み　そしてついに　がらんとした部屋に　白い頭が沈む。（この瞬間　ヨハンナが　自分の寝室から現われる）ヨハンナ、小さな鬼火になって　お前は私たちに話しかける、もっと静かな子供よ、泉の青い声と一緒に　私の死んだ妻と　一人の死者が植えた年とった木々が　私たちのうえに落ちる。誰がしゃべっているのだろう。ヨハンナ、娘、白い声が夜風にのって、深紅の巡礼の仕度をして。おお、お前　血よ、私の血から生れた、小道と夢みるものが　月の夜に。私たちは誰だろう？　おお　生の無益な希望、おお　石と化したパン！（彼の頭は　沈んでいく）

ヨハンナ（夢にさまよいながら）：おお　階段には　野草が、凍える足を食い裂く、固い水晶のなかの像よ、銀色の爪で　刻み込ませよ――おお　甘美な血。

ケルモル（目覚めつつ）：褐色の罌粟から目覚める！　そっと　天使たちの優しい声が　口をつぐむ。うなりを上げよ　秋の嵐よ！　私のうえに落ちよ、黒い山脈よ、鋼鉄の雲よ。私をここへ導いてきた　罪咎のある小道

ヨハンナ：笑う声が　夜風にのって――　――

ケルモル（彼女をみとめる）：茨の階段が　腐敗と暗闇のなかに、深紅の地獄の炎よ、燃え上れ！（彼は立ち上り　暗闇の中へ逃げる）

ヨハンナ（高く　身を起こして）：私の血を　お前のうえに――お前は　私の眠りのなかに押し入ったのだから。

アフォリズム

アフォリズム1

幸福を軽蔑する者にだけ　認識が生ずる。

アフォリズム2

死んだような存在の瞬間に感じること、すべての人間が　愛に値すると。目覚めると、お前は　世界の苦さを感じる、そのなかに　すべてのお前の解かれない罪がある、お前の詩　ひとつの不完全な贖い。

Ⅷ 書簡

書簡索引

1 〈ヴィーンの〉カール・フォン・カルマー宛　1905?.8 or 9前半.
2 〈リンツの〉カール・リッター・フォン・ゲルナー宛　1906.5.24.
3 〈ヴィーン（?）の〉カール・フォン・カルマー宛　1906.9.30.
4 ヘルミーネ・フォン・ラウターベルク宛　1908.10.5.
5 〈ザルツブルクの〉マリア・ガイペル宛　1908.10末.
6 ヴィーンのカール・フォン・カルマーに　1909.4.8.
7 ザルツブルクのエルハルト・ブシュベック宛　1909.4.25.
8 〈ザルツブルクの〉エルハルト・ブシュベック宛　1909.5or6始め.
9 〈ザルツブルクの〉エルハルト・ブシュベック宛　1909.6始め.
10 〈ザルツブルクの〉エルハルト・ブシュベック宛　1909.6.11.
11 〈ヴィーンの〉エルハルト・ブシュベック宛　1909.10?.
12 〈ザルツブルク（?）の〉エルハルト・ブシュベック宛　1910?.6or7.
13 〈ザルツブルクの〉エルハルト・ブシュベック宛　1910.7.9〜15頃.
14 〈ザルツブルクの〉エルハルト・ブシュベック宛　1910.7後半.
15 〈ザルツブルクの〉エルハルト・ブシュベック宛　1910.7後半.
16 アッターゼーのアントン・モリッツ宛　1910.8.29.
17 ザルツブルクのマリア・ガイペル宛　1910.11.15.
18 ロヴェレトのフリートリッヒ・トラークル宛　1910.秋.
19 ザルツブルクのエルハルト・ブシュベック宛　1911.5.20.
20 〈ザルツブルクの〉エルハルト・ブシュブック宛　1911.6.27.
21 ザルツブルクのエルハルト・ブシュベック宛　1911.7.6.

22　アッターゼーのアントン・モーリッツ宛　1911.8.8.
23　ヴィーンのエルハルト・ブシュベック宛　1911.10.3.
24　ヴィーンのエルハルト・ブシュベック宛　1911.10.23.
25　ヴィーンのエルハルト・ブシュベック宛　1911.11.13.
26　〈ヴィーン？の〉エルハルト・ブシュベック宛　1911.晩秋？.
27　ヴィーンのエルハルト・ブシュベック宛　1912.2.2.
28　ヴィーンのエルハルト・ブシュベック宛　1912.2.19.
29　ヴィーンのエルハルト・ブシュベック宛　1912.4.21以前.
30　ヴィーンのエルハルト・ブシュベック宛　1912.4.24.
31　〈ヴィーン？の〉エルハルト・ブシュブック宛　1912.5前半.
32　ヴィーンのエルハルト・ブシュベック宛　1912.5.10.
33　〈ヴィーン？の〉エルハルト・ブシュベック宛　1912.10半ば.
34　〈ヴィーンの〉ルートヴィッヒ・ウルマン宛　1912.10.24頃.
35　〈ヴィーンの〉エルハルト・ブシュベック宛　1912.10末or11始め.
36　〈ヴィーンの〉エルハルト・ブシュベック宛　1912.11始め.
37　〈ヴィーンの〉カール・クラウス宛　1912.11.9.
38　〈ヴィーンの〉エルハルト・ブシュベック宛　1912.11前半.
39　〈ヴィーンの〉エルハルト・ブシュベック宛　1912.11前半.
40　〈ヴィーンの〉エルハルト・ブシュベック宛　1912.11前半？
41　〈ヴィーンの〉エルハルト・ブシュベック宛　1912.11後半.
42　ヴィーンのエルハルト・ブシュベック宛　1912.11.23.
43　ヴィーンのエルハルト・ブシュベック宛　1912.11.30.
44　〈インスブルックの〉カール・レック宛　1912.12.3.
45　〈ヴィーンの〉エルハルト・ブシュベック宛　1912.12始め.
46　〈ヴィーンの〉エルハルト・ブシュベック宛　1912.12前半.
47　〈ヴィーンの〉エルハルト・ブシュブック宛　1912.12前半.
48　〈インスブルックの〉ルートヴィッヒ・フォン・フィッカー宛　1912.12始め.
49　ザルツブルクのエルハルト・ブシュベック宛　1913.1.2.

50　ザルツブルクのエルハルト・ブシュベック宛　1913.1.4.

51　〈ヴィーンの〉エルハルト・ブシュベック宛　1913.1後半.

52　ヴィーンのエルハルト・ブシュベック宛　1913.1.22.

53　〈ヴィーンの〉エルハルト・ブシュベック宛　1913.1後半.

54　ヴィーンのエルハルト・ブシュベック宛　1913.1.28.

55　ヴィーンのエルハルト・ブシュベック宛　1913.2.5.

56　〈インスブルックの〉ルートヴィッヒ・フォン・フィッカー宛　1913.2始め.

57　〈インスブルックの〉カール・ボロメウス・ハインリッヒ宛　1913.2.19頃.

58　インスブルックのルートヴィッヒ・フォン・フィッカー宛　1913.2.23.

59　ヴィーンのエルハルト・ブシュベック宛　1913.2.28.

60　インスブルックのルートヴィッヒ・フォン・フィッカー宛　1913.3.10～13頃／1913.3.13.

61　〈ヴィーンの〉エルハルト・ブシュブック宛　1913.3後半.

62　インスブルックのルートヴィッヒ・フォン・フィッカー宛　1913.3.16.

63　インスブルックのルートヴィッヒ・フォン・フィッカー宛　1913.3.23.

64　インスブルックのルートヴィッヒ・フォン・フィッカー宛　1913.3.31.

65　ヴィーンのエルハルト・ブシュベック宛　1913.4.1.

66　ヴィーンのエルハルト・ブシュベック宛　1913.4.3.

67　〈ライプツィッヒの〉クルト・ヴォルフ出版社宛　1913.4.5.

68　ヴィーンのエルハルト・ブシュベック宛　1913.4.5.

69　ヴィーンのエルハルト・ブシュベック宛　1913.4前半.

70　〈ライプツィッヒの〉クルト・ヴォルフ出版社宛　1913.4半ば.

71　〈ライプツィッヒの〉クルト・ヴォルフ出版社宛　1913.4.20～21頃.

72　ミュンヘンのカール・ボロメウス・ハインリッヒ宛　1913.4.25.

73　ライプツィッヒのクルト・ヴォルフ出版社宛　1913.4.27.

74　〈ライプツィッヒの〉クルト・ヴォルフ出版社宛　1913.5始め.

74a　インスブルックのルドルフ・フォン・フィッカー宛　1913.5.6?

75　ヴィーンのエルハルト・ブシュブック宛　1913.5.7.

76 〈インスブルックの〉ルートヴィッヒ・フォン・フィッカー宛　1913.5.7頃.
77 〈ライプツィッヒの〉クルト・ヴォルフ出版社宛　1913.5.8頃.
78 〈インスブルックの〉ルートヴィッヒ・フォン・フィッカー宛　1913.5前半.
79 インスブルックのルートヴィッヒ・フォン・フィッカー宛　1913.5.16.
80 〈ライプツィッヒの〉クルト・ヴォルフ出版社宛　1913.5.19頃.
81 〈ライプツィッヒの〉クルト・ヴォルフ出版社宛　1913.5末.
82 〈ザルツブルクの〉エルハルト・ブシュベック宛　1913.5末or6始め.
83 〈ライプツィッヒの〉クルト・ヴォルフ出版社宛　1913.5末or6.
84 ザルツブルクのエルハルト・ブシュベック宛　1913.6.6.
85 インスブルックのルートヴィッヒ・フォン・フィッカー宛　1913.6.26.
86 〈ライプツィッヒの〉クルト・ヴォルフ出版社宛　1913.6.30〜7.2頃
87 インスブルックのルートヴィッヒ・フォン・フィッカー宛　1913.7.8.
88 インスブルックのルートヴィッヒ・フォン・フィッカー宛　1913.7.12.
89 ザルツブルクのエルハルト・ブシュベック宛　1913.7.17.
90 インスブルックのフローリアン・フォン・フィッカー宛　1913.7.18.
91 インスブルックのルートヴィッヒ・フォン・フィッカー宛　1913.7.16〜18.
92 ザルツブルグのエルハルト・ブシュブック宛　1913.7.24.
93 〈ライプツィッヒの〉クルト・ヴォルフ出版社宛　1913.7後半or8前半.
94 ボスニア・ヤイツェのフランツ・ツァイス宛　1913.8.14.
95 ザルツブルクのエルハルト・ブシュベック宛　1913.8.15.
96 ヴァルンスドルフのカール・ボロメウス・ハインリッヒ宛　1913.9.3〜7頃.
97 〈ライプツィッヒの〉クルト・ヴォルフ出版社宛　1913.10.
98 〈ヴィーンの〉フランツ・ツァイス宛　1913.10末.
99 ゾルバート・ハルのオトマー・ツァイラー宛　1913.11.3.
100 インスブルックのルートヴィッヒ・フォン・フィッカー宛　1913.11.11.
101 〈インスブルックの〉ルートヴィッヒ・フォン・フィッカー宛　1913.11.11〜12.
102 インスブルックのルートヴィッヒ・フォン・フィッカー宛　1913.11.12.
102 a　ヴィーンのルドルフ・フォン・フィッカー宛　1913.11.12.

103　インスブルックのルートヴィッヒ・フォン・フィッカー宛　1913.11.17.
104　インスブルックのルートヴィッヒ・フォン・フィッカー宛　1913.11.19.
105　インスブルックのルートヴィッヒ・フォン・フィッカー宛　1913.11.20.
106　〈インスブルックの〉ルートヴィッヒ・フォン・フィッカー宛　1913.11末?.
107　〈ヴィーンの〉カール・クラウス宛　1913.12.13.
108　〈ヴィーンの〉ハンス・ブレッカ宛　1913.12半ば.
109　〈ヴィーンの〉カール・クラウス宛　1913.12?後半.
110　〈パリの?〉カール・ボロメウス・ハインリッヒ宛　1914.1始め?
111　〈ライプツィッヒの〉クルト・ヴォルフ出版社宛　1914.3.6.
112　〈インスブルックの〉カール・ボロメウス・ハインリッヒ宛　1914.3.19.
113　インスブルックのルートヴィッヒ・フォン・フィッカー宛　1914.3.21.
114　〈ライプツィッヒの〉クルト・ヴォルフ出版社宛　1914.4.7.
115　〈ライプツィッヒの〉クルト・ヴォルフ出版社宛　1914.4.10.
116　〈ライプツィッヒの〉クルト・ヴォルフ出版社宛　1914.4.16.
117　〈ライプツィッヒの〉クルト・ヴォルフ出版社宛　1914.5半ば.
118　ザルツブルクのマリア・ガイペル宛　1914.5.26.
119　〈ライプツィッヒの〉クルト・ヴォルフ出版社宛　1914.6始め.
120　〈ライプツィッヒの〉クルト・ヴォルフ出版社宛　1914.6.10.
121　ヴィーンのアドルフ・ロース宛　1014.6末or7始め.
122　〈ライプツィッヒの〉クルト・ヴォルフ出版社宛　1914.7半ば.
123　〈ライプツィッヒの〉クルト・ヴォルフ出版社宛　1914.7.20or21頃.
124　〈ライプツィッヒの〉クルト・ヴォルフ出版社宛　1914.7末.
125　インスブルックのルートヴィッヒ・フォン・フィッカー宛　1914.8.26.
126　インスブルックのルートヴィッヒ・フォン・フィッカー宛　1914.9.9始め頃.
127　インスブルックのルートヴィッヒ・フォン・フィッカー宛　1914.9始め頃.
128　ザルツブルクのマリア・トラークル宛　1914.9始め頃.
129　インスブルックのルートヴィッヒ・フォン・フィッカー宛　1914.10始め.
130　インスブルックのカール・レック宛　1914.10始め.

131　ヴィーンのアドルフ・ロース宛　1194.10始め.
132　インスブルックのルートヴィッヒ・フォン・フィッカー宛　1914.10.12頃.
133　インスブルックのルートヴィッヒ・フォン・フィッカー宛　1914.10.21頃.
133a　インスブルックのセシリ・フォン・フィッカー宛　1914.10.24.
134　インスブルックのフーゴー・ノイゲバウアー宛　1914.10.24.
135　〈ミュンヘン？の〉カール・ボロメウス・ハインリッヒ宛　1914.10.25.
136　ライプツィッヒのクルト・ヴォルフ出版社宛　1914.10.25.
137　インスブルックのルートヴィッヒ・フォン・フィッカー宛　1914.10.27.
138　インスブルックのルートヴィッヒ・フォン・フィッカー宛　1914.10.27.

正確な日付の確認できない書簡

139　ヴィーンのグスタフ・シュトライヒャー宛　1908／09？冬学期.
140　〈ヴィーンの？〉エルハルト・ブシュベック宛
141　〈ヴィーンの〉エルハルト・ブシュベック宛　1909 or 1912.1末.
142　〈ヴィーンの〉エルハルト・ブシュベック宛　1909.初秋.
143　エルハルト・ブシュベック宛
144　〈ヴィーンの〉イレーネ・アムトマン宛　1910 or 1911.初秋.
145　〈インスブルックの？〉ドクトル……宛　1914.春.

1　〈ヴィーンの〉カール・フォン・カルマー[*1]宛

（ザルツブルク、一九〇五（？）年　八月、あるいは九月前半）

愛する友　カルマー。

先日は　手紙をどうもありがとう。休暇はぼくにとって　最悪の始まり方だった。八日前から　ぼくは病気で、絶望的な気分にいる。ぼくは、はじめ[*2]、たくさん、そう、とてもたくさん勉強した。そのあと起った神経の疲労を乗り越えるために　残念ながらぼくは又、クロロフォルムに逃げてしまった。効果はすさまじいほどだった。八日間ぼくは苦しんで、神経はこわれてしまった。だが、ぼくは、こうした方法で自分を沈静させることに　抵抗する。ぼくにはもう、破滅が間近に見えているのだから。

君が親切に、ヴィーンに招待してくれた件だが、そう簡単にはいかない。休暇になってすぐ、ぼくはガシュ[*3]タイン近郊に、五日間の小旅行をした。そこではあらゆるものがとても高くついた——そう、シーズンの真最中だったし。ヴィーンでもホテルはやはり安くないだろうし、長く留まれば、食事の問題も出てくるだろう？　父にこうした出費で厄介をかけたくないのだ。ぼくは途方に暮れている——大都会の様々な事情に慣れていないし——君の招待をどんなに受けたくとも。

君の大切な御両親によろしく。心からの挨拶を送る。

君のユエルク・トラークル

＊1　Josef Karl von Kalmár　一八八七年 Roznawa に生れ、一九五六年ヴィーンに没す。銀行員。トラークルのギムナジウム時代の友人の一人。

＊2　トラークルは第七学級の終りに、進級できなかった。そこで、九月十六日には追試が準備されていたらしい。結局、その追試を実際に受けたのかどうかは確認されていないが、九月十八日には Carl Hinterhuber の薬局 „Zum Weißen Engel" に見習期間として就職し、九月六日になって、ギムナジウムに退学届を出した。

＊3　ホーエ・タウエルン山脈（東アルプス中の山脈）にある、ザルツァッハ川上流の谷あいの地域。

2 〈リンツの〉カール・リッター・フォン・ゲルナー[*1]宛

ザルツブルク、一九〇六年　五月二十四日

拝啓　編集者殿！

シュトライヒャー[*2]氏がご親切にも、しばらく前に貴殿に私の短い作品[*3]を送って下さいました。貴殿の尊敬すべきご判断がいかなるものであったかがわかりませんうちは、おそらく又新たに作品[*4]をお送りするべきではないでしょう。けれど、貴殿の寛大な賛同が得られることを期待し、それゆえ、貴殿の尊敬すべき新聞にこの作品を採用して頂けますようお願い申し上げます。

敬具

ゲオルク・トラークル拝

*1　Karl Ritter von Görner　一八六四年 Badweis に生れ、一九二四年リンツに没。一八九二年から一九二〇年まで „Linzer Tagespost" の編集長をつとめる。

*2　Gustav Streicher (August Streicher の筆名) 一八七三年 Auerbach に生れ、一九一五年 Bad Hall で没す。小説家、劇作家。トラークルと親交があった。

*3　この作品が何かは確認されていないが、現存していない「トラークルの三月三日に

ついての論文」というものではないかといわれている。
＊4　この作品が何かは確認されていない。

3　〈ヴィーン（？）の〉カール・フォン・カルマー宛

ザルツブルク、一九〇六年　九月三十日

愛するカルマー！

たった今受け取った君[*1]の手紙は、本当に、ぼくに、とても、とても大きな喜びを与えてくれた。ぼくは、心の底から　君に感謝している。この手紙が、あの上演[*2]に関する君の祝辞を伝えてくれているからではなく、君から来たという単純な理由によるのだ。

君の状態が、君が望める限りうまくいっているように、そして　君が　確かな足どりで、未来に向って進んでいるように、ぼくは願っている！　本当に、誰もが、澄んだ目をして　将来の道を眺めるならばとぼくは願っているのだ。なぜならば、そうしてのみ、人は　現在のものをあますことなく享受するのだから。

君自身について書いてくれるときがあればうれしい。ぼくはとても関心があるのだ。この二年間というもの、君は一体どこに行ってしまっていたのか！　もし人が自分の道を歩み続けて、感覚器官で互いの後を追いかけあえなくなれば、どんな関係もよそよそしく遠ざかっていくと思う。だから本当にできる限り手を差しのべ、「私はこうだ！」と言うべきなのだ。

これは確かにただの言葉にすぎない。しかしその言葉とは、まさに絶え間なく豊かに

するものに他ならないのではないか！　ぼくはそう思うのだが！

君も知っているように、ねえ君、ぼくは書いたものによって一番うまく他人に表現できるのだ。ぼくにはしゃべる才能がない。だから、君にここ数日のうちにできた小さな[*3]作品を送るのが一番良いと思う。多分それから君は、語ることがぼくにとってどんなにたやすくないかということが読みとってもらえるだろう。この年、ぼくはとても、とてもわずかしか働かなかった！　いくつかの小さな[*4]物語しか完成しなかった。道は険しく、そしてもっと険しくなるだろうと思う！　それだけより良く！

近々ぼくの将来にとって重要な一歩を踏み出すつもりだ！

この情況がぼくが望んでいるように決れば、それについてもっと君に報告しよう。どうかE・イェガーマイヤー嬢[*5]にぼくの心からの挨拶を伝えてくれないか。そしてフォン[*6]ヴィラーにもどうかくれぐれもよろしくと。

多分一度、二、三日の予定でヴィーンに行くと思う。それはぼくの長年の望みだし。また会えればよいが！

君の
完全に忠実な
ゲオルク・トラークル

＊1　トラークル宛書簡集には収録されていない。
＊2　トラークルの戯曲 Fata Morgana が一九〇六年九月十五日にザルツブルク市立劇場で上演されたことに対するものといわれている。この芝居は失敗に終り、トラークルはこの戯曲を破棄してしまったため現存しない。
＊3　散文「孤独」„Verlassenheit“ であろうといわれている。

＊4　一九〇六年 ,,Salzburger Volksblatt'' に発表された散文「夢の国」,,Traumland''「黄金の杯から」,,Aus goldenem Kelch'' であろう。

＊5　誰であるかは確認されていない。

＊6　Oskar Vonwiller　一八八六年ヴィーンに生れ、一九六三年ベルンで没す。画家。トラークルのギムナジウム時代からの友人の一人。ブレンナー同人。

4　ヘルミーネ・フォン・ラウターベルク宛[*1]

〔ヴィーン、一九〇八年　十月五日〕

愛するミンナ！

今日まであなたに手紙を書くのを怠けていたのを、どうか許して下さい。ぼく[*2]が今いるような、こうした環境の変化の中では、自分にとって特別に大事で、大切な、わずかしかないものや、わずかしかいない人々のことをしばらくの間放っておいてしまうことは、まあ、起りやすいことなのでしょう。それというのも、再び正気に戻った時に、それらのことを、前よりいっそう生き生きと思い出すためなのです。

ここ数日間に、ぼくの身に起ったことを観察するのは、ぼく自身にとって、大変興味深いものでした。というのも、もし、ぼくが、ぼくのあらゆる素質というものを考慮に入れるなら、この起ったことというのは、ぼくにとって普通のことでもないし、それにもかかわらず、又、逆に異常なこととも思えないのです。ぼくがここへ来た時に、あたかもぼくには、初めて、生というものが、あるがままにはっきりと、どんな個人的解釈ももたず、むき出しのまま、無条件に見えたかのように、そして　あたかもぼくには、現実の話すそのあらゆる声が、ものすごく不愉快なその声が聞こえたかのように思えた

のです。そして一瞬、ぼくには、人間のうえに普通のこととして課せられる何か抑圧というものが、そして、運命の促しというものが感じられたのです。

　ぼくは思うのです。生を時間の中で転がしていくあらゆる動物的本能というものを、完全に自覚して、こうしてずっと生きていくことは、恐ろしいことにちがいないと。ぼくは自分がどんなに恐ろしい可能性を秘めているか感じました、嗅ぎ付けてきました、手で探ってきました、そして血のなかでデーモンたちが吠えたてるのを聞きました。肉を狂わせる棘をもった何千もの悪魔たちを。何という恐ろしい悪夢でしょう！

　それも過ぎ去りました！　幻となって現われたこの現実は　今日再び霧散しました。そういうものたちはぼくから遠ざかり、それらの声は更に遠くなり、そして　ぼくは耳を澄ませます、生気にあふれた耳を、ぼくのなかに流れている旋律に、そして　ぼくの生き生きとした目は　あらゆる現実より美しく自分に映る像たちを再び夢みています！　ぼくは正気に戻り、ぼくの世界にいるのです！　無限の甘美な調べに満ちたこのうえもなく美しいぼくの世界。

　だからあなたも又、ぼくの近くへ、ぼくのところへ戻ってきたのです。それで、ぼくは　本当に真面目に、心の底から　あなたに挨拶し、無事に再会できることが、ぼくの一番の望みですと言いましょう。

完全にあなたのゲオルク

*1　Hermine von Rauterberg　トラークルの次姉、一八八四年、ザルツブルクに生れ、一九五六年、ザルツブルクで没す。一九〇九年、エーリッヒ・フォン・ラウターベルクと結婚。愛称「ミンナ」„Minna".

*2　トラークルはヴィーン大学の一九〇八年〜〇九年冬学期に入学した。

5 〈ザルツブルクの〉マリア・ガイペル宛[*1]

（ヴィーン、一九〇八年　十月末）

愛する姉さん！

ぼく[*2]の手紙にこんなにすぐに返事[*3]を下さったことは、ぼくにとって二倍の喜びです。どの行も、どのページも、ザルツブルクから来るものはすべて、ぼくが何よりも愛している街へのぼくの心の大切な思い出、ぼくが愛しているわずかしかいない人々への思い出なのです。

カプチーナベルクはもう秋の燃えるような赤につつまれて、ガイスベルクはその優しい輪郭に一番よく似合う柔らかな衣をまとっているのでしょう。教会の鐘は　厳かなそれでいて親しげな夕暮れのなかで『最後の薔薇』を奏で、それはとても甘く心を打つから、空は無限のなかへとアーチ状に身をそらすのです！　そして泉はレジデンス広場であんなに美しく歌い、そしてドームは王者のような影を投げかけるのです。そして静けさが昇ってくるのです、いくつもの広場や街路のうえに。ぼくがあなた方のもとで、このあらゆる素晴らしさの只中にいられたら、はるかに素敵なのに。この街の魔法を、幸福が余りに大きいので心を悲しくさせるそんな魔法を、ぼくほど感じられる者がいるのでしょうか！　ぼくは幸せな時はいつも悲しい！　不思議なことではないでしょうか！

ぼくは、[*4]ヴィーン人が全く好きになれません。かれらは非常に愚かで馬鹿で低俗な性質を、不快な温厚さの背後に隠している民族です。居心地の良さを無理強いして誇張するほどいやらしいことはありません。市電に乗れば、車掌がなれなれしくします。レストランでは給仕が、等々。あらゆる所でこの恥知らずなやり方に出会うのです。そしてこの企ての目的はすべて——チップなのです！　ヴィーンではあらゆるものに　チップ税がかかっていることを　ぼくは知らなければならなかったのです。悪魔がこの厚かましい南京虫たちをつれ去ってくれればよいのに！

シュ[*5]トライヒャーが近い内にヴィーンに来るというので、とても喜んでいます！　彼がミュンヘンで目的を達したのならばよいのですが！　あなた方の料理の腕前の結果はぼくの舌をとても喜ばせるだろうなどと、長々と強調する必要はないでしょう！　どうかマンナを送って下さい！

あなたとミンナ[*6]の旅行がとりわけ恵み豊かでありますように祈っています。

あなた方の完全に忠実なるゲオルク。

＊1　Maria Geipel　トラークルの長姉。一八八二年、ザルツブルクに生れる。愛称「ミッツィ」,,Mitzi''.

＊2　この書簡は現存していない。

＊3　トラークル宛書簡集に収録されていない。

＊4　フリッツ・トラークルの証言にもとづくとこうしたヴィーン及びヴィーン批判には、ホームシックを別にして、カール・クラウスの影響が見られる、と W. Killy /H. Szklenar はのべている。

＊5　書簡2註2参照。

＊6　書簡4註1参照。

6　ヴィーンのカール・フォン・カルマーに

〔ザルツブルク、一九〇九年　四月八日〕

復活祭　おめでとう

楽しい町から　喜ばしくあれぱと思っている者より。

ゲオルク・トラークル

7　ザルツブルクのエルハルト・ブシュベック[*1]宛
〔ヴィーン、一九〇九年　四月二十五日〕

元気で　楽しんでいる
　　心からの挨拶を　君のヨゼフ。〈カール・ミニッヒ〉
君のヨゼフが（裏を見よ）楽しんで　元気でいるかどうかは、ぼくにはわからないが、
陽気に元気に　君に挨拶を送る
　　ぼくのヨゼフ。〈ゲオルク・トラークル〉

神はこう言った、「ヨゼフよ　唾を吐け！」すると　人間となった
なぜなら　神は　ヨゼフを　創造のために必要としたのだ
　　ヨゼフ〈フランツ・シュヴァーブ〉
なぜなら　彼らは　ヨゼフが美しい姿をしているのを見て　行って　彼を銀貨二十枚で
買った。

ヨゼフ〈…〉〈フランツ・シュヴァープ〉

・この書簡は絵葉書に寄せ書きで書かれている。

＊1 Erhard Buschbeck 一八八九年ザルツブルクに生れ、一九六〇年ヴィーンに没す。一九〇九年から一九一四年までヴィーンで法律学を修める。一九一二年から一三年まで „der Akademische Verband für Literatur u. Musik“（書簡66註3参照）を主宰し、散発的に発行された前衛的雑誌 „Der Ruf“ の共同編集者を勤める。一九一八年から一九六〇年までヴィーンのブルク劇場の指導的立場にあった。トラークルとは、互いに十歳になるかならないごく幼い時に知り合い、トラークルの短い生涯を通じ常に変わらぬ、忠実な、無二の親友であった。

8 〈ザルツブルクの〉 エルハルト・ブシュベック宛

（ヴィーン、一九〇九年　五月又は六月始め）

愛するブシュベック！

ぼくは君の提案[*1]を理解した。

この機会に　君に　一つ[*2]の小さな詩を送る！　ある頼みと一緒に、（実に馬鹿げた頼みだがまあかまうものか）つまり、どこかの新聞にこれを送ってもらえないだろうか。

――自分では思い切ってできないものだから。切手を同封しておく！

すべて君宛に送ってもらい、できたらぼく以外の名前で出してもらいたい！[*3]　とくにこの事は　君だけにとどめておいてくれ。

心から　君の　ゲオルク・トラークル。

＊1　この提案が何かは確認されていない。

＊2　一九〇九年六月七日付のトラークル宛の書簡の中で、ブシュベックは、詩「メルジーネ」（„Melusine"）を送られたことを感謝している。そしてこの詩をある雑誌社（おそらく Westermanns Illustrierte Deutsche Monatshefte）に、トラークルの名で、ブシュベック気付で送ったことを報告している。

＊3　註2参照。結局この詩は一九〇九年九月二十五日付で掲載を拒絶されたが、ブシュ

ペックはこの後かわってヴィーンの月刊誌 „Die Zeit" にもこの詩を送ったらしい。同誌からの一九〇九年夏、掲載拒絶の手紙が残っている。

9 〈ザルツブルクの〉 エルハルト・ブシュベック宛
（ヴィーン、一九〇九年　六月始め）

功労[*1]と幸福とは一つにつながることを。
馬鹿者たちは　いつになっても悟らない。
彼らがよしんば賢者の石を持っていても
それは石ばかりで　賢者はないんだろう！

ここに　ぼくたちは　選りすぐりの芸術展[*2]を君に送る！　おお　見事だ！　おお　偉大だ　おお　永遠のココシュカ！（フランス語で、豚 Cochon！　豚 Cochon！）

G[*3]・トラークル
〈……〉
シュヴァープ
Kミニッヒ

*1　Goethe : Faust　第二部第一場五〇六一～五〇六四（ただし句読点が少し異ってい

る）。訳は相良守峯氏による。

＊2　Internationale Kunstschau Wien 1909.　プシュベックはこの書簡の前に書かれたと思われる四月七日付のトラークル宛の書簡の中で「……一度あの芸術展に行ってみたらいい。君たちの酔っぱらった葉書の代りに君たちがもっと芸術的な作品をつくり出すよう刺激されるように、ココシュカの方向で」と述べている。

＊3　この書簡は絵葉書に寄せ書きされているが、四人のうち一人だけは筆者が確認されていない。

10 〈ザルツブルクの〉 エルハルト・ブシュベック宛

ヴィーン、一九〇九年　六月十一日

愛する友よ！

報告[*1]をどうもありがとう。君の親切[*2]な骨折りがうまくいくことを切望し、そしてぼくは前もって君に感謝しておく。君の提案[*3]に関してだが　それは素晴らしいと思う。近いうちに必ず、あれにつづくものを渡すつもりだ。

君にはたやすく想像できまい、長年にわたり人を圧迫し、そして解放を求めて苦しんでいたものすべてが、突然、不意に、光に向って突進し、自ら自由になり、他をも自由にすることとなれば、どんな恍惚状態に人は陥るか。ぼくは祝福された日を過してきた――おお、ぼくの前にもっと豊かな日々があれば、そして終りがなければ、ぼくが受けとったものすべてを与え、返すために――そして隣人がそれを受け取り、差し出せば、又ぼくがそれを受け取る。

それこそが生というものではないだろうか！

もう一度君に、愛する人よ、ぼくの感謝とそして　又会うときまで

君のゲオルク・トラークル

＊1　書簡8註2参照。

＊2　書簡8註2参照。

＊3　ブッシュベックは一九〇九年六月七日付の書簡でトラークルに、クルシュナー文芸年鑑（ドイツ語圏の代表的文芸年鑑、一八七九年に創刊）に記載されるよう働きかけることを勧めている。

11 〈ヴィーンの〉エルハルト・ブシュベック宛

（ザルツブルク、一九〇九年　十月（?））

愛する友よ！

ぼくは　君が親切に　H・バール[*1]に仲介してくれたことに　心から感謝している。それはぼくにとっては　無条件に　非常に重大な出来事を意味していよう。なぜならばその事は、ぼくの詩を初めて　重要な批評家の手に渡したということであり、その判断は　どんな場合でも、たとえどんな結果になろうとも、大きな価値があるとぼくには思えるのだから。彼の明快な、自信に満ちた態度が　ぼくの、絶えず揺れ続け、すべてに絶望する性質のいくらかを強固にし、明らかにしてくれること、それが　ぼくが彼に期待していることのすべてである。そしてこれ以上の何が　期待できようか！　これこそが　まさに　ぼくの望んでいることなのだ。

ミニッヒ[*2]がぼくに調達してくれた住居[*3]だが、とても具合良く、ぼくは、彼の骨折りに対して、オデュッセウス[*4]のラプソディに対してと同様に　心からお礼を言う。

必ず、月曜日の十二時五五分に　ヴィーンに来てくれ。

心からの挨拶と　さようならを

君の　ゲオルク・トラークル

＊1　Hermann Bahr　一八六三年リンツに生れ、一九三四年ミュンヘンで没す。作家、評論家。時代の新潮流に鋭敏な感覚を持ち、自然主義、印象主義、表現主義等、あらゆる新運動の先頭に立った。トラークルとはブシュベックを通じ、一九〇九年に、一時的に親交を持ったが、特に、この年の十月十七日発刊の „Neuer Wiener Journal" 五七四四号に、トラークルの詩「過ぎ去る女に」(„Einer Vorübergehenden")、「成就」(„Vollendung")、「夕べの祈り」(„Andacht") を掲載するよう働きかけた。

＊2　Karl Minnich　一八八六年ザルツブルクに生れ、一九六四年ヴィーンで没す。弁護士。トラークルのギムナジウム時代以来の友人の一人。

＊3　ヴィーン第八区ランゲガッセ六〇番地三階十八号室といわれている。

＊4　ミニッヒが自分の作品をトラークルに贈ったのではないかと思われる。

12 〈ザルツブルク（?）の〉 エルハルト・ブシュベック宛
（ヴィーン[*1]（?）、一九一〇（?）年 六月又は七月）

愛するブシュベック！
親切[*2]なお心遣いをありがとう。君に 最近[*3]の作品の写しを送ります。君をいくらかでも喜ばせられればよいのだが
ご多幸を
君のG・トラークル。

*1 この手紙は黒枠の便箋に書かれているので、六月十八日の父トビアス・トラークルの死の後に書かれたと思われる。
*2 ブシュベックの「心遣い」が何であったかは確認されていない。
*3 この作品が何であるかは確認されていない。

13 〈ザルツブルクの〉エルハルト・ブシュベック宛
（ヴィーン、一九一〇年　七月九日〜十五日頃）

愛する友よ！

手紙[*1]をありがとう。君が „der Merker“ 誌に送ってくれたぼくの詩[*2]に関しては、もう何が起ころうと何の興味もない。こう言う事は、確かに正当ではないだろう。君はぼくのために骨を折ってくれたのだから。だが、ぼくの気分は目下のところ、実際、別のことに向いている。ありふれた心配事というわけではない、当然のことながら。（ついでに言えば、ぼくはすでに試験[*3]を二つ済ませた——もし君がたずねるならば。）いや、ぼくの問題には、もう何の興味もないのだ。

ぼくは全く一人ぼっちでヴィーンにいる。しかもそれに耐えている！　少し前[*4]に短い手紙を受け取るまでは、そして、大きな不安と類のないあきらめ！

ぼくは自分自身をすっかり包み込んでしまい、どこか別の所へ行って、見えなくなりたい。だが、いつも言葉だけだ、もっと適切な言い方をすれば、恐ろしい無力感しかない。君にこれ以上、こうした文体で書くべきだろうか。何というナンセンス！

ミニッヒによろしく伝えてくれ。ああ、彼がせめて一晩でいいから、今、ここにいてくれたら、どんなにうれしいことだろう。

君の用事は小使いが整えるだろう。ぼくはそういう事には全く役に立たないとわかっているので。

多分、今月の二十五日か二十六日に、家へ帰ろうと思っている。全く気がすすまないのだが。

すべてがこのように全く変ってしまった。人は眺めに眺める——そして、終りがないものは本当にわずかしかない。そして人は富めば富むほど　貧しくなるのだ。

ミニッヒによろしく！　では又

君のゲオルク・トラークル

＊1　一九一〇年六月四日付の書簡。

＊2　結局 „der Merker" 誌には「ヘルブルンにおける三つの沼」第一稿（„Die Drei Teiche in Hellbrunn"）が一九一〇年七月二五日号に、「女の祝福」 „Frauensegen" が一九一一年一月二日号に掲載された。これ以外にもブシュベックがトラークルの詩を送ったのか、又いつ送ったのかは確認されていない。

＊3　一九一〇年六月二十八日に生薬学の、七月九日に化学の実施試験が行なわれた。

＊4　トラークル宛書簡集にこれにあたると思われる手紙は収められていない。

14 〈ザルツブルクの〉エルハルト・ブシュベック宛

（ヴィーン、一九一〇年　七月後半）

愛するブシュベック！

もし君が、近日中に　三〇クローネという金額を　ぼくに貸してくれるなら、ぼくを、筆舌に尽しがたいこの苦しい窮地から救ってくれることになる。ぼくは　もっともな理由があって、兄には頼みたくないのだ。ともかく、十月一日には[*1]　返せると思う。それまで君は、この金がなくとも　なんとかなるのではないだろうか。承知してくれたら、本当にありがたい。

ぼくは君にある出来事について報告しなければならない。それはひどくなどというものではなく、ぼくの心を揺り動かした。

昨日、ウルマン氏[*2]がぼくにひとつの詩を読んできかせたのだ。あらかじめ、長々と、彼はそれが、ぼくのに似ているかもしれない等と言っていたが、そして、驚いたことには、ぼくの詩のひとつ、「雷雨の夕べ」と類似しているなどというものではないものが現われた。個々のイメージや言いまわしがほとんど一語一語借用されている（溝のなかで踊っている埃、雲たち野生の馬たちの群、音をたてて風が窓ガラスにぶつかる、きらきら輝きながら　突然激しく叩きつけられる、等々）ばかりでなく、個々の節の韻も又、

そしてその重要性も、ぼくのものと完全に同じなのだ、完全に同じなのだ、四つの詩行の中で、四つの別々のイメージがつき合わされてただひとつの印象を作り上げるというぼくの具体的な手法が。一言でいえば、どんな細かい細部までも、詩の装いが、ぼくが必死で努力して自分のものとした作品の手法が模倣されたのだ。たとえこの「似ている詩」にはあの生き生きとした情熱が欠けていて、この情熱こそがまさにあの形式を生み出すのであるが、そしてその全体がぼくには魂のない駄作と思えるとしても、ぼくにはそれを全く未知のもの、全く関係のないものとどうでもよくは思えないのだ。おそらく、いつか、どこかで、ぼく自身の顔のカリカチュアが、誰か見知らぬ者の顔に仮面として現われるのを見るようなものだ――！　全く、この紙の世界に入る前にもう、何か故意にジャーナリスティックに剽窃されると考えるとうんざりする。この虚偽と卑劣さで満ちた下水溝にはうんざりする。ぼくにはもう、とりわけ愚か者たちに対して扉を締め、家を閉ざすしかないのだ。その他は黙っていよう。

すべて良いものを、君の

G・トラークルから

誤りをすべて予防するために言うのだが、この手紙は、ただ君にだけ書いたのだ！　ぼくは鬱憤を晴らす必要があった。

追伸　どうか何か口実をもうけて、ウルマン氏から彼が持っているぼくの詩の写しを取り返して欲しい。そして君の手もとに保管しておいてもらいたい。

*1　トラークルは一九一〇年十月一日から、一年間にわたる志願兵としての現役勤務に就いた。

*2　Ludwig Ulmann　一八八七年ヴィーンに生れ、一九五九年ニューヨークで没す。一九一一年～一二年までブシュベックらと,,der Akademische Verband"を主宰する。又、,,Der Ruf"誌の共同編集者でもあった。一九一〇年来、トラークルと親交をもつ。

15 〈ザルツブルクの〉 エルハルト・ブシュベック宛

（ヴィーン、一九一〇年 七月後半）

愛するブシュベック！

君が ぼくに[*1]融通できないということは、ぼくにとって 都合の悪いことではあるが、でも、本当に、その事については悪く思っていない。

例[*2]のことについては、もうすんだことと、少なくとも 過ぎ去ったことと思おうとしている！ ぼくは U氏に ぼくの詩を返してくれなどと要求もしないつもりだ、すねた子供のようにね。

またしても 全くどうでもよいことなのだ。誰かが ぼくの作品に模倣する価値があると思うかどうかなど、ぼくに何の関係があろう。結局は その人の良心の問題なのだ。U氏が シュ[*3]テファン・ツヴァイクに ぼくの作品をいくつか推薦してくれたことには 感謝している！

だが ぼくは今、あまりに多くのものに（何というリズムと像の混沌か）攻めたてられている。これをほんのわずか形にすること以外他のことをする時間もなく、それも結局のところ、打ち負かすことのできぬものの前で、ぼく自身を、どんなわずかな外的刺激にすら痙攣し、錯乱してしまう笑われるべき愚か者として眺めることに終るのだ。

それから言いようもない荒涼たる時がやってきて、それを耐えねばならないとは！何という意味のない、引き裂かれた生というものを人は送るのだろう！

ぼくはカール・クラウスに手紙を書いたが、[*4]全く非個人的に、冷く書いた——彼からは何も期待していないのだから。最近の作品のうちからいくつか写しを同封する[*5]

君のG・トラークル

＊1　書簡14でブシュベックに依頼した借金について。ブシュベックの返信は確認されていない。

＊2　ウルマンに対する立腹（書簡14参照）。

＊3　シュテファン・ツヴァイクがトラークルのために尽力してくれたかどうかは確認されていない。

＊4　この書簡は現存しない。

＊5　これらの作品が何であるかは不明。

16　アッターゼーのアントン・モリッツ[*1]宛
〔ザルツブルク、一九一〇年　八月二十九日〕

愛するトニー！

お祝い[*2]の言葉をありがとう。そして　こんなに長いこと返事を書かなかったことをどうか許してくれ給え。ミニッヒは　ミュンヘンで　盲腸を切った。四週間留守にしていたが、昨日、ここに着いたところだ。ブシュベックは　甲状腺腫の治療をしている。絶え間なく　ヨード水を飲んでいる。ぼくは　最近、体重が五キロ減った。でも、この時代に共通している神経衰弱を別にすれば　調子はいい。

もうすぐ[*3]、ヴィーンで、ミネラル・ウォーター、レモネード、牛乳、ニコチンのない煙草などを片手に　再会を祝えるとよいのだが。

君の健康を願って
君のゲオルク・トラークル

*1　Anton Moritz　一八八五年　Wels/Ober Österreich に生れる。法学博士。行政官。トラークルのギムナジウム時代からの友人の一人。
*2　トラークルの学業終了に対するものであろう。ブシュベックが七月二十七日付のモ

リッツ宛の書簡でトラークルが七月二十五日„Magister"(マギスター)の学位を授与されたことを知らせているので、この学業終了に対するものと思われる。

*3　十月一日、ヴィーンで現役勤務に就くことを言っている。

17　ザルツブルクのマリア・ガイペル宛

〔ヴィーン、一九一〇年　十一月十五日〕

六週間[*1]の不在の最終日です！　そして群れ集う者たちは　心ひそかに喜んでいます！写真では、残念ながら、そこに映る人物の姿に彼らの労苦のしるしをすべて捕えるというわけにはいきません。

けれど、そこにそうあるがままを心から気の毒に思ってくれれば、それで満足です。

シュルツェル[*2]

*1　書簡14の註1参照。
*2　愛称であろう。

18

ロヴェルトの[1]フリートリッヒ・トラークル宛

（ヴィーン、一九一〇年　秋）

愛するフリッツ！

かたくなな程長い間、書くことも　しゃべることも怠けていたが、いいかげんにもう、全力を集中して、あんなにぼくを喜ばせてくれた[2]君の手紙に対して　長い間何の返事も書かなかったことを　何よりもまずあやまろう。同時に、君自身についても　又、近いうちに何か書いてくれるとうれしい。ぼくにはとても興味深いことだから。そして　君が　[3]君の駐屯地で　相変らず　元気にやっているようにと願っているし、又、そこの仲間たちと　君ならうまくやっているにちがいないと信じている。その軍隊旅行は　君にとって　一体どんな益があるのだろう？　骨の折れることという点ではもう充分だろう——だが　それは苦労のしがいのあることだと　ぼくは思う。

ぼくについて言えば、——坐ったまま　ぼくの年は過ぎた[4]——そして　この状況の下では　こき使われるのはぼくの尻だけだということが残念だ。クリスマス休暇で家に帰るが、君にも会えるにちがいないと楽しみにしている。

[5]ミッツィは　スイスで　大変具合良くやっているらしい。[6]グレーテルも、ある程度まではまあ同様らしいが、それにもかかわらず、時おりぼくに[7]エキセントリックな手紙を

書いて寄こす。

家からは　相変らず　何の便りもない。ぼくは最近、住居を変えた。今は、ヨーゼフシュテター通りの小さな部屋にいる（七番地三階一九号室）。トイレの大きさしかない。この中で馬鹿になっていくのではないかとひそかにぼくは恐れている。暗く、小さなガラス天窓の中庭が見渡せる。もし誰かが窓ごしに中をのぞいたら、あまりのみすぼらしさに立ちすくんでしまうことだろう。

この静かな小部屋でこの年が過ぎていくように。——そして　過ぎ去るのならば　ぼくは満足だ。

だが、君に、愛するフリッツ、心から「気をつけて」[*8]と挨拶を送ろう。君の

ゲオルク

もし、ぼくに手紙を書いてくれるなら、クリスマスの休暇をいつとるのか知らせてくれるのを忘れないように。では　又！

第八区、ヨーゼフシュテター通り七番地、三階、一九号室

*1　Friedrich Trakl　トラークルの弟。一八九〇年ザルツブルクに生れ、一九五七年ザルツブルクに没す。将校。愛称フリッツ。

*2　トラークル宛書簡集には収められていない。

*3　南チロルの Rovereto.

*4　一九一〇年十月一日から一九一一年九月二十日までの、ヴィーンにおける現役軍務の期間をいう。

＊5　トラークルの姉　書簡5註1参照。

＊6　Margarethe Trakl（のちに Langen）トラークルの妹。一八九二年ザルツブルクに生れ、一九一七年ベルリンで自殺する。ピアニスト。一九一〇年晩夏から、ベルリンの Ernst von Dohnanys のもとで学んでいた。

＊7　トラークル宛書簡集には収められていない。

＊8　原語で „Bergsegen" 登山者を送る言葉である。

19 ザルツブルクのエルハルト・ブシュベック宛
〔ヴィーン、一九一一年　五月二十日〕

愛するブシュベック！

ぼくの新しい住所を知らせる。第三区、クリムシュガッセ一〇番地、七号室だ。そして、どうか、「旧リヒター」[*1]書店に「Ton und Wort」[*2]の第六号を十部注文してほしい。（ぼくの住所を　本屋は知っている。）残念ながら、あの詩は　第一稿が掲載された、というのも、ぼくは最終稿を　編集者に送るのを怠ってしまったのだ。

シュヴァープ[*3]は二週間ヴィーンにいた。ぼくたちはかつてない程、途方もなく飲み、夜を過した。ぼくたちは、全く、二人の狂人だったと思うよ。

ミニッヒは　先日、又、ヴィーンに姿を現わした。ぼくは彼にはめったに会わない。おそらく　彼をわずらわせている事柄も　もうすぐ片がつくのではないかと期待しているのだが。

もしも、世界を揺るがすような事件が起こったら、知らせてくれ給え。なにしろぼくはすっかり穴ぐらにもぐりこんでしまい、耳も目もふさいでいるのだから。

二日間も、絶え間なく、雨が降りつづいている。

ともあれ、君がザルツブルクに帰ったのは、よい選択だった。

多幸を祈る　君のG　T.

追伸：君の住所を忘れてしまったから、どうか　知らせてくれ給え。

*1 原語 „Richters Nachfolger" 正式名称は „Eugen Richters Nachflg. M. Morawitz"（M・モラヴィッツ・旧オイゲンリヒター）。

*2 „Ton und Wort. Zeitschrift für Musik und Literatur", Wien, Jg. 2. 1910/11. H.6 vom 1. Mai 1911. 十五ページにトラークルの詩「美しい町」（„Schöne Stadt"）が掲載された。

*3 Franz Schwab　一八八六年 Taxenbach に生れ、一九五六年ザルツブルクに没す。医学博士、医師。トラークルのギムナジウム時代からの友人。

20 〈ザルツブルクの〉 エルハルト・ブシュベック宛
（ヴィーン、一九一二年　六月二十七日）


愛[*1]（する）B.！

もう二、三日したら、協会[*2]のくだらぬ事に関する私の手紙が　届くでしょう。事態はすべて　うまくいっており、私は　ちょうど「総会」の大波から逃がれたところです。

では　心から

あなたの　L. U.[*3]

あ[*4]（いす）る！　ブ（シュベッ）ク！
ひどく悲しんでいるのは私の心で、昨日来ヴィーンの街にたれこめている雲のようです。それというのも、あなたのおのぼりさんの素質のある心が、あなたの前足をそそのかして、私に親切な決り文句を二言、三言、書き送ってくれようとしないからです！だから、相変らず、私はあなたを軽蔑します！　あなたの兄弟たち[*5]が、別のおのぼりさんたちが一緒になって、あなたをそそのかしてくれるとよいのですが。
兄弟のような足取りで　あなたの
フランツ[*6]－J.・オーバーマイヤー

そしてあなたに、心から本当に喜ばしい挨拶を送ります。

イレーネ・〈アムトマン〉[*7]!

愛するブシュベック!

ミニッヒ宛の君の葉書だが、残念ながら、ぼくはそれをその宛先に送ることができない。ミニッヒの目下の滞在先を、ぼくは知らないのだ。ぼくが知っているのは、彼は北海沿岸にいるということだけだ。

君の、[*8]この前の前の葉書は、しかしとてもうれしかった。妹[*9]が二、三回、君の住所をたずねてきた。ぼくは、彼女が、あのかつてぼくが君に発作的に、無批判に渡した写し[*10]を求め、本当に、そのことで何か幻想的な企てをたくらんでいるのではないかと恐れている。どうか、何も手もとから離さないように。承諾もなしに、ぼくには時がまだ熟していないと思われる何かが企てられるのは　ぼくには許せない。

ともかく、もし君があのいまいましい原稿をぼくに返してくれるなら、それが一番望ましい。――それ以上の親切はない。

心からの挨拶を。

君のトラークル

*1　原文 L.B.! (Lieber Buschbeck! の略)。

*2　„der Akademische Verband für Literatur und Musik in Wien" の用事であろうといわれる。〔ウルマン、ブシュベックはこの芸術団体を主宰していた。書簡7註1、書簡14註2参照〕。

＊3　ルートヴィッヒ・ウルマン。
＊4　原文　L-r! B-ck! (Lieber! Buschbeck! の略)。
＊5　ブシュベックには兄弟は一人しかいないので、オーバーマイヤーは、多分ザルツブルクにいるブシュベックの友人たちのことを考えているのであろうといわれる。
＊6　Franz- J. Obermayer　一八八九年ヴィーンに生れ、一九三一年ヴィーンに没す。ジャーナリスト。右記の „der Akademische Verband" の会員。トラークルとは一九一〇年来親交があった。
＊7　Irene Amtmann　一八八七年ヴィーンに生れる。一九一五年にルートヴィッヒ・ウルマンと結婚。トラークルとは一九一〇年来親交があった。
＊8　トラークル宛書簡集には収められていない。
＊9　マルガレーテ・トラークル（のちのランゲン）。
＊10　トラークルの、一九〇九年制作の最初の詩集であろう（刊行はされなかった）。

21　ザルツブルクのエルハルト・ブシュベック宛
〔ヴィーン、一九一一年　七月六日〕

素敵なプラターの遠足から　心から挨拶を送ります
カール・ミニッヒとゲオルク・トラークル
第一級[*1]の見ものだ！

*1　プラター（ヴィーン市内の大遊園地）の、大観覧車を言うのであろうといわれる。

22　アッターゼーのアントン・モーリッツ宛

〔〈ヴィーン〉、〈一九一一年〉〈八月〉八日〕

愛するトニー！

何よりもこんなに長い間ぼくから何も返事のなかったことを許してくれ給え。今週末、[*1]ぼくはザルツブルクに行き、そこから必ず、君に一〇クローネ送ります。というのも、考えていなかったかなり大きな出費がいくつも重なってしまい、ぼくは今、かなりきちきちの状態にいるものだから。もうあと二、三日待ってもらうのが、君にとってさしさわりにならなければよいのだが。

心からの挨拶を

ゲオルク・T。

*1　ブシュベックのモーリッツ宛の書簡（一九一一年八月十九日付）によれば、トラークルは一九一一年八月十二日頃ザルツブルクに二日間滞在していた。

23　ヴィーンのエルハルト・ブシュベック宛
〔ザルツブルク、一九一一年　十月三日〕

拝啓　パトロン殿！
あなたの素晴らしい言葉は[*1]、私の心の中に、祭壇を築き、そこでは日夜、感謝と賛美の火が消えることはないのです。そう、あなたは、魂をもって詩人を理解してくれる唯一の方であり、この考えは、幾度も試練を与えられた者を非常に元気づけてくれるのです。ああ、肉体の苦しみなど、この上なお、何の意味があるのでしょう。私はただ、一語「謝礼！」[*2]とだけ言います。ああ、甘美な、天のものなる言葉よ！　魂の奥底で私は感じています、今や、すべてが、良くなる！と。もう一度！　ありがとう、何千回もありがとう、あなた、高貴な人よ、私がこの手紙を、私の故郷の言葉の、子供らしい古い音で、ゆっくりと、優しくこう終えても、悪くお取りにならないで下さい、「幸せだ！[*3]幸せだ！」

揺るがぬ忠実さをもって
あなたのG.　T.

*1　トラークル宛書簡集に収録されていない。

*2　どんな謝礼をブシュベックから受け取ったのかは不明。

*3　原文 „Sell Woll！ Sell Woll！"

24　ヴィーンのエルハルト・ブシュベック宛
〔ザルツブルク、一九一一年　十月二十三日〕

愛するブシュベック！

どうか　折り返し „Im Vorfrühling“[*1] の写しを送ってくれ給え。ぼくはそれに　もう一節　付け加え、二、三箇所手を入れたい。

君はおそらく、ぼくがウルマン[*2]の許婚者に送った、あの[*3]一番新しい写しを　もう受け取っただろう。詩を　すぐに　送るのを忘れないでくれ。

心からの挨拶を　君のゲオルク・トラークル

*1　この題の詩は現存しない。この手紙だけでは確認されない。
*2　イレーネ・アムトマン（のちのウルマン）。
*3　この写しが何かは確認されていない。

25　ヴィーンのエルハルト・ブシュベック宛

〔ザルツブルク、一九一一年　十一月十三日〕

美しいザルツブルクから　最上の挨拶を

カール・〈ミニッヒ〉

ユダヤ人がセックスすれば、彼は毛虱をもらう！　キリスト教徒には、すべての天使が歌うのが聞こえる。

G. T.

K・ハウアー[*1]〈…〉

*1　Karl Hauer　一八七五年 Gmunden/o.ö. に生れ、一九一九年没す。書籍商、古本商、小説家、„Fackel" 誌同人。トラークルとは一九一一年末頃から親交があった。

26 〈ヴィーン？の〉 エルハルト・ブシュベック宛

（ザルツブルク（？）一九一一年 晩秋（？））

愛するブシュベック！

書きかえた詩[*1]を同封する。個人的でないだけ、もとのものよりずっといい、動きと幻影があふれている。

最初の草稿にあるような限定された個人的な形態や方法よりも このような一般的な形態や方法の方が より多くのことを君に告げ知らせるだろうとぼくは確信している。

表現されるべきものに無条件にしたがうことは、ぼくにとってたやすいことではないし、これからもたやすいこととはならないであろう。そしてぼくは、絶えずくりかえし、真実であるものを真実に与えるように、自分の誤りを正していかなければならないだろう。

ミニッヒとシュヴァーブに 心からよろしくと伝えてくれ給え。ぼくの情況[*2]は相変らずはっきりとしておらず、ぼくはひどく心配して、待っている。何と嫌な情況だろう！二、三日休みたいが、多分それがきっと必要だろう。でも、きっと、又葡萄酒を飲むとも！ アーメン！

心からの挨拶を 君のG・トラークル

＊1　プシュベックによれば「嘆きの歌」(„Klagelied")であるといわれる。第一稿は現存しない。

＊2　トラークルは一九一一年十月十日に、ヴィーンの公務員省に会計研修生の職に応募した。十一月二十四日、衛生局の会計部に仮登録されたという通知を受け取っただけであったので、彼の身分は依然として確実なものとなっていなかった。(正式の採用は翌一二年十一月二十三日付でなされた。) それで彼は十二月二十日には、軍務の復職を願い出た。

27　ヴィーンのエルハルト・ブシュベック宛
〔ザルツブルク、一九一二年　二月二日〕

愛するブシュベック！

君たちが、カーニバル号[*1]を、不確かな、抒情的な、移動パノラマにしたくないということは当然だし、ぼくが気を悪くする理由など全くない。その雑誌は、新しい形態をとって必ず成功するだろうし、ぼくはそれを、君のために心から望んでいる。

近いうちに又、「足」[*2]について知らせてくれるとうれしいのだが、もちろん、ヘブライ語で。

ウルマンによろしく伝えてくれ。同様に、君にも、いつか、ぼくの詩の出版[*3]を引き受けてくれるよう一層の好意をお願いしよう。

君のG. T.

＊1　„Der Ruf" 誌カーニバル号 (Der Ruf. Ein Flugblatt an jungen Menschen. Hrsg. vom akademischen Verband für Literatur und Musik in Wien. Karneval.) 編集委員はドクトル・パウル・シュテファン、ルートヴィッヒ・ウルマン、エルハルト・ブシュベック。一九一二年二月、ヴィーン、ライプツィッヒ発刊。この号は、諷刺的、パロディー的であったらしい。ブシュベックの知らせは「トラークル宛書簡

集」には存在しない。

＊2　ブシュベックは一月に足を骨折したらしい。トラークル宛の四月二十一日付の書簡でも、「残念ながらぼくは足のせいで、まだすっかり調子がいいとは言えない。」と書いている。

＊3　トラークルの詩を予約注文の方法で出版しようというブシュベックの計画について言っていると言われる。

28 ヴィーンのエルハルト・ブシュベック宛

〔ザルツブルク、一九一二年　二月十九日〕

愛する友よ！

„Der Ruf" [*1]誌を送ってくれて　本当にありがとう。君たちが　これで大成功を収めたらよいが。手紙[*2]は二通とも　受けとっただろうか？

心からの挨拶を　君のG・トラークル

＊1　書簡27註1参照。

＊2　書簡27と書簡141と言われている。

29　ヴィーンのエルハルト・ブシュベック宛

〔インスブルック、一九一二年　四月二十一日以前〕

ぼくは　元来困難なこの時を、この罪を負わされ、呪われている世界に存在している、どこよりも野蛮で、卑俗なこの街[*1]で過すはめになるとは思ってもみなかったのに。そのうえ、おそらく十年間、何か見知らぬ意志により、ぼくはここで苦しむことになるだろうと思うと、ぼくは　どうしようもなく絶望的な涙にくれながらあがくしかない。

何のための難儀か。ぼくは結局、いつも、哀れなカスパー・ハウザーでありつづけるのだろう。

近いうちに　一筆書いてくれ給え

君のG. T.

衛戍病院　第一〇薬局

*1　ここには、ルートヴィッヒ・フォン・フィッカーをはじめとするブレンナー同人たちと知り合うまでトラークルがインスブルックに対して抱いていた反感が読みとれる。トラークルとブレンナー・サークルとのつながりは、ブシュベックの友人であった同人ロベルト・ミュラー(Robert Müller)によって結ばれた。すなわちブシュベックの依頼を受けてミュラーはトラークルの詩「南風(フェーン)の吹いている郊外」(„Vorstad im Föhn")をフォ

ン・フィッカーに渡し、フォン・フィッカーはこの詩を一九一二年五月一日の „Der Brenner” 誌に掲載したのである。これ以降、トラークルの詩の発表の場はまず „Der Brenner” 誌となる。フォン・フィッカーは前からミュラーによって約束されていたトラークルとの最初の出会いを次のように述べている。「カフェ・マクシミリアンの一階だった。またしても私は、いわゆるブレンナー席で友人たちに会おうと、昼少し過ぎにやって来た。友人たちの傍に坐るか坐らないうちに、私は少し離れたところにいる一人の人間に気づいた。彼はマリア・テレジア通りに面している二つの窓の間に、一人で、フラシ天張りのソファに坐り、目を開けたままぼんやりと考え込んでいるようだった。その髪は短く刈られ、銀色がかっており、その顔からははっきりとした年齢は読みとれなかった。こうして、その見知らぬ男性は坐っていた、我知らず魅きつけるような、それでいて距離を置かせるような態度で。けれど彼も又、物思いにふけっているようでいて、試すような眼差で何度も私たちの方を見やるのに気づいた。そして私が現われるとほどなく、給仕が私に「ゲオルク・トラークル」と書かれた彼の名刺を渡した。喜んで私は立ち上り――というのもその少し前に、私は彼の詩「南風(フェーン)の吹いている郊外」を発表したのであるから――、彼に挨拶し、自分たちの席に招いた。」(Basil,Otto : Georg Trakl in Selbstzeugnissen und Bilddokumenten. Hamburg, 1965 S. 116)

30　ヴィーンのエルハルト・ブシュベック宛

〔インスブルック、一九一二年　四月二十四日〕

愛する友よ！

親切[*1]な葉書を、どうもありがとう。そして „Der Ruf“[*2] 誌も送ってくれて感謝している。そこにぼくの詩を見つけてとてもうれしかった、が、君自身[*3]が同人たちと衝突しているのを知っても、君が思うほどぼくは驚かなかった。

ぼくはここで、誰か、ぼくの気に入るような人間に出会えるとは思わないし、街も、そのまわりも、ぼくに反感を抱かせるのは確実だ。ともかく、ぼく自身が望んでいるより前に、君たちはぼくがヴィーンに現われるのを見るのではないかと、ぼくも思う。もしかしたら　ボルネオ[*4]に行くかもしれない。どうにかして、必ず、ぼくの内に集ってくる雷雨は爆発するだろう。ぼくはそれはかまわない、心からだ、病気や憂鬱となってそれは爆発するだろう。

とにもかくにも、ぼくは、このあらゆる、注意力散漫なものに耐えている、いくらかは明るく、全く未熟というわけでもなく。自分のことについて君に書けることが、最上のものだ。

もし、夏の間ずっとここに留まらなくてはならないとしたら、君が時々訪ねてくれる

のを待ちわびている。
いくつかできた新しい作品は[*5]、少ししかないが、次の時に君に送ろう。
心からの挨拶を
君のG.　T.

＊1　一九一二年四月二十一日付の、ブシュベックの書簡。
＊2　„Der Ruf"（書簡27註1参照）一九一二年三月、春号、第二号。三六及び三七頁にトラークルの詩「晴れやかな春」（„Heiterer Frühling"）が載った。
＊3　ブシュベックもこの同じ号に　„Der blaue Himmel. Ein Akt"　を発表している（二六及び二七頁）。
＊4　詳細な、具体的な計画は確認されていない。
＊5　これらの作品が何であるかは確認できないが、次の書簡31と関係があると推測されている。

31　〈ヴィーン？の〉　エルハルト・ブシュベック宛
（インスブルック、一九一二年　五月前半）

影たち[*1]

褐色の栗の木立――ひそやかに　年とった人々がすべり込んでいく
より静かな夕べのなかへと、柔らかく　美しい葉たちがしおれていく。
墓地では　くろうたどりが　死んだ従兄と戯れている。
アンジェラのお伴をして　金髪の教師がいく。

死の清らかな像たちが　教会の窓から眺めている、
けれど　血なまぐさい地は　悲しみにあふれ　陰鬱に見える。
門は　今日　閉ざされたままだ。鍵は寺男が持っている。
庭では　妹が　親しげに　亡霊たちと語らっている。

古い酒蔵のなかでは　葡萄酒が　金色に　明るく熟していく。
甘く　林檎が香る。喜びが輝くのは　それほど遠いことではない。

長い夕べには　子供たちは　おとぎ話に喜んで耳を傾ける、
柔らかな狂気にも　しばしば　金色の真実が　現われる。

灰色が　木犀草の香にあふれて流れる、部屋部屋には蠟燭のあかり。
つつましい人たちには　かれらの場所が　心地よく整えられている。
森の縁で　ひとつの孤独な運命が　明るくすべっていく、
夜が現われる——安息の天使が——敷居のうえに。

君にとって、「青い空」[*2]がこの風景のうえで、あまりに絶望的でないように、君の前から、あわれな「夢のなかのセバスチャン」[*3]が次第に消えていくことのないように。

たくさんの愛情をこめて　君の

T.

*1　原題 „Schatten"「森の片隅」(„Winkel am Wald") 第1稿。

*2　ブシュベックの作品 „Der blaue Himmel. ein Akt" を暗示しているのではないかといわれている。書簡30の註3参照。

*3　トラークルは自分自身のことを言っているのではないかと思われる。

32　ヴィーンのエルハルト・ブシュベック宛
〔インスブルック、一九一二年　十月十日〕

愛する友よ！
君は　この間のぼくの手紙[*1]を受け取ったかい？「オパール[*2]を三度のぞく」の訂正はもう済んだかどうか　知らせてくれ給え。予約注文表[*3]を　君に送り返したいと思う。成果はそれほど素晴らしくもないが。シュヴァープに　どうかよろしく。
君に、「詩篇」の載っている „Brenner"[*4] 誌の最新号を送りたい。
心からの挨拶を　君のG. T.

*1　トラークルの書簡集の中に現存しない。
*2　原題 „Der Blicke in einen Opal"　この訂正は註1の不明の書簡の中で書かれていたのではないかといわれている。
*3　ブシュベックはトラークルの最初の詩集の出版を予約注文の方法で実現させようとしていたらしい。その際にいずれかの出版社を念頭においてこの計画をすすめていたのかどうかは確認されていない。結局十二月十八日、ミュンヘンの Albert Langen 出版社にブシュベックはトラークルの詩の原稿を送るが、これは当時この出版者の編集者であったカール・ボロメウス・ハインリッヒ（書簡54註3参照）の勧告に従ったものといわれている。

＊4　一九一二年十月一日の,,Der Brenner"誌にトラークルの詩「詩篇I」,,Psalm I"第二稿が掲載された。

33 〈ヴィーン?の〉 エルハルト・ブシュベック宛
（インスブルック、一九一二年　十月半ば）

愛する友よ！

写真を送ってくれて　本当にありがとう。君の弟に、[*1] あと三、四枚焼き増ししてくれるよう頼みたい。あるいは、どちらの写真も、それぞれ三枚ずつ焼き増ししてもらう方がよいかもしれない——それほど気に入った。

予約注文：インスブルック、ザルツブルク、ベルリンにて

希望：一〇〇人の愚か者たちが予約注文する！　五〇パーセントでと！　言い給え！　五〇％！　おお、ブシュベックと商売！　ブシュベックと一人の詩人イコール二人の（書いてみ給え）二人の聖なる（せーいーなーるー）馬鹿者ども。

フォンヴィラー[*2]、それは笑っている哲学者！　おお　眠り！　葡萄酒は素敵、煙草は特製、気分はディオニソス的、そして道中[*3]は全くいまいましかった。朝は恥知らずで、熱が失せ、頭は苦痛と、呪詛と、悲しみに満ちたペテンで一杯だ！

あまりに寒くて　ぼくの臓腑は凍えている。暖房つきの部屋などという嘘をつき、尻の痔を増長させる快適さ。それどころか！　葡萄酒、三杯、それが葡萄酒だ、オーストリア・ハンガリー帝国の役人を　幾夜も通して、褐色の、赤褐色のパーンのように騒が

せる。

強大な方、忘れないでくれ、「オパール*4を三度のぞく」の訂正を　ちゃんと済ませておくことを。君のヴィーンの住所を!!!

君のT.

＊1　Friedrich Buschbeck　エルハルト・ブシュベックの弟。

＊2　Oskar Vonwiller　書簡3註6参照。

＊3　おそらく、フォンヴィラーと一緒に旅行したのであろうといわれている。

＊4　書簡32参照。

34　〈ヴィーンの〉ルートヴィッヒ・ウルマン宛
（インスブルック　一九一二年　十月二十四日頃）

愛する〈ウルマン様！〉
あなた[*1]の親切な長い手紙に、心から感謝しています。残念ながら、私の将来[*2]に関しては、今なおはっきりしておりません。けれどだからといって、ここで、私が覚えている限りかつてない程の、言い表わしがたく素晴らしい早春を過ごすことには、なんの支障もありませんでした。私は良い仕事をしてきたと思います。そして、そのなかには、あらゆる種類の放蕩と、神が望むならばいくらか休息したいというささやかな願いが、なにかメランコリックな思い出となって編み込まれているのです。
たくさんの光、たくさんの暖かさ、静かな浜辺、そこに住めば、私にはもうそれ以上何も必要ではないのです、美しい天使になるためには。ともあれ、自分自身をだしにしてよくない冗談を言ったり、オーストリア・ハンガリー帝国軍薬剤士見習生となったりすることは悲しむべきことです。
I[*3]（イレーヌ）嬢に、彼女[*4]の親切な手紙にとても感謝していると伝えて下さい。
あなたに　心から挨拶を送ります
あなたのゲオルク・トラークル

同封[*5]の写しを、どうかB（ブシュベック）に送って下さい。私は彼の住所を失くしてしまったものですから。

十一月[*6]に、ヴィーンでお目にかかれればうれしいです。たった今、それに関する知らせを受け取ったところです。

＊1　トラークル宛の書簡集には未収録。
＊2　トラークルは、一九一二年十月一日軍務に復職したが、相変らず公務員省からの通知を期待して待っていたらしい。
＊3　イレーネ・アムトマン。ルートヴィッヒ・ウルマンの許婚者。
＊4　トラークル宛書簡集には未収録。
＊5　これはどの作品の写しなのかは確認されていない。
＊6　トラークルは一九一一年十月十日にヴィーンの「オーストリア・ハンガリー帝国公務員省の衛生局会計部会計士研修生」の職に応募していたが、翌一九一二年の十月二十三日の通知でようやく、十一月一日付で任命されることとなった。しかし、衛生局に就職するためには軍務を現役から予備役に移籍してもらう必要があった。この移籍の申請はこの通知を受けて同年十月三十日に陸軍省に出されたが、その許可を得るまでの間、彼は十月二十九日に、十二月一日までの延期を公務員省に申請し、この申請は十月三十一日に許可された。ところが移籍の決定が遅れて、陸軍省が移籍を許可したのは十一月三十日付であった。そのためトラークルは十一月十四日に、更に四週間の延期を公務員省に申請しなければならなかった。その結果公務員省は十二月三十一日に就職の届を出すことを許可した。

35　〈ヴィーンの〉エルハルト・ブシュベック宛
（インスブルック、一九一二年　十月末、又は十一月始め）

愛する友よ！

写真[*1]を送ってくれて、どうもありがとう。残念ながら、詩は[*2]、休暇までには送れそうもない。済ませなくてはならない仕事がたくさんあるものだから。来週には、郵送で届くと思う。

冬が来て、寒くなるということを、夜毎、葡萄酒で暖まりながら感じている。一昨日、ぼくは、四分の一リットル入りの葡萄酒を、十（なんと！　十）本も飲んだ。朝の四時に、露台で、月と霜を浴びていた。そして、明け方、結局、素敵[*3]な詩を一つ書いた。寒さにガタガタ震えながら。

ヴィーンでは、しかし、太陽が『明るい』空に『輝き』、ヴィーンの森の『柔らかな憂鬱』も又、素晴らしく、新酒を傍に、『金色の心』は喜び、そこで『恋にこがれるような旋律』が響けば、ああ　思ってみるがよい、『実直なアルプスの人々』のところでは　雪が降り、恐ろしく寒いのだと。ああ、うつし世はつらく悲しく、悲しさはもの狂おしく、狂おしさうつし世に似て。

歯をガチガチと鳴らしながら　湯気をたてている挨拶を

君のG.

＊1　トラークルの写真、書簡33及び36参照。
＊2　トラークルの刊行された最初の詩集の原稿であろう。書簡32及び書簡45参照。
＊3　この詩が何であるかは確認されていない。

36　〈ヴィーンの〉エルハルト・ブシュベック宛

（インスブルック、一九一二年　十一月始め）

愛する友よ！

今日、君に „Der Brenner"[*1] 誌の最新の二号を送る。それと、借りていた十五クローネと、予約注文表も一緒に。

この „Der Brenner" 誌の一つに、カリカチュア[*2]が載っているのだ、残念ながら、ぼくにはまるで似ていないが。

校正刷り[*3]を　モラヴィッツ書店から受け取った。そして、君の弟が親切にも、もう何枚か写真を送ってくれた。それに対して、ぼく、無礼者は、まだ礼も言っていないし、お金も借りたままだ。

ミニッヒは　彼の厄介な試験を済ませた。

詩[*4]は、整理し終え次第君に送る。どれを選ぶか、又、どう並べるかは君に任せるが、その結果は知らせてくれ給え。

ぼくは勤務についている、仕事、仕事――時間がない――戦争　万歳！

心から　君のG.

＊1　一九一二年十月十五日号、及び十一月一日号。

＊2　右記の前者八九ページに、画家マックス・フォン・エステルレ(Max von Esterle)の描いたトラークルのカリカチュアが載っている。

＊3　この校正とは、ザルツブルクの文芸団体「パーン」(Salzburger Literatur-und Kunstgesellschaft 》Pan《) が編集していたアンソロジー「ザルツブルク」(„Salzburg. Ein literarishes Sammelwerk")に寄稿した原稿に関するものといわれている。このアンソロジーは、一九一三年ザルツブルクのモラヴィッツ書店(正式名称M・モラヴィッツ旧オイゲン・リヒター書店)(Eugen Richters Nachflg. M. Morawitz) より発刊されたが、そこにはトラークルの詩「散歩」(„Der Spazergang")、「鳥たち」(„Die Raben")、「オパールを三度のぞく」(„Drei Blicke in einenOpal")、「ある古い庭で」(„In einem alten Garten") が収録された。

＊4　書簡35註2参照。

37　〈ヴィーンの〉カール・クラウス宛

〔インスブルック、〈一九一二年〉　十一月九日〕

あまりに痛ましい程に明るい瞬間を感謝致します。最も深い尊敬のうちに　あなたの忠実なG・トラークル

＊　この電報は、フォン・フィッカーの推測によれば、カール・クラウスがトラークルの詩「詩篇」,,Psalm" の献辞に感謝をこめて、それに関するアフォリズムを ,,Fackel" 誌に書いた (Nr. 360-362, S. 24) ことに対して、トラークルが感謝して打電したものと W. Killy/H. Szklenar は述べている。

38

〈ヴィーンの〉エルハルト・ブシュベック宛

（インスブルック、一九一二年　十一月前半）

愛する友よ！

ぼくは　十二月一日付で[*1]、公務員に任命されたので、自分自身で、ぼくの詩[*2]を、ヴィーンに、君のところへ持っていく。妹[*3]の集めてくれた、乏しい予約注文表を同封するが、これはぼくには何か恐ろしい不幸の証拠のように思われる、なぜかはわからないが。

君にたくさんお礼を言わなくてはと感じているが、では又、と言おう

君のG.

＊1　書簡34註6参照。

＊2　書簡45参照。

＊3　マルガレーテ・ランゲン。トラークルの妹。一九一二年七月、ベルリンで、アルトゥール・ランゲンと結婚。

39

〈ヴィーンの〉エルハルト・ブシュベック宛

(インスブルック、一九一二年　十一月前半)

トランペット[*1]

枝をおろされた柳の木々の下で、白い子供たちが遊び
葉が舞うところで、トランペットが鳴り響く、衰弱が　悲しみが。
緋色が、行軍の拍子が　塵埃と降り注ぐ鋼鉄のなかを　突き進む、
ライ麦畑のなかを、人気ない水車小屋に沿って。
あるいは　羊飼たちが　夜には歌い、鹿が姿を現わす、
かれらの火のまわりに、森の太古の悲しみ。
踊る者たちが　黒い壁から現われる、
緋色、哄笑、狂気、トランペット。

ゲオルク・トラークル

愛する友よ！
この詩が „Der Ruf“[*2] 誌の戦争号の枠からそれ程はずれていなければよいのだが。ま

あ使えるのではないかとぼくは思う。
つとめて、できるだけ読みやすいように心がけて書いた。

心からの挨拶を

君のG.

*1 原題 „Trompeten".

*2 雑誌 „Der Ruf" の十一月号であろういわれている。„Krieg" という題がつけられた)。

40 〈ヴィーンの〉エルハルト・ブシュベック宛

（インスブルック、一九一二年　十一月前半（?））

愛する友よ！

どうか、あの詩の最初の節を　次のように訂正してくれ給え

……

葉が舞うところで、トランペットが鳴り響く。墓地の悲しみ。
緋色の旗が　楓の悲しみのなかを　突き進む、
騎士が　ライ麦畑に沿って、人気ない水車小屋に沿って。

第二節は!!
緋色の旗、哄笑、狂気、トランペット。

この訂正がまだ可能かどうか　知らせてくれ給え。おそらく、この詩は、その号の最終頁に載るように手配できるだろう、というのも、読んでくれる者が、この詩の最終行を読み終えた後、パウル・シュテファン[*1]の戦争の歌の第一行にすべり込むのは、ぼくには

非常に望ましくないから。

心から　君のG.

＊1　Paul Stefan (Paul Stefan Grünfeld の筆名)、一八七九年 Brünn に生れ、一九四三年ニューヨークに没す、法学博士。小説家、編集者として一九三八年までヴィーンで活躍。,,Der Ruf" 誌の共同編集者でもあった。

41 〈ヴィーンの〉エルハルト・ブシュベック宛
（インスブルック、一九一二年十一月後半）

愛する友よ！

どうかお願いだ、十一月二十三日か二十四日に出た官報に目を通して、ぼくの予備役[*1]への移動が載っているかどうか調べて欲しい、もしかしたら十一月三十日に出たものかもしれない。その場合は、すぐに電報を次のように打ってくれ、「予備役への移籍があった」と。そうしたら、ぼくはすぐに出発できるので。

訂正[*2]は間に合っただろうか、そしてその „Der Ruf" 誌はいつ出るのだろう。

シュヴァーブに心からよろしく。それにしても詩「トランペット」は　気に入っただろうか。最終行は、自分自身の声すらかき消してしまう程大きな声で鳴り響く狂気というものに対する批判なのだ。

ぼくは　ずい分ひどい日々を過してきた。おそらく　ヴィーンでは、もっとひどいことになるだろう。ここに留る方がたやすいかもしれないが、ぼくは前に進んでいかなければならない。

心から　君のG

＊1　トラークルは公務員省の研修生の職に就くため、十月三十日、ヴィーンの陸軍省に、予備役への移籍を申請していた（書簡34参照）。この移籍は十一月三十日付で許可されたがその通知は十一月二十三日の官報に公示された。
＊2　詩「トランペット」。書簡39及び40参照。„Der Ruf" 誌の何号に発表されたのかは、確認されていない。

42　ヴィーンのエルハルト・ブシュベック宛

〔インスブルック、一九一二年　十一月二十三日〕

愛する友よ！

近日中に、ぼくのために、八区、あるいは九区に部屋[*1]を取ってくれると大変ありがたい。ぼくは、かろうじてなんとか時間と折り合ってやっている状態なのだ。こんなに多くのことを君に要求して、申し訳ない。

心からの挨拶を　君のG.

ぼく[*2]のヴィーン到着は、電報で君に知らせる。場合によっては、その日の昼に、「銀の泉[*3]」で会えるかもしれない、その方が君にとって都合がよければだが。

*1　結局この期間トラークルがどこに泊ったかは確認されていない。

*2　トラークルは公務員省に就職するためにヴィーンに十二月一日までに来る予定でいた。しかし、結局、予備役への移籍を待つ必要上、公務員省の就職は十二月三十一日まで延期してもらわざるを得なくなった（書簡34註6及び書簡43参照）。

*3　„Zum silbernen Brunnen". レストラン。トラークルは友人と一緒によくこの店に訪れた。（Basil, Otto: Georg Trakl S. 105）

43　ヴィーンのエルハルト・ブシュベック宛

〔ザルツブルク、一九一二年　十一月三十日〕

愛する友よ！

親切な手紙[*1]をありがとう。ぼくは一月一日まで　ザルツブルクに留まることになった、というのも　役所から　四週間の延期[*2]の知らせを受け取ったので。

詩[*3]は、三、四日の内に　君の手もとに届くだろう。

近いうちに　ザルツブルクに来てくれるとうれしいのだが。

心からの挨拶を

君のゲオルク

＊1　トラークル宛書簡集には該当する手紙は現存しない。

＊2　トラークルがヴィーンの公務員省に十一月十四日に四週間の就職の延期を申請したことに対し、一九一二年十一月二十三日に延期を許可する旨の通知があった。書簡34、書簡42参照。

＊3　書簡35註2及び36註4及び45参照。

44

〈インスブルックの〉カール・レック[*1]宛

(ザルツブルク) 一九一二年 十二月三日

ご親切なお手紙[*2] ありがとうございました。ただ一人の客となって、酸っぱい葡萄酒を傍にして、ぼくは、ここに、この死んだ街に坐り、そして、あなたの生き生きとした真心に 恥じ入っています。ここでもう 高貴なものは その白いこめかみのまわりに月桂樹の葉を巻きつけ、そして 心打たれた者は 生きている者の後を追います、なぜならば、そこにも、良いものと公正なものがあるのです。又、お会いするときまで、と言わせて下さい、そして 愛する友よ、どうか 私の心からの挨拶をお受け下さい。

あなたのG・トラークル

*1 Karl Röck, 一八八三年 Imst に生れ、一九五四年インスブルックに没す。市参事会官吏。ブレンナー同人。トラークルとは一九一二年以来親交を結ぶ、トラークルの詩集„Die Dichtungen" Leipzig (Wolff) の編者 (一九一九年)。

*2 トラークル宛書簡集には現存しない。

45 〈ヴィーンの〉エルハルト・ブシュベック宛
（ザルツブルク、一九一二年　十二月始め）

愛する友よ！

原稿[*1]は、今日、君宛てに発送した。ぼくは、二日間、それにいそしんだが、特別な視点から配列することはしないで君に送ったところだ。君にやってもらいたい訂正を二つ同封する。ひとつは、詩「途上[*2]」に関してで、その最後から二番めの節だ。もうひとつは、「ヘルブルン[*3]における三つの沼」の、最初の詩の最終の二行だ。

もし君がこれらの詩の配列を変更した方がよいと思うなら、どうか、年代順にだけはしないでくれ給え。

又、君がどの出版社に頼むつもりなのか、君の考えを知らせてもらいたい。もしかしたら、「ヘルブルン[*4]における三つの沼」は除けるかもしれない。その方が良いのではないだろうか？　もしかしたら「滅び[*5]」も。

君はいつザルツブルクに来るかい？　ぼくは、月曜日に二、三日の予定で　インスブルックに行ってくる。君も来られたらとても素敵だが。その気があったら、いつ、ヴィーンを発てるか知らせてくれ給え。そうしたら、ぼくはもう二、三日　この旅行を延ばせられるから。

心からの挨拶を

君のG.　T.

予約注文：

二部、グレーテ・ランゲン夫人、ベルリン、ヴィルマースドルフ。バベルスベルガー通り49

一〈部〉アルトゥール・ランゲン氏、〈ベルリン、ヴィルマースドルフ。バベルスベルガー通り49〉

三番めの人物は　残念ながら忘れてしまったが、やはり二部、予約注文している。

＊1　ブシュベックが予約注文の方法で計画したトラークルの最初に刊行された詩集の原稿である。書簡32註3、書簡35註2、書簡36註4及び書簡43註3参照。

＊2　「途上Ⅰ」„Unterwegs I"

＊3　„Die Drei Teiche in Hellbrunn"

＊4　この詩はのちに原稿から省かれる。書簡47註3参照。

＊5　„Verfall Ⅱ"と言われている。この詩は原稿に残されている。ブシュベックは一九一二年十二月十八日付のトラークル宛の書簡の中で、「ヘルブルンにおける三つの沼」については、トラークルの考えに譲歩してもよいが、「滅び」については、詩集から除く必要は全くないという自分の考えを言明している。

46 〈ヴィーンの〉エルハルト・ブシュベック宛
（ザルツブルク(?)、一九一二年　十二月前半）

愛する友よ！

もう一度、「ヘルブルンにおける三つの沼」の第一番だ。どうか、原稿の上に細長く訂正[*1]の紙を貼ってくれ。詩[*2]に全部目を通して、何か考えがあったら、どうかぼくにそう書いてくれ給え。ぼく自身本来やらねばならないことなのだが、そうした綿密な仕事ができなかったので。

君をこんなにわずらわせてしまうことを、どうか腹立たしく思わないで欲しい。

心からの挨拶を

君のG.

*1　第二稿の改訂（書簡45参照）貼付された紙は現存しない。

*2　書簡45註1参照。

47　〈ヴィーンの〉エルハルト・ブシュベック宛

（ザルツブルク（?・）、一九一二年　十二月前半）

二、三箇所訂正を加えた「オパールを三度のぞく」[*1]。「十二月のソネット」[*2]を　おそらく「ヘルブルンにおける三つの沼」[*3]のかわりに。

G. T.

*1　原題 „Drei Blicke in einen Opal"

*2　„Dezembersonett"　この詩がこの書簡と一緒に補足として渡されたのか、それともともと原稿にあったのかは確認されていない。いずれにせよ自筆の原稿は現存しない。

*3　ブシュベックはトラークルのこのためらいに譲歩して、この詩を原稿から省いた。（書簡45註6参照）。

48　〈インスブルックの〉ルートヴィッヒ・フォン・フィッカー宛[*1]

（ザルツブルク、一九一二年　十二月始め）

尊敬するフィッカー様！

„Der Brenner"[*2]誌の新しい号を、ありがとうございました。私は、月曜日の夕方、インスブルックに行き、九時に、Delevo[*3]であなたにお会いできるのを大変楽しみにしております。そこに泊ってしまうのが、一番良いように思います。というのも、ミューラウへの道のりは遠く、酔っぱらいにとっては危険がいっぱいですから。酔っぱらいは簡単に道に迷ってしまい、結局、眠ろうとしても頭をよこたえるところがないはめに陥りますので。きっと、どこかペンションで　年とった御婦人方のお仲間入りをして　朝食を取らなければならないでしょう。私には慣れぬことですが。

レック[*4]の詩は非常に美しく、独特のものだと思います。そのなかで、彼は、私には良き修道士のように思えます。

奥様に、私の尊敬に満ちた挨拶をお伝え頂けますか、そして　忠実と友情の言葉をどうかお受け取り下さい

あなたの　G・トラークル拝

＊1　Ludwig von Ficker, 一八八〇年ミュンヘンに生れ、一九六七年インスブルックに没す。小説家、出版者。一九一〇年に文芸雑誌„Der Brenner"を創刊し、一九五四年までこれを主宰する。„Der Brenner"誌は始め表現主義雑誌であったが次第にカトリック的色彩が濃くなっていった。同人に Th. Däubler, Th. Haecker, C. Dallago, Karl Borromäeus Heinrich）らがいるが、一九一二年以降トラークルの詩の主要な発表の場となり、トラークルにとってフォン・フィッカー及びブレンナー同人たちとのつながりは、きわめて貴重な精神的支えとなっていった。

＊2　J. Ⅲ, 1912/13. H5. von 1. Dez. 1912　トラークルの詩「ある春の夕暮れ」(„Ein Frühlings (abend))"、「秋に」(„Im Herbst")「夕べぼくの心は」(„Zu Abend mein Herz")が載った。

＊3　インスブルックのホテル兼ワインハウス。

＊4　カール・レックの詩 „Das Nachten" は Guido Höld の筆名で一九一二年十二月一日号の Brenner 誌に載った。

49　ザルツブルクのエルハルト・ブシュベック宛

〔ヴィーン〈一九一三年〉一月二日〕

夜十一時に行く　君と話すことがある　トラークル

* W. Killy/H. Szklenar はこの電報の打電された情況を、トラークルの公務員省の辞職によるものと説明している。すなわち、彼は一九一二年十二月三十一日に公務員省に就職の届け出をしていながら、翌一九一三年一月一日には辞職の請願を出している。そしてこの理由としては、「トラークルにとって部屋捜しが面倒すぎた」というブシュベックの友人宛の書簡の中の証言（一九一三年七月六日付）と、「トラークルはヴィーンでは詩「ヘーリアン」„Helian" を完成できないためインスブルックに戻ったのだ」とするカール・ボロメウス・ハインリッヒの推測（Erinnerung an Georg Trakl, Innsbruck 1926）が挙げられている。

50　ザルツブルクのエルハルト・ブシュベック宛
〔インスブルック、一九一三年　一月四日〕

愛する、愛する友よ！

ぼくは　死者のように、ハル[*1]の傍を通り過ぎた、黒い町の傍を。その町は　ぼくの中を突き進んだ、呪われた者の中を行く地獄のように。

ぼくは　ミューラウ[*2]を、ただもう美しい太陽の中を行く、そして未だに　ひどくめまいがしている。ヴェロナールは　ココシュカ[*3]のフラツィスカの下でいくらかの眠りを恵んでくれた。

ぼくはできる限り滞在するつもりだ。ぼくの旅行カバンを送ってくれ給え。どうしても下着が必要だから。

君、知らせてくれ給え、母はぼくのことをとても心配しているだろうか。

たくさんの、たくさんの挨拶を　君のゲオルク

ぼくの住所：〈インスブルック−ミューラウ102〉

*1　Hall インスブルックの東方、イン川の左岸の街。中世の面影を残す。
*2　Mühlau インスブルック近郊、ルートヴィッヒ・フォン・フィッカーの住居 „die Rauch Villa" があった。

＊3　オスカー・ココシュカ作の「フランツィスカ」„Franziska"という絵は確認されていない。一枚の絵ではないかもしれないし、スケッチ、一枚刷りの版画、あるいは複製かもしれないとも、あるいはトラークルのまわりのごくわずかな友人たちだけがそう呼んでいた絵があるのかもしれないともいわれている。トラークルはココシュカと一九一三年以来親交があった。

51　〈ヴィーンの〉エルハルト・ブシュベック宛

（インスブルック　一九一三年　一月後半）

愛する友よ！

予約注文[*1]を三部同封する。同じように　カルマー[*2]も彼のためにもう一冊申し込むよう頼んできた。

もし、今週中にまだぼくに書くことがあったら、どうか、インスブルックのミューラウに宛てて出してくれ給え。ぼくは今週[*3]はまだここに逗留しているから。

裏面に詩[*4]の原稿が二つ書いてあるが、君の好きなように使ってくれてよい。

心からの挨拶を　　君のG.

追伸　この手紙を受け取ったかどうか、どうか知らせてほしい。

＊1　書簡32及び33参照。トラークルはここで、書簡45で触れたベルリンの予約注文者の名を伝えたといわれている。ブシュベックは一九一二年十二月十八日付の書簡でその名をたずねているからである。

＊2　Karl von Kalmar　書簡1註1参照。

＊3　書簡55によれば、トラークルはようやく二月一日にザルツブルクに向った。

*4　この詩は確認されていないが「錯乱」,,Delirium" の二部から成る作品第一稿ではないかと言われている。ブシュベックは一月十七日付の手紙で、Paul Stefan の計画していた芸術年鑑のようなものに何か寄稿してくれるよう頼んでいた。(結局その本は出版されなかった。)

52　ヴィーンのエルハルト・ブシュベック宛
〔ミューラウ、一九一三年　一月二十二日〕

愛する友よ！　どうか次の訂正[*1]を加えてくれ給え。

2

水の暗い意味、それは、夜の口の中の額、
黒い枕に頭を埋めて　溜息をつく人間の薔薇色の影、
秋の赤、古びた公園の楓の木のざわめき、
朽ちた公園に消えていく　室内協奏曲。

3（追加）

屋根からしたたる黒い汚物。
赤い指が　お前の額の中に沈み込み
屋根裏部屋に　青い根雪が沈む、
それは恋する者たちの息絶えた鏡だ。

心からの挨拶を　　　　君のG.

*1　「錯乱」,,Delirium" 第二稿。

53　〈ヴィーンの〉エルハルト・ブシュベック宛

（インスブルック、一九一三年　一月後半）

愛する友よ！

ウルマン[*1]の批評を送ってくれてどうもありがとう。とてもうれしかった。そのことで、どうかウルマンに、ぼくの心からの感謝を伝えてくれ給え。

他のどこよりも、ここで、こんなに幸せにやっているにもかかわらず、調子は最高というわけにはやはりいかない。もしかしたら、ヴィーンで、何らかの危機の状態に陥った方が良かったかもしれない。

アルゲマイネ病院に、そこの薬剤士の状況について、ぼくがそこで職にありつける見込みがあるかどうか、どういった、そして誰に、それに関係した申請書を書かなければならないか、勤務情況はどんな風か、等々を照合してくれるよう、シュヴァーブ[*2]に頼んでもらいたい。

それについて何か、できるだけ早く知らせてもらえるだろうね。

印刷された「ヘーリアン[*3]」を　近日中に君に送る。これは　ぼくにとって　今まで書いたもののなかで　最も大切で、最も苦痛に満ちたものだ。

心からの、たくさんの挨拶を　　君のG.

＊1　この批評はどういったものなのかは確認されていない。
＊2　Franz Schwab（書簡19註2参照）。
＊3　一九一三年二月一日の „Brenner" 誌に載った詩「ヘーリアン」(„Helian")の別刷り。

54　ヴィーンのエルハルト・ブシュベック宛

〔ミューラウ、一九一三年〈一月〉二十八日〕

愛する友よ！　あとに書くのは、詩「錯乱」の1と3を合わせて縮めた草稿だ。[*1] その2は、「古い水の縁で」[*2]という題にする。

錯乱

屋根からしたたる黒い雪、
赤い指が　お前の額の中に沈み込み
冷い部屋に　青い根雪が沈む、
それは　恋する者たちの息絶えた鏡だ。
重い破片となって頭は砕け、そして想う、
青い根雪の鏡に映る影たちを、
死んだ娼婦の冷い微笑みを。
撫子の香の中で　夕べの風が啜り泣く。

古い水の縁で

水の暗い意味、それは夜の口の中の額〈、〉
黒い枕に頭を埋めて　溜息をつく人間の薔薇色の影、
秋の赤、古びた公園の楓の木のざわめき、
朽ちた階段に消えていく　室内協奏曲。

(その1はこれでなくなる)

この訂正を加えるのが間に合えばよいのだが。ドクトル・ハインリッヒ[*3]が昨日、原稿[*4]を出版社に送った。明後日　君の手もとに　手漉き紙[*5]に印刷された「ヘーリアン」が届く。水曜日[*6]に　ぼくはザルツブルクに行く。近いうちにシュヴァーブからニュースがあるとよいのだが。訂正が間に合ったかどうか、葉書きで知らせてほしい。

心からの挨拶を

君のG.

*1　「錯乱」„Delirium".
*2　原題 „Am Rand eines alten Wassers" 第一稿。
*3　Karl Borromaeus Heinrich　一八八四年 Hangenham (Bayern) に生れ、一九三八年献身会士として Einsiedeln の修道院に没す。哲学博士。小説家、エッセイスト、ブレンナー同人。一九一二年から一三年までミュンヘンの Albert Langen 出版社の編集者。トラークルとは一九一二年十二月以来親交を結ぶ。
*4　ブシュベックが一九一二年十二月十八日に渡したトラークルの原稿（書簡45参照）を、ハインリッヒはおそらく編集者として受け取って検討していたのであろうと考えられている。
*5　書簡54註3参照。
*6　書簡51註3参照。

55 ヴィーンのエルハルト・ブシュベック宛

〔ザルツブルク、一九一三年 二月五日〕

愛する友よ！

「ヘーリアン」[*1]を受け取っただろうか、そしてぼくが最後に出した訂正[*2]を添えた葉書を。ぼくは 土曜日[*3]からザルツブルクにいる。シュヴァープに、彼[*4]の親切な骨折りにとても感謝していると伝えてくれ給え。ぼくは喜んで自分でそう書きたかったが、彼の住所を失くしてしまったのだ。

心からの挨拶を　　　君のG.

*1 書簡53及び54参照。
*2 書簡54参照。
*3 一九一三年二月一日。
*4 書簡53参照。トラークルは彼の集めてくれた情報に完全に満足したわけではないが、これ以上この計画に固執しなかったらしい。

56 〈インスブルックの〉ルートヴィッヒ・フォン・フィッカー宛

（ザルツブルク、一九一三年二月始め）

愛するフォン・フィッカー様

私の最近の詩の原稿[*1]をいくつかお送りします。どうか、あなたとあなたの奥様が私に示して下さった歓待に対して、お二人に、もう一度心からお礼を述べるのをお許し下さい。

残念ながら、もくろんでいたようには、オイゲンドルフ[*2]に移れませんでした。というのも、ザルツブルクの店と所帯を解散[*3]することに　母が決めてしまったのです。近い将来に対するこのつらい気持ちと不安のなかでは、母の家を去るということは、無責任に思えるのです。もし私が、もう一度　軍務に戻る場合には、私がヴィーンに移るか、あるいはインスブルックに移るかすることについて、ローベルト・ミヒェル氏[*4]に何らかのお力添えを頂けるかどうか手紙を書いて頂けたらと願っております。

御友人方に　私の心からの挨拶をお伝え下さい、そして　あなたとあなたの奥様に対する友情と尊敬の言葉をどうかお受け取り下さい。

あなたの心服するゲオルク・トラークル

＊1　おそらく「死の近さ」(„Nähe des Todes") と「夜の歌」(„Abendlied") のタイプ原稿であろうといわれている。この二篇は、一九一三年二月十五日の „Der Brenner" 誌に載った

＊2　Eugendorf. トラークルの友人カール・ミニッヒ（書簡11註2参照）が、一九一三年一月半ば頃にトラークルに宛てた書簡の中で、この地の自分の住居に移ってくるように申し出ていた。

＊3　トビアス・トラークル鉄商会（Eisenhandlung Tobias Trakl und C.）の解散は一九一三年四月一日に行なわれた（営業登録簿の抹消は一九一三年四月四日）。その契機となった出来事などは確認されていない。

＊4　Robert Michel　一八七六年 Chaberice(Böhme) に生れ、一九五七年ヴィーンに没す。将校。ブレンナー同人。ルートヴィッヒ・フォン・フィッカーは、ミヒェルに自分のための仲介を頼んで欲しいというこのトラークルの依頼を快く引き受け（一九一三年二月八日付のトラークル宛の書簡）、そしてミヒェルも四月一日付のフォン・フィッカー宛の書簡で、トラークルのために陸軍省で色々手を尽した様子を報告している。

57 〈インスブルックの〉カール・ボロメウス・ハインリッヒ宛

（ザルツブルク、一九一三年 二月十九日頃）

愛する友よ！

親切な電報をどうもありがとう。あなたが三月に ザルツブルクにいらっしゃるならば、とてもうれしいのに。私は、今、故郷で、気楽とはとても言えない毎日を過しており、陽向の部屋で、熱情と人事不省の境をさまよいながら漫然と暮らしています。ここは、言いようもなく寒いのです。変化するという奇妙な戦慄、それは肉体的に耐えがたい程に感じられ、暗黒のいくつもの幻覚に、もはや死んでしまっているかのような気すらします。そして恍惚状態が高まれば、石のような硬直状態に陥るのです。そしてさらに悲しい夢を夢みつづけています。教会や死の像たちであふれたこの朽ち果てた街は何と暗いことでしょう。

けれど、あなたがザルツブルクにいらっしゃるおつもりだと知ってうれしく思っています。ちゃんと宿が用意できるように、事前に一筆書いて下さい。[*1]

大切な奥様に私の尊敬に満ちた挨拶をお伝え下さい。そしてあなたには「又お会いする時まで」と言わせて下さい。

あなたの心服しているゲオルク・トラークル

*1　一九一三年二月二十日付の書簡でハインリッヒは三月十六日ないし二十日にザルツブルクを訪問する旨知らせている。が、彼は三月半ばにヴェロナール中毒で入院し、この計画は実現されなかった（書簡60註1参照）。

58　インスブルックのルートヴィッヒ・フォン・フィッカー宛

〔ザルツブルク、一九一三年　二月二十三日〕

愛するフォン・フィッカー様

ご親切なお手紙、本当にありがとうございます。ますます心の奥深く、私にとって„Brenner"が意味するものを、それが高貴な人々の集りのなかにある故郷であること、逃避所であることを、私は感じています。言いようのない戦きに襲われながら、それがぼくを破壊しようとしているのか、それとも、完成しようとしているのか　ぼくにはわからないのですが、そして自分の行為に疑いを抱きながら、そして又、ひどく不確かな将来に向き合いながら、ぼくは　口に出して言えない程心の奥深くに、あなたの寛大さと寛容さという幸せを、あなたの友情が許して下さる理解を感じています。

ぼくを恐がらせるのは、この頃では自分自身に対する憎悪がどんなにかふくれ上り、日々の生活のほんの小さな出来事のなかにも、歪んだ形で　それが現われるということなのです。前進することを決心するために力を奮い起こすことなしにとどまることは、もう飽き飽きする程嫌になりました。

ドクトル・ハインリッヒに献じた詩の新しい稿[*1]を同封します。„Der Brenner"[*2]誌の次号に載せて頂きたいと思います。最初に書き下したものには、ただあまりに暗示的な表

現がいくつもあります。
フローリアンとプッパに[*3]　私の心からの挨拶をお伝え下さい、そしてどうか、あなたに対する友情と心服の言葉をお受け取り下さい。

あなたのゲオルク・トラークル

*1　「没落」(„Untergang“) 第六稿。
*2　一九一三年三月一日、第十一号。
*3　ルートヴィッヒ・フォン・フィッカーの子供たち。

59　ヴィーンのエルハルト・ブシュベック宛

〔ザルツブルク、一九一三年　二月二十八日〕

愛する友よ！　親切[*1]な手紙をありがとう。「ランゲン」[*2]社からはまだ何の知らせも届いていないのか？　フォン・フィッカー氏は、ブレンナー[*3]社から喜んで本を出してくれるだろう。ぼくにウルマン[*4]の住所を教えてくれないか！　印刷された「ヘーリアン」を彼に送りたい。ここ何週間か、再び、一連の病気と絶望が続いていた。君がここにいたら、心からうれしいのに。ミニッヒのところでは、いつも、いくらか安らぎを見出すのだけれど、彼ともそうよく会うというわけでもないのだ。——

シュ[*5]スライトナーが、ヴィーンで、ザル[*6]ツブルクの作家たちの夕べというものを催すつもりでいる。ぼくは彼の住所を知らないので、どうか、君が彼に、ぼくの名前でぼくの詩が読まれるとしても、ぼくはそれを少しも望んでいないと、伝えてくれ給え。ひっそりとしておいてもらいたいというぼくの望みを、彼に尊重してもらいたいのだ。

心からの挨拶を

君のG・トラークル

*1　おそらく一九一三年二月六日付の書簡であろうといわれている。

*2　書簡45参照。プシュベックはランゲン社から三月十日の中間解答の後、三月十九日になってようやく出版を拒絶するという返事を受け取った。
*3　カール・レックの日記の記述によれば、フォン・フィッカーは当時すでに、ランゲン社がトラークルの詩にとって適当な出版社かどうか疑問を感じ、場合によってはトラークルの詩集をブレンナー社で出版することも考えていたらしいが、結局ブレンナー社による出版は、一九一三年四月一日の Kurt Wolff 社が詩集出版を申し出てくれたことにより実現しないこととなった。
*4　Ludwig Ulmann　書簡14註3参照。
*5　Karl Schoßleitner.　一八八六年 Taxenbach に生れ、一九五六年ザルツブルクで没す。医師。トラークルのギムナジウム時代からの友人の一人。
*6　開催されなかったかあるいは書簡61で触れられている朗読と同一のものであるかもしれないと推測されている。

60　インスブルックのルートヴィッヒ・フォン・フィッカー宛

第一稿

（ザルツブルク、一九一三年　三月十日〜十三日頃）

愛するフォン・フィッカー様！

ドクトル・ハインリッヒ[*1]についてあなたがお知らせ下さったことは、ぼくの心に大きな衝激を与えました。天は、この哀れな者に、まだ十分不幸をもたらしていないというのでしょうか、そして、人は、結局のところ破壊されるために、試練を下されるというのでしょうか。あなたの知らせは、ぼくを、この混乱した存在についてのこうした荒々しい絶望と恐怖で満たしました、ぼくには思えるのですが……

＊1　ハインリッヒは自殺を図り（三月五日付のトラークルに宛てた書簡の中で、彼は睡眠薬を所望している）、三月十日から十六日までヴェロナール中毒で入院していた。

第二稿

〔ザルツブルク、一九一三年　三月十三日〕

愛するフォン・フィッカー様！

ドクトル・ハインリッヒ[*1]について、あなたが私に知らせて下さったことは、ぼくの心に、言い表わしがたい衝激を与えました。もはや、この混沌とした存在についての、荒荒しい絶望と恐怖の感情の他は何も残っていません。その前で私の口をつぐませて下さい。

同封[*2]した詩はどうぞ、お好きなように使って下さい。「メランコリー[*3]」に、次のように手を入れられますか。第二行を変更して、

「おお　孤独な魂の柔らかさよ。」と。

その他はすべてもとのままです。

心からの挨拶を

あなたに完全に心服しているG・トラークル

＊1　第一稿註1参照。

＊2　「公園で」(„Im Park")であろうといわれている。この詩は(„An die Melancholie")(「古い記念帳の中に」(„In ein altes Stammbuch")と同一)とともに三月十五日の „Der Brenner" 誌で初めて発表された。ただしその自筆の原稿はフォン・フィッカー所蔵の中に現存せず、「秋の夕べ」(„Ein Herbstabend")である可能性もあるといわれている。

＊3　原題 „Melancholie"。„Der Brenner" 誌には „An die Melancholie" の題で発表された。

61 〈ヴィーンの〉エルハルト・ブシュベック宛

（ザルツブルク、一九一三年　三月後半）

愛する友よ！

同封[*1]した詩についてだが、次のようにお願いしたい。まず、「晴れやかな春[*2]」のかわりに、「村の中[*3]」を選ぶように。そして、1「妹に[*4]」、2「死の近さ」、3「アーメン」の三つの詩を、「ロザリオ〈の歌〉」という題でひとつにするように。

もしいくらか時間があれば、朗読[*5]は最終的に四月二日に行なわれることになったのかどうか、ぼくに手紙で知らせてくれないか。実のところ、ヴィーンに行くのは難しい。というのも、薬局[*6]の勧めでもらった三〇クローネのうち、五クローネをのっぴきならないことのために使ってしまったし、同じ目的のために、近いうちに又、同じ額を使うであろうから。

最上の挨拶を

君のG.

＊1　これらの詩の送付の目的は確認されていない。四月二日に予定されていた朗読会のためとも、あるいは「錯乱」を寄稿しようとしていたパウル・シュテファンの年鑑（書簡51参照）に補足して加えようとしていたともいわれているが、確実なところは不明である。

＊2　原題 „Heiterer Frühling"
＊3　原題 „Im Dorf"
＊4　原題1 „An die Schwester", 2 „Nähe des Todes", 3 „Amen" を „Rosenkranz-〈Lieder〉" に。
＊5　ブシュベックの四月一日又は二日付のトラークル宛の書簡によれば、この朗読会は結局開催されなかった。
＊6　この薬局勤務についての詳細は確認されていない。ただトラークルは二月半ば頃短期間、ザルツァッハ河畔のオーベルンドルフ „Oberndorf" のグスタフ・ミューラー薬局にいたことがあったらしい。（この時期トラークル宛の郵便物の一つがこの薬局に転送されている。）

62　インスブルックのルートヴィッヒ・フォン・フィッカー宛

〔ザルツブルク、一九一三年　三月十六日〕

愛するフォン・フィッカー様

できましたら、私は次の週[*1]の真中か、末に、インスブルックにまいります。二、三日、もてなして頂けるでしょうか？　ハインリッヒ[*2]に、心からよろしくと伝えて下さい。

あなたに心服しているゲオルク・トラークル

*1　書簡65参照。三月三十一日夜半か四月一日であろうといわれている。そしてカール・レックの日記によれば、トラークルは四月一日にルドルフ・フォン・フィッカーの住居であるイーグルス（„Igls"）のホーエンブルク（Hohenburg）に引越してきたらしい（書簡74a参照）。

*2　カール・ボロメウス・ハインリッヒ。

63 インスブルックのルートヴィッヒ・フォン・フィッカー宛

〔〈ザルツブルク〉、一九一三年 三月二十三日〕

愛するフォン・フィッカー様！

残念ながら、インスブルックにまいれません。いくつかのことが 悲しいそぞろ歩きのなかで解けます。――日々は ここでは、陽光にあふれ、そして孤独なので、思い切ってあなたに手紙を書くことがどうもできません。

どうか、ドクトル・ハインリッヒに、よろしくお伝え下さい。彼は、自身の苦痛やもろもろのことをかかえているのでしょう。私には多くのことが、本当に困難に思えます。

最上の挨拶を

あなたに心服しているゲオルク・トラークル

64　インスブルックのルートヴィッヒ・フォン・フィッカー宛

〔ザルツブルク、一九一三年　三月三十一日〕

愛するフォン・フィッカー様！

私は、火曜日[*1]の朝に、インスブルックにまいります。どうか、二、三日、面倒をみて下さい。

あなたのご都合がよろしければ、午前十時にうかがいます。

心からの挨拶を

あなたに心服するゲオルク・トラークル

*1　四月一日といわれている。

65　ヴィーンのエルハルト・ブシュベック宛
〔ザルツブルク、一九一三年　四月一日〕

愛する友よ！

どうか、ランゲン社[*1]から送り返された詩をぼくに送ってくれ給え、つまり、インスブルックの、フィッカーの住所宛に。ぼくは今日、そこに向う[*2]ので。ぼくはもう一度、徹底的に、良心的に、原稿に目を通したいのだ、他の出版社に渡す前に。特にぼくはふるい落としたのだが、あとになってドクトル・ハインリッヒ[*3]が組み入れた詩を除きたいと思っている。

君が近いうちにザルツブルクに来ればよいのだが。心からの挨拶を。

君のG・トラークル

*1　一九一二年十二月十八日、ブシュベックがランゲン社のカール・ボロメウス・ハインリッヒに渡した詩（書簡45及び54参照）。ランゲン社はブシュベックに三月十日に中間解答を与え、結局三月十九日に原稿を拒絶する旨通知してきた。
*2　トラークルは夜行列車で、三月三十一日出発し、四月一日朝インスブルックに到着したといわれている。
*3　カール・ボロメウス・ハインリッヒ。彼はブシュベックからトラークルの詩の原稿

を受け取り検討した際に、トラークル自身の考えた詩集をいくらか増補したらしいと推測されている(書簡54註4参照)。

66 ヴィーンのエルハルト・ブシュベック宛

〔インスブルック、一九一三年 四月三日〕

愛する友よ！

たってのお願いだ、ぼくにもう五〇クローネ貸して欲しい。ぼくは、フォン・フィッカー氏に無理を言うつもりだったが、実際、それは難しすぎる。君が、このお金を、二、三日中にインスブルックに送ってくれたら、非常にありがたい。きっと夏までには、情況[1]がいくらか落ち着き始める頃までには、そのお金は返せると思う。

フォン・フィッカー氏が、今日ぼくに話したところによれば、ぼくの詩[2]のことに関して君に手紙を書いたそうだ。本がブレンナー社から出版されれば、一番良いのではないかと思う。

今日のインスブルック・ツァイトゥングで、シェーンベルク[3]のコンサートで起きた下卑たスキャンダルについて読んだ。ならず者たちの卑劣さにもかかわらず弟子たちの作品を擁護した芸術家に対して何という辱しめだろう。

遅くとも十日以内にぼくはザルツブルクに戻る。君もその時までに来ていればよいのだが。もう一度頼むが、ぼくを見殺しにしないでくれ給え。そして心からの挨拶を送る。

君のゲオルク・T

＊1　トラークルは三月十八日にオーストリア・ハンガリー帝国軍会計検査員に就職の申請をしており、このことを念頭に置いているのであろうと推測されている。

＊2　フォン・フィッカーの書簡は確認されていない。

＊3　ブッシュベックはこの書簡と前後してトラークルに宛てた書簡の中で、このコンサートの様子を知らせている。「とり急ぎ、そして信じられないような混乱（今月三十一日のコンサート）のうちに、君に同封の手紙を送る。」（四月一日ないし二日、ヴィーン発信）、「シェーンベルクのコンサートで、平土間の観客席からオペレッタの作曲家たちや汚い、無節操なジャーナリストたちが、『我々はグスタフ・マーラーの思い出を彼の「亡き子をしのぶうた」（„Kindertotenlieder"）で汚してはならない』と大声で叫び立てていたことを決して忘れないだろう。そう騒ぎ立てた人々のその面だけでもうマーラーを冒瀆しているのだ、いわんや彼らの存在すべてが。公然たる平手打ちがこんなに清浄作用を発揮するとはぼくは思っていなかった。ぼくの中では少なくともそうだったのだ。アントン・フォン・ヴェーベルンのオーケストラ作品が演奏されたが、それは誇らしいものだった。ヴェーベルンの頭の格好だけでも素晴らしいものだ。コンサートは大混乱をひき起こし、ぼくも又それにゆさぶられ、平静な状態とはとてもいえない。……」（四月五日、ヴィーン発信）。これらの手紙ではマーラー、シェーンベルク、ヴェーベルンらの関連ははっきりしないが、ブシュベックが一九一二年から一三年まで主宰していた芸術団体 „Akademischer Verband für Literatur und Musik"は芸術愛好の学生たちによる闘争的、革新的集りであり、展覧会、朗読会、コンサートを開催し、又、ブルックナー、マーラー並びに若いシェーンベルク、ヴェーベルンらを対象に議論を闘わせていた（Basil, Otto：Georg Trakl S. 87）のであり、ブシュベック、トラークルは彼らの共鳴者であっただろう。ブシュベックの書簡の中の「平手打ち」も、このテキストだけでははっきりしないが、実際、彼がシェーンベルクらの反対者の誰かを平手打ちしたのではないだろうか（トラークルの書簡68参照）。

67 〈ライプツィッヒの〉 クルト・ヴォルフ出版社宛
(インスブルック、一九一三年　四月五日)


拝啓!

貴殿が私に示して下さったご親切なお申し出[*1]に対して、謹んで感謝の言葉を述べるのをお許し下さい。原稿[*2]はヴィーン[*3]の友人の手もとにありますが、二、三日内に貴殿宛にお送り致します。予約注文のリストも同様にお送り致します。締めますと一二〇になるかと思います。貴殿のご提案をお待ちしております。このうえもない尊敬の言葉を、どうかお受け取り下さい。

　　　　敬具　ゲオルク・トラークル

ザルツブルク、モーツァルト広場2　気付

*1　一九一三年四月一日付の書簡でクルト・ヴォルフ社はトラークルに彼の詩集の出版を引き受けたいと申し出た。クルト・ヴォルフ Kurt Wolff はドイツ表現主義の典型的な出版者として知られており、ライプツィッヒの Ernst Rowohlt 出版社を一九一二年十一月に Rowohlt が引退した後引きつぎ、一九一三年二月に Kurt Wolff 出版社と改名した。

*2　書簡65参照。
*3　エルハルト・ブシュベックのことである。

68　ヴィーンのエルハルト・ブシュベック宛

〔インスブルック、一九一三年　四月五日〕

愛する友よ！

今日、「ローヴォルト」[*1]社から、ぼくの詩に関してとても親切な申し出を受け取った。ぼくは非常に喜んで、これを受諾する。どうか、原稿をすぐに[*2]ぼくに送ってくれ給え。というのも、手渡してしまう前にもう少し手を入れたいのだ。もし、五〇クローネ貸してもらえるのなら、できるだけ早く送ってくれ給え。ぼくはもう切羽詰まっているのだ。

君がぼくに分け与えてくれた平手打ち[*3]に対しては、心から祝辞を述べる。

最上の挨拶を

君のG. T.

＊1　書簡67註1参照。

＊2　ブシュベックは四月五日付のトラークル宛の手紙でこの原稿を前日（すなわち四月四日に）返送したことを知らせている。

＊3　書簡66註3参照。

69　ヴィーンのエルハルト・ブシュベック宛
（インスブルック、一九一三年　四月前半）

愛する友よ！

お金[*1]を送ってくれたことに心から感謝している。詩「村の中[*2]」は当然、君の自由にしてくれてよい。

すぐに返事を書かなかったことを、どうか許して欲しい。ここ二、三日の内に、奇妙な出来事が矢つぎばやに起こったものだから。

最上の挨拶を

君のG. T.

＊1　前の書簡で依頼した五〇クローネ。ブシュベックは四月五日付のトラークル宛の書簡でこの日この金額を送ったことを知らせている。

＊2　原題 „Im Dorf"　右記の書簡の中でブシュベックは、この詩を次号の „Der Ruf" 誌（すなわち一九一三年五月、第四号）に掲載してもよいだろうかとトラークルに許可を求めている。

70 〈ライプツィッヒの〉 クルト・ヴォルフ出版社宛
（インスブルック、一九一三年　四月半ば）

尊敬するヴォルフ殿！

私は、昨日、貴殿宛に、校正済みの私の原稿をお送り致しました。失礼を省みず、次のことを貴殿にお願いしたいのです、すなわち、この本は、ドイツ文字、あるいは古いローマン字体[*1]で印刷して下さい。そして、判型を選ぶ際には、これらの詩に特有の構造にできるだけ配慮して頂きたいのです。

いつまでに本を印刷に回すつもりでいらっしゃるのか、すぐにお知らせ頂けるとありがたいのですが。

貴殿に対する、このうえもない尊敬と心服の言葉を　どうかお受け取り下さい。

ゲオルク・トラークル

*1　詩集は結局古い Mediäval-Antiqua 体といわれる活字で印刷された。

71 〈ライプツィッヒの〉 クルト・ヴォルフ出版社宛

（インスブルック、一九一三年 四月二十日から二十二日頃）

拝啓！

二通[*1]とも署名しました契約書を、同封でお送り致します。もし、貴殿がこの詩集に別の題をおつけになりたいのでしたら、この詩集が元来持っていました題「薄明と滅び」[*2]を提案致します。この題は、本質的なものすべてを表現していると思います。

この本がいつまでに出版されるのか、お知らせ頂けると大変ありがたいのですが。ひとつ[*3]の詩の訂正を明日お送りしますので、恐縮ですがこれも加えて下さい。

このうえもない尊敬の言葉を どうかお受け取り下さい。

敬具 ゲオルク・トラークル

＊1　一九一三年四月十六日付の書簡に同封して、クルト・ヴォルフ社はトラークルに契約書を送っている。

＊2　この詩集の原稿が「薄明と滅び」„Dämmerung und Verfall" と呼ばれているのは、ランゲン社が一九一三年三月十九日にブシュベックに出版拒絶の通知を出したときが初めてである。この原稿にこの題がいつ付されたのかは確認されていないが、カール・ボロメウス・ハインリッヒが原稿を増補した際に（書簡65註3参照）、トラークルにそれを

すすめたのではないかといわれている。
＊3 「オパールを三度のぞく」(„Drei Blicke in einen Opal") であろう。

72 ミュンヘンのカール・ボロメウス・ハインリッヒ宛
〔イーグルス、一九一三年　四月二十五日〕

かけがえのない友よ！
ぼくは、土曜日[*1]の午後四時にミュンヘンに着きます。駅に来て頂けないでしょうか。
心からの抱擁を
　あなたのG.　T.

＊1　ハインリッヒは一九一三年四月二十五日にフォン・フィッカーに宛てた書簡の中で、翌日のトラークルの訪問を知らせている。実際にトラークルがこの日に出発したかどうかは確認されていない。

73　ライプツィッヒのクルト・ヴォルフ出版社宛
（インスブルック）、一九一三年　四月二十七日

ライプツィッヒ
クルト・ヴォルフ出版社
敬称略[*1]

今月二十三日付の貴簡正に拝受致しましたが、その内容に当然のことながら私は啞然と致しました。貴社はその中で私に——それも私の同意など二次的なものと前提している[*2]ような無頓着さで——、差し当り „Der jüngste Tag"[*3] というアンソロジーの中で私の「詩集」[*4]の選集を出版する準備中であること、そしてその本はおそらく四週間のうちに発行されるであろうと通知しています。このことに対して無論、私は決して同意できませんし、私の「詩集」の完全版が、つまりそれだけが我々の取り決めの対象であったはずですが、それが出版される前に何か抄詩集のようなものが出版されることは拒絶致します。そうした抄詩集などは今まで考えてもいませんでしたし、私に渡されました契約書の草案にも（ついでですが、これに貴社が署名したものは今日まで私の手もとに届いておりません）[*5]それについてはほんの少しでもほのめかされていません。ですから貴

殿には私のこの決断をくつがえすことのできぬものと了承して下さり、計画されている選集の刊行は必ず思いとどまれるようお願い致します。さもなければ貴殿の契約の申し出に署名致しましたことは拘束を受けないものとみなし、私の詩を即刻返却して頂くよう要求しなくてはなりません。これ[*6]に従いまして私に送られます金額を受領しますのも追ってご連絡下さるまで拒絶せざるをえないものと思います。

敬具〈ゲオルク・トラークル〉

＊1 原註によればこの書簡は書信電報として発信された。そしてこの抗議文の原文を作成したのはフォン・フィッカーであったらしい。

＊2 実はクルト・ヴォルフ社の編集者フランツ・ヴェルフェルはこれ以前四月後半にトラークルに宛てて、彼の詩に感嘆したこと、出版社としては „Der jüngste Tag", Neue Dichtung という叢書のなかの個別出版物として彼の詩の選集を出版したいこと、すでにいくつかの詩を選んでいることを書き送ったのであるが、この書簡はザルツブルクに送られたためトラークルの手もとには届いていなかった。

＊3 「終りの日」と訳せよう。

＊4 書簡65註1、書簡67、書簡30参照。

＊5 この点に関して出版社は四月二十九日付の手紙で、クルト・ヴォルフ自身がこの時パリにいるため彼の署名がもらえないため、契約書の送付が遅れていると弁解している。

＊6 四月二十三日付の書簡で出版社はトラークルに取り決められた印税として一五〇クローネを郵便為替で送る旨通知してきていた。

74 〈ライプツィッヒの〉 クルト・ヴォルフ出版社宛

（インスブルック、一九一三年　五月始め）

敬称略
クルト・ヴォルフ出版社

拝啓
今月[*1]三十日付の貴簡正に拝受致しました。そして私が純粋に芸術的理由から一方的に押しつけました抗議を評可し、そしてそれに譲歩して下さいましたことに感謝致します。予約注文リストは近日中に貴殿のもとに、ヴィーンの akad.[*2] Verband für Kunst u. Literatur の会長E・ブシュベック氏を通じてお届けします。

もしも私の「詩集」の完全版を出版された後にそれから小選集を出版されるおつもりでしたら、それに対しては何も異存はありません。

原稿に加えて頂きたい詩[*3]の訂正を一つと、更に本に入れたいと思います詩[*4]をもう一篇同封します。

校正刷りは „Der Brenner" 誌の編集部気付で私に送って下さい。

敬具　ゲオルク・トラークル

追伸、詩「オパールを三度のぞく」は「人気のない部屋で」[*5]の後に配置して下さい。
前者の位置には「少年エーリスに」を。

*1　これに先立つ四月二十八日付の返書で、出版社はトラークルにまず次のように説明してきた。すなわち、出版社の計画している叢書とはシリーズ物のようなものではなく、それぞれが独立した装幀を有すること、ここに厳選された数名の若い詩人たちの一群の作品は、彼らが何らかのグループや流派に属しているというのではなく、全体としてみればこの時代の自立したすぐれた表現としてとらえられること、そしてこうした出版の形態をとる方が若くしかし第一級の詩人たちの作品に、各自の個別の刊行物よりもはるかにジャーナリズム、書店、読者の関心を惹くことができること。更につけ加えて出版社はとりあえずまず小さい選集を出版し、その後つづけてトラークルの詩集の完全版を出版するつもりであることも通知していた。
　そして四月三十日付の書簡で、結局トラークルの抗議を受け入れ、送られてきた詩の完全版を刊行する旨伝えてきている。その結果、両者の妥協点として、,,Der jüngste Tag” 叢書中の刊行物として、当初出版社が計画したよりも厚い詩集が、同叢書第七／八合併巻のかたちで出版された。これがトラークルの刊行された処女詩集「詩集」,,Gedichte” である。

*2　Akademischer Verband für Literatur und Musik in Wien.

*3　原注によれば「オパールを三度のぞく」(,,Drei Blicke in einen Opal”).

*4　原註によれば「少年エーリスに」(,,An den Knaben Elis”).

*5　原題 ,,In einem verlassenen Zimmer”.

74a　インスブルックのルドルフ・フォン・フィッカー[*1]宛

〔ミュンヘン、一九一三年　五月六日〈?・〉〕

ごきげんよう

リリー・ハインリッヒ[*2]

ゲオルク・トラークル

龍胆をありがとう。本当にとてもうれしかったです。

K・B・H[*3]

*1　Rudolf von Ficker　一八八六年ミュンヘンに生れ、一九五四年インスブルック近郊のイーグルス（Igls）に没す。ルートヴィッヒ・フォン・フィッカーの弟。音楽学者。インスブルック、ヴィーン、ミュンヘンで教鞭をとる。イーグルスにある彼の館ホーエンブルク（„Hohenburg"）は、やはりインスブルック近郊ミューラウにある兄ルートヴィッヒの邸宅ラウヒ・ヴィラ　„Rauch-Villa"　とともに常にトラークルにとって心を落ち着かせてくれる暖かな避難所であった。ルートヴィッヒ・フォン・フィッカーは繰り返しトラークルに自分たちのもとに来るようにと呼びかけている。「……こちらへ来ることで、いつでもあなたが楽になるのならば、まず訪問を知らせてからなどと思う必要はないのです。そして又イーグルスの小作地にも自由に移って来てよいのです……いずれにせよ、い

つでも心から歓迎しているのです……」(一九一三年二月八日付のフィッカーのトラークル宛書簡)、「……望む時にいつでも来てよいのです! あなたは常に私たちにとって大切な客人なのだということをわかってもらいたいと、改めて言う必要はないでしょう。子供たちは毎日のようにあなたのことを尋ねています……」(一九一三年六月二十八日付の書簡)。

＊2 Lilly Heinrich カール・ボロメウス・ハインリッヒの最初の妻。

＊3 カール・ボロメウス・ハインリッヒ。

75 ヴィーンのエルハルト・ブシュベック宛
〔ザルツブルク、一九一三年　五月七日〕

愛する友よ！
どうかすぐにライプツィッヒ、ケーニッヒ通り一〇番地、クルト・ヴォルフ出版社に、予約注文リスト[*1]と葉書を送ってくれ給え。
おそらくまだ詩「村の中」[*2]に次の訂正を加えられるだろうね。つまり、最後から二番めの節の第一行で、„treten" の代りに „starren" を最後の節の第一行で „schreiten" の代りに „treten" を[*3]
最上の挨拶を
君のG.

*1　書簡74参照。
*2　原題 „Im Dorf".
*3　原註によれば、エルハルト・ブシュベックはこの詩の初出の際(Der Ruf 誌、一九一三年五月第四号、六ページ)、うっかりしてこの訂正を落としてしまったらしい。

76　〈インスブルックの〉　ルートヴィッヒ・フォン・フィッカー宛
（ザルツブルク、一九一三年　五月七日頃）


愛するフォン・フィッカー様！

「呪われた者たち」[*1]のタイプの写しと新しい[*2]詩を一篇同封します。この詩は私にとって何にもまして貴重なものです。どうか[*3]これは前者の後に続けて一緒にではなく、別に „Brenner" の次の号に載せて下さい。

出版社[*4]の手紙と契約書を今日受け取りました。おそらく四日ないし五日のうちにインスブルックに行けると思います。

あなたとそして親愛なる奥様に心からの挨拶を
あなたの心服するゲオルク・トラークル

＊1　原題 „Die Verfluchten".
＊2　原註によれば「夜に」(„Nachts") である。
＊3　一九一三年五月十五日の „Der Brenner" 誌にまず「夜に」が、つづいて同年六月一日の同誌に「呪われた者たち」が掲載された。
＊4　一九一三年五月五日付の書簡。

77 〈ライプツィッヒの〉 クルト・ヴォルフ出版社宛

（ザルツブルク、一九一三年　五月八日頃）

拝啓

両者の署名済みの契約書を昨日受け取りました。詩「オパールを三度のぞく」はどうかもとの場所に置いておいて下さい。その代りに「少年エーリスに」を「人気のない部屋で」の後に置いて下さい。

ドクトル・ボロメウス・ハインリッヒが私について書きました文章[*1]を同封でお送り致します。おそらく本に役立つでしょう。ドクトル・ハインリッヒは詩集が出版されたら続いて新たに詳しい文章[*2]を Frankfurter Zeitung 紙に書くと手紙で知らせてきています。

貴殿に対するこのうえもない尊敬の言葉をどうかお受け取り下さい

敬具　ゲオルク・トラークル

追伸　予約注文リスト[*3]をもうすでにお受け取りになられているかと思います。一週間前に貴社のためにその返却を請求しておきましたので。

*1 原註によれば一九一三年三月一日の ,,Der Brenner" 誌に発表されたカール・ボロメウス・ハインリッヒの第二の ,,Brief aus der Abgeschiedenheit, Die Erscheinung Georg Trakls" である。

*2 この文章は確認されていない。

*3 書簡75のブシュベックへの依頼参照。

78　〈インスブルックの〉　ルートヴィッヒ・フォン・フィッカー宛
（ザルツブルク、一九一三年　五月前半）


愛するフォン・フィッカー様！

どうか詩「夢のなかの夜」[*1]の題を「夜」[*2]に縮めて下さい。そして第三行の「死んでいくものたち」[*3]を「沈んでいくものたち」[*4]と代えて下さい。

,,Brenner" の最新の三号をもう三部ずつ送って頂けますか。ぼくはまだ受け取っていませんので。

心からの挨拶を
あなたの心服するゲオルク・トラークル

＊1　原題 ,,Nachts im Traum".
＊2　原題 ,,Nachts".
＊3　原文 ,,den Sterbenden".
＊4　原文 ,,den Sinkenden".

79　インスブルックのルートヴィッヒ・フォン・フィッカー宛
〔ザルツブルク、一九一三年　五月十六日〕

愛するフォン・フィッカー様！
ぼくは日曜[*1]の夜九時三〇分にインスブルックに行きます。
心からの挨拶を
あなたの心服するゲオルク・トラークル

*1　原註によれば一九一三年五月十八日である。

80 〈ライプツィッヒの〉 クルト・ヴォルフ出版社宛

（インスブルック、一九一三年　五月十九日頃）

拝啓！

校正刷り[*1]を同封で返送致します。予約注文リスト[*2]は土曜日に貴社宛に発送させましたのでもうおそらくお手もとに届くと思います。予約注文の時に見積りました本の値段はご随意に変更して下さってかまいません。

「詩篇」[*3]を個々の段落を明白にすることで、わかりやすくして頂けると大変ありがたいのですが。ただしこの詩の末尾は四九ページにまたがって組んで下さい。そうすると今度は「ロザリオの歌」[*4]にとって意味があるのです。つまりこの詩が見開きの二ページに置かれることになり、それにより充分な効果が出せますので。

どうかこれらについてどう決められたかを又お知らせ下さい。そしてこのうえもない尊敬の言葉をお受け取り下さい

敬具　ゲオルク・トラークル

＊1　「詩集」（„Die Gedichte"）の初校。五月十四日付の書簡でクルト・ヴォルフ出版社はトラークルにその校正刷りを同便で送ったことを知らせている。

＊2　書簡77註3参照。
＊3　原題 „Psalm".
＊4　原題 „Rosenkranzlieder".

81 〈ライプツィッヒの〉クルト・ヴォルフ出版社宛

（インスブルック、一九一三年　五月末）

拝啓
校正[*1]を同封で返送致します。私はそれに目を通し、先日[*2]の私の手紙にのっとって変更しました。それもその当該の諸変更が面倒なことがなくされえるようにです。これにより私の前の手紙は無用となりました。どうかこの校正にだけ従って下さい〈。〉
再校をできるだけ早く、それも二、[*3]三部送って下さるとありがたいのですが。
このうえもない尊敬の言葉で貴殿にご挨拶致します
敬具　ゲオルク・トラークル

＊1　原註によれば書簡80を添えて出版社に送った校正刷りをもう一度戻してもらっていたか、あるいはこの校正の別に印刷されたものをもう一部手もとに持っていたらしい。

＊2　トラークルは書簡80で「詩篇」を大きめの段落にわけてわかりやすくしたいという希望を述べていたが（書簡80参照）、結局印刷されたものから見ても、ここで „Der Brenner" 誌に同詩が発表された時と同様に小さな星印をつけることに変更したらしいと原註は述べている。

＊3　書簡82を参照するところによると、トラークルはこの校正刷りを一部ブシュベックに送るつもりであったと思われる。

82 〈ザルツブルクの〉 エルハルト・ブシュベック宛

（インスブルック、一九一三年 五月末又は六月始め）

愛する友よ！

どうかすぐにぼくの求職申請書[*1]を送ってくれ給え。詩集[*2]の校正は残念ながら君に送れなかった。一部しか手に入らなかったので。

ミニッヒがまだザルツブルクにいるのかどうか知らせてくれ。今日まで彼については何の知らせも受けていない。ぼくの妹グレーテルがザルツブルクにいるのかどうか多分君は知っているだろう。

ぼくの住所は、インスブルック近郊イーグルス、シュロス・ホーエンブルクだ。[*3]

最上の挨拶を

君のゲオルク・トラークル

「エーリス」のタイプ刷りも折りをみて君に送ろう。

*1 トラークルは一九一三年三月十八日にオーストリア・ハンガリー帝国陸軍省会計検査員に就職の申請を出した。それに対し、四月末に陸軍省は居住証明書をはじめとする証明書類の送付を彼に要請してきた。原註によればこの証明書類の補足追加提出を彼はブシ

ュベックに依頼したらしい。これとは別にA・ロースが彼の就職を商務省に運動してくれていたためトラークルはその結果を待つ間、これらの書類の提出を控えていたが、五月二十二日のロースの手紙でも思わしい結果が得られそうにないことが判明したので、結局陸軍省への求職活動をすすめることにしたらしい、と原註は説明している。

*2 「詩集」„Die Gedichte" の初校。

*3 書簡74a註1参照。

83 〈ライプツィッヒの〉 クルト・ヴォルフ出版社宛
（インスブルック、一九一三年　五月末又は六月）

拝啓
お問[*1]い合わせについて早速お知らせ致します。あの文の当該箇所[*2]は完全に正しいのです。„Laß“[*3] はここでは „dulden“[*4] の意味なのです。ですから „bluten“[*5] の後ろにコンマはないのです。
このうえもない尊敬の言葉をお受け取り下さい。
敬具　ゲオルク・トラークル

＊1　確認されていない。
＊2　「少年エーリスに」(„An den Knaben Elis“) 第五行。
＊3　「させておく」。
＊4　「耐え忍ぶ」「許容する」。
＊5　「血を流す」。

84　ザルツブルクのエルハルト・ブシュベック宛

【イーグルス、一九一三年　六月六日】

愛する友よ！

君に[*1]お願いしたぼくの求職申請書を送ってくれたのかどうかすぐに知らせてくれ。

ぼくは来週ザルツブルクに行く。

挨拶を　君のG.　T.

＊1　書簡82参照。ブシュベックは同年六月七日付の書簡でトラークルの書簡を受け取ってすぐ彼の希望通りにしたことを知らせ、その通知が遅れたことを詫びている。

85　インスブルックのルートヴィッヒ・フォン・フィッカー宛

〔ザルツブルク、一九一三年　六月二十六日〕

愛するフォン・フィッカー様

電報[*1]をどうもありがとうございました。残念ながら、ロース氏[*3]には駅で会えませんでした。ぼくは彼と一時四〇分の列車でお会いするつもりで待っていたのです。それがザルツブルクまで来る唯一の食堂車だったので。残念[*2]ながらその私の推測が間違っていて、ロース氏とお話しできなかったことが悔やまれます。

ここでは日々ますます陰鬱に、寒くなり、絶え間なく雨が降っています。時おり、先達ての陽光にあふれたインスブルックの日々から一筋の光がこの暗黒に射し込み、あなたやあのすべての高貴な人々に対するこのうえもなく深い感謝の念でぼくを満たすのです。あなた方の善良さにぼくは全く値しません。あまりにわずかしかない愛情、あまりにわずかしかない公正さ、同情心、そしてそう常にあまりにわずかな愛情、それに反して、あまりに多くの非情さ、高慢、そして様々な犯罪性――それがぼくなのです。確かにぼくはただ弱さと臆病からだけ悪いことを犯さずにいるのです。それによってぼくの悪意はさらに恥ずかしいものとなっているのです。ぼくは魂が憂愁によって毒された、この呪われた身体にこれ以上宿ろうとしない、いや宿れないそういう日々がやって来る

ことを、魂が、この神のいない呪われた世紀のあまりに忠実な写しでしかない、汚物と腐敗から形づくられた嘲りの姿を離れるそういう日がやって来ることを切望しています。

神よ、純粋な喜びのただひとかけらのきらめきを——そうすれば救われるのに、愛を——そうすれば解き放たれるのに。

あなたに感謝し、心服しているままでいさせて下さい　　ゲオルク・トラークル

＊1　トラークル宛書簡集には収録されていない。

＊2　この手紙を受け取ったフィッカーは折り返し六月二十八日付の書簡で「あなたがロースに会えなかったのは彼にとっても大変残念なことだった。彼はあなたと知り合うためにヴェニスからの帰り道でわざわざインスブルック経由の遠まわりをしたのです。彼はひそかにあなたが一緒にザルツブルクからヴィーンに行くことを期待していたのです。」とトラークルに書き送っている。

＊3　アドルフ・ロース（Adolf Loos）一八七〇年に生れ一九三三年に没す。建築家。装飾性に反対し、即物的な現代建築の理論を唱える。

86 〈ライプツィッヒの〉 クルト・ヴォルフ出版社宛

（ザルツブルク、一九一三年 六月三十日〜七月二日頃）

拝啓

更に三件の予約注文を同封でお送り致します。今週中に私[*1]の本を二部又は三部、私に、つまりザルツブルクの私の住所宛に送って頂けましたら大変ありがたく存じます。

このうえもない尊敬を込めて G・トラークル

ザルツブルク、モーツァルト広場2

*1 「詩集」,,Die Gedichte".

87　インスブルックのルートヴィッヒ・フォン・フィッカー宛

〔ザルツブルク、一九一三年　七月八日〕

愛するフォン・フィッカー様！

「時禱歌」[*1]の新しい稿を同封します――暗闇と絶望に落ちいって。ヴィーン[*2]に出発するのは明日に延期しました。二日前から激しい目まいに悩んでいます。ご親切なお手紙[*3]本当にありがとうございます。心からの挨拶を

あなたの心服しているゲオルク・トラークル

*1　原題 „Stundenlied".

*2　ブシュベックがフランツ・ツァイスに宛てた書簡（七月十一日付）によればトラークルは七月十三日の夕方ヴィーンに着いたらしい。

*3　原註によれば六月二十八日付の書簡である。六月二十六日付のトラークルの書簡85を受け取ったフィッカーはそこに述べられているトラークルの自己批判や絶望に対し言葉を尽して励まし慰めている。

88 インスブルックのルートヴィッヒ・フォン・フィッカー宛

〔ザルツブルク、一九一三年　七月十二日〕

愛するフォン・フィッカー様！

とり急ぎ、今週中に[*1]ヴィーンで軍務に就かなくてはならないことをお知らせします。この暗闇へもう歩み出していることを神が望んでいますように。ぼくの[*2]新しい住所はすぐにお知らせします。この間の[*3]お手紙のすべての愛情とご好意に深く感謝します。どうか奥様に尊敬に満ちた挨拶をお伝え下さい。そしてぼくの代りにお子様方に抱擁を。

あなたの心服しているゲオルク・トラークル

＊1　帝国陸軍省の記録によれば、トラークルは七月十五日から帝国軍会計検査員の研修生として勤務に就くことになった（書簡82註1参照）。

＊2　書簡89参照。

＊3　書簡87に対してフィッカーが七月九日付で書き送ったもの。詩「時禱歌」に対して「素晴らしい、素晴らしいものです！　本当にありがとう！」と感嘆している。

89 ザルツブルクのエルハルト・ブシュベック宛

〔ヴィーン、一九一三年 七月一七日〕

愛する詐欺師君！

手紙を書いてくれるなら、ぼくはシュヴァープ[*1]のところにいる。多分明後日はインスブルックだろう。ひょっとすると明日の夕方にでもホーフィンガー[*2]のところで会えるかもしれない。

君のG. T.

ぼくはそう思わない。ぼくは明日ゼルツタールを越えて家へ帰る。

Gr. シュヴァープ

トラークルはヴィーンにいます。あなたも来なくてはいけません。宮廷の衛兵たちは吠えるエルハルトがいないのを嘆いています。ではね！

F・ツァイス[*3]

*1 書簡19註2参照。彼の住所はヴィーン第七区、シュティフトガッセ二七、二五号で

あった。
＊2　Michael Hofinger　ザルツブルクの旅館 ,,Münchner Hof'' の所有者。
＊3　Franz Zeis　一八八一年ヴィーンに生れ、一九五三年に没す。エンジニア、小説家。芸術団体 der Akadmische Verband の会員。トラークルとは一九一三年以来親交をもつ。

90　インスブルックのフローリアン・フォン・フィッカー[*1]宛

〔ヴィーン、一九一三年　七月十八日〕

心からの挨拶を

〈カール・クラウス〉より

たくさんの挨拶を　トラークル叔父さんより

*1　Florian Ficker　ルートヴィッヒ・フォン・フィッカーの息子。書簡58参照。

91　インスブルックのルートヴィッヒ・フォン・フィッカー宛

〔ヴィーン、一九一三年　七月十六日から十八日頃〕

愛するフォン・フィッカー様！

„Brenner"[*1]最新号をお送り下さりありがとうございました。エステルレ氏[*2]がぼくに献じて下さった素描を大変うれしく思いました。この号をもう二、三冊送らせて頂けるでしょうか。

ぼくはここで無給[*3]の職に就いています。それはいやでたまらず、今もう一度勉強して身につけようにもなかなか身につかない計算に対し、何の保証金もぼくから請求しないことに日々驚きを増しています。

おそらく薬剤師としてもう一度インスブルックに移れるのではないかと思います。目下のところどんな決断もぼくには不安なのです。ロース氏はぼくのために取りなして下さると約束してくれました。

ドクトル・ハインリッヒから何か知らせがありましたか？　ぼく[*4]の本は二、三日前に送られてきたのを受け取りました。

あなたの親愛なる奥様と弟君[*5]に心からの挨拶をお伝え下さい。

あなたの心服しているゲオルク・トラークル

ヴィーン　第七区

シュティフガッセ27　25号

＊1　一九一三年七月五日号。この号にトラークルの詩「幼年時代」(„Kindheit")とエステルレの描いたトラークルのカリカチュア「ゲオルク・トラークルに献じる」„Widmung für Georg Trakl"が発表された。

＊2　Max von Esterle　一八七〇年に生れ一九四七年に没す。画家、特に諷刺画家。一九〇〇年から一四年までブレンナー同人。トラークルとは一九一二年来親交があった。

＊3　書簡82の註1及び、書簡88の註4を参照。

＊4　「詩集」(„Die Gedichte")　六月二十七日付の手紙で出版社はフォン・フィッカーに予約注文者には七月始めに本が渡せること、一般の書店の店頭には八月末には本が並ぶであろうことを予告していた。

＊5　ルドルフ・フォン・フィッカー（書簡74a註1参照）。

92　ザルツブルクのエルハルト・ブシュベック宛
〔ヴィーン、一九一三年　七月二十四日〕

愛するヨーグル！　静かな楽しさのなかでぼくたちは君のことを思っている。
L．ウルマン

愛するヨーグル！　いったい何をしているのですか？　私の手紙を受け取りましたか？
では又　イレーネ・〈アムトマン〉！

L．E．B．[1]！　ぼくは相変らず君なしにはツェトケラー[2]を思い浮かべることはできない！
では又　FZ

モラヴィツ書店にぼくの本をぼくの新しい住所に送ってくれるよう通知してくれ給え
ゲオルク・トラークル

＊1　Lieber Erhard Buschbeck（愛するエルハルト・ブシュベック）の略。
＊2　原註によればヴィーンのウラバニ・ケラー（Urabani-Keller）。

93 〈ライプツィッヒの〉 クルト・ヴォルフ出版社宛
（ヴィーン、一九一三年　七月後半又は八月前半）

拝啓！

ヴィーン[*1]の Der akademische Verband für Literatur und Musik がアンソロジー[*2] „Jung Wien" の出版を企画し、私に幾篇か寄稿するよう依頼してきました。それには貴社の同意が必要だと思いましたので、異論がおありかどうか恐縮ですがお知らせ願いたいのです。

私の本を注文しました二人の友人――グスタフ・シュトライヒャーとドクトル[*3]・Ph.・ベルガーがまだ本を受け取っていないと私に知らせてきました。

このうえもない尊敬の言葉をお受け取り下さい。

敬具　ゲオルク・トラークル

ヴィーン　第七区　シュティフトガッセ27、25号

追伸　私に確約なさった[*4]私の本の仮綴じ本八部を近日中に送って下さるとありがたいのですが。

＊1　ブシュベックが一九一二年から一三年まで主宰していた芸術団体（書簡66註3参照）。

＊2　原註によれば Die Pforte. Eine Anthologie Wiener Lyrik. Heidelberg 1913.

＊3　Dr. Philipp Berger　一八八六年に生れ一九四二年に自殺する。カール・クラウスの友人。

＊4　トラークルと出版社が締結した契約によれば、トラークルは出版社からの寄贈本として各版（一〇〇〇部）のうち一二部（そのうち四部が製本されたもの、残り八部は仮綴じのもの）を受け取ることになっていた。

94　ボスニア・ヤイツェのフランツ・ツァイス宛[*1]

〔ヴィーン、一九一三年　八月十四日〕

愛するツァイス様！

ぼくはもう辞職[*2]しました。これが確かなこととしてあなたにお知らせできる唯一のことです。他のことはすべて未定です。土曜日[*3]にロースとヴェニスにいきます。いくらか何か説明のできない不安を感じてはいますが。あなたが私の運命によせて下さった思いやりに、私はとても感激しました。

旅行お気をつけて。最上の挨拶を

あなたのゲオルク・トラークル

*1　書簡89註3参照。
*2　帝国陸軍省の記録によればトラークルは七月十九日に始めた全計検査員研修生の職務を八月十二日に放棄している。
*3　ロース夫妻、フォン・フィッカー夫妻、カール・クラウス、ペーター・アルテンベルク（Peter Altenberg）と共に過ごしたヴェニスでの十二日間はトラークルの生涯においてほとんど唯一の喜びにあふれた旅であったと言われている。

95　ザルツブルクのエルハルト・ブシュベック宛
〔ヴィーン、一九一三年　八月十五日〕

L. B.[*1]　トミ[*2]はどうだい？　どうかもっとぼくのことを思い出してくれ！　ごきげんよう

ラインハルト[*3]

愛する君！　世界は丸い。土曜日[*4]ぼくはヴェニスへ落ちていく。どんどん――星たちに届くまで

君のG. T.

＊1　Lieber Buschbeck（愛するブシュベック）の略。
＊2　原語 Tomi. 現在のルーマニアの町 Constanza.
＊3　Emil Alphons Rheinhardt　一八八九年ヴィーンに生れ一九四五年に没す。小説家。一九一三年から一四年まで芸術団体 Akad. Verband の会員。トラークルとは一九一三年夏に知り合ったらしい。
＊4　書簡94註2参照。

96　ヴァルンスドルフのカール・ボロメウス・ハインリッヒ宛

〔インスブルック、一九一三年　九月三日から七日頃〕

最愛の友よ！　この地に転送されてきましたあなたの電報[*1]を受け取りました。ぼくは火曜日の夕方以来ここにいて、あなたに再会することをとても楽しみにしていました。おそらくまだインスブルックにいらっしゃれることもあるでしょう。あるいはぼくが帰り途でミュンヘンに訪ねましょう。愛情をこめてあなたに抱擁を

あなたのゲオルク・トラークル

＊1　トラークル宛書簡集には収められていない。

97 〈ライプツィッヒの〉クルト・ヴォルフ出版社宛
（インスブルック　一九一三年　十月）

拝啓！

貴殿[*1]の手紙を大変おくれて拝受しました。というのも私はヴェニス[*2]に二週間、山[*3]に二、三週間いたものですから。本がまだ渡せていない例の予約注文者たちについてですが、私にわかっているのは少数の人々だけです。ともかくエステルレ氏とシュヴァーブ氏に本を送って下さい。彼らは夏の間旅行にでかけていましたが、今戻ってきたところです。他の注文者については問い合わせてみるつもりです。その後で又お知らせします。

最後になりましたが、インスブルック、ザルツブルクで本が再三すでに注文されたことをお知らせします。というのも、„Der Brenner"誌、„Die Fackel"誌ですでに既刊本として広告が出されているからなのです。ですからこれ以上発刊が遅れることは本にとって都合の良くないことだと思います。

仮綴じ本をどうかできるだけ早く私に送って下さい。インスブルック近郊ミューラウ102 „Der Brenner"誌宛にお願いします。

このうえもない尊敬の言葉をどうかお受け取り下さい

敬具　ゲオルク・トラークル

＊1　該当すると思われるクルト・ヴォルフ社からの書簡のうちトラークル宛書簡集に収められているのは九月二十日付の一通だけである。この書簡で出版社は本を渡していない予約注文者の名を挙げている。原註によればこれ以前トラークルの書簡93に対する返信及び右記の九月二十日付の書簡で触れている八月三十日付の書簡の二通が存在していたらしい。

＊2　書簡94及び95参照。

＊3　インスブルックのことであろう。書簡96参照。

98

〈ヴィーンの〉 フランツ・ツァイス宛

（インスブルック、一九一三年　十月末）

愛するツァイス様！

お手紙どうもありがとう。友人たちから何週間も何の連絡もないままでいると、あなたの思いやりと御好意により一層感激致します。ヴィーンに行くかどうかは相変らずはっきりしません、というのも公務員省[*1]への申請が相変らずまだ済んでいないのです。それでここ数週間は仕事に費しましたが、いくらかは満足できるものが少しはできました。こうした氾濫と喜びの時間がなければ、私の生はあまりに暗いでしょう。

シュヴァーブに心からよろしくと伝えて下さい。最後に、もし公務員省[*2]に電話をして、衛生局専門会計部の助手の職が既にふさがっているかどうか問い合わせて下さり、その場合すぐにぼくに簡単に、できれば電報で知らせて下さると有難いのですが。ぼくは今やぼくの問題に最終的に何らかの決断を下さなくてはならないのです。

あらかじめあなたのご好意に感謝し、心からの挨拶を送ります

あなたの心服するゲオルク・トラークル

インスブルック、ミューラウ102

＊1　公務員省の記録によればトラークルは一九一三年八月二十一日公務員省衛生局専門会計部の臨時助手に応募していた。

＊2　註1参照。ツァイスはこのトラークルの依頼を受けて公務員省に確認し、十月二十六日付のトラークル宛の書簡でこの職がまだふさがっていないことを報告した。更にツァイスは同書簡でトラークルにドクトル・ジルヴェルスター議員に尽力を依頼することを勧め、トラークルもこの忠告に従ったが、同議員の斡旋にもかかわらず彼の応募は十二月三日に却下された。

99　ゾルバート・ハルのオトマー・ツァイラー宛[*1]

〔ザルツブルク、一九一三年　十一月三日〕

昨日、電報[*2]で呼び出されましたので、残念ながら訪問を又取り消さなければなりません。どうか奥様に尊敬にあふれた挨拶をお伝え下さい

敬具　G・トラークル

*1　Othmar Zeiller（一八六八年〜一九二一年）。彫刻家。インスブルックにおけるトラークルの友人。

*2　この電報はトラークル宛書簡集に収められていない。詳細は不明である。

100　インスブルックのルートヴィッヒ・フォン・フィッカー宛
〔ヴィーン、一九一三年　十一月十一日〕

愛するフィッカー様！
　ぼくは一週間前からヴィーンにいます。ぼく[*1]の状況は全然はっきりとしていません。ぼくは二昼夜眠ってしまったところで、今日もまだひどいヴェロナール中毒にすっかりやられています。ここのところ混乱とあらゆる絶望のなかでどうやってこれ以上生きていけばよいのかぼくにはもはやわかりません。ここでぼくは何人も手を差し伸べてくれる人々に出会いました、が、彼らもぼくを助けてくれることはできないだろうと、そしてすべては暗闇の中で終ってしまうだろうとぼくには思えるのです。
　愛する友よ、「カスパー・ハウザーの歌」を次のように訂正して下さい。
第一行を「かれ[*2]は　愛していた、深紅に丘を下っていく太陽を」と、
第二節、第一行で「厳かに[*3]」の代りに「本当に[*4]」と
最終行を「銀色[*5]に　生れぬ者の頭が　沈んでいった。」と。
追伸、この訂正をして下さったかどうかぼくに知らせて下さい。クラウス[*6]がくれぐれもよろしくと言っています。ロース[*7]もです。あなたの親愛なる奥様の手にキスを。

＊1　トラークルは公務員省からの通知を待っていたのであろう（書簡98参照）。

＊2　原文　Er liebte die Sonne, die purpurn den Hügel hinabging.

＊3　原語　ernsthaft.

＊4　原語　wahrhaft.

＊5　原文　Silbern sank des Ungeborenen Haupt hin.

＊6　カール・クラウス。

＊7　アドルフ・ロース。

101　〈インスブルックの〉　ルートヴィッヒ・フォン・フィッカー宛
（ヴィーン）カフェ・フラウエンフーバー、一九一三年　一一月十一日ないし十二日

愛するフォン・フィッカー様
私は今日　トリエステ[*1]、ポーラ、グラーツと戻ってきて、一月[*2]にあなたにインスブルックでお会いできるのを大変うれしく思っています。
親愛なる奥様と知人の皆様に最上の挨拶を
　　あなたのカール・クラウスより

最上の挨拶を
　　あなたのゲオルク・トラークル

礼儀正しく挨拶を
　　ドクトル・フィリップ・ベルガー
エルンスト・ドイチュ[*3]

＊1　トリエステ（Trieste）はトリエステ湾に面しているイタリアの港町、ポーラ（Pola）はユーゴスラヴィアのアドリア海沿岸の港町。グラーツ（Graz）はオーストリア南東部の都市。
＊2　原註によれば一九一四年一月三日にインスブルックで三回めのカール・クラウスの講演会が開かれた。
＊3　Ernst Deutsch　一八九〇年プラハに生れ、一九六九年ベルリンで没す。俳優。トラークルとは一九一三年ヴィーンで知り合う。

102
インスブルックのルートヴィッヒ・フォン・フィッカー宛
〔ヴィーン、一九一三年　十一月十二日〕
第二信

愛するフォン・フィッカー様！

　どうかK.[*1] H. L.の最終行を最終的に次のように変えて下さい。

「生[*2]れぬ者の　見知らぬ者の赤い頭が　沈んでいった」

（一行）

ロースがぼくに、この詩を彼の奥[*3]さんに献じてくれるよう頼んでいます。ですからどうぞ「ベッシー・ロースに」と献辞を入れて下さい。最後に、できるだけ早く校正刷りをぼくに送って下さるようお願いします。愛するお子様方にくれぐれもよろしく。ここのところぼくは海のように葡萄酒を飲み干しています、シュナップスを、ビールを。醒めています。レックとエステルレによろしく。


あなたの心服しているゲオルク・トラークル

第一行の訂正
か[*4]れは　本当に　愛していた、深紅に　丘を下っていく太陽を
第二節第一行は変えないままにする。つまり「厳[*5]かに」です。

*1　「カスパー・ハウザーの歌」の略である。

*2　原文　Eines Ungebornen sank des Fremdlings rotes Haupt hin.

*3　Bessie Loos（本名 Elizabeth Bruce）.

*4　原文　Er wahrlich liebte die Sonne, die purpurn den Hügel hinabstieg.

*5　原語　„ernsthaft".

102a　ヴィーンのルドルフ・フォン・フィッカー宛

〔ヴィーン、一九一三年　十一月十二日〕

愛するフィッカー様！

たってのお願いですが四〇クローネ貸して下さい。私は今、ここで非常にひどい状態にいるのです。自身[*1]の状況を最終的に整理するために一週間前からヴィーンに来ています。うまくいくかどうかはわかりませんが、ともかくすべてを試みるつもりです。それでこれらすべてがはっきりとするまでヴィーンを離れたくないのです。もし明日、火曜日午後二時にカフェ「ムゼウム」でお会いできたら大変うれしいのですが。もしおいでになれないようでしたら一筆書いて下さい。

あなたの心服しているゲオルク・トラークル

第七区、シュティフトガッセ27　25号

*1　書簡98及び100参照。

103

インスブルックのルートヴィッヒ・フォン・フィッカー宛

〔ヴィーン、一九一三年　十一月十七日〕

愛するフォン・フィッカー様！

インスブルックの朗読会[*1]にお招き頂き有難うございます。必ずお受けできます、なぜなら必ずヴィーンには、この汚れた街にはとどまっていませんから。ぼくは無条件でもう一度軍隊に戻ります、つまりもしまだ採用してもらえるならですが。献辞[*2]は入れてもらえたことと思いますが。あの献辞の入っている写しを、ぼくはもうロースに渡してしまい、ロースはそれを多くの人に見せてまわったので、もしこの詩が献辞抜きで発表されたらぼくは困ってしまいます。特にロースがぼくに頼んだのですから。

心からの挨拶を

あなたの心服しているゲオルク・トラークル

＊1　この朗読会は一九一三年十二月十日に催された。彼の生涯で唯一の公開朗読会であった。

＊2　フォン・フィッカーは十一月十八日付の書簡でトラークルに献辞は組み入れたことを報告し、実際この詩は十一月十五日の „Brenner" 誌に献辞入りで発表されている。

104　インスブルックのルートヴィッヒ・フォン・フィッカー宛
〔ヴィーン、一九一三年　十一月〈十九日〉〕

愛するフィッカー様！

朗読[*1]される詩の配列を了承致します。大変素晴らしいと思います。ただ「エーリス」詩群も組み入れられるのではないでしょうか。

ぼくは土曜日か日曜日にインスブルックに行きます。そこからぼくの軍隊[*2]での活動を軌道にのせるために。どうか二、三週間ぼくをそばに置いて下さい。

ロース[*3]の書いた文章を持っていきます。今晩クラウスの朗読会があり、大学[*4]では同じく今日、ぼくの詩の何篇かを選んである女優が読みます。ぼく自身はクラウスの朗読会にいきます。

奥様に尊敬に満ちた挨拶をお伝え下さい。ドクトル・ハインリッヒ[*5]の葉書には大変驚きました。彼の決心は立派だと思います。

心からの挨拶を
あなたの心服しているゲオルク・トラークル

*1　書簡103註1参照。フォン・フィッカーは十一月十八日付のトラークル宛の書簡で朗読

される詩の配列を次のように提案してきた、すなわち、「若い女中」(„Die junge Magd“)／「ヘーリアン」(„Helian“)／「ソーニャ」／(„Sonja“)、「アーフラ」(„Afra“)／「夢のなかのセバスチャン」(„Sebastian im Traum“)／「カスパー・ハウザーの歌」„Kaspar Hauser Lied“)。この朗読会ではプログラムによれば実際には次の作品が次の順序で読まれた、「若い女中」／「夢のなかのセバスチャン」／「夕べのミューズ」(„Abendmuse“)／「エーリス」(„Elis“)／「ソーニャ」／「アーフラ」／「カスパー・ハウザーの歌」／「ヘーリアン」。

*2　書簡103参照。

*3　確認されていないが „Der Brenner“ 誌に発表されるはずのものの原稿であろうと言われている。一九一三年十二月一日号に彼の文章 „Karamika“ が掲載されている。

*4　詳細は確認されていない。

*5　トラークル宛書簡集には収められていない。

105 インスブルックのルートヴィッヒ・フォン・フィッカー宛
〔ヴィーン、一九一三年　十一月二十日〕

カール・クラウス
アドルフ・ロース
G・W[*1]ブディンク〈？〉
レンツ[*2]
ディルツタイ[*3]
ゲオルク・トラークル
パウル・エンゲルマン[*4]
D・ザイツ[*5]
ハンス　ブレッカ[*6]
アルベルトエーレンシュタイン[*7]
エルンストドイチュ[*8]
ヘニー・ヘルツ[*9]

* 右記のとおり署名のみ連記してある。

原註によれば一九一三年十一月十九日夕開かれたカール・クラウスの朗読会のあとで書かれたものらしい。

＊1　GW Buding　誰であるか確認されていない。

＊2　Lenz　確認されていない。

＊3　ヴィクトル・フォン・ディルツタイ（Victor von Dirztay）。一八八四年ブタペストに生れ一九三五年ヴィーンに没す。小説家。

＊4　Paul Engelmann　一八九一年に生れ一九六五年に没す。建築家、小説家、アドルフ・ロースの弟子。

＊5　D Seiz　確認されていない。

＊6　書簡108註1参照。

＊7　書簡117註2参照。

＊8　書簡101註2参照。

＊9　Henny Herz　確認されていない。

106

〈インスブルックの〉ルートヴィッヒ・フォン・フィッカー宛
（ヴィーン、一九一三年、十一月末(?)）

愛するフォン・フィッカー様！

電報[*1]をどうもありがとうございます。クラウスがくれぐれもよろしくと言っています。ドクトル・ハインリッヒは今日再び非常に危険な状態に陥りました。そしてその他にもここ数日の間にぼくにとってあまりに恐ろしい[*2]ことがいくつも起きたので、その影をもはや一生ぼくは払いのけることができません。そうなのです、敬愛する友よ、ぼくの生はわずかな日々の間に言いようもなく砕けてしまい、もはや苦しさすらも受けつけない名状しがたい苦痛しか残っていないのです。

どうか[*3]ぼくのさし迫った状況を話すために、陸軍大尉ローベルト・ミヒェルに手紙を書いて下さいませんか（おそらくすぐそうして頂くのが重要かと思われます）。そしてぼくの名前で陸軍省へのとりなしを頼んで下さいませんか。

どうぞぼくに二言、三言書いて下さい、ぼくはもうどうしてよいかわかりません。世界が二つに割れてしまうとは何という言いようのない不幸でしょう。おお、神様、どんな裁きがぼくのうえにやって来たのか。言って下さい、ぼくにはまだ生きていく力があると、真実を行う力があると。言って下さい、ぼくは狂っていないと。石のような暗黒

がやって来た。おお友よ、ぼくは何とちっぽけに、不幸になってしまったのでしょう。

心からの抱擁を

あなたのゲオルク・トラークル

*1 トラークル宛書簡集には収められていない。

*2 原註ではフォン・フィッカーが一九二六年 „Brenner" 誌でこの箇所について触れている註釈を引用している。それによればここに見られるトラークルの絶望の原因はトラークル自身から明言されることは決してなかったが、一九一四年三月にベルリンからフィッカー及びカール・ボロメウス・ハインリッヒに宛てた書簡（書簡112及び113）が重要な手がかりになると推測できると述べている。

*3 トラークルは軍務に復帰することを希望していた（書簡103及び104参照）。

107

〈ヴィーンの〉カール・クラウス宛

【インスブルック、一九一三年　十二月十三日】

謹啓クラウス様！

荒れ狂う酩酊と恐ろしい犯罪をしかねない憂鬱に満ちたここ数日のうちに幾つかの詩行が生れました。これをどうか、世界で他に類をみない一人の人間に対する尊敬の表われとしてお受け下さい。

雪が[*1]窓べに降るとき、
長々と　夕べの鐘は鳴り響く、
多くの者たちに　食卓が用意され
家は　心地よく　整えられている。

さすらいの途上の人々が
暗い小径を戸口へ訪れる。
恩寵に満ちたその傷口を
愛の優しい力が　いたわっている。

おお！　人間のむき出しの痛み。
物言わず　天使たちと戦ったものが
聖なる苦痛に押しつぶされて　手を差し伸べる
静かに　神のパンと葡萄酒に。

おお　あの素晴らしいロース[*2]・ルツィファーにもよろしくお伝え下さい。
尊敬に満ちた崇拝の言葉とともに
　　あなたのとても心服しているゲオルク・トラークル

＊1　「冬の夕べ」(„Ein Winterabend") 初稿。
＊2　アドルフ・ロースのことである。

〈ヴィーンの〉ハンス・ブレッカ[1]宛

（インスブルック、一九一三年　十二月半ば）

拝啓

[2]あなたのご親切なお手紙に心から感謝します。あなたの評価と、そして同様に ,,Reichspost"[3] 紙のクリスマス号に三篇詩を選んで下さったことを本当にうれしく思います。

同封で二篇[4]の詩の抜き刷りをお送りします。私にとってかけがえのない詩です。これをどうぞ心からの尊敬のしるしとしてお手もとにお受け下さい。

尊敬に満ちた敬意の表現をどうかお受け下さい。

敬具　ゲオルク・トラークル

*1　Hans Brecka-Stiftegger　一八八五年ヴィーンに生れ、一九五四年に没す。一九〇八年から二八年までヴィーンの日刊紙 ,,Reichspost" の編集及び演劇批評を担当する。

*2　一九一三年十二月十二日付の書簡。ブレッカはこの中でトラークルの詩に対する賛辞を寄せ、「霊の歌」(,,Geistliches Lied")、「人気のない部屋で」(,,In einem verlassenen Zimmer")、「輝く秋」(,,Verklärter Herbst")の三篇を ,,Reichspost" 紙のクリスマス号に掲載したい旨申し出ている。実際これらの詩は十二月二十五日の同紙に掲載された。

＊3　註1参照。

＊4　原註によれば、一九一三年十月一日の „Der Brenner" 誌に載った「夢のなかのセバスチャン」、及び同年十一月十五日の同誌の「カスパー・ハウザーの歌」の抜き刷りである。

109

〈ヴィーンの〉カール・クラウス宛

（インスブルック、一九一三年　一二月（？）後半）

拝啓クラウス様！

„Fackel"[*1]誌をお送り頂いたことにより私に与えて下さいました喜びに対して、心からお礼を言わせて下さい。そしてどうか私の尊敬を込めた敬意と愛情の気持ちをお受け下さい。

敬具　G・トラークル

*1　原註によれば一九一三年十二月十五日の „Der Fackel" 第三八九／三九〇号。カール・ボロメウス・ハインリッヒの文章 „Die Erscheinung Georg Trakls" の抜萃が掲載された。

110　〈パリの?〉カール・ボロメウス・ハインリッヒ宛

（インスブルック、一九一四年　一月始め（?））

愛する友ボロメウス！

葉書[*1]をどうもありがとう。あなたが喜びと健康に再び恵まれ、そしてあなたの仕事に神の祝福がありますように。おお、あなたが新しい仕事を計画していると聞いてどんなにうれしかったことでしょう。それは素晴らしい、おそらく最上のものになるにちがいないとぼくは確信しています。そうでないはずがありません。

ぼく自身の具合は最上とは言えません。憂鬱と酩酊の間で途方にくれ、日々ますます不吉な形となっていく状況を変える力も気もなく、ただもう雷雨がやって来てぼくを清め、あるいは破壊してくれることを望むばかりです。おお　神様、一体どんな罪と暗黒のなかをぼくたちは歩んでいかなければならないのでしょう。結局のところぼくたちは打ち負かされたくないのです。

心からの抱擁を

あなたのG. T.

*1　トラークル宛書簡集には収められていない。

111　〈ライプツィッヒの〉クルト・ヴォルフ出版社宛

（インスブルック、一九一四年　三月六日）

拝啓

同便で、契約[*1]上の義務に従い貴殿に新しい詩集「夢のなかのセバスチャン」[*2]の原稿を提示致しますので、恐縮ですができるだけ早くこれに目を通され、この本を貴社で取り上げて頂けるかどうか、あるいはどんな条件で取り上げて頂けるか貴殿の決定をお知らせ下さるようお願い致します。

このうえもない尊敬をこめて

敬具　〈ゲオルク・トラークル〉

＊1　トラークルが「詩集」の出版の際にクルト・ヴォルフ社と締結した契約（一九一三年四月二十日／二十五日）によれば「彼は今後五年間その創作した作品をまず第一にクルト・ヴォルフ出版社に提供を申し出る義務があり、そして出版社はその作品に対して優先権を有する。」とある。

＊2　原題 „Sebastian im Traum".

〈インスブルックの〉カール・ボロメウス・ハインリッヒ宛

ベルリン、ヴィルマースドルフ　一九一四年　三月十九日

愛する友よ！

ほんの数日前に妹が死産[*1]した。途方もない出血だった。妹は憂慮すべき状態にあり、五日前から何も栄養が取れないのでいっそうなのだ。だから目下のところ妹がインスブルックに行くことは考えられない。

ぼくは月曜日か火曜日までここにとどまるつもりだ。インスブルックで君に又会えることを願っている。フォン・フィッカー氏がぼく[*2]の軍務について問い合わせてくれたかどうか、そしてK・ヴォルフ[*3]から知らせがあったかどうか知らせてくれ給え。

奥様に敬意をこめた挨拶を、そしてペーター[*4]にも元気でと伝えて欲しい。彼がもう良くなるように。フィッカーにもぼくからの心からの挨拶を、そして抱擁を　君の

G. T.より

*1　マルガレーテ・ランゲン。

*2　書簡103参照。

*3　書簡111に対する返書。クルト・ヴォルフ出版社は四月六日付の書簡でトラークルの

新しい詩集「夢のなかのセバスチャン」を喜んで出版するつもりのあることを知らせてきた。

＊4　カール・ボロメウス・ハインリヒの息子。

113

インスブルックのルートヴィッヒ・フォン・フィッカー宛

〔ベルリン―ヴィルマースドルフ　一九一四年　三月二十一日〕

愛するフォン・フィッカー様！

かわいそうな妹[*1]は相変らずとても苦しんでいます。妹の生はこれほど心が引き裂かれるような悲しみと、同時にけなげな勇気に満ちており、その前では私自身時々非常にちっぽけな者に思えます。そして善良で高貴な人々にかこまれて暮らすということに値するのは、私よりもむしろ数千倍も妹の方がふさわしいのです。そうした人々とのつながりは、苦難の時代にあって、これほど並はずれたものとして私に恵まれているのですが。

私はもう二、三日ベルリンにとどまろうと考えています。妹は一日中一人ぼっちで、私がいることがいくらかでも彼女にとって役に立つのですから。

お金を送って下さったことに心から感謝しています。どうか奥様に尊敬に満ちた挨拶をお伝え下さい。そしてお子様方にはお元気でと。そしてあなたに対する心服と感謝の言葉をお受け下さい。

あなたのG.　T.

ドクトル・ハインリッヒ[*2]と奥様にもくれぐれもよろしく

＊1　マルガレーテ・ランゲン。
＊2　カール・ボロメウス・ハインリッヒとその妻リリー・ハインリッヒ。

114　〈ライプツィッヒの〉クルト・ヴォルフ出版社宛
（インスブルック、一九一四年　四月七日）

拝啓
私は貴社に四週間[*1]以上前に新しい詩集「夢のなかのセバスチャン」の原稿をお送りしました。その原稿がお手もとに届いているのかどうか、その[*2]本を貴社で印刷するおつもりがあるのかどうか、即刻知らせて頂けるとありがたいのですが。
私はその原稿にまだ二[*3]、三、早急に変更を加える必要があり、特に改作が必要と思われるいくつかの作品は目下のところ原稿からはずし、その代りにいくつかもっと新しい詩を入れたいと思っていますので、それ故とりわけすぐにご返事を頂きたいと切望しております。
このうえもない尊敬の言葉をお受け取り下さい
敬具　ゲオルク・トラークル
インスブルック　ミューラウ102／„Brenner" 誌編集部

*1　一九一四年三月六日付の書簡111。

＊2　クルト・ヴォルフ出版社は四月六日付で出版受諾の返事を寄こした（手紙112註3参照）。

＊3　原註によればトラークルは最初に手渡した原稿にその後大幅な変更を加えている。第一に、三部構成であった詩集（K・B・ハインリッヒの手による目次が遺されている）を五部構成に組み変えた。更にこの時点で「ヘルブルンにて」(„In Hellbrunn")、「夕暮れの国」(„Abendland")、「暗闇で」(„Im Dunkel")、「訣別した者の歌」(„Gesang des Abgeschiedenen") の四篇の詩を詩集に加えた。

115 〈ライプツィッヒの〉クルト・ヴォルフ出版社宛

（インスブルック）一九一四年　四月十日

拝啓[*1]ヴォルフ殿

ご親切なご理解ありがとうございます。契約のベースとしては本の収益配分のパーセンテージによる一回払いを望んでいます。なぜならば貴殿が支払いを定める際に私に有利に考慮して下さるようお願いできるどんな地位も又どんな手段も現在の私にはないのですから。このことに関するできるだけ早い貴殿のご提案をお待ちしています。そして、„Brenner" 発行人が今回も又 „Brenner" 誌に予約注文葉書を添付することにより、前もって本の売行きをうながすよう喜んで助けてくれるつもりであることを申し上げておきます。更に、私の新詩集は独立した出版物として（番号のついたシリーズ本の枠の中ではなく）刊行して頂けますよう望んでおります。このことに関し、又その他のことに関しましても、貴殿の速答を期待し今日のところは敬具と申し上げます。

ゲオルク・トラークル

*1　原註によればこの書簡はフィッカーが起草し、トラークルは署名だけしたらしい。
*2　「夢のなかのセバスチャン」は彼の第一詩集「詩集」とは異なり、結局予約注文の形式はとらなかった。

116 〈ライプツィッヒの〉クルト・ヴォルフ出版社宛

（インスブルック）一九一四年　四月十六日

拝啓ヴォルフ殿

ご親切[*1]なお手紙ありがとうございます。ご親切にご提案下さいました諸条件を了承致しましたので、前々回[*2]の手紙で申しました変更を加えられますよう、本の原稿をできるだけ早くお送り下さいますようお願い致します。又しばらく前のベルリン滞在中にできましたもので、E・[*3]ラスカー・シューラーに献じています五編[*4]の詩も加えたいと思っています。

このうえもない尊敬の言葉をお受け下さい。

敬具　ゲオルク・トラークル

*1　一九一四年四月十四日付の書簡。この中で出版社はトラークルに対し、本の印税は定額払いで四〇〇クローネとすること、そのうち二〇〇クローネは校了済みの原稿を受領した際に、もう二〇〇クローネは市場に発行された際に支払われることを提案した。

*2　書簡114。

*3　Else Lasker-Schüler　一八六九年ヴッペルタールに生れ、一九四五年イエルサレムで没す。表現主義的なすぐれた抒情詩、小説、戯曲をのこす。表現主義促進者のヘルヴ

アルト・ヴァルデン（Herwarth Walden）の前妻。トラークルは妹をベルリンに見舞った際に彼女と知り合い、深い友情を結ぶ。

＊4　原註によれば「夕暮れの国」(„Abendland")の五部から成る第二稿である。

117 〈ライプツィヒの〉クルト・ヴォルフ出版社宛
（インスブルック、一九一四年　五月半ば）

拝啓
署名[*1]致しました契約書を同封で返送致します。私が選べますようにいくつかの試し刷りを送って下さいましたご親切に感謝致します。見たところでは**ローマン**体活字を選ぶのがよいように思えます。静かで、詩の本質に合った字体を与えてくれると思います。見本としてアルベルト・エーレンシュタイン[*2]の詩集の試し刷りの一部をお送りします。多分もう**ひとまわり小さい**活字がふさわしいでしょう。どうかこのことを決定して頂き、私にその結果を知らせて下さい。
このうえもない尊敬の言葉をお受け取り下さい。
敬具　ゲオルク・トラークル

*1　現存していないらしい。原註によればこの時期（一九一四年四月及び五月）トラークルと出版社の間で交わされたに違いない書簡の幾つかが紛失している。例えばトラークルが書簡116で依頼した原稿返送の際の出版社の書簡、変更を加えた原稿を送付した際のトラークルの送り状、その原稿を受領した後出版社が契約書並びにおそらく試し刷りと共にトラークルに送った送り状などである。

＊2　Albert Ehrenstein　一八八六年ヴィーンで生れ一九五〇年ニューヨークで没す。トラークルとは一九一三年の夏以来親交があった。ここでは彼の著書 „Die Weiße Zeit" München : Georg Müller 1914 をいうらしい。しかしエーレンシュタインの本はヴァルバウム14という活字で組まれているのに対し、「夢のなかのセバスチャン」はバスカヴィル12で印刷されている。

118　ザルツブルクのマリア・ガイペル宛

〔インスブルック、一九一四年　五月二十六日〕

愛するミッツィ！

どうかぼくに知らせてほしい、グレーテル[*1]はザルツブルクに来るのだろうか、それとももう着いているのか、そしてどれくらいいられるのかを。

フォン・フィッカー氏[*2]は心から喜んで彼女を迎え入れてくれるでしょうが。残念なことに夫人の病状が非常に思わしくなく、おそらくもう四週間は床を離れられそうにないのです。こうした状況では当然のことだけれどグレーテルをインスブルックに連れていくのはとても難しい。

ぼく自身はホーエンブルク[*3]に移りました。グレーテルに、どうかくれぐれもよろしくと伝えてほしい。

ぼくは多分もうすぐザルツブルクに行きます。

心からの挨拶を

君のゲオルク

ルドルフ・フォン・フィッカー、インスブルック近郊イーグルス　ホーエンブルク気付

*1　マルガレーテ・ランゲン。

*2　フォン・フィッカーは四月二十一日付のトラークル宛書簡でこう書いている。「今や素晴らしい日々が訪れて、真昼の数刻は暑いほどですから、あなたの妹君にとって、もし彼女がいくらかでも旅行できる身体ならば、あなたと一緒にこちらへいらっしゃるほど健康によいことはないのではないかと思います。」

*3　書簡74の註1参照。

119　〈ライプツィッヒの〉クルト・ヴォルフ出版社宛

（インスブルック、一九一四年　六月始め）

拝啓

短縮し、そして大はばに変えた詩「夕暮れの国」の草稿[*1]を同封でお送りします。これをこの詩の初稿ととりかえて下さいますようお願いします。この詩は詩集の最後の詩のうちのひとつですから、まだ組版なさっていないことを願います。

初稿は私に返送して下さるか、あるいは破棄して下さい。このうえもない尊敬の言葉とともに

敬具　ゲオルク・トラークル

*1　原註によれば三部からなる草稿である。

〈ライプツィッヒの〉クルト・ヴォルフ出版社宛

（インスブルック、一九一四年　六月十日）

拝啓

詩[1]を四篇同封でお送りします。どうかこれらを「訣別した者の歌」の章に入れられております次の詩、すなわち„Ausgang"[2]「夏」[3]、「夏の衰え」[4]、「古い泉の縁で」[5]、「ヘルブルンにて」[6]とりかえて下さい。（この五編の詩は削除して下さい。）

同じ章の詩「冬の夕べ」[7]は第二章の詩„Trauer"[8]の代りに入れたいと思います。詩„Trauer"はやはり削除するのがよいでしょう。

以上の点に従い変更した目次をここで一緒に送ります。これらの訂正を加えて下さるおつもりがあるかどうか私に知らせて頂けるとありがたいです。というのも、このことは私にとって非常に大切なことなのです。詩集のこの当該部分はこの新しい稿により比較にならない程まとまり、良いものになると思いますし、貴殿にもそのことは容易に納得して頂けると思います。

すぐにもご連絡頂きたく、このうえもない尊敬の言葉をもって

敬具　ゲオルク・トラークル

950

四、訣別した者の歌[*9]

ヴェニスにて[*10]

煉獄

捕えられたくろうたどりの歌

年

夜の魂

太陽[*11]

夕暮れの国

魂の春[*12]

暗闇で

訣別した者の歌

第二章「孤独な者の秋」[*13]の中の„Trauer"の代りに「冬の夕べ」を

*1　原註によれば「煉獄」(„Vorhölle")、「捕えられたくろうたどりの歌」(„Gesang einer gefangenen Amsel")、「年」(„Jahr")、「夜の魂」(„Nachtseele")である。

*2 原註によれば現存しない。

*3 原題 „Sommer".

*4 原題 „Sommers Neige".

*5 原題 „Am Rand eines alten Brunnens", 原註によればこの詩の第一稿である。

*6 原題 „In Hellbrunn".

*7 原題 „Ein Winterabend".

*8 原註によればこの詩は現存しない。他の幾つかの詩の異稿とも考えられるが決定できない。

*9 原題 „Gesang des Abgeschiedenen".

*10 原題 „In Venedig".

*11 原題 „Die Sonne".

*12 原題 „Frühling der Seele".

*13 原題 „Herbst des Einsamen".

121　ヴィーンのアドルフ・ロース宛
（インスブルック、一九一四年　六月末又は七月始め）

親切[*1]なお手紙をありがとうございます。校正刷りはどうかお手もとに置いて下さい。すべてがうまくいきましたら、ぼくは志願兵として来週アルバニアにいます。奥様に尊敬に満ちた挨拶を

敬具　ゲオルク・トラークル

トゥルーデ[*2]・シュミット
パウラ[*3]・シュミット

*1　一九一四年六月二十七日付の書簡。ロースはこの中で詩集「夢のなかのセバスチャン」（校正刷り）の素晴らしさを賛えたうえで「お元気で、愛するトラークル！　この世で健やかであるように。あなた自身が聖なる精神の器なのだと自覚するように、誰も、ゲオルク・トラークルですらそれをこわしてはならないのです。」と書き送っている。
*2　Trude Schmid　パウラ・シュミットの姉妹らしい。
*3　Paula Schmid　一八八九年ミュンヘンに生れ一九六六年インスブルックに没す。一九一四年にルドルフ・フォン・フィッカーと結婚。

122 〈ライプツィッヒの〉クルト・ヴォルフ出版社宛

（インスブルック、一九一四年　七月半ば）

拝啓

受け取りました校正刷り[*1]に目を通しましたところ、一二ページの最後から二行めにおいて、私が訂正した第一回の校正刷りと第二回の校正刷りで植字工が勝手に変えていることに気づきました。その箇所は次のとおりです。

„Die[*2] Glocke l a n g im Abendnovember"

おそらく植字工はこの表現方法が理解できず „lang"[*3] を „klang"[*4] に変えてしまったのでしょう〈。〉

どうかこの箇所を私が訂正しました校正刷りのとおりもとどおりに直させるようお願い致します。このうえもない尊敬をこめて

敬具　ゲオルク・トラークル

追伸　四[*5]ページ、第五行は正しくは „Frühlings-Nachmittags" の代りに „des F r ü h-l i n g n a c h m i t t a g s" です。

一九ページでは詩[*6]の題にハイフンが抜けています。

＊1　詩集「夢のなかのセバスチャン」の校正刷り。
＊2　詩「夢のなかのセバスチャン」第二一行。「鐘の響きは　長々と　黄昏の十一月に」
＊3　「長々と」
＊4　「響いた」
＊5　「時禱歌」第六行。「春の午後」
＊6　「カスパー・ハウザーの歌」

〈ライプツィッヒの〉クルト・ヴォルフ出版社宛
（インスブルック　一九一四年　七月二十日又は二十一日頃）

拝啓
　貴社の出版社年鑑[*1]の校正刷りに目を通しましたので同封で返送致します。私が先日の手紙で申し上げました、私の本の中のあの全く意味をこわしてしまうようないくつかのミスプリントですが、あれを訂正して頂けたかどうか知らせて頂ける[*2]と大変ありがたいのですが。このうえもない尊敬の言葉とともに
　　　敬具　ゲオルク・トラークル

＊1　原註によれば一九一四年ライプツィッヒで発刊された多色刷り本であり、その四一ページにトラークルの詩「デ・プロフンディスII」(„De Profundis II")が掲載された。
＊2　出版社はこの依頼に対し、七月二十三日付の書簡でこの訂正に応じるつもりであることを知らせている。

〈ライプツィッヒの〉クルト・ヴォルフ出版社宛
（インスブルック、一九一四年　七月末）

拝啓
私の本の第二回の校正刷りに目を通しましたので同封でお送り致します。テキストの[*1]最終ページと目次との間に何も書いていない白紙をはさむことは非常に重要だと思います。
終りに恐縮ですが、来週から私の住所はザルツブルク、ヴァーク広場3となりますのでお知らせ致します。
このうえもない尊敬をこめてご挨拶します
敬具　ゲオルク・トラークル

*1　これは挿入された。

125

インスブルックのルートヴィッヒ・フォン・フィッカー宛

ヴィーン、一九一四年　八月二十六日

尊敬する友よ！

昨日[*1]ザルツブルクに着いたところ、弟がぼくの新しい本[*2]がもう刊行されたと知らせてくれました。インスブルックの書店で手に入れて頂けるのではないでしょうか。一部ぼくに送って頂けるとありがたいのですが。ぼくの野戦郵便宛先はもうまもなくお知らせします。心からの挨拶を

あなたの心服しているゲオルク・トラークル

*1　トラークルは一九一四年八月二十四日夜半、軍衛生部隊とともに薬剤研修生としてインスブルック中央駅から戦線に出発した。

*2　詩集「夢のなかのセバスチャン」。本はこの時点でまだ刊行されていなかった。この年六月にオーストリア・ハンガリー帝国がセルヴィアに宣戦布告し、第一次世界大戦の端緒となったのでクルト・ヴォルフ出版社は九月二日付の書簡で、事態がいくらか沈静化するまであと数週間、本の出版は見合わせたい旨を通知している。そして実際に本が出版されたのはトラークルの死んだ翌年一九一五年であった。

126　インスブルックのルートヴィッヒ・フォン・フィッカー宛
（一九一四年　九月始め頃）


尊敬する友よ！

ぼくの新しい本[*1]のミスプリントが本当に訂正されているかどうか一筆知らせて頂けるとありがたいのですが。本[*2]の評判は良いのでしょうか、それとも戦争の様々な出来事で放っておかれているままなのでしょうか。心からの挨拶を奥様に、そしてお子様方に。

あなたの心服しているゲオルク・トラークル

*1　原註によれば訂正されている。
*2　本はまだ出版されていなかった（書簡125註2参照）。

127　インスブルックのルートヴィッヒ・フォン・フィッカー宛
（一九一四年　九月始め頃）

尊敬する友よ！

今日ガリチア[*1]に向います。最初の指定逗留地ではぼくたちは一時間もとどまりませんでした。行軍は非常に美しかったです。ぼくたちはおそらくあと三日列車で過ごさなければならないでしょう。心からの挨拶を、あなたに心服している

ゲオルク・トラークルより

＊1　ポーランド南東部からウクライナ北部にわたる地方。十八世紀末のポーランド分割でオーストリア領となる。第二次世界大戦後東部はソ連領となる。

128

ザルツブルクのマリア・トラークル宛
(ガリチア、一九一四年　九月始め頃)

愛するママ!

心からの挨拶を。ぼくは元気です。一週間前からぼくたちはガリチア中を縦横に移動して、今までのところそれ以上何もすることがありませんでした。

ぼくの野戦郵便局番号は六五です。あなた方皆に最上の挨拶を

あなたのゲオルク

追伸　どうか目下のところは何も送ったり書いたりしないで下さい。ぼくたちの住所は毎日のように変わる可能性がありますので。

129

インスブルックのルートヴィッヒ・フォン・フィッカー宛
（リマノヴァ[*1]（?）一九一四年 十月始め）

尊敬する友よ！

ぼくたちはガリチア全土を四週間にわたり非常に張りつめた状態で行軍してきました。二日前からは、穏やかな明るい丘陵地帯の真中にある西ガリチアの小さな町にとどまっており、つい先頃[*2]のあの大事件すべての後で平和にのん気に過しています。明日か明後日ぼくたちは西に進みます。新たな大きな戦闘が待ちうけているように思われます。今度は天がぼくたちをあわれんでくれますように。奥様と愛するお子様方に心からの挨拶を。

あなたの心服しているゲオルク・トラークル

*1 Limanowa. 現在のポーランド・クラクフ県の町。ポーランド名は Limanova.

*2 オットー・バジルによれば、ガリチア戦線でオーストリア帝国軍は始めから手痛い敗戦を二度も味わう。全く無能な参謀本部の指揮の下で、八月二十六日から三十日にかけてロシアのいわゆる「蒸気ローラー」により第二部隊と第三部隊はレンベルク（Lemberg, 現在のポーランド名ルブフ Lwów）近くで押し寄せられ、グロデーク地帯にまで押し戻された。結果、九月一日にレンベルクから撤退させられた。この町を再び占拠するために、

数の上からも戦術上もロシア軍の方が数段優勢であったにもかかわらずオーストリア軍は攻撃作戦を開始したが、一層悲惨な結果に終った。そしてついに九月十一日、前戦はカルパティア山脈へ、ビスロク川の後ろへと撤退し、これにより東ガリチアはロシア軍の手中に落ちた（Basil, O. 一四七ページ）。

130

インスブルックのカール・レック宛

（リマノヴァ（?） 一九一四年 十月始め）

愛する友よ！

ガリチア[*1]全土をめぐる何週間にもわたる行軍を終え、最上の挨拶を送ります。近いうちに北に向って進むだろうと期待しています。ぼくは二、三日具合が悪く、悲しみにすっかりめいってしまいました。お元気で、あなたの

ゲオルク・トラークルより

多分ぼくに一筆書いてくれるでしょう。

*1 書簡129註1参照。

131　ヴィーンのアドルフ・ロース宛
（リマノヴァ（?）一九一四年　十月始め）

愛するロース様！

ガリチア全土をめぐる何か月にもわたる行軍のあとに、あなたに心からの挨拶を送ります。ぼくは二、三日とても具合が悪かったのですが、言い表わせない程の悲しみのせいだと思います。今日は陽気です。というのもぼくたちはきっともうすぐ北に向って進み、おそらく二、三日うちにロシアに入っているでしょうから。クラウス氏[*1]に心からよろしく。

あなたの心服しているゲオルク・トラークル

*1　カール・クラウス。

132

インスブルックのルートヴィッヒ・フォン・フィッカー宛
（クラカウ[*1]、一九一四年　十月十二日頃）

尊敬する友よ！

ぼくは五日前からここ、野戦病院で精神鑑定を受けています。ぼくの健康状態は何か損われているらしく、非常にしばしば言いようのない悲しみに陥ってしまうのです。こうした意気消沈の日々がまもなく終ってしまえばよいのですが。奥様とお子様方に最上の挨拶を。どうかぼくに何言か電報を打って下さい[*2]。あなたから便りがあればとてもうれしいのです。

あなたの心服しているゲオルク・トラークル

レックにくれぐれもよろしく

＊1　現在のポーランド南部に位置する都市。ポーランド名はクラクフ（Kraków）。

＊2　フォン・フィッカーはこの手紙を受け取り、トラークルが戦場で一通も自分たちからの便りを受けていなかったことを知り、クラカウに向った。

133

インスブルックのルートヴィッヒ・フォン・フィッカー宛

（クラカウ、一九一四年　十月二十一日頃）

尊敬する友よ！

今日までぼくはまだ何の消息も受け取っていないので、あなたはぼくの野戦郵便葉書を受け取られていないのだと思います。ぼくは二週間入院した後にここクラカウの野戦病院を出ます。どこに行くのかぼくにはまだわかりません。ぼくの新しい住所はできるだけ早くお知らせするつもりです。

心からの挨拶を

あなたの心服しているゲオルク・トラークル

〔プラハ、〈一九一四年〉十一月九日〕

*1

トラークル氏はクラカウ野戦病院で急死（麻痺（？））しました。

私は彼の隣室の者でした。

署名

*1　原註によればこの葉書の消印は「プラハ、一九一四年十一月九日」となっており、

トラークルの死後になってはじめて、クラカウの病院にいた時の隣室の居住者により投函されたらしい。この人物の署名は判読できない。

133a　インスブルックのセシリ・フォン・フィッカー[*1]宛

クラカウ、一九一四年　十月二十四日

君と子供たちに心からの挨拶を！　トラークル叔父さんは近いうちに退院して部隊に戻ります。この町はとても面白いです。

君たちのパパ[*2]

心からの挨拶を　あなたの心服している

ゲオルク・トラークル

＊1　Cäcilie von Ficker　一八七五年に生れ一九六〇年に没す。ルートヴィッヒ・フォン・フィッカーの妻。

＊2　原註　ルートヴィッヒ・フォン・フィッカー。書簡132註2の通り。彼はクラカウでこの時トラークルと再会した。

134

インスブルックのフーゴー・ノイゲバウアー[*1]宛

(クラカウ)、一九一四年 十月二十四日

クラカウから心からの挨拶を! トラークルをここの病院に訪ねたが、二、三日うちに退院するだろう。

あなたのルートヴィッヒ・フォン・フィッカー

心からの挨拶を

ゲオルク・トラークル

*1 Hugo Neugebauer (一八七七年～一九五三年)。一九一〇年から一三年までブレンナー同人。

135　〈ミュンヘン（？）の〉カール・ボロメウス・ハインリッヒ宛
〔クラカウ、一九一四年　十月二十五日〕

心からの挨拶と感謝と幸せを願って
あなたのK.[*1] K.

„Die Fackel"[*2] 誌は今発刊されていません
挨拶を！
ルートヴィッヒ・フォン・フィッカー

クラカウの病院から心からの挨拶を
ゲオルク・T

*1　カール・クラウス。原註によればフィッカーはこの葉書をクラカウに向う途中ヴィーンでカール・クラウスと一緒に書き始め、そのままクラカウに持ってきたらしい。クラウスはクラカウには同行しなかった。
*2　„Fackel" 誌は七月十日の第四〇〇―四〇三号の後、一九一四年十二月五日の第四〇四号まで発刊されなかった。

136

ライプツィッヒのクルト・ヴォルフ出版社宛

〔クラカウ、一九一四年　十月二十五日〕

私の新しい本「夢の中のセバスチャン」を一部お送り下さると大変うれしいのですが。[*1]

ここクラカウ野戦病院で病床にいます　ゲオルク・トラークル

*電報文。

*1　本は完成していたが刊行は見合わされていた（書簡125註2参照）。

137 インスブルックのルートヴィッヒ・フォン・フィッカー宛

クラカウ、一九一四年 十月二十七日

愛する、尊敬する友よ！

あなたにお約束した二篇の詩の写しを同封で送ります。あなたが病院に訪ねて下さって[*1]からぼくの悲しみは二倍にふくれ上りました。ぼくはもうほとんど世界のあちら側にいるように感じています。

終りにもうひとつつけ加えたいのですが、ぼくが死んだ時には、ぼくの希望、ぼくの意志として、ぼくの持っているお金もその他のものもすべて愛する妹グレーテのものと[*2]して下さい。あなたに、愛する友よ、心からの抱擁を

あなたのゲオルク・トラークル

嘆き

眠りと死、陰鬱な鷲たちが
夜通し、この頭のまわりで ざわめき 舞っている、
人間の金色の像を
永遠の 凍りつくような波が

飲みこむようにと。身の気のよだつような岩礁で
深紅の身体が砕け
暗い声が　嘆いている
海のうえで。
激しい憂愁の妹よ
ごらん　一隻の不安な小舟が　沈んでいく
星たちの下を、
夜の沈黙している顔の下を。

グロデーク

夕べ　秋の森が鳴っている
死の武器たちにあふれ、金色の平野と
青い湖、そのうえを　太陽は
さらに暗く　転っていく、夜が包む
死んでいく兵士たちを、かれらの砕かれた口をついて出る
荒々しい嘆きを。
けれど　静かに　谷間の草地に集ってくるのだ
怒る神の宿っている赤い雲の群が、
流された血が、月の冷気が、
すべての道は　黒い滅亡へと通じている。

夜と星たちの金色の枝々の下を
妹の影が　沈黙の森を通り抜け　漂っていく、
英雄たちの霊に、血を流している頭に　挨拶をしようと、
そして　葦のなかで　かすかに　秋の暗いフルートが鳴っている。
おお　いよいよ誇らかな悲しみ！　お前たち　青銅の祭壇よ
精神の熱い炎を　今日　力強いひとつの苦痛が　養っているのだ、
生れぬ孫たちを。

＊1　一九一四年十月二十四日、二十五日。

＊2　トラークルの金銭的困窮には彼の死の直前に思わぬ援助の手が差し伸べられた。というのも哲学者ルートヴィッヒ・ヴィトゲンシュタイン（Ludwig Wittgenstein）が当時富裕な父から受けついだ莫大な財産を、オーストリアの才能のある恵まれぬ芸術家を擁護するために使うことを思い立ち、一九一四年七月トラークルにも二万クローネが分与されたのである（ちなみにリルケもこの義援金に与った）。尚、処女詩集「詩集」の印税は一五〇〇クローネ、「夢のなかのセバスチャン」は書簡116註1の通り四〇〇クローネであり、オーストリア公務員省の記録によれば公務員省会計検査員としての彼の暫定給与は年額六〇〇クローネであったことからみて二万クローネがいかに巨額な金額であったかが了解されえよう。

138

インスブルックのルートヴィッヒ・フォン・フィッカー宛

〔クラカウ　一九一四年　十月二十七日〕

尊敬する友よ！

ぼくの最初の本にある「人間の悲惨」[*1]の改作と詩「悪の夢」[*2]の第一節の訂正を同封で送ります。

人間の悲しみ

時計、日の出前の五時を打つ——
孤独な人間たちを　暗い恐怖が包む、
夕暮れの庭で　朽ちた木々がざわめく
死者の顔が　窓べで　身じろぎをする

もしかしたらこの時間は　静止しているのかもしれない、
濁った両目の前に、夜の像がいくつか　ゆらめいている
流れで揺れている　船の拍子に合わせて。
桟橋を　尼僧たちの列が　風に吹かれながら　通り過ぎていく。

蝙蝠の叫びが聞こえるようだ、
庭で　棺を組み立てるのが聞こえるようだ。
骸骨が　朽ちた塀ごしに　きらめく
そして　黒ずんで　狂った者が一人　そこを揺れながら通り過ぎていく。

一筋の青い光が　秋の群がる雲の間で凍りつく。
恋する者たちは　眠りながら　抱き合っている、
天使たちの星の翼にもたれて、
貴い人の蒼いこめかみを　月桂樹が飾る。

悪の夢

次第々々に　弔いの鐘の響きは消えていき――
恋する者がひとり　黒い部屋で　目を覚ます、
その頬を　窓にまたたく星たちに寄せながら。
河では　帆やマストやロープがきらめく。

その他の節は変えません――

もう一度心からの挨拶を――チロルへ、あなたへ、そしてすべての大切な人へ

＊1　原題 ,,Menschliches Elend" 第二稿。これが第三稿「人間の悲しみ」,,Menschliche Trauer" と改訂された。

＊2　原題 ,,Traum des Bösen" 第三稿。

正確な日付の確認できない書簡

139　ヴィーンのグスタフ・シュトライヒャー宛[*1]
（ヴィーン、一九〇八年／〇九年（?・）冬学期）

愛する友よ！

昨日君の親切な招待を受けなかったことをどうか許してくれ給え。昨日は午後中ずっと家にいなかったのだ。カフェからまっすぐオペラに行き、君の葉書[*2]は夜の一〇時半になってはじめて目に入ったものだから。

ぼくはすぐにレーヴェンブロイに行ったけれど、残念ながら君たちにはもう会えなかった。ラートハウスケラーも見回してみたけれど、やはり残念なことにだめだった。

君とグラーザー[*3]氏に一晩つき合ってもらえるととてもうれしいのだが。ここ数日のうちに、君の都合がついたら土曜日がよいのだが、君を訪ねてもよいかしら。君の新しい住居を見てみたいし。ではもし君の都合がついて、ぼくのために時間をさいてもらえるのなら、土曜日に又会おう。もう一度申し訳なかった、そして残念だった。

全く君の心服しているゲオルク・トラークル

*1　原註によれば同書簡の中でシュトライヒャーの新居について触れているため、その引越を喜んでいる書簡5（一九〇八年十月末）の後に書かれたものと思われる。消印がないため実際には投函されぬまま保存されていたとも考えられる。
*2　トラークル宛書簡集には収められていない。
*3　この人物については確認されていないらしい。

140 〈ヴィーンの？〉エルハルト・ブシュベック宛
（ザルツブルク（？））

愛するブシュベック！

昨日君に写しを送った詩[*1]だが、誤りがひとつあって、そのために二つの行がゆがめられて伝えられている。正しく直した写しを君に送らせるから、どうかもうひとつの原稿をぼくに返してくれ給え

心から君のゲオルク・トラークル

*1 この詩が何であるかは確認されていない。

141

〈ヴィーンの〉エルハルト・ブシュベック宛
（ザルツブルク[*1]、一九〇九年（?）あるいは一九一二年（?）一月末）

愛するブシュベック！

ぼくは君にぼく[*2]の地獄からくるこのわずかなリズムを伝える一方、君たちの手紙を受け取ったことを知らせよう。

君の具合がもう良くなり、上機嫌であればよいのだが。どうかシュヴァーブにもよろしく。ミニッヒから聞いたところによると、ぼくがザルツブルクにいる間、彼はヴィーンでもっと楽しく葡萄酒を飲んでいるそうだ。

この呪われた都市にぼくはあとどれぐらいとどまらなくてはならないのだろう。すべては時間の問題で、ぼくはここに坐り、ぼく自身に対する焦燥と憤激に身を焦がしている。ぼくをもっとより良く活かしていない運命がぼくには愚かに思える。

悄然とした倦怠のなかで
君のG. T.

＊1　原註によればこの書簡はその内容からザルツブルクで書かれたものと推測される。日付としては、トラークルが„Zum Weißen Engel" 薬局の勤務を終え、ヴィーンの公務

員省に就職を応募してその結果を待っていた一九一一年から一二年にかけての冬という可能性が一番強い。ブシュベックの容体を尋ねていることが、ブシュベックが一九一二年一月に足を骨折した（書簡27註2参照）ことを指しているのならば、同書簡と書簡27が書簡29でブシュベックに送ったと書いている二通の書簡であるのかもしれない（書簡29参照）。しかし原註では又、同書簡の一行めに書かれている「このわずかなリズム」を詩「貧しい者たちの夜」(„Die Nacht der Armen")と解釈するフォン・フィッカーの意見も考慮して、同書簡の成立時期として一九〇九年という考えも否定していない。

*2　註1参照。

142

〈ヴィーンの〉エルハルト・ブシュベック宛
(ヴィーン、一九〇九年　早くとも秋)[*1]

愛するブシュベック!
どうか明朝必ず大学[*2]で身上申告用紙を三通手に入れてくれ給え。シュヴァープのためなのだ。ぼくは今日またザルツブルクに発つので、ぼく自身それができないものだから。身上申告用紙はすぐにぼくのザルツブルクの住所に送ってくれ、そこからぼくが更にシュヴァープに送るから。

心からの挨拶を　君のG・トラークル

*1　原註によればおそらくヴィーンで、そしてブシュベックはヴィーン大学に一九〇九年から一〇年の冬学期から通い始めたことから、早くとも一九〇九年の初秋に同書簡は書かれたと推定している。
*2　学生が自分の履歴及び履修登録した講義を記入する証明書。

143　エルハルト・ブシュベック宛

愛するブシュベック！
　どうか今日六時半にぼくのところに来てくれ給え。（必ず）
　　ゲオルク・トラークル

144

〈ヴィーンの〉イレーネ・アムトマン[*1]宛
（ザルツブルク[*2]、一九一〇年あるいは一一年　初秋）

親愛なるお嬢さん！

　ぼくは幾日もさまよい歩き回っているようです。ある時はすでに赤々と色づき、風が吹きわたり、狩人たちが今や獣を死へと狩り立てている森のなかを、そしてある時は慰めもなく荒れ果てた土地の道のうえを。あるいはまたザルツァッハ川の岸辺をあてもなく歩きまわり、鷗たちを眺めて（それはやはりぼくにとって一番楽しい無為な時間なのですが）いるようです。しかしぼくがぼく自身に白状するよりもっと、ぼくの内部はもっと落ち着きなく揺れ動いているのであり、それであなたの[*3]あんなに親切なお手紙に対してこのように不当に長い間返事を書かないでいたのです。額に汗して詩行を作っているよりも、むしろ農夫になりたいと思っているこの気むずかしい変り者を許して下さい。あなたに言わなくてはなりませんが、ぼくは[*4]ヴィーンにもどりたくてたまらないのです。あそこではぼくは再びぼく自身のものとなってよいのですが、それがここでは許されないのです。

　故郷のこんなに素晴らしく清らかな空の下でこんなことを言うぼくを、おそらく人は忘恩の者と非難するでしょう――けれども、その前ではただ眺めるより他には何もでき

ないそんな完全な美に対しては抵抗した方が良いのです。いいえ、ぼくたちのような人間にとってモットーはこうなのです、「お前自身に向って前進せよ！」。けれど時おり、少なくとも親切な手紙には丁寧に答える暇を惜しんではいけないのです。
〈ウルマン〉[*5]氏にくれぐれもよろしくお伝え下さい。

あなたの心服しているG・トラークル

＊1　Irene Amtmann　のちにルートヴィッヒ・ウルマンと結婚する（書簡20註4参照）。
＊2　原註の推定によればこの書簡は一九一〇年七月二十五日に大学を修了し、同年十月一日にヴィーンで現役軍務に就くまでザルツブルクに戻っていた時期か、あるいは一九一一年九月三十日に現役軍務を終え、同年十月十五日に薬局 „Zum Weißen Engel" に就職するまでの短い休暇の時期かのいずれかに書かれたのであろうという。
＊3　トラークル宛書簡集には収録されていない。
＊4　この書簡が一九一〇年に書かれたものならば十月一日に始まる軍務を意味しており、翌一一年であるならば、同年十月十四日にヴィーンの公務員省に就職を応募したことに関係している、と原註は言う。
＊5　ルートヴィッヒ・ウルマン。

145

〈インスブルックの?〉ドクトル……宛

（インスブルック、一九一四（?）年　春）

拝啓ドクトル殿

ドクトル・ハインリッヒ[*1]が昼にひどい鬱状態に陥り、神経科医を呼んでくれるように私が頼まれました。私は一年前[*2]に彼を診た医者に彼のところに来てくれるよう頼みました。その医者に代ってこのことをあなたにお知らせするのをお許し下さい。

敬具　G・トラークル

*1　カール・ボロメウス・ハインリッヒ。

*2　原註は一九一三年三月のドクトル・ハインリッヒのヴェロナール中毒を意味していると推定している（書簡60参照）。このことからこの書簡の成立時期も一九一四年四月頃と推定される。

書簡について

1 書簡の冒頭の番号は、テキストに用いた Walther Killy/Hans Szklenar の校訂による校訂版に付されている番号である。

2 書簡の配列は年代順である。ただし、下記のとおり、139―145の書簡七通は、校訂者が発信年月日を確定ないし推定できなかったものである。

3 書簡74a 102a 133aの三通は、校訂版の原稿完成後に発見された書簡であり、校訂者は書簡全体の番号をあらためて付し直さず、年代順に挿入してこれらにaの記号を付記している。本書でもこの番号をそのまま踏襲した。

4 受信者についてては、その受信地を併せて記している。受信地が明らかでないもののうち、かなり確実に推定されるものは〈 〉を付して示し、確実性にやや欠けるものには疑問符を添えて〈…?〉というかたちで示している。

5 発信地と発信日については、書簡それ自体に記されていない場合、消印から判断したものは〔 〕を付して、その旨を示している。消印の一部が判読できなかったり、欠落している場合には、それがかなり確実に推定できるものはその部分を〈 〉でくくり、確実に推定できない場合は「…頃」、「…以前」というふうに表記してある。また、( )で示した発信地、時期は書簡の内容及び諸事情を検討して校訂者が推定したものである。

いずれの場合も不確実なものには疑問符（？）が添えられている。更に校訂者が発信日を決定していない書簡七通（139—145）を末尾に一括して配列したことは前に記したとおりである。

6 尚トラークルの書簡の多くは散佚し、ここに収録しているものはその一部に過ぎない。存在したことがかなり確実に推定できながら発見されていない書簡も数多いが、手紙の原本が現存していないが、書簡の写しのようなものが残っている八通の書簡については、それらも収録している。その八通とは書簡4、34、37、44、73、107、112、114、である。

7 上記の確定、推定の作業はすべて校訂者の努力の成果によるものであり、訳者の研究や私見によるものではない。

8 各書簡に付した註釈に関しては、校訂版第二巻に収められている原註（校訂者がつけた註）及び、この第二巻に収められているトラークル宛の書簡（註において「トラークル宛書簡集」と呼んでいる）、並びにその他の記録文書（トラークルに関して友人たちが交わした書簡、官公庁の記録等）を主として参考にして作成した。

ゲオルク・トラークルの生涯

ゲオルク・トラークル（Georg Trakl）は、一八八七年二月三日、オーストリアの古都ザルツブルクに生まれた。

一八八〇年代のヨーロッパを見渡すと、ピカソ、カフカ、ムジル、エリオット、オニール、ハイデッガー、ヴィトゲンシュタイン、ベルク、シャガールといった人々が生れていることと、一つに定義づけるのが困難な芸術上の様々な新しい動き（キュービズム、ダダイズム、表現主義など）も始まっていたことに気づく。そして又、スターリン、トロツキー（共に一八七九年生）、ムッソリーニ（一八八三年生）、ヒットラー（一八八九年生）らが生れたのも、ほぼ、これと時を同じくしていることも目を引く。世界は変りつつあった。

オーストリアに目を向ければ、二重君主政体として一八六七年に成立したオーストリア・ハンガリー帝国は、当時、なお黄金時代を謳歌しているように見えた。しかしその実、この帝国の内部は、すでにもろく崩れ始めており、トラークルの死後四年たった一九一八年、帝国は解体するのである。トラークルは、まさにこの帝国の没落の時に生きたのだと言えよう。

さて、トラークルの生れた町ザルツブルクは、古くは塩の産地や農業地として、又フランス、ドイツに通ずる交通の要地として、それは、言い換えれば戦略上の要地として栄えてきた町であった。そして八一六年に大司教管区となって以降は、カトリック文化の中心地でもあった。市内には、数多くの教会や修道院が立ち並び、なかでもバロック時代の建造物は、宗教的な荘重さと並んで、大司教たちの世俗的な権力に裏づけされた華麗さをも表わしていた。しかし又、それは、トラークルの詩でしばしば描かれているように、現在ではなく過去をのみ振り返っている後向きの華麗さであり、虚飾の世界の

ものでもあった。トラークルは、手紙の中でも、ある時は、「ザルツブルクから来る物は、すべてぼくの心の大切な思い出、ぼくの愛しているわずかしかいない人々への思い出なのです。」（一九〇八年十月末に姉に宛てた手紙）と、この故郷の町をなつかしみながら、しかし後には明らかに、「……教会と死の像たちであふれたこの腐敗した町は、なんと暗いことでしょう……」（一九一三年十一月十九日付、カール・ボロメウス・ハインリッヒに宛てた手紙）と、そこに、滅亡の匂いを嗅ぎとっていた。

この町で、トラークルは、手広く鉄鋼商を営む富裕な商人の第四子として生れた。（彼には、腹違いの長兄を始めとして、五人の兄弟姉妹がいた。）父のトビアス・トラークルは、シュヴァーベン地方（ドイツ南西部）出身のプロテスタントであり、勤勉で実直な働きで仕事を広げていき、トラークルの詩にもしばしば登場する、ひろい庭をもつ大きな邸を所有し、何人もの使用人を使う大商人へと成長していった。しかし又、彼は、現実の生活を楽しむ陽気な小市民的人物であったとも言われている。この父に対して、トラークルの母マリア・トラークル（旧姓ハリック）は、もう少し興味深い、そして変り者の人間であった。トラークルの詩のなかでも、母は素直な愛情の対象としてというよりも、いわば、「憎悪に満ちた愛」（Haßliebe）の対象として描かれている。彼女は、チェコスロバキアのプラハ出身のカトリックを信仰する家の出であった。彼女は、高価な古美術品の収集に情熱を傾け、家庭生活よりそこに喜びを見出していた。トラークルの弟フリッツは次のように語っている。「母の関心は、私たち子供たちより、自分の古美術品収集にありました。母は冷ややかで打ち解けない女性でした。私たちの世話をすることはしましたが、暖かみに欠けていました。母は、自分が、夫からも子供たちからも、世の中すべてから理解されないと感じていました。一人きりで自分の集めた美術品

とともに過す時だけ、母は全く幸せでした。それで一日中、母は自分の部屋に閉じこもっていました。」又、彼女は音楽を好み、トラークルの兄弟たちはみなピアノを習い、とりわけトラークル自身と妹のグレーテにその音楽的才能は伝わったようである。(トラークルは、かなり熱心にそして上手にピアノを演奏し、ショパンやリストを、そして後年になってワーグナーを愛好したといわれている。) こうして、言わば、芸術的感性においては深く通じ合うものがありながら、彼にとって、母とは、満たされない思いの対象、屈折した愛情の対象であった。

そして、こうした両親のもとに生れたということは、いくつかの点で興味深い。ひとつには、血の混合ということである。トラークルには、シュヴァーベン・ハンガリー系の父方の血と、チェコ・ズデーデンドイツ系の母方の血が流れていたのである。それは、多種多様な諸民族から成り立ち、それら諸民族の分裂、不一致によって遂に崩壊へと導かれていったハプスブルク帝国を象徴するようでもある。つまり、トラークルは、自身の血の中にすでに「ひとつ」でないものを、解体へ向う可能性といったものを感じていたのではないだろうか。更に、トラークルの宗教体験の複雑さも語られねばなるまい。カトリックの町ザルツブルクにあって、父はプロテスタントであり、子供たちにはプロテスタントの洗礼を受けさせた。母は、もともとカトリックであったが、結婚してのち、プロテスタントに改宗した。(しかし、トラークルの姉の一人は、母は結局のところ死ぬまでカトリックであったと述べている。) トラークル兄弟はやがて、町のカトリック系の小学校に進むが、宗教の授業は別のプロテスタント系の小学校へ補講の形で通うという変則的な宗教教育を受けた。そしてそのうえ、後に触れるトラークルの幼年時代を通じて重要な役割を果したと思われる保母兼家庭教師の女性は、熱心なカトリックであ

った。こうした宗教的背景をもとにして生れたトラークルの詩には、語彙の面ではカトリックの影響がしばしば見られ、そして彼の詩の中枢をなす罪の意識にも、カトリック的原罪の匂いがすることは確かであるが、最後期の詩のいくつかで、神を呼ぶ代りに、妹を呼んでいる点などから見て、彼の詩を単純にキリスト教的に解釈するのは難しい。

ともあれ、トラークルが物質面では何不自由ない恵まれた生活環境に生れたことは、疑いもない。父トビアスは、子供たちの世話をするアルザス人の女性を雇った。このフランス女性は、保母兼家庭教師として、途中一時期の中断はあったが、通算十四年間の長きにわたって、トラークル兄弟を熱心に、そして愛情深く育て教えた。彼女は、彼らにとって母親代りの存在であったといえようが、トラークル自身にとって更に重要なことは、彼女の導きで、トラークルのフランス文学に対する関心の基礎がつくられたことであろう。トラークル兄弟は、幼い頃は、両親とはドイツ語で、しかし彼ら同志の間では互いにフランス語で話していたといわれ、トラークルはギムナジウムに入る以前に、すでに原典でボードレールの「悪の華」を始めとし、メーテルリンクらのフランス象徴派詩人達の作品になじんでいた。

もう一人、トラークルの家族のなかで、彼の生涯で誰よりも重要な役割を果した女性、妹マルガレーテ(略称グレーテ)は、兄より五年遅くこの世に生れた。兄ゲオルクは、家族のなかで異端児的に、どこかヨーロッパ人らしからぬ容貌をしていたが、この妹だけは、その兄と似ており、いくらか男性的な、生命力にあふれた肉感的な面だちをしていることは、残されている写真からもうかがえる。そして、そうした外貌だけでなく、情熱的で衝動的な性格も兄と似通っていた。兄弟姉妹のなかで彼ら二人にだけ流れてい

た音楽的感性も、二人を結びつけるもののひとつとなったであろう。彼女はやがて、ウィーン、ベルリンでピアノと作曲を学び、ベルリンでピアニストの道を歩き始めた。妹は、トラークルにとって、ギムナジウム時代からすでに「最も美しい少女、最も偉大な芸術家、そして類いまれな女性」であった。しかし、彼女を自分と同じ麻薬への耽溺へ誘い込んだのも彼だと言われている。グレーテは、ベルリンで十二歳も年上の出版業者と結婚するが、その結婚生活は幸せなものではなかったらしい。二年後、彼女は妊娠するが、それも死産という不幸な結果に終っている。その年、トラークルが死ぬ。三年後の一九一七年、友人との会合に出席していた彼女は、突然、隣室へ駆け込み、自らをピストルで撃ち、わずか二十五年の短い生涯を閉じたのである。

トラークルは、詩の世界で、妹を"Jünglingin" "Fremdlingin" あるいは "Jüngling" と、自分の半身として、両性具有的な相剋のない愛情の対象として呼んでいる。そして彼女は、彼自身と同様に苦悩する存在でありながら、やがては「青い獣」と呼ばれ、罪を贖って高められた存在へと変化し、ついには、神に代り、彼を救済する存在として描かれるに至るのである。兄と妹との愛情が、果して本当に「近親相姦」として捉えられるものか否かは、二人の間で交されたに違いない手紙も、故意にか偶然にか失われてしまった現在では、確かなこととしては言えない。しかし、トラークルの生涯において、妹グレーテは、疑いもなく彼の愛情の対象としての唯一の女性であった。そして、その愛情を「血の罪」と呼び、「悪の夢」の中で描く詩人には、罪の意識が色濃くつきまとっているのも、又、明らかであろう。詩の世界では、そこに救済を見出しながら、現実の世界では、罪の意識がぬぐえないところに、トラークルの愛の悲劇があり、それが、現実世界において、彼を結局は破滅に導いていったとも言えよう。

トラークル自身の生涯に戻れば、トラークルは、一八九七年にギムナジウムに入学した。彼の文学的活動が始まったのも、このギムナジウム時代といってよかろう。彼のまわりには、文学を愛好する友人たち、ブッシュベック、ミニッヒ等が集まり、彼らは『アポロ』(のちに『ミネルヴァ』と改名)という文学サークルをつくる。彼が詩作を始めたのもこの頃で、ボードレールらフランス象徴派の詩人たちや、オーストリアの象徴派の詩人ホーフマンスタールの影響の下に『聖なる人』などがつくられる。ギムナジウム時代は同時に、彼が煙草や酒、更に、クロロホルムといった麻酔剤に手をつけ始めた時期でもある。学友たちは、彼が当時すでに、娼家に出入りしていたことも証言している。それがボードレール、あるいは当時から傾倒し始めたドストエフスキーに影響された文学的関心から、あるいは、ブルジョワ的な彼を取り巻く環境に対する反発から起きたものとのみ解釈することはできない。それは又、彼の内部の汚濁の部分ともより深くかかわっているからである。しかも、トラークルの詩の世界では、ソーニャやアフラといった娼婦たちは、罪の意識に苦しみ、それ故に清められ、高められていく存在であり、それは又、詩の世界に描かれた妹の像とも重ね合わせられる点に注意したい。

やがて、トラークルは、ギムナジウムを第七学年で落第し(それ以前、第四学年も落第している)、その年の終りに、ギムナジウムを退学せざるを得なくなった。やむなく彼は薬剤士になる道を選んだ。薬剤士の地位はしかし、当時ギムナジウムの学生たちの間ではそれ程高いものとみなされておらず、ここでトラークルは、社会的生活において、初めてのつまずきを感じたであろうことは想像できる。(事実、薬剤士の資格を得たの

ちも、彼は生涯、一定の仕事についていることもできず、したがってまともな社会生活を送ることはできなかった。）そして又、この職業は、すでに始まっていた薬づけの生活へ拍車をかける一因ともなったであろう。彼はこの年友人に宛てた手紙の中で、次のように告白している。「……残念ながら、ぼくは又クロロホルムに逃げてしまった。その効果はすさまじかった。その後八日間――ぼくの神経はこわれてしまった。けれどもこうした薬で自分を静める誘惑にぼくは抵抗する。ぼくには破滅がもう間近に見えているのだから……」（一九〇五年九月前半）すでにここで、現実の逃避として、トラークルが麻酔剤を用いていることは明らかである。そして又、そうした逃避に対して強い罪悪感を持っていることも。

彼は三年間の実習期間を、ザルツブルクの薬局「白い天使」（Weißer Engel）で修める。この時期、彼は劇作家のグスタフ・シュトライヒャー（Gustav Streicher 一八七三-一九一五）と知り合い、戯曲にも手を染める。処女作 "Totentag" は、ザルツブルク市立劇場で上演され好評を博したが、第二作 "Fata Morgana" は、ひどい失敗に終り、彼を失意に陥し入れた。より強力なモルヒネ、ヴェロナールといった麻酔剤を用いるようになるのもこの頃からである。

こうしたザルツブルクでの実習期間を終えたのち、トラークルは薬学の勉強を大学で修めるためにウィーンに移る。ハプスブルク帝国の首都ウィーンは、トラークルにとって表面の華かさの内に、やがて来る帝国の崩壊を予感させるものを包み隠している「腐敗した都市」であった。彼はウィーンに着いた当初からこの都とそこに住む人々への嫌悪感を姉に書き送っている。「……ぼくは、ウィーン人が全く好きになれません。かれらは非常に愚かで馬鹿で低俗な性質を、不快な温厚さの後ろに隠している民族です。居心

地の良さを無理強いして誇張するほどいやらしいことはありません！……悪魔がこの恥知らずの南京虫たちをつれ去ってくれればよいのに！……」（一九〇八年十月末）後年になってトラークルは、この都を「呪われた町」とも呼んでいる。このウィーン時代において特筆すべきことは、ランボーとの出会いであろう。正確に言えば、それは、オーストリアの一士官であり、フランス文学愛好者、翻訳者であるカール・クラマー（Karl Klammer、筆名 K. L. Ammer）の手によるランボー訳詩集との出会いである。一九〇七年に出版されたこの詩集は、当時ドイツ語圏の国々で熱心に読まれていたが、トラークルの以後の文学活動に与えた影響は測り知れないものがある。そして又、この詩集の序文には、ツヴァイク（Stefan Zweig 一八八一―一九四二）のすぐれたランボーの生涯と詩作品についての解説が載せられており、トラークルの色彩語を解明する手がかりをここに見つけるトラークル研究者も多い。

ウィーン時代のトラークルには、二、三のギムナジウム時代以来の友人とのつき合い以外は、交際する者はほとんどいなかった。しかし、友人ブッシュベックの助力で、作家でもあり批評家でもあるヘルマン・バール（Hermann Bahr 一八六三―一九三四）に紹介され、その縁で彼の詩が初めて活字となって雑誌に発表された。

トラークルは一九一〇年七月に、二年間の勉学を修めて薬学のマギスターの資格を得るが、その直前、彼をつらい打撃が襲う。それは父の死であった。父の家業は、やがて義兄と母の手に任せられるが次第に衰退していく。こうしてトラークルは自分の家庭にも没落を見るのだった。やがて兄に一年遅れてウィーンに移り、ピアノの修業をしていた妹グレーテも、ベルリンに移っていく。そうした情況の中で、しかし、トラークルは自分の詩作の方向を見出しつつあったようである。彼はこの時期発表された詩のひとつ

『雷雨の夕べ』が盗作されたのに気づいた時、この詩は「必死に努力して自分のものとした手法」で書いたのであるとブッシュベックに宛てた手紙で言明している。そして又、今や彼に「リズムと像の地獄のような混沌」が襲いかかって来ているとも。（一九一〇年七月半ば過ぎの手紙の抜粋）

その後、一年間の志願兵としての兵役を終えた彼は、ザルツブルク、ウィーン、インスブルックで職を求めて転々とする生活を始める。彼が、ザルツブルクでカール・ハウアーらと、インスブルックでカール・クラウスやオスカー・ココシュカらと知り合うのもこの時期である。そして最も重要なのは、インスブルックの表現主義雑誌ブレンナー(Der Brenner)の編集者ルードヴィッヒ・フォン・フィッカーと、その同人たちとの出会いであろう。以後、トラークルの詩は、まずこの雑誌で発表されるようになる。ブレンナー・サークルは、詩の発表の場として以外に、いやそれ以上に、現実世界の中で生きていくことがますます困難になっていた詩人にとって、ほとんど唯一の安らぎの場となった。フィッカーは、度々、ミューラウの自宅や、兄の所有するホーエンブルクの邸に彼を招き、彼を励まし、慰め、保護しつづけていった。トラークル自身もそれを非常に感謝していた。「……ブレンナーは私にとってどんなに重要であるかを、そしてこの高貴な人々との交わりの中に、故郷が、隠れ家があることを、私はますます深く身にしみています。……」（一九一三年二月二十三日　フィッカーに宛てた手紙）あるいは、「……時折り、あの陽光に満ちたインスブルックの日々の光がこの暗闇に射しかかり、私をあなたやあのすべての高貴な人々への深い感謝の思いで満たすのです。あなた方の善良さに、私は全く値しません。」こうした感謝の念に続くのは、自分自身に対する嫌

悪感、厳しい自己批判であった。「あまりにわずかしかない愛情、あまりにわずかしかない公正さ、同情心、そう、常にあまりにわずかな愛情、それに反して、あまりに多過ぎる非情さ、高慢、そしてあらゆる種類の犯罪性——それが私なのです。確かに、私はただ弱さと臆病からだけ悪いことを犯さずにいるのです。そうすることで私の悪意はもっとみっともないものとなっているのです。私は魂がこの呪われた、憂愁によって毒された身体にこれ以上宿ろうとしない、いや宿れないそういう日がやって来ることを、魂が、この神のいない呪われた世紀の忠実な写しに過ぎない、汚物と腐れから形づくられた嘲けりを離れるそういう日がやって来ることを切望しています。神よ、純粋な喜びのほんのわずかなきらめきを——そうすれば救われるのに、愛を——そうすれば解き放たれるのに。……」(一九一三年六月二十六日付、フィッカーに宛てた手紙)

今や、トラークルには、「この混沌とした存在についての荒れ狂う絶望と恐怖の思いしか残っていない」(同年三月十三日付フィッカーに宛てた手紙)のであった。このような情況の中で、当然のことながら、彼はますます酒や薬に溺れていく。同年十一月の手紙で「ぼくはここのところ海のように大量の葡萄酒を、シュナップスを、ビールを飲んでいます。」と彼は書いている。ところが、こうも付け加えている。「素面(しらふ)だ」と。(同年十一月十二日付のフィッカーに宛てた手紙)残された写真や友人たちの証言にもあるように、トラークルは頑健な体格の持主で、酒は彼を、完全な酩酊状態にすることはなかったらしい。薬の方は、もう少し効果があった。翌日の手紙で彼はこう書く「……二昼夜眠りつづけで、今日もひどいヴェロナール中毒に苦しんでいます」。こうした生活は、決まった仕事にも長続きできない彼を、精神的ばかりでなく、いっそうの金銭的困窮にも陥し入れていく。すでに傾きかけた家業を継いでいた義兄や母に頼ることはできなか

った。彼は何度も、友に無心の手紙を書いている。愛蔵していた本もすでにインスブルックに移る時に売却せざるを得なくなっていた。伝えられるところによれば、それは次の如くである。ドストエフスキーの小説及び政治著作、ニーチェの主要著書、ヴァイニンガーの「性と性格」、メーテルリンクの戯曲と詩、カール・シュピッテラーの「オリンピアの春」及び「プロメテウスとエピメテウス」、リルケの「新詩集」、ショウの「カンディダ」「人と超人」を始めとする戯曲、ワイルドの「獄中記」「ドリアン・グレイの肖像」「パドゥアの奥方」及び戯言集、シュニッツラーの「アナトール」「寂しき道」「繰り人形」「恋愛三昧」「輪舞」、ホーフマンスタールの「エレクトラ」など。

さて、酒や薬による忘我は、一時の逃避にしか過ぎなかった。それから目覚めた時、彼はいっそうの生の苦痛と死の身近さを感じるのだった。前出の手紙でも続けて彼はこう書いている。「ここのところのこんぐらがったそしてあらゆる絶望に満ちた状態では、どうやってこれ以上生きていけばよいのか私には全くわかりません。私はここで（註・ウィーン）助けてくれようとする何人もの人に会いました。けれど誰も私を助けることはできないし、すべては暗黒の中で終るに違いないように思われます。」事実、誰もトラークルを根本的に、この現実の苦悩から救うことはできなかった。この手紙の書かれる前の八月の、フィッカーら親しい友人たちとのヴェニス旅行も、一時の喜びを味わせはしたが、それも長続きはしなかった。しかし又、この時期に、『ヘーリアン』『エーリス』『夢のなかのセバスチャン』といった彼の詩の中核をなす作品のいくつかが創作され、発表されていることは注目に値するであろう。やがて、『夢と錯乱』『夭逝した者に』『死の七つの歌』といった作品が次々と発表されていく。（トラークルの主要な創作活動は、フィッカーと知り合った一九一二年から死ぬ一九一四年までのわずか二年余り

の短い期間であったともいえよう)。

そして、詩人の魂はついには次のように告白するに至る。「……私の生は、わずか数日間で言いようもなく砕け、ただ言葉もない苦痛、苦さすら受けつけない苦痛だけが残っているのです……世界が二つに裂けてしまうとは何と言いようのない不幸でしょう。おお神様、どんな裁きが私の上にやって来たのか。言って下さい、私はこれ以上生きることができ、真実を行うことができる力を持っているのだと。言って下さい、私は狂っていないと。石のような暗黒がやって来た。おお、友よ、何とちっぽけな者に、不幸な者に私はなってしまったのだろう。……」(一九一三年十一月末 フィッカーに宛てた手紙)。彼が自分の生きていた時代、環境の中に感じてきた分裂、半身として求めながら、現実には結びつくことの許されない妹との愛においてもぬぐえなかったであろう分裂に対する意識、それが次第に昂じ、ついに「世界が二つに裂けた」と、詩人に言わしめたのではないだろうか。詩人は、神の名を呼びながら、すでに神からも切り離されていることを感じていよう。それはまさに「何という不幸」であることか。こうした巨大な分裂の意識に押しひしがれそうになる彼が、『夕暮れの国の歌』でうたう「ひとつである性」("ein Geschlecht")とは、彼にとっていかに重要な意味をもつのか、我々は見のがしてはならないであろう。

こうして彼の最後の年がやって来る。この年の三月、妹グレーテが死産し、彼女自身も一時危篤状態に陥ったその病床に駆けつけたトラークルは、フィッカーに次のように書き送っている。「……彼女の生は、こんなに心の張り裂けんばかりの悲しみと、しかし同時に雄々しい勇気とにあふれています。……」ここベルリンで知り合った表現主義

の女流詩人エルゼ・ラスカー＝シューラーとの交際は彼に一時の慰めを与えた。

そして、この年一九一四年八月六日、オーストリア・ハンガリー帝国はセルビアに宣戦布告をする。第一次世界大戦の勃発である。この年の一月「……今はただ雷がやって来て、私を清め、打ちこわしてくれることを望むだけです……」とカール・ボロメウス・ハインリッヒに書いている詩人が、戦争の勃発に、ある意味では現実の困難な情況の打開を期待したと想像するのは誤りであろうか。あるいは打開ではなく終焉をであろうか。いずれにせよ、トラークルは、八月二十四日インスブルックの衛生部隊とともに薬剤士見習いとして戦線に出発する。その時、彼はむしろ生き生きと陽気に見えたといわれている。彼の隊は、東方へ、ガリシアへと進んでいく、その途中、彼はフィッカーに書き送る。「……明日、あるいは明後日、私たちは更に行進していきます。新しい大きな戦いが用意されているように思われます。今度は天が私たちを憐れんでくれればよいのですが……」（一九一四年十月初め）。この戦いは、現実の戦闘を意味していたのだろうか。彼は、その直後に、ガリシアの小さな町グロデークで、悲惨な戦争体験をするのである。彼が後にフィッカーに伝えたところによると、医者の助けなしで、たった一人で百人近い重傷者の看病をしなくてはならなかった。病室代りに使われた納屋の中は、二昼夜、瀕死の病人たちの叫びと呻き声にあふれていた。思わず戸外へ逃げ出せば、そこには、葉を落とした木々に、スパイとして捕えられたルテニア人たちが首をつるされ、風に揺れていた。こうした地獄のような有様に、身も心もズタズタにされた彼は、夕食に村へ戻った時、「もうこれ以上生きていけない。」と叫んで、ピストルで我身を撃とうとした。が、この自殺は居合わせた仲間に阻止され、彼は精神鑑定を受けるために、クラカウの野戦病院に送られ、拘束されることになった。それは狂人と同室にされるよう

な扱われ方であった。彼を見舞ったフィッカーに、トラークルはその部屋のベッドに横たわったまま、『嘆き』と『グロデーク』の草稿を読んできかせたという。これは、インスブルックに戻ったフィッカーのもとに、十月二十七日付けで送られる。この手紙で彼はこう書いている。「……あなたが見舞ってくれた時から、私は二倍の悲しさに陥っています。もうほとんど世界のあちら側にいるような気がします。」と。そして、自分の死んだのちは、所有しているわずかな財産を妹に渡してくれるようにと付け加えている。

彼が死んだのはそれから一週間後の、一九一四年十一月三日夜のことであった。死因は、故意にか、あるいは誤ってか、隠し持っていたコカインの飲み過ぎによる心臓麻痺であった。遺骸はクラカウの墓地に葬られた。

十一年後の一九二五年十月、彼の遺骨は彼が最後の手紙でも「もう一度、心から挨拶を、チロルへ、あなたへ（註・フィッカー）そしてすべての愛する人々へ送ります」となつかしんでいたチロル地方、インスブルック近郊のミューラウに運ばれ、ここの共同墓地で、永遠の眠りについたのである。彼の墓石には、ゲオルク・トラークルという名前と、星がひとつ、そして、オリーブの枝の絡んだ、糸の切れた竪琴が刻まれているだけである。

（中村朝子）

訳者あとがき

一九八三年八月『トラークル全詩集』を翻訳、刊行させて頂いたが、この全集は、全詩集の翻訳の際テキストに用いたOtto Müller社（ザルツブルク）刊行のWalther Killy, Hans Szklenar 編集の校訂版（Historisch-kritische Ausgabe）„Georg Trakl Dichtungen und Briefe"（1969）に拠り、全詩集出版の際翻訳しなかった散文、評論、断片、戯曲、アフォリズム、書簡の部分を新たに翻訳して、追加したものである。

詩については、目次の示す通り、生前発表された二つの詩集の詩、一九一四年から一九一五年に雑誌„Der Brenner"に発表された詩、上記以外で生前発表された詩、遺稿中の詩、及びその異稿を収めている。題に付されているⅠ、Ⅱの如きローマ数字は、同じ題の作品が複数あるばあい、校訂者が制作年代の順序で付したものであり、順序が不確実なばあいは、ローマ数字の次に疑問符が付されている。

その他の作品のうち、散文及び評論はトラークルが生前発表したものであり、断片、戯曲、アフォリズムは遺稿中に収められているものである。全作品について、（　）内は校訂者が補った部分であり、（…）は、伝えられた際に失われた部分と思われる箇所を示している。

詩の翻訳は『トラークル全詩集』と同じである。その後に気づいた誤りは数多く、また訳語についても不満や不正確を感じる箇所が多いが、全詩集版の印刷原版を使用する

ことにしたので、最少限の誤りを正すにとどめた。

「ゲオルク・トラークルの生涯」は全詩集版に収めたものであり、これは主としてOtto Basil の „Georg Trakl in Selbstzengnissen und Bilddokumenten”, Hamburg, 1965, を参考にしてまとめた。

全詩集の出版は、上智大学大学院の修士論文でトラークルの色彩についてとりあげたことを、たまたま耳にして下さった青土社清水康雄さんのご好意によるものであったが、今回、ちょうどトラークルの生誕百年に当たる一九八七年に全集を刊行することとなったのもやはり清水康雄さんのご好意と励ましによるものである。全詩集の翻訳の際は、上智大学インモース先生から数々のご教示を受け、訳語については姉吉本素子、義兄吉本啓夫妻から一方ならぬ助言を受けたが、今回新たに訳出した部分についても、インモース先生をはじめとする上智大学の諸先生方に言葉に尽しがたいお力添えを頂いた。また『全詩集』刊行後、生野幸吉先生をはじめとする諸先生方から私の未熟な読解の誤りなどについてご指摘やご感想を頂戴した。全詩集の出版の際は高橋順子さんから懇切なお世話を頂いたが、この全集の出版にあたっては、青土社の中島郁さんに辛抱強いお世話を頂いた。これら多くの方々に篤くお礼を申し上げたい。

全詩集刊行の際にも記したことのくりかえしではあるが、こうした未熟な私の翻訳ではあるが、今後一層勉強を続け、機会があればこの翻訳をよりよいものにするために努力を続けたいと思っている。お気づきの点についてお教え頂ければ幸いである。

中村朝子

一九八七年十月

新・新装版あとがき

一九九七年五月『トラークル全集』の新版を刊行させていただいたが、今回、新・新装版の刊行の運びとなった。訳語、注、巻末に付した文章「ゲオルク・トラークルの生涯」および書誌は一九九七年刊行の新版と同じである。

昨年二〇一四年はトラークルの没後一〇〇年にあたる年であった。一九一四年六月二八日、ボスニアの州都サライエボで、ハプスブルク帝国の帝位継承者フランツ・フェルディナンドが妻とともに凶弾に倒れた。この暗殺事件が引き金となって第一次世界大戦が勃発し、多くの若者たちも戦場で命を落とした。ハプスブルク帝国軍の衛生隊の薬剤士官として東方戦線に送られたトラークルをはじめ、表現主義の詩人たちの数人もその犠牲者であった。一九一四年一一月三日、トラークルはクラクフ郊外の小さな町グロデークで激烈な戦闘を体験した数日後、クラクフの野戦病院で隠し持っていたコカインを過剰摂取して死去した。享年二七歳であった。

人類史上最初の世界大戦となったこの大戦は、これまでにない大規模な殺戮を可能にする破壊兵器が投入され、人的にも物的にも甚大な被害がもたらされ、膨大な数の犠牲者を出して一九一八年に終結した。それは同時に詩人の故国ハプスブルク帝国の瓦解の時であった。帝国の崩壊が加速度的に進む時代を生きたトラークルは、戦場において戦争の災禍を身を持って体験し、自身の死だけでなく、自身が属する古いヨーロッパの伝

統的世界の滅亡を避けがたいものとしてまざまざと予感する中で、死の直前まで詩を書き続けた。その詩人の、沈黙の淵へ落ち込む寸前のぎりぎりの境界線から上がるかのような声は、苦しみに満ちた切迫感によって私たちの心を激しく揺さぶる。現代からふりかえると、第一次世界大戦は混迷の端緒にすぎなかった。その後の世界は一層混迷を深め、人類の未来をもはや描くことのできない今日、トラークルの詩は切実な現実性をもって私たちの胸に強く響く。

ドイツ語圏諸国では詩人の没後一〇〇年を契機として新しい評伝が幾種類も出版され、新しい装幀で編まれた詩集やこの詩人に関係する著述も相次いで刊行されている。こうした状況にもトラークルの詩作品のもつ今日的な意義が現れていると言えよう。その意味においても、この新・新装版によって日本においてトラークルの詩との新たな出会いが生まれれば訳者にとってはこの上ない喜びである。

最後になりましたが、今回、この貴重な機会を与えてくださった青土社社長清水一人さんのご好意に心から感謝申し上げます。また出版にあたり丁寧なお世話をいただきました西館一郎さんにも篤く御礼申し上げます。ありがとうございました。

二〇一五年四月

中村朝子

西岡あかね：夢のレトリック――ゲオルク・トラークルの詩法――〔東大詩・言語同人会「詩・言語」50号　1996　S．1～27〕

久保和彦：帰還 Wiederkehr　皆美社（東京）1993
中村新：「夢」と「混沌」——初期トラークルにおける「自我」の在り方について〔東大　詩・言語同人会「詩・言語」44号　1993　S．1〜21〕
中村朝子：ゲオルク・トラークルの詩における「庭」〔「上智大学ドイツ文学論集」30号　1993　S．257〜278〕
藪前由紀：ゲオルク・トラークルの散文詩『夢の錯乱』について——「自伝的なもの」を観点として——〔関西大学「独逸文学」37号　1993　S．91〜107〕
山中敏彦：ゲオルク・トラークルにおける詩作と現実〔「オーストリア文学」9号　1993　S．19〜27〕
中村朝子：トラークルの詩作における散文詩の位置——「繰り返し」の観点から——〔「上智大学ドイツ文学論集」31号　1994　S．167〜185〕
藤井孝士：Trakl, eine Herausforderung an den Leser. In: Protokoll 15. Hrsg. von Goethe-Institut Kansai in Zusammenarbeit mit japanischen Germanisten u. deutschen Germanisten in Japan. 1995
加藤泰義：ドイツの詩人たちとハイデガー〔「詩と実存」実存思想協会（編）理想社（東京）1995　S．5〜26〕
三枝紘一：G・トラークル研究　創栄出版　1995
エルンスト・ハーニッシュ／ウルリケ・フライシャー（植和田光晴訳）：広く知られし時代の蔭に　ゲオルク・トラークルの時代のザルツブルク　三修社　1955
内藤道雄：詩的自我のドイツ的系譜　同学社（東京）1996
中村朝子：トラークルの「都市」〔「上智大学ドイツ文学論集」32号　1995　S．39〜66〕
高橋喜郎：トラークルの《Verfall》の周辺（研究発表要旨）〔トラークル協会会報　第1号　1995〕

高橋喜郎：トラークルの横顔――リムバッハの証言についての一考察〔「筑波ドイツ文学研究」6号　1987　S. 15～27〕
田中秀穂：共感覚表現における転移の方向性について――G. Trakl の場合――〔大阪市立大学「Seminarium」9号　1987　S. 1～21〕
久保和彦：白いかもめたちの川――トラークル生誕100年によせて〔春秋社発行「春秋」295号　1988　S. 11～14〕
Walter Ruprechter: Die Anspielungen im Werk Georg Trakls als Problem der Literaturwissenschaft〔日大「ドイツ文学論集」9号　1988　S. 59～76〕
大豆生田淳子：浄められた秋（上）――トラークルにおける「滅び」の問題――〔東大　詩・言語同人会「詩・言語」35号　1990　S. 81～12〕
三枝紘一：G. トラクールと都市〔日本大学　松戸歯学部一般教育紀要15号　1989　S. 35～46〕
瀧田夏樹：ドイツ表現主義の詩人たち　同学社（東京）1990
大豆生田淳子：浄められた秋（中），（下）――トラークルにおける「滅び」の問題――〔東大　詩・言語同人会「詩・言語」36号 1990　S. 1～27, 37号 1991　S. 1～46〕
伊藤卓立：トラークルの詩「少年エーリスに寄せて」1――翻訳・誤解・誤訳――〔日本大学　農獣医学部一般教養　研究紀要 28号　1992　S. 73～81〕
中村朝子：最近のトラークル研究の一断面（海外文献紹介）〔「上智大学ドイツ文学論集」29号　1992　S. 77～91〕
薮前由紀：ゲオルク・トラークルの詩『夜の帰依』〔関西大学「独逸文学」36号　1992　S. 42～61〕
平野嘉彦：ガリツィアもしくは表象された荒蕪――グリルパルツァー・マゾッホ・トラークル〔西田書店発行「省察」5号　1993　S. 70～85〕
加藤泰義：ハイデガーとトラークル　芸林出版（東京）1993

in Werk Georg Trakls. Marburg 1995
Methlagl, W／Yuill, W. E. (Hg.): Londoner Trakl-Symposion. Salzburg 1981
Philipp, Eckhard: Die Funktion des Wortes in den Gedichten Georg Trakls. Tübingen 1971
Rusch, Gebhard／Schmidt, Siegfried J.: Das Voraussetzungssystem Georg Trakls. Braunschweig／Wiesbaden 1983
Overath, Angelika: Das andere Blan. Zur Poetik einer Farbe im modernen Gedicht. Stuttgart 1987
Rölleke, Heinz: Die Stadt bei Stadler, Heym und Trakl. Berlin 1988
Saas, Christa: Georg Trakl. Stuttgart 1974
Sauermann, Eberhard: Zur Datierung und Interpretation von Texten Georg Trakls. Innsbruck 1984
Steinkamp, Hildegard: Die Gedichte Georg Trakls. Vom Landschaftscode zur Mythopoesie. Frankfurt a. M.／Bern／New York／Paris 1988
Weichselbaum H. (Hg.): Salzburger Trakl-Symposion. Salzburg 1978
Weichselbaum H. (Hg.): Trakl-Forum 1987. Salzburg 1988
Weichselbaum Hans: Georg Trakl. Eine Biographie mit Bildern, Texten und Dokumenten. Salzburg 1994
Zwerschina, Hermann: Die Chronologie der Dichtungen Georg Trakls. Innsbruck 1990

2) 日本語文献
三枝紘一：G．トラークルの詩における人間像（1）一カスパー・ハウザー一〔日本大学　松戸歯学部一般教育紀要13号　1987 S．36～44〕

Colombat, R./Stieg, G. (Hg.): Frühling der Seele. Pariser Trakl-Symposion. Innsbruck 1995

Coelln, Hermann von: Sprachbehandlung und Bildstruktur in der Lyrik Georg Trakls. Essen 1995

Doppler, Alfred: Die Lyrik Georg Trakls. Beiträge zur poetischen Verfahrensweise und zur Wirkungsgeschichte. Wien/Köln/Weimar 1992

Esselborn, Hans: Georg Trakl. Die Krise der Erlebnislyrik. Köln/Wien 1981

Finck, A./Weichselbaum, H. (Hg.): Trakl in fremden Sprachen. Internationales Forum der Trakl-Übersetzer. Salzburg 1991

Hanisch, Ernst/Fleischer, Ulrike: Im Schatten berühmter Zeiten. Salzburg in den Jahren Georg Trakls (1887-1914). Salzburg 1986

Hellmich, Albert: Klang und Erlösung. Das Problem musikalischen Strukturen in der Lyrik Georg Trakls. Salzburg 1971

Kemper, Hans-Georg: Georg Trakls Entwürfe. Aspekte zu ihrem Verständnis. Tübingen 1970

Kirschner Mechtild: Metaphorisierung des vegetativen Lebensbereiches in der frühen Lyrik Else Lasker-Schülers und Georg Trakls. Frankfurt a. M. 1990

Kleefeld, Gunther: Das Gedicht als Sühne. Georg Trakls Dichtungen und Krankheit. Eine psychoanalytische Studie. Tübingen 1985

Klettenhammer, Sieglinde: Georg Trakl in Zeitungen und Zeitschriften seiner Zeit. Kontext und Rezeption. Innsbruck 1990

Littek, Gudrun Susanne: Existenz als Differenz. Der "Dichter"

書誌（追加）

1　著作

Trakl, Georg: Dichtungen und Briefe. Historisch-kritische Ausg. Hg: W. Killy und H. Szklenar. In 2 Bde. Salzburg 1969 は本書のテキストとして用いた歴史批判版である。これには「あとがき」に記したように，1987年に増補版が出版されている。またこれとは別の歴史批判版として，Trakl, Georg : Sämtliche Werke/Georg Trakl. -Innsbrucker Ausgabe., historisch-kritische Ausgabe der Werke und Briefwechsels mit Faks. der handschriftlichen Texte/ hrsg. von Eberhard Sauermann und Hermann Zwerschina. Stroemfeld/Roter Stern Verlag が六巻本の予定で刊行が進められており，現在のところは第二巻が出版されている。

訳詩集

三木正之：トラクール訳詩抄（訳詩７篇［対訳］）In：「旧詩帖」私家版 1991

生野幸吉，檜山哲彦編・訳：『浄められし秋』『グロデク』in：「ドイツ名詩選」岩波書店 1993

瀧田夏樹編・訳：「トラークル詩集」小沢書店 1994

2　参考文献

1）外国語文献

Arnold, H. L. (Hg.): Text und Kritik. Georg Trakl. Mūnchen 1985

Rucker, Eugen: Zu Georg Trakls 'Passion'. Von der Schwierigkeit religiösen Sprechens in moderner Dichtung〔南山大学「アカデミア」文学・語学編37号（通巻172集）1984 S. 1～30〕
小松原千里：冬の夕べ――トラークルの詩――〔神戸大学「ドイツ文学論集」13号 1984 S. 25～40〕
久保和彦：夕べの窓　作品社（東京）1984　Ⅱ.ミューラウの丘〔フィッカーとトラークル〕
高橋喜郎：幼年時代――ゲオルク・トラークルの詩と実存に関する一考察――〔「筑波ドイツ文学研究」3号1985 S. 15～28〕
今泉文子：幻想文学空間　ありな書房（東京）1985
鍛治哲郎：都市からの逃走――ヘルティ，ホルツ，トラークルの詩を中心に――〔「ドイツ文学における都市と自然」東京大学 1985 S. 139～148〕
中村朝子：トラークルと表現主義――色彩語を手がかりに〔「ユリイカ」1984. 6.〕
　　同：トラークルの詩における『語ること』の意味について〔「オーストリア文学」3号，1987〕

5. 5. Ferienseminar für Germanisten und Deutschlehrer, Osaka 1980, hrsg. vom *Goethe-Institut Osaka* in Zusammenarbeit mit Japan. Germanisten. II, 70 S.〔Maschinenschr.〕

井上まや：ハイデガーとトラークル〔学習院大学文学部「研究年報」27輯 1980 S. 35〜63〕

ルートヴィヒ・フィッカー Ludwig Ficker:（竹中克英訳）：別離——トラークルの死——〔雑グループ「雑」（同人誌）12号 1980（東京）S. 67〜84〕

竹中克英：生まれざる者の詩——トラークルの詩『滅び』について——〔愛知大学文学会「文学論叢」66輯　1981 S. 137〜171〕

曽我部式子：ドイツ文学と植物 1. スミレ〔「愛媛ドイツ文学」5号 1981 S. 39〜52〕〔関連：ゲーテ，ハイネ，シュトルム，トラークル，子規〕

山口四郎著：ドイツ詩を読む人のために　韻律論的ドイツ詩鑑賞　郁文堂（東京）1982　Ⅱ詩を詩として味わうために

伊藤智：トラークル教または非政治的人間〔北大「独語独文学科研究年報」9号 1983 S. 21〜31〕

三枝紘一：G. トラークルの詩作品における色彩語〔日本大学松戸歯学部一般教育紀要　9号 1983 S. 21〜31〕

山中敏彦：トラークル二つの詩——沈黙の詩学——〔日大「ドイツ文学論集」4号 1983 S. 21〜34〕

山中敏彦：トラークル　色彩に関する試論〔日大大学院「報告」 17/18号 1983 S. 4〜11〕

山中敏彦：トラークル　『帰郷』について〔日大大学院「報告」19号 1984 S. 4〜11〕

杉浦博：モティーフとその展開——同一モティーフの4つの詩——〔東大教養学部「教養学科紀要」16号 1983 S. 1〜12〕〔Hölderlin—Rilke—Benn—Trakl〕

Simon, Klaus: Traum und Orpheus. Eine Studie zu Georg Trakls Dichtungen. In: Trakl-Studien, Bd. 2. Salzburg 1955

Staiger, Emil: Zu einem Gedicht Georg Trakls. In: Neue Zürcher Zeitung. 5. Januar 1964

Walter, Jürgen: Orientierung auf der formalen Ebene. Paul Klee und Georg Trakl. Versuch einer Analogie. In: DVjs. November 1968

Weber, Albrecht: Gedichte Trakls, Verfall, der Gewitterabend und das Gewitter. In: Wege zum Gedicht. München und Zürich 1957

Wetzel, Hainz: Klang und Bild in den Dichtungen Georg Trakls. Göttingen 1968

Wetzel, Heinz: Konkordanz zu den Dichtungen Georg Trakls. In: Trakl-Studien, Bd. 7. Salzburg 1971

Wölfel, Kurt: Entwicklungsstufen im lyrischen Werk Georg Trakls. In: Euphorion 52, 1958, S. 50-81

Zuberbühler, Johannes: Der Tränen nächtige Bilder. Georg Trakls Lyrik im literarischen und gesellschaftlichen Kontext seiner Zeit. Bonn 1984

上記は私が参考に用いた文献のみを掲げたものであり，書誌の詳細については著作と同様 Ritzer, W: Neue Trakl Bibliographie を参照されたい。

2） 日本語文献

翻訳の場合と同様に上記「日本におけるトラークル研究文献」（久保和彦・滝田夏樹編）を参照されたい。その後の研究論文は以下の通りである。

鍛治哲郎：ゲオルク・トラークル　或いは自然の呪縛〔神戸大学「ドイツ文学論集」9号　1980　S. 45～61〕

大滝敏夫：Das „Voraussetzungssystem" Georg Trakls. Zur Anwendung von S. J. Schmidt, Empirische Theorie der Literur. In :〔Protokoll

München 1969
Lachmann, Eduard: Kreuz und Abend. Eine Interpretation der Dichtungen Georg Trakls. In: Trakl-Studien, Bd. 1. Salzburg 1954
Londoner Trakl-Symposion. Hg: William E. Yuill und Walter Methlagl. In: Trakl-Studien, Bd. 10. Salzburg 1981
Lösel, Franz: Georg Trakl: „In Venedig". Erstarrung im Raum—— eine Interpretation. In: Literatur und Kritik 116-117 Juli/Augst 1977, S. 365–371
Muschg, Walter: Von Trakl zu Brecht. München 1961
Preisendanz, Wolfgang: Auflösung und Verdinglichung in den Gedichten Georg Trakls. In: Immanente Ästhetik. Ästhetische Reflexion. Poetik und Hermeneutik 2. Köln 1964
Pychner, Max: Georg Trakl, In: Zur europäischen Literatur. Zürich 1951
Ritzer, Walter: Neue Trakl Bibliographie. In: Trakl-Studien, Bd. 12. Salzburg 1983
Rölleke, Heinz: Zivilisationskritik im Werk Trakls. Festvortrag, anläßlich der 93. Wiederkehr des Geburtstags von Georg Trakl am 2. Februar 1980 gehalten.
Salzburger Trakl-Symposion. Hg: Walter Weiss und Hans Weichselbaum. In: Trakl-Studien, Bd. 9. Salzburg 1978
Schneider, Karl Ludwig: Der bildhafte Ausdruck in den Dichtungen Georg Heyms, Georg Trakls und Ernst Stadlers. 3 Aufl. Heidelberg 1968
Schaefer, Joerg: Georg Trakl: Der Herbst des Einsamen. In: Gedichte der „Menschheitsdämmerung." München 1971
Senn, Hubert: Die Farben in der Dichtung. Diss. Innsbruck 1950

Ficker, Ludwig: Abshied von Georg Trakl. In: Basler Nachrichten. 1. November 1964

Finck, Adrian: Georg Trakl und die Französische Literatur, Festvortrag, gehalten am 1. Februar 1975 im Trakl-Haus in Salzburg

Goldmann, Heinrich: Katabasis. Eine tiefenpsychologische Studie zur Symbolik der Dichtungen Georg Trakls. In: Trakl-Studien. Bd. 4. Salzburg 1957

Grimm, Reinhold: Georg Trakls Verhältnis zu Rimbaud, In: Zur Lyrik-Diskussion, Wegen der Forschung Bd. CXI

Heidegger Martin: Die Sprache im Gedicht. Eine Erörterung von Georg Trakls Gedicht. In: Unterwegs zur Sprache. Pfuillingen 1959

Heselhaus, Clemens: Das metaphorische Gedicht von Georg Trakl. In: Deutsche Lyrik der Moderne. 2. Aufl. Düsseldorf 1962

Jaspersen, Ursula: Georg Trakl. In: Deutsche Dichter der Moderne. Berlin 1969

Jünger, F.Friedrich: Georg Trakls Gedichte. In: Text und Kritik. Heft 4/4a München 3. Aufl. 1973

Kemper, Hans-Georg: Gestörter Traum——Zur Interpretierbarkeit von Georg Trakls Lyrik. Festvortrag. Gedenkfeier der Salzburger Kulturvereinigung ars Anlaß der 87. Wiederkehr des Geburtstages von Georg Trakl, 2. Februar 1974.

Killy, Walther: Der Tränen nächtige Bilder, Trakl und Benn. In: Wandlungen des lyrischen Bildes, Göttingen 1956

Killy, W: Über Georg Trakl. Göttingen 1960

Killy, W: Er notierte das Unausdrückbare. Zum fünfzigsten Todestag von Georg Trakl. In: Die Zeit 6. November 1964

Klein, Johannes: Georg Trakl. In: Expressionismus als Literatur,

渋谷徳代志訳：『エーリス』「雷雨の夕べ」ほか In:「残照集」 東京　1981

2　参考文献

1）外国語文献

Anderle, Martin: Farb- und Lichtelemente in der Lyrik Georg Trakls. Diss. Wien 1956

Basil, Otto: Georg Trakl in Selbstzeugnissen und Bilddokumenten. Hamburg 1965

Benedetti, Gaetano: Ein Schicksal der radikalen Verzweiflung. Festvortrag gehaltet am 2. Februar 1976 im Trakl-Haus in Salzburg

Blass, Regine: Die Dichtung Georg Trakls. Von der Trivialsprache zum Kunstwerk. Berlin 1968

Böschenstein, Bernhard: Wirkung des französischen Symbolismus auf die deutsche Dichtung der Jahrhundertwende. In: Euphorion 58 (1964). S. 375-395

Bolli, Erich: Georg Trakls „dunkler Wohllaut". Ein Beitrag zum Verständnis seines dichterischen Sprechens. Zürich u. München 1978

Denneler, Iris: Konstruktion und Expression, Zur Strategie und Wirkung der Lyrik Georg Trakls. Salzburg 1984

Dirkschier, Rudolf: Die Sprache Georg Trakls. Heidelberg 1970

Doppler, Alfred: Dichterisches Bild als historisches Abbild, Festvortrag, anläßlich der Eröffnung der Trakl Gedenkstätte am 10. April 1973 gehalten.

Doppler, Alfred: Die musikalische Sprache Georg Trakls, Festvortrag, anläßlich der 99. Wiederkehr des Gebursttages von Georg Trakl am 2. Februar 1986 gehalten.

書　誌

1　著作

Trakl, Georg: Dichtungen und Briefe. Historisch-kritische Ausg. Hg: W.Killy und H. Szklenar. In 2 Bde. Salzburg 1969

上記は本書のテキストとして用いた校訂版である。これ以外の著作については

Ritzer, Walter: Neue Trakl Bibliographie, In: Trakl-Studien, Bd. 12. Salzburg 1983 を参照されたい。

単行本として刊行されたトラクールの訳詩集は次のとおりである。

Hormuth, Norbert　栗崎了・滝田夏樹編訳：対訳トラークル詩集　同学社　1967

同改訂新版　1985

平井俊夫訳：トラークル詩集（筑摩叢書100）筑摩書房　1967

吉村博次訳：トラークル詩集（世界の詩51）弥生書房　1968

畑健彦訳：トラークル詩集――原初への旅立ち――（ピポー叢書83）国文社　1968

中村朝子訳：トラークル全詩集　青土社　1983

アンソロジーあるいは研究論文等に収められている翻訳については，書誌「日本におけるトラークル研究文献」（久保和彦，滝田夏樹編，In:ドイツ文学65号　1980秋）にすべて記載されているので，本書では省略する。その後発表された翻訳は次のとおりである。

谷口泰訳：「寄る辺なさ」In: 上智大学ドイツ文学論集17号　1980

トラークル全集（新・新装版）

二〇一五年五月一五日　第一刷印刷
二〇一五年五月二五日　第一刷発行

著者――ゲオルク・トラークル
訳者――中村朝子

発行人――清水一人
発行所――青土社
東京都千代田区神田神保町一―二九　市瀬ビル　〒一〇一―〇〇五一
電話　〇三―三二九一―九八三一（編集）、〇三―三二九四―七八二九（営業）
振替　〇〇一九〇―七―一九二九五五

印刷――ディグ
表紙印刷――方英社
製本――小泉製本

装幀――高麗隆彦

ISBN978-4-7917-6761-8　Printed in Japan

JN181446